余建洲／著

水兮！粮兮

中国言实出版社

图书在版编目（CIP）数据

水兮！粮兮 / 余建洲著 . -- 北京：中国言实出版
社，2023.11

ISBN 978-7-5171-4684-1

Ⅰ . ①水… Ⅱ . ①余… Ⅲ . ①长篇小说－中国－当代
Ⅳ . ① I247.5

中国国家版本馆 CIP 数据核字 (2023) 第 214823 号

水兮！粮兮

责任编辑：佟贵兆
责任校对：张　朕

出版发行：中国言实出版社
　　　　　地　　址：北京市朝阳区北苑路180号加利大厦5号楼105室
　　　　　邮　　编：100101
　　　　　编辑部：北京市海淀区花园路6号院B座6层
　　　　　邮　　编：100088
　　　　　电　　话：010-64924853（总编室）　010-64924716（发行部）
　　　　　网　　址：www.zgyscbs.cn　电子邮箱：zgyscbs@263.net

经　　销：新华书店
印　　刷：三河市华东印刷有限公司
版　　次：2024年1月第1版　　2024年1月第1次印刷
规　　格：880毫米 × 1230毫米　1/32　11印张
字　　数：220千字

定　　价：78.00元
书　　号：ISBN 978-7-5171-4684-1

目 录 CONTENTS

第一章

洪水让青蛙找到了天堂，庄稼掉进了地狱

20 世纪 60 年代，位于安河河畔的郑集已经是一个有三百多户人家、一千多人口的农村大型集镇了。现在的集镇由老新两条街道组成。老街道南北走向一里多长，街道中间有个不长的十字短街，短街向西十几丈远就是安河河堆，短街向东，北旁是郑家大院；郑家大院的对面是零星住户，在郑家大院东侧，街道分出岔儿。

岔儿向南，是由郑集小学、食品站、邮电所、铁木厂、供销社的几个门市组成的半里多长、南北走向和老街的南半截平行的新街道。粮站在新老街道南头的河堆边。新街道在粮站对面拐过六十度的弯子，向东南延伸到一百多丈远外的公路边。新街道东头对面的公路旁是汽车站和郑集中学。中学南旁就是安河，一座大木桥横跨在安河上，桥两边的公路向南通往县城，向北通向遥远的北方去。

岔儿向东，是一条两丈多宽的土大路。这条路是清朝年间官府为了方便派兵到东面的洪泽里去镇压水寇而修建的，民间称为官道。官道南侧过了小学校的院墙，由北向南依次排列着公社、医院。官道从公社大院向东半里多路穿过公路后，通向三十里多

外的洪泽湖。小李庄位于官道和公路交叉口的西北角上，小李庄生产队的场院在庄子对面公路的东旁。小李庄对面的公路西侧分布着一些零星住户。

1960年的天气实在作难人，人们越是急于搞好生产多收粮食，它越是跟你反着来！大暑这天，疾风暴雨从下午一直下到第二天黎明。半夜时分，暴涨的安河水漫上河滩。

郑集公社主任赵永华领着郑集大队大队长吴三龙，连夜带人到河堤上防洪。

到天亮时，河水虽已涨到1954年特大洪水时的位置，漫上河滩半人多深，但由于1957年安河堆被加宽加高，河堤上并没出现什么险情。然而，人们发现：郑集一带的水情并不比1954年好，浑浊的洪水先是没了沟河，渐渐地又漫上田野，整个郑集周围又是一片汪洋。

郑集公社党委书记张德宝带人上了大渠，眼前的情景立即让他傻眼呆住。由于安河水位太高，这一带的洪水无法流进安河排入洪泽湖，此时郑集这里已成了一个三角形的湖泊。郑集街和邻近的几个村庄如同湖中的孤岛，南湖的洼子里也已经是汪洋一片，滔滔洪水让青蛙找到了天堂，庄稼掉进了地狱。

雨还在下。

张德宝身穿蓑衣，头戴斗篷，裤腿儿卷到膝盖上，站在泥水里。斗篷顶尖破了个鸡蛋大的洞，雨水从那漏下来，顺着腮帮流到脖子上，灌进蓑衣内的衣领里。严重的灾情让这个三十多岁的中等个男人又气又急，他抹下斗篷，随手扔进渠下浑浊的洪水中，对身边的郑集大队党支部书记郑明龙大声吼道："你是死人吗？不知道放水啦？赶快去叫人！把这孬种大渠扒掉！"

郑明龙已看出张德宝心情不好，一直是缩着头小心翼翼跟在他的后面，连忙点着头答道："行！我这就去叫人！"他原地转了个身，又小心地问满脸怒火的张德宝："张书记！咋扒呀？"

"你扒不上来吗？饭桶！没用的东西！所有人都给我带来，把这大渠都扒掉！"

郑明龙刚走，粮站的站长、吴三龙的二哥吴二龙又急匆匆地赶来，说水已涨到粮站的晒场边，再涨的话仓库里就进水了。

张德宝这时才冷静下来，现在一定要赶快把大渠西面的水排出去。他仔细地察看了一下地形，对跟他来的公社秘书说："安河堤上危险不大，你赶快去告诉赵永华，叫他那儿只留几个人在河堤上巡视就行了，其余人都带过来，从第二道支渠那儿扒。这样，从北面下来的水可以通过支渠边的沟向东直接流入小鲍河。"

张德宝一身泥水和大伙一起挥锹挖土，十一点左右，他突然感到四肢无力，眼前一黑瘫坐在烂泥里。人们连忙将他抬到高处扶着他坐下来，赵永华取下自己的斗篷给他遮住炽热的阳光，郑集大队的大队长吴三龙蹲在一旁用斗篷给他扇风。张德宝脸色蜡黄，额头上豆粒大的汗珠直往下流，他虽然感到心里饿得发慌，还是强忍住从牙缝里挤出话来，说自己没事歇一会儿就行，让赵永华别管他赶快带人挖渠放水。赵永华仔细打量一下，说他是低血糖吃点东西就会好。可是这空旷的野地里到哪儿去找吃的？吴三龙只好将破渠挖沟时挖出来的茅草根儿洗干净递给他。张德宝狼吞虎咽地吃了两大把，终于将饿感压住，额头上的汗水止住，接着不听劝阻又挥锹干起来。

午饭后，大渠终于被扒开两道巨大的口子，郑集街周边洪水上涨的势头才被止住。到傍晚时，地面上的水终于都归入沟河里。然而大渠东面到南湖还是一大片汪洋。

忙碌了一天的公社领导们拖着疲惫的身子往回走。官道南旁公路上的砖石拱桥上，小李庄生产队的仓库保管员郑明虎正在撒网捕鱼。

"你是小李庄的吗？"赴永华问。

"我？嗯！我是保管员！这会儿没事！来撒几网！"

"保管员就没事了吗？这样大水，大家都去防洪排涝，你还有工夫来撒网！"

见赵永华这副凶相，郑明虎马上收起渔网，拎起放在水中的鱼篓子。鱼篓子里，鱼儿蹦得噼啪声响。

张德宝并不关心赵永华说什么，他那一双眼球正专注盯着桥下的水流。郑集周围公路以西的水都从这流到路东去。路西的水面高出砖桥的拱顶，路东的水面已耗到离拱顶一尺多了，急促的水流发出震耳的响声穿过桥洞直泻而下。浑浊的水流中，不时有青鱼晃动着浅青色的鱼脊，鲢鱼翻动着的银白色肚皮，黑鱼甩动着灰黑色鱼尾巴。突然，一条尺把长的鲤鱼跃出水面，又跌落到急速流淌的水流中。多好的鱼啊！张德宝心中暗暗地喝彩。

晚饭已摆到大屋的饭桌上，吃的是小麦糊掺干菜稀饭。小儿子立全眼泪汪汪地低头慢慢地吃着。张德宝中午吃的是公社食堂送到工地上的半斤馒头，肚子早就空了。才狼吞虎咽地吃了两口，冯桂英在他后背上轻轻地抵了两下，示意他到锅屋去。张德宝心里明白，那里有他的小锅饭。

"你拿来！"张德宝坐着没动。

冯桂英叹口气说："半夜就出去！哎！铁人也熬不住啊！"

小锅饭是一张油饼。张德宝将油饼一分两半，一半塞到立全碗里，一半递给二闺女二娟，又对大娟说："你大！就让小的吧！"

二更时分，张德宝醒来再也睡不着了。满脑子都是砖拱桥下那浅青色的鱼脊、银白色的鱼肚、灰黑色的鱼尾巴，还有那跃起来的鲤鱼。自己一家老小，特别是在县中读书的、每天中午只能漂油汤的大儿子立华，太需要这些营养丰富的鱼了！他叫醒冯桂英，背上渔网去抓鱼。

夜，伸手不见五指，天上洒下雨星子。冯桂英不时捏亮手电筒，给张德宝照亮。

"那有鱼！快！"冯桂英小声招呼张德宝。就见电筒光指向的激流中，几条黑脊在晃动。

"没用！网撒到那儿，等沉下去都冲出几尺远，鱼早窜走了。这里！"

手电光按张德宝指的地点照去。这里是桥洞一旁，从桥洞倾泻下来的水流出洞口后，在这分出个边岔儿。这边岔儿又反冲过来在这打转，形成一个很大的漩窝。张德宝的网正好撒在漩窝上，不会被水流冲走。渔网筹到网兜儿快离水面时，渔网便激烈地抖动起来。第一网便提上了两条大鲤鱼。

不一会儿，一个黑影走过来。仔细一看，是郑明虎。

郑明虎见是张德宝，很惊慌地说："我！我在家睡不着！来看看！看看！"

"撒网抓鱼的吧？现在天黑，看不见挖沟排涝，没事！撒吧！不过，天亮后不能撒，都要去排涝。"张德宝哪能自己撒，不准社员撒呢？反正这时是黑夜，没人看见，不会影响抗洪的！

撒了十几网，东方开始发亮。会逮鱼的人都知道：鱼儿也爱起早，这会儿正是鱼儿最活跃爱动的时刻，也是逮鱼的最佳时刻。可是张德宝不能再撒了。要是让群众看到公社书记天亮了不去带人抗洪排涝，而是在撒网捕鱼，那该是多坏的影响！他提起水中盛鱼的网兜子一看，大大小小的鱼儿足有四五十斤，已经不少了，便和冯桂英一起往回走。

南湖的水一直到一个星期以后才退去，那里的秋庄稼全都淹死了。郑集周边的庄稼也因为在水里泡的时间长，中秋的大小秋减产严重，晚秋庄稼的苗子不但草荒严重，也枯黄得很。消灭现存庄稼地里的草荒，是当前公社要重点抓好的生产任务。

小李庄生产队的饲养员孙有田打扫完牛脚地，出了牛屋的门往家走。社屋后不远就是新修的县城通向北方的公路。过了公路，孙有田又不由自主地站住了，就像有吸铁石会把他吸住似的，每次路过这里时他都会这样不由自主地站住。

这里原先有条从官道边向南通的小河沟，新修的公路从安河桥通到这里后，正好在官道与小河沟的交界点上切下一条长长的、只有一丈宽的斜尖子。这块三厘多地的斜尖子，队里占不着耕种，公路修成后，就一直荒废着。这块地长出的草棵大叶肥、墨绿青嫩。

地和牛是深扎进孙有田灵魂里的两个命根子。每看到这块长草的斜尖子，孙有田的心就像被揪着一样疼！他站着看了一会儿，又摇头叹气说："可惜了！可惜了！"

孙有田老伴叫王秀英，他们有四个女儿，大女儿水花的丈夫是大队长吴三龙。二女儿芋花的丈夫吴明坤，1954年南京农校毕业，原来是郑集公社副社长，1959年春撤职回家劳动。三女儿菜花留下，将孙武招来做养老女婿，小夫妻生了一男一女两个孩子。四女儿开花才十一岁。春天李玉山两口子去世后，十一岁的儿子大宝没了去处，被他接来家中。现在全家八口人，除去两个小孩，六个人都吃壮饭，吃起来厉害着哩！今年麦子分得少。大、小秋被水淹成那鬼样子，这两样庄稼恐怕连往年六成产量都难收！晚秋又能好？以前有陈粮，心里头有底儿，现在陈粮吃光了，再遇到饥荒粮食不够吃怎办？现在就要省着吃才行！要省也只有多吃瓜菜。这时他就很自然地想到那块斜尖地，这地撂着长草多可惜！种地人过日子吃粮食就指望地，那些大块地被"集体"了，弄不到手，这点小地也是金贵的！他决定将斜尖地挖出来种上胡萝卜。

这块斜尖地可不是好种的，杂草太多。野篙子、抓阴草、猪耳菜这些倒好办，从根子上割掉就能消灭掉。茅草这家伙可就难对付了，它不但种子能出，那根须儿也能繁衍，它的根在泥土里四通八达，十分旺盛，并且根到哪儿，它就长到哪儿。这东西还和水稻一样，有极强的移植返盛现象，哪怕是有手指长的根节儿残留在土里，它也能扎根长芽从土里钻出来生长，并且草叶儿长得比老根上的还壮。原先它们仅生长在老河沟的边沿上，这两年斜尖地没人耕种，加上土壤肥沃，就发疯似的向里面蔓延。茅草的根甜如甘草，饿肚子时便是充饥的好食品。春天时，大一点的根条儿被人挖走了，留下不少断节头儿。留下来的这些断节头儿被埋在挖根时被翻动风化过的土壤里，爆发出旺盛的生命力，细长的叶片没过人的膝盖。孙有田费了好大的工夫才将这片地里的茅草清除干净。

斜尖地里的胡萝卜种得早，处暑过后萝卜缨子都长到洋钱大了。一律四五寸远一棵的苗棵儿，像绿色的花朵一样均匀地摆在地面上，嫩旺苗壮，很是喜人。引得路过的行人都不由自主地驻足观看，夸赞一番。

傍晚，随着西边天空上晚霞的升起，热浪也消退了不少。孙有田在斜尖地上毁胡萝卜，才挖几下，就听到从官道上传来了说话声。

"孙有田！你发什么疯？"

孙有田并没马上搭理，仍在不慌不忙地挖。听声音，他已知道是张德宝，他正想着怎么搭理他。孙有田最怕公社这些能决定自己的大女婿吴三龙命运的领导们，把种斜尖地的责任弄到吴三龙头上去，得想好了措辞才能说。

"怎么还挖？说！为什么挖？"张德宝显得有点急。

"这块胡萝卜是我种的！不关三龙的事！有事就找我！"

张德宝头戴草帽，上身穿圆领汗衫，下身是蓝色西装短裤，腰间插着带荷包的烟袋杆儿。他扶着一辆半旧的自行车，站在官道上。"嘿！这个孙有田！跟女婿争起功来了！三龙能有这本事？能种出这样好的胡萝卜？这几天我走来走去，就喜欢看这块胡萝卜，你怎么把它挖掉啦？"

孙有田听后，愣了片刻："不是你们叫挖掉的吗？"

"啊！我没叫啊！你告诉我，是哪个叫你挖的？"

"你能不知道？啊！我听郑明龙说是赵社长叫的！说我这会影响社员干生产队活哩！"

张德宝听后，略想一下说："怎能这样做！我正要安排大种胡萝卜，这样好的胡萝卜还能挖掉呢！你赶快停下不要挖，你还要当成自己的一样侍弄好，看看你这胡萝卜能长到什么样子，我要把这当样板，让大家来学！"

大秋收清以后，要在大秋茬大种胡萝卜，是张德宝经过调查后做出的重大决定。从全公社摸底的情况看，要有一半以上的生产队到明年春天差两三个月口粮。就连那些和小李庄差不多的好一些的生产队，社员口粮也很难吃到麦收。情况严重啊！弄得不好，明年春天又会闹饥荒的！接受了今年春天严重缺粮的教训，张德宝还能再麻痹大意吗？

张德宝把小李庄选作他的蹲点队，他要小李庄都按孙有田的办法种，在这里做出样子来，再指挥别人。

大秋刚收，小李庄在社场东旁的三十亩大秋茬上种上胡萝卜。

老天也帮忙，种子下地后，一连四五天连阴雨，一个星期后，小苗儿那两片细长的乳叶丫中露出了碎叶芯儿。

正在这时，张德宝接到上级通知，要他到地委党校学习半个月。临走前，他特地到地里看了一下。胡萝卜苗子喜人，可那杂草芽儿并不比胡萝卜苗儿差什么！他把生产队长李玉成找到地头，交代他一定要抓紧时间锄一下。

党校学习结束，张德宝惦记着他蹲点队那地里的胡萝卜苗儿，十点钟下了汽车，连家都不回，就背着装满行李的长腰黄帆布大提包到小李庄的那块胡萝卜地去。当他顺着公路走到官道交口时，忍不住又站住了。那斜尖地上的胡萝卜已开始盘棵，萝卜缨子一律碗口大，从叶芯向外分开的叶柄密密地披向四周，上面镶满了碎玉般的嫩叶片，如同整齐地摆放在地上的一朵朵用绿玉雕成的花朵。多好的胡萝卜！张德宝心中默默地赞许着，他甚至已经想象今年各生产队抢种的胡萝卜都会长得像这里的一样好。

张德宝顺着官道向东，不一会儿就到了那块三十多亩胡萝卜地。一看，立即被眼前的景象惊呆了，拔过的不到一半，没拔的地里抓阴草、禅草棵儿长得绿油青旺，密匝匝地把那些可怜的胡萝卜苗儿遮盖得几乎没了踪影。地头边上，只有十几个劳力在锄草定苗。

小李庄生产队队长李玉成被找来了，他自知有错，缩着头慢慢地走过来，低头站在路边。

"你这个没脑子的东西！胡萝卜地里一地草，还有心思去听书，真是混蛋透顶了！"张德宝手指着李玉成的脑门，开口就骂。

大概是现今工作压力大的缘故，张德宝变得脾气暴躁，动不动就骂人。

停会儿他又两手拃腰转圈子："我现在没工夫处理你，你给我赶快去把队里人都叫来拔草！叫不来人我饶不了你！"

李玉成到那边转了一圈又回来，低着头走到正在拔草的张德宝跟前小心地说："找不来人哩！"

"你怎么找不来人？人呢？"张德宝的气已消了，他抬起头问。

没等李玉成说话，那边有人说话了。"到哪儿找人哪？今天逢集，我们这些人都是不会做生意才来的。会做生意都去做生意了！"

张德宝听后沉默了。他已经知道社员去做生意对农业生产影响太大，公社也有领导提出禁止的意见，然而他却很犹豫。现在一定要注意。中秋减产社员分的口粮少，晚秋庄稼收成也不会高，明年春天总是要吃呀！让他们做点生产挣点钱去买粮食，这也应该是度过饥荒的一种好办法啊！我们郑集这里湖洼地少，麦子种得少，社员麦子分得不多。像那些湖边洼子，地广人稀，少的每人七八亩，多的都有十几亩。每年通常都是收麦以后发大水地被淹没掉，经过一夏天的湖水沤泡，秋后水退了再种麦，地肥麦子长得旺、产量高，一年只种一季麦，一季麦子就留足了全年的口粮。他们那里能吃的鱼虾莲藕这类湖产又多，那些地方的人都有余粮卖，有钱就能买到粮食。唉！做生意就让他们做去吧！

"那你中午一家一家给我通知，下午人人都要来！"张德宝一边对李玉成说，一边丢下提包，到地里用手拔起草来。等到吃午饭时，身后已拔草定苗出来四五丈远。被拔草后的地里，定好苗的胡萝卜苗儿离离亮亮地立在地上，显得特别精神。

张德宝吃过午饭，带着一把镰刀早早地来到地里干起来。

郑明龙的蹲点地点是街北队，吴三龙是街南队。他俩听说公社张书记在小李庄胡萝卜地除草，蹲点队也不去了，都拿着镰刀到小李庄地里来。

"你们来这干什么？看我在这儿的？我不要你们来陪着我！都到你们该去的地方去！我明天就到你们那些地方去，看看你们的点搞得怎样！"张德宝阴沉着脸，连看都不看他俩。

郑明龙、吴三龙都走了。

李玉成今天下午的工作做得很有成效，小李庄出了个满勤，三十亩胡萝卜地拔剩下的地方布满了人。

实际上李玉成并不觉得是自己的工作做得好，他想，要是张书记不去学习，这块胡萝卜地早就锄草定苗好了。

第二章

这次有你家呀，你怎能没领到？

去年的洪涝灾害造成粮食产量大幅下降，口粮严重不足，到了 1961 年 3 月，国家每隔一段时间，都会拿出救济粮分发给那些缺粮的困难群众，保证他们有饭吃不挨饿。

郑家大院西北拐角对面的老街上就是朱立方的家。

两间门朝南的屋住人，就着西面山墙的墙头搭了个一顺坡的小锅屋，东西两头各有个"拐"字形的墙头和前面那户人家的后墙连接起来，组成了个小院子。院子往西三四步远，有条两丈多宽一人多深的围沟，围沟那边就是安河那高高的河堆。

郑集大队共有小李庄、街南、街中、街东、街西、街北六个生产队，每个队里都有一些没粮的户。

郑集大队今天发放救济粮，各家应发的数字研究好以后，四大队写条子到粮站去买。

郑明龙不到三十岁，身穿大半新蓝卡中山装棉袄，敞着头，短分头发梳得整齐平顺，脖子上的彩条格大围巾盖住了下半个嘴。他仰着脸坐在椅子上。

争着领粮的人在大队会计吴正宝的桌子前围上几层，报名的声音响成一片，只有朱立方耷拉着脑袋蹲在门后的墙角。吵闹的声音没有了，人都走差不多了，他才站起来走到吴正宝的桌前小声说："吴会计！我的呢？"

吴正宝刚写了个"朱"字，就被郑明龙给止住了：

"他家呀！等以后再说吧！"

"郑书记！我求求你了！我家已快断粮了！"朱立方纤瘦的中等个对着郑明龙弯成了弓。

郑明龙正眼不瞅朱立方，喷着烟圈说："没办法！现在上面给的救济粮就这么一点，需要的人大多，这次研究没有你家！"

大队长吴三龙跟郑明龙差不多大年纪。四方脸、浓眉大眼，下巴的络腮胡子黑乎乎的，很有男子汉的英武气质。他很疑惑地想：前天大队支委会研究时有他家呀！并且他家还是郑明龙自己提出要给的，按照预定的标准，缺粮户每人五斤，朱立方家四口人应该给二十斤，郑明龙还特别说他家困难大，要给三十斤的！想到这，他扬起眉毛问郑明龙：

"研究到他家时，不是你说他家困难大，你还要多给他十斤的吗？怎么现在你竟然不给了呢？"

郑明龙白眼球翻了几下："有这事吗？我怎记不得了呢？"

"有的！会计你看看登记表上！"

吴正宝崭新的对襟布扣蓝洋布褂子罩在已经旧了的对襟棉袄上，面色不太红润却也并不粗糙，使已经年近四十的他看上去比郑明龙还要年轻。他微微地笑着不言语。昨天上午，郑明龙特地叫他写好朱立方家的条子交给他，下午临下班时，又告诉他说朱立方家条子被他撕掉了，还叫他将登记表上朱家的名字划掉。他除去对一把手郑明龙驯服得像只小绵羊，还有一个重要原因，1959年春天，原任大队党支部书记李玉山去世以后，按顺序排，应该是大队长吴三龙接任党支部书记，可是原郑集公社副社长吴明坤是吴三龙的连襟，社会关系不如大队支部副书记郑明龙好，就由郑明龙担任了大队的党支部书记。他知道吴三龙对郑明龙很不服气，两人相斗，还是都不得罪为好。

吴三龙摘下头上的带耳焐棉帽放到桌上，从自己的桌边站起来，走到吴正宝面前拽过登记表，指着表上说："这不是吗！朱立方三十斤，啊！怎么划掉啦？"

"数字不够！我叫划掉的！"吴正宝没回答，郑明龙却很有理由地说。

吴三龙非要究查到底，他拿过算盘一拨拉，马上有了结果："总共一千斤救济粮，少他家这三十斤就是九百七十斤，加上他家就正好一千斤！"

郑明龙马上又故作惊讶，实质上是极不情愿地说："是吗？我算给他家就不够了吗，要是够的话，那就给他吧！"

拿到条子，朱立方走到吴三龙跟前深鞠一躬。

实际上朱立方心中有数，郑明龙不给粮条子是因为闺女朱美兰的事。

昨天上午，正在麦地低头拔草的朱美兰突然听到有人小声叫她，抬头一看，郑明龙站在自己的面前，那双色眯眯的眼睛在盯着自己看。

"你家粮食不够吃的吧？"那亲切的问话令人心暖。

朱美兰低着头，微笑着娓娓地说："不够！"

朱美兰中等个头，身材清瘦纤细，一对凤眼，鼻梁略高一点地凸起在瓜子脸的中间，下面是两片不高的嘴唇，虽然穿着一件旧得变色的红底白花夹袄，却仍能透出少女独有的娇美可爱。她对这个大队书记并不生疏。去年小学毕业到队里干活时，有时在路上碰到郑明龙，他都会逗她讲话。

"想不想买救济粮？"

朱美兰不由自主地向郑明龙望去，面前这个大自己十几岁的男人，满脸如同有和煦的春风在溢漾，她心存激动，脱口而出道："想！"

"想的话，你自己去拿！下午去！"

午饭后，金色的阳光披洒在郑集街十字路口东北角郑家大院的屋脊上。大院分南北两院，南院是供销社的门市和仓库，郑集大队办公室在供销社仓库对面一处三间屋内。南院的院子里显得空荡荡的，只有西边供销社的仓库里在传出保管员算账拨打算盘珠子的声音。

有几个人都先后来找郑明龙，他们见办公室门锁着，都一个个独自到郑明龙家去了。此时就剩朱美兰一个人在办公室门外等着。

她知道到郑明龙家里就可以找到郑明龙领到粮条子，也想到他家去。但是，她长这么大还很少到与自家没有亲缘关系的人家去，少女特有的羞涩胆小心理更让她犹豫。过了老大一会儿，郑明龙还没来。这时，一个到郑明龙家去的人告诉她，他刚在郑书记家，郑明龙让他来叫她赶快到他家去。

郑明龙家的院门虚掩着，朱美兰轻轻地推开，扒在门旁墙边胆怯地伸头向里张望，堂屋里立刻传来郑明龙亲切的招呼声：

"啊！美兰！你来啦！我等你好长时间了！来！进来吧！"

郑明龙上身穿崭新蓝卡中山装，下面是条草绿色军式西装裤，左小右大的小分头梳得整齐发亮，笑容满面地站在堂屋里向朱美兰打招呼。

朱美兰觉得轻松了一些，便低着头向堂屋走去。

"啊！来！你呀！真好！真好看！这样好看的大姑娘怎能挨饿呢？你看！这是我准备好给你的，两份一共三十斤，别的人家最多二十斤，你看我对你家不错吧。"

朱美兰被郑明龙这番热情的表白搞得不知所措，只是低着头拘谨地说："多谢了！多谢了！"

郑明龙走到朱美兰的面前，弯下腰，伸长脖子，色眯眯地盯着她的脸，嬉笑着说："对呀！我对你家这样好，你是不是该谢我呀！那你怎么谢我呢？"

朱美兰为难了，她不知怎么回答才好，只是咬着嘴唇不说话。

"别怕！我喜欢你！太喜欢你了！"郑明龙猛地张开双臂，将朱美兰搂入怀中。

朱美兰惊得毫无反应。郑明龙抱起她就向套间走去。

瞬间，朱美兰意识到郑明龙接下来的行为，立刻用力地挣扎起来，大声叫道："郑书记！你不能这样！不能！放开我！放开我！"

郑明龙并不理会她的反抗，将她放在床上。朱美兰大声哭起来，拼命地推着郑明龙。郑明龙慌了，他怕朱美兰的叫声惊动外面的人，连忙抽出一只手去捂她的嘴。就在他抽手的空当，朱美兰一个挺身挣脱出来退到床头。郑明龙紧逼过去。朱美兰顺手拿起放在床头梳桌上的剪刀，指着自己的胸口大声说："你……你要是再来，我就死给你看！"

看到朱美兰这架势，郑明龙愣住了。他知道自己老婆李小妮带着孩子去医院打针时间不会太长，留给他的时间不多，原本以为朱美兰年纪轻容易得手的，哪知道这样难，再拖延下去让李小妮回来看到，那她还不和自己拼命！他坐在床上，并不看朱美兰，十分不高兴地说："走吧！你走吧！"

听到郑明龙这样说，朱美兰什么也不顾了，飞快地跑了出去。

郑家大院西北拐角对面的老街上就是朱立方的家。夫妻俩、女儿美兰，还有一个八岁上小学的儿子。

"大！妈！郑书记他不是人！叫我到他家里去拿条子，他家就剩他一个人，把我向他里屋床上抱哩！"朱美兰一边说，一边抹着眼泪。

母亲陈玉很吃惊地问："啊！他怎能做这种事！怎么到你没有？"

"没有！他看我拿到剪刀，一吓就将我放了！条子没拿到！"

朱立方想一会儿才说："这种人你不能得罪他，没怎么到你就算了，弄不好他会报复的！就当不知道吧！"

陈玉很焦虑地说："条子怎么办？生产队里将我家统计报上去的，这次就应该有我家的！"

朱立方说："明天不是发大伙吗？是在大队部里发的，到时我去领！"

拿到粮条子的朱立方回到家，一家人都十分高兴。

陈玉说："这下好了！有这三十斤，加上家里的，够吃到五月份的，就怕到时还要差点！"

朱立方很真诚地说："多亏吴三龙大队长呀！郑明龙说这次不够发的，就不想给我。三龙说这是经过大队研究有我家的，他拿过登记表一家一家地往上加，结果连我家正好够上面分拨下来的数字，郑明龙这才没话说！"

陈玉很激动："三龙是好人哪！对我们家这样好，我们决不能忘记他！"

朱美兰昨天下午从郑家跑出来，就一直想着自己没拿到粮条子，担心会让一家人挨饿，现在一块石头落了地，对吴三龙的感激之情自然是难以言表的。

这年，郑明龙的父母都先后去世。李小妮上个月又生了个女儿，一家四口过日子。

不用听人说，李小妮就已经觉察出郑明龙有问题。他们家并不缺吃的，两人的精力并没受什么影响，平时夫妻之间还像往常一样，郑明龙是什么样情况李小妮最清楚。可是，近来李小妮发觉郑明龙变化很大，对她冷淡多了。以前都是他主动，现在如果自己不想，郑明龙就不理她。甚至即便是有时自己主动提出来，郑明龙不但不怎么热心，还烦得很。自己的男人陡然有了这种变化，李小妮怎能不起疑心？女人嘛！李小妮能没有这种天性？这一段时间她发觉郑明龙经常半夜才回家，问他，他都说大队里有事。哪能有这样多事呢？她决定暗地里好好查一查。

这天晚上，郑明龙又说去研究发救济的事，饭碗一丢就走了。李小妮将两个小孩哄好睡觉以后，就出了门。到了郑家大院，院子里空荡荡、静悄悄的，看不出一点动静。怪了！大队里研究事情不在办公室，能在什么地方呢？她快步赶向小李庄的吴三龙家。刚到院门口，就听到了水花和三龙两人的说话声。她立即止步退了回来。水花一直是她的情敌，郑明龙有鬼，李小妮首先想到的当然是水花。如果水花不在家，那就能断定这对男女有问题。见水花和三龙都在家，不但消除了对水花的怀疑，还证实了今晚大队里并没研究什么事情。大队里研究事三龙能不参加？干什么去了呢？李小妮在苦心琢磨着。她忽然想起，大队办公室里有个套间，里面还有张木板床，会不会那里头有什么鬼？她决定去看个究竟。

李小妮又急匆匆地进了郑家大院。

深夜的人声和动响极少，世间的一切都显得格外安静。郑家大院的前院里，供销社的仓库都是铁将军把门，大队部的办公室也是静悄悄的。四周一个个高翘起檐梢的灰黑色屋脊，像一条条翘首以待、随时准备缠吞猎物的巨蟒。灰暗的院子里，透显出阴森可怕的威严。

办公室的门紧闭着。朦胧的夜色中，仍能看清门上没锁。一推，竟还被从里面闩上了。

"开门！开门！哪个在里面？快开门！"李小妮试探着轻轻地推着门问。她毕竟还不能肯定郑明龙就在里面。

李小妮一连推着叫了几次，里面就是没人答应。如果要是别人，也不至于这样怕她在屋里头装死不作声的！肯定是郑明龙在里面，并且还能肯定他在这屋里有鬼。李小妮一时火起，把两扇门推晃得山响，大声叫骂起来：

"郑明龙！你这个孬熊东西！你把哪个带在里面啦？快开门！开门！"

夜深人静，李小妮推门的咣当声和污垢难听的叫骂声显得格外奇特和响亮。屋里的郑明龙慌了神。今晚被他约来的就是陈英，乱搞是干部作风腐化堕落的大错，李小妮的叫骂声要是引来了人，那他可就倒大霉了！他一边穿衣服一边说："小妮！你吵什么！不要吵！我去给你开门，你等等！"

李小妮以为陪郑明龙睡觉的女人还藏在套间里，进了屋就叫骂着直奔套间而去。当她进了套间的门以后，便隐约觉得身后的门后窜出一个人，她转过身来时，一个黑影已快步窜出门去跑走了。

"你是哪家的？"李小妮想冲上拽住她，却被郑明龙死死地抱住了。

李小妮一边叫骂，一边奋力挣扎着要去追陈英，可是怎么也挣脱不了郑明龙抱她的双臂。陈英趁机快步跑走了。李小妮又把火力集中到郑明龙身上骂起来。

"小妮！你别这样！你不要吵！"郑明龙将李小妮挡在屋里又将门关上。

"你关门干什么？想弄死我啦？怕人看见啦？"李小妮去开门。

郑明龙挡住李小妮："小妮！我给你跪下了！我求你！别这样大声吵了！要是招引来人，被人看见我就干不成了！我要不干这书记，还不跟社员一样没粮吃？没钱用？你，还有小孩还不受罪！"

郑明龙这样一说还真管用！李小妮真的不再大声叫骂了。不过她的气并没消："你这个不要脸的东西！你说！这个女人是哪个？"黑暗中，她并没认出陈英。

"小妮！你别气了！我改！我以后保证改！我跟她什么也没有！你就饶我这次吧！"

"这女人是哪个？说！"李小妮又问。

"你问她干什么呢？小妮！别问了！"

"不说啊！不说你就跪这不要起来！"

"唉！她！唉！"

"说！"李小妮紧紧地追问着。

"她！唉！你问什么！我告诉你，你好找她闹？不行！这绝对不能告诉你！"郑明龙索性从地上站起来，横下心说。

"啊！你这个孬熊东西，到这时你护着那女人！"李小妞又大声骂起来！

"好！你闹吧！闹吧！把我闹下台你就好了！你要不顾这个家，你就闹吧！"

"不要脸的东西！"黑暗中，李小妮重重地扇了郑明龙一个耳光，转身回家了。

第三章

我不带头行吗？

公社会议室里，中间摆着一张三米长、一米五宽的单面长桌，县、公社领导们坐定以后，夏县长也不绕弯子，开门见山地说：

"今天我来主要是和你们落实解决公社五八年打的大干渠存在的问题。大渠的毛病很大，我们经过研究，给你们制定出一个改造方案，现在叫宋副局长给你详细讲一下！"

小王集公社的夏书记因为1959年生产抓得实，粮食产量不但没减，还略有增加，不但他那个公社没出现缺粮，还调出很多粮食支援别的公社，工作成绩突出，去年被提拔为县长，孙县长升任县委书记。

宋副局长三十出头，原先是水利局技术员，最近提升为副局长。他从皮包里掏出一张专门绘制的郑集公社旱改水工程地形图在桌上放开。抽水机塘、主干渠、支渠、小毛渠全都标画在上面。他的手指一边在图纸上移动，一边说："这里的地形是北高南低，抽水机站这里最洼，根据测量向北每一千公尺增高零点八米，这就是抽上来的水送不出去的主要原因。"

"唉！盲目啊！夏县长！还是你能稳住劲！我们在这想一口吃成个胖子，集中全公社人力物力打大渠栽水稻。计划栽一万亩水稻，结果只栽了一千多亩，还误了旱作物，栽了个大跟头，差点跌死！你在小王集稳扎稳打，大农田还是按常规种，你是保住社员的饭碗子，难怪小王集的社员都喊你夏青天哪！你升县长当领导，我老张服你！"

王玉贵插话道："小王集的社员哪舍得让他走啊！上任那天，全公社除去走不动的老人孩子，都出动了，送行的一万多人从街里排向通往县城的公路，里三层外三层地排了三里多长，哭声响成一片，要不是看他提拔当县长，小王集的社员哪能放他走！"

夏县长黑黑的四方脸上看不出有什么表情，显得深沉老练，他淡淡地说："我也没大本事！只是怕步子迈大了，收不到粮食，让社员没粮吃！"接着摘下别在腰间的烟袋，指着张德宝说，"想没？给你来一锅？"

"我有！"张德宝说。

夏县长又指着王玉贵说："你呢？"

"人家有洋货！"没等王玉贵回答，张德宝替他回了。

"你不就是想我这洋的吗！想就给你！"王玉贵掏出一包刚拆封的华新烟。

"哪个稀罕你那女人贷！没劲！"

夏县长也说："那就各顾各的吧！"

各自喷出烟圈后，夏县长说："赶快谈正事吧！下午要开常委会，上午我还要赶回去，小宋，你说说大渠改造方案，再研究出一个实施计划。"

宋副局长说："把这机站用起来也行，那要将渠身在抽水塘这头再增高一米五，从抽水塘开始从南向北每一百米递减零点一，最后扯平。大渠增高渠身部分的基座也要按一比一点五的比例向上逐级加宽，我们测量一下，土方量大约相当于原有大渠的三分之一。"

张德宝吃惊地说："这么多啊！现在集体一点存粮都没有，社员吃粮全靠上面给的那点救济粮，肚子都吃不饱，哪里还有人力物力来干？干不了！干不了！"

宋工程师指着地图上的大小渠道又说："第二个问题是一定要解决的！你看，你们那些大大小小的渠道就像一道道大大小小的拦水坝，你们扒的排水河被渠道挡在那边，这就是去年这里洪水排水慢的原因。"

"啊！照这样说，这还真是大问题哩！这又怎办呢？"赵永华连忙问。

宋工程师很慎重地说："张书记！根据气象资料，预计今年很可能还有大的雨涝发生。"

张德宝对打这大渠有很大的愧疚，他沉默了好大一会儿，才叹口气说："怪我啊！那时吴明坤还提出，摊子不要铺得太大，建议动工之前找你来测量一下，按照你们的规划施工。我也到水利局找你的，那时全县到处都在大干水利工程，找你的人太多，根本找不到你。那时那形势，你不干别人干，不干就落后，我就叫公社水利员放上样打上石灰线，就干了，结果弄成这个样子！要是按照明坤的意见办，等你来测量一下，也不会惹出这样多的麻烦事。好心办坏事！早知这个熊样子，也不费那穷劲了！"

"照这样说，还真要注意哩！这又怎办呢？"赵永华连忙问。

宋工程师说："搞桥涵配套！什么地方搞多大桥涵，我已经给你们测绘好了，图纸也都标画出来了，就是要投入一笔很大的资金。"

"这两年花费太厉害，公社被掏空了，连买扫帚的钱都拿不出来！夏县长，县里水利上不是有专用资金吗？能拨点给我吗？"张德宝说。

夏县长显得很为难："现在哪还有钱拨专用资金？只有等到今年夏收后，如果夏粮收成好，有钱了才行！看样子大渠的整修方案可以确定下来了，就是人力、财力不行，整修的事就放一下，等夏收后再说吧！老王！你留下来，帮他们研究一下今年生产上的事，我和小宋先走了。"

夏县长和宋工程师走后，生产上的事研究到十一点才结束。王玉贵又和他的老战友斗嘴打趣起来："呼噜！夏县长要不走，我还真怕今天找不到好饭桌子哩！夏县长走了，你还能叫我去喝大锅汤！少我双沟山河大曲想赖掉啦？今天要还上！"王玉贵望着张德宝大声嚷着。

"就你那点酒量，还要我左一顿右一顿地还？有本事就今天都拿出来！不叫你钻桌底啃骨头我老张不姓张！"

张德宝叫来食堂司务长，给他五块钱让他去打酒买菜，酒要两瓶，一定要买双沟山河大曲，剩下的钱买菜，买好了送到他家。不一会儿，司务长来了，他告诉张德宝，供销社买不到双沟山河大曲。

"啊！那怎办？不行就双沟普通大曲！"

司务长为难地说："不要讲双沟普通大曲了，就连双沟散酒都没有！只有山芋干散酒。"

"小狗子！这不怪我啊！你天生就是喝孬酒的命！"

"唉！要这样，那就把这山河大曲记着，以后还吧！"

"肉也没买到！食品站原来说每到逢集杀一头猪的，现在都半个多月没杀了！"司务长又说。

"啊！没肉！没肉不怕！家里有只兔子，还有咸鱼干子，行了！要是这样你就赶快把钱送到我家去吧！告诉老冯，就说中午有四个人去吃饭！"张德宝吩咐司务长说。

"张书记！王主任来是办公事的，哪能让你个人招待？就让食堂做吧！"司务长说。

"县里有规定！上面来人一律不准招待，全都自己掏钱买饭票吃饭。老王跟我老张是一个战壕里钻出来的，要叫他去食堂掏钱买饭吃，那他还不把我孬得狗屎臭！就到我家吃点吧！"

张德宝的老婆叫冯桂英，1957年刚从农村迁上来时，供销社胡主任打算给她安排在门市里做营业员，可是她连扁担长的一字都叫不上来，一分钱和一角钱会当一样多，让她去卖货算账收钱，还不把老本都贴了！只好让她到供销社办的酱菜厂去做工。

郑家大院的后院如今是公社机关人员的居住地。张德宝的家在院子的西北角，三间门朝南的卧室，西旁还有一间门朝东的厨房。屋里的摆设大多都是从农村老家带过来的。一张简易大桌、四条大板凳放在桌边，两头套间各放张大床，张德宝两口子带着三岁的小儿子立全住一头，大娟、二娟两个女儿住另一头；在县城上学的儿子立华星期天回家，就临时在当门这间放张二尺多宽、用绳子网成的凉床上睡。春夏秋冬四季穿的衣服都是挂在套间里的绳上的。除此以外，就是套间里屋山墙挂着的张德宝最心爱的两个物件，一杆猎枪和一张鱼网。别看他是一个月挣六十多块的公社一把手，他的全部家产加起来也值不了几个钱。

社员的食堂都停下来以后，张德宝家也不再到公社机关大食堂里去吃饭了。

张德宝叫赵永华也到他家去吃，赵永华知道这当口各家的吃食都紧张，多一张嘴就要多吃一份饭菜，就婉拒了。

张德宝的父亲正坐在堂屋的大桌边等他。老头子六十多岁，眼花耳朵还没聋。听见张德宝回来了，用独木拐杖撑着略向前弯的腰："你回来啦！幸亏我来了，不来还不知道哩！这么大的事，你说怎办就怎办了！怎么人家都没下放，你就把桂英娘几个下放了？"

"大！来人了！不说这！你怎来的？"张德宝故意岔开话题。

老头子气得瞪了他一眼。

"老张，你把自家下放了？"在一家老小面前，王玉贵不好再叫外号，屁股在桌边的板凳上还没坐稳，望着张德宝问。

"哎！没法子呀！下放任务那样大，动员会都开过三天了，叫大家报名，没一个报的！我不带头怎办？"

"不对呀！按规定……"

"老王！你别说那什么规定了，我这任务太大了，没办法的！"王玉贵说了半截的话，立即被张德宝打断。张德宝知道，这次下放有个内部掌握的范围，是以 1957 年底为界，以后迁上来的人员一定要下放，1957 年底以前的是以动员说服、自愿报名为主。按照这个规定，再凭他这个公社一把手的身份，他要是不提出来，哪个还能一定把他的老婆孩子下放掉？昨天下午张德宝就宣布了他这个带头下放老婆孩子的决定，晚上回家告诉冯桂英，冯桂英和他吵了一夜。他这时生怕这个由领导内部掌握的规定让冯桂英知道。要让她知道，还不把天闹翻了！

王玉贵说了半截的话被张德宝打断后，又看到张德宝向他示意的目光，知道自己想说的话不能再往下说了，就改口说："难哪！你这地方上的土地老爷也难当！上来好上，下去哪个高兴？上面又再三强调不能搞强迫命令，都不报名，你咋办？完不成任务又行吗？"

"我不下！我们娘儿几个不下！"锅屋里传出冯桂英大声的说

话声。

"下放是党的号召，能不执行吗？"张德宝把头伸向那边，耐心地说。

"党又没指名叫我们娘儿几个下，我们凭什么下！"

"我是公社书记，不带头行吗？"

"你要带头，就下放你！拖累我们娘儿几个干什么？"在捍卫自己的切身利益上，冯桂英的态度十分坚决。

"胡闹！下不下还能由你！"张德宝已失去耐心。

老头子抹了一把流出嘴角的口水，拐杖敲点着地面说："你们公家的人就是瞎摆弄，过得好好的日子，又给人往下面撵，这不叫人不安身吗？公家把粮断了，这几张嘴到哪去弄粮食吃？"

"大！不用怕！会好的！好了，不说这了，菜做好没？能吃了吧？"张德宝从不顶撞自己的父亲，拉着圆场说。

"菜好了！你不叫打酒的吗？立华去打酒还没回来哩！"冯桂英站在锅屋门口，说话的声音也放缓了。

张德宝知道，因为王玉贵来了，她才忍住不闹，要不，今天中饭是吃不安稳的。

这时，立华提着两瓶酒回来了。

"老王！你不是想较我酒量吗？在一起老婆孩子扯着不自由，我俩干脆到锅屋小桌上，那里自由！"

"嘿！还好主意哩！"王玉贵向老头子说了几句客套话，就跟着张德宝坐到锅屋小桌边。

兔子肉是今天的主菜，本来一大海碗带尖，端来锅屋的是海碗平口。张德宝望着碗里的兔肉，略想一下，连忙叫大儿子立华来这专门给他俩斟酒。

张德宝端起酒杯，向王玉贵示意说："来！喝！"

"这酒苦！慢慢来！"

"哪个叫你命不好！双沟大曲听说你来了，就躲起来了！反正你这人是猪嘴不识味，孬酒好酒分不清，糊弄着喝呗！"

"你当我没喝过的呀！再苦的酒，三杯下肚，舌头一麻，就顺当了！"

真像王玉贵说的那样，开始即便是沾上一点，就苦得难受，非要皱着眉头使点劲才咽下去，三杯下肚就真的顺当起来，不用皱眉头使劲也能一口一杯往下喝了。两个人连干七八杯，才把酒瘾压住。

"吃菜！来吃这鱼干子！""来！吃这韭菜！""来！吃这豆芽！"张德宝一边劝酒一边邀王玉贵吃菜。细心的人就会发现，他很少邀王玉贵吃兔肉，甚至偶尔王玉贵将筷子伸向兔肉时，张德宝都会叫着别的菜名将王玉贵的筷头引过来。

一瓶酒喝空了大半截，两个人都露出醉意。

立华不喝酒，他盛了一碗面条，一边给他俩泻酒，一边大口地嚼着兔肉吃。立华太想吃肉了，有客人在，也并不会怎么影响他吃那兔肉。

"来！吃菜！"张德宝见好一点的肉块被立华吃得差不多，碗里只剩骨头了，这才将筷头夹起一块带着脊骨的兔肉送到王玉贵面前，佯让他吃兔肉。接着他又夹起一块送到立华的碗里。

王玉贵夹起脊骨，歪着头哨着："你这兔子多少钱一斤？"

"不知道！我老张没在这东西身上花过钱，没本事的人才花钱去买哩！"

"你打的？"

"怎样？不信哪？认我做师父我教你！"

"稀罕！我老王过去打仗，不用瞄准，盒子枪一甩一个准，教你还差不多！"

"不要说大话！空天野湖的，你知道到哪找兔子？找不到兔子，你那枪朝天上放，能从天上打下来兔子？我老张就有这本事！到地里一转，就知道哪有兔子，哪没兔子。兔子爱走回头路，它跑得再远，都会记着走过的路，回到它的窝里。就看你认不认得出它常走的路，找到它常走的路，就能找到它！你知道兔子的路吗？不懂了吧！来！喝一杯，我教你！"

"没那功夫！"王玉贵的意思是不会学那找兔子路的办法，可是酒却端起来喝了。真是酒有醉意手把儿软哪！

张德宝放下酒杯，愣坐了一大会儿才说："不……不下怎行！下就下……到小李庄吧！那队里、队里人会种地，收粮、多！多！"

"现在……这形势！老冯！老……张也是没办法的呀！下就下……吧，等以后……好了，再、再迁上来！"王玉贵安慰着说。

张德宝说着说着，竟然趴到桌上打起呼噜来。

"你！哈！还能……能……唔……"王玉贵还没说完，也歪倒在桌边。

第四章

我们都是人民的干部

救济粮由大队写条子到粮站去领，出现了不少徇私舞弊情况。到了五月，公社不再让大队写条子了，改由大队报救济对象的名单和领粮数量，经过公社审核后，粮站一次性发领粮小本子，让缺粮户凭小本子上核定的数字自己到粮站去领。

公社的这种办法真的堵死了郑明龙这类人的作弊条件。郑明龙手里不能没有粮食和钱，缺了这些，还拿什么去得到那些他想得到的东西？他找到郑明虎，让想办法弄点粮。郑明虎原本就是个爱贪便宜的人，当上了仓库保管员，家里没粮吃，那内心里急得难受。吃过晚饭，郑明虎来到社员徐大柱家。徐大柱将郑明虎迎进屋里坐好。仓库里有多少粮食都记在会计的账上，动这粮，是瞒不了会计的。徐大柱的儿子徐本华现在是小李庄生产队的会计，哪有儿子不听老子的，都是徐大柱叫他干什么他就干什么。合作社时在工分上徐大柱就和吴正宝合起来玩过鬼，徐大柱是什么样的人，郑明虎能不清楚？想把自己要办的事办成，就得找徐大柱谈。

"大柱！你家今年口粮怎样？够吃吗？"

"够什么！现在全家就剩八十来斤大秫、五十多斤山芋干、二十多斤黄豆！到麦子下来还有一个月，家里七张嘴，这点粮够干什么？"徐大柱仿佛从郑明虎的话中闻到了什么味道，立即主动向郑明虎跟前凑。

"我家也是的！怎么办呢？"郑明虎问徐大柱。

"就是啊！到底怎么办呢？"徐大柱显露出为难的样子来。对这个主动找上门来的郑明虎，也还觉得摸不到底，他要把办那事的主动权让给他，又反过来问郑明虎。

郑明虎来就想办那事的，但是，毕竟也不是件光明正大的事，他也得顾顾自己的面子，就绕着弯子说："你看！你儿子是会计，我是保管员，这管账的管粮的人家说没粮吃，那不是笑话吗？"

"这也不假！看着粮食再挨饿，也太没本事了！"徐大柱附和着说。

这样说了个一来一回，两个人都明白了对方与自己想到同一个事情上了，下面的谈话就不再隐晦。

"春种后，仓库里大秫种子还剩八百来斤，我们两家一家弄一口袋吧！"徐大柱首先提出。

"要弄的话，也不能就我们两家。不论怎么办都要给郑明龙，这样才保险，那粮食上盖的印是他管的，不给他，那粮食上的印弄掉了，不盖印怎办？"

人民公社刚成立时，粮食都归大队安排管理。为了防止下面做手脚，大队做了一个"公"字大印，专门由大队主要领导掌管，由他给各生产队仓库用芦苇折子屯起来的粮食堆上盖印。

"郑明龙现在是大队书记了，给他的话，他就知道了，他能让弄吗？"徐大柱很有疑虑地说。

"没事的！小妮昨天还在跟我说怕粮食不够吃哩！"郑明虎对郑明龙的底细能不清楚？去年春天那救济粮就以他的名字替郑明龙领了几次。何况昨天郑明龙又在他跟前说了那话。不过，他还是要顾着郑明龙，关联到郑明龙的话当然是不能跟徐大柱说的。他把郑明龙的话移到李小妮的嘴里。

"照这样说，李玉成也不能不给！他是队长，昨天还问我儿子种过以后，账上大秫还剩多少的，以后他要发现少了，要追查怎办？"

"对！这事瞒不了他，得一定把他拉上，我们现在就去找他。"

听完两个人的话，李玉成睁大眼睛："这是生产队集体的粮食，哪能随便弄？"

"现在青黄不接，你家粮食能够吃？"郑明虎眨动着眼皮问李玉成。

这一问，将李玉成问哑了。他心里当然清楚：家里这点粮食就是掺菜吃稀饭都紧巴巴的，他正在为这犯愁呢！可是对他俩提的弄集体仓库里的粮食，心里还真难下决定。过去无论是初级社还是高级社，不要说集体的粮食了，就是工分都不能随便多拿。一则是觉得不属于自己的如果拿了良心上过不去，二则这样拿就是贪污，是犯错误，他着实不敢。可是不弄的话这日子又怎么过呢？吃菜那日子也的确难熬，那菜其实就是草，吃多了肚子里就像用涮锅把儿在里头挠一样难受，大人还能忍着，小孩却闹着吃不下去。这些事儿交织在一起，令他难以作答。

徐大柱已察觉出李玉成的心思，他向李玉成跟前凑："玉成，你不要再像过去那种死心眼了！合作社时社里大小事都要经社委研究，干部有一点私弊、做一点不合理的事都瞒不住，社员都不会让。自打成立公社，干部做哪样事还要经社委研究？还要经社员同意？还不都是领导说什么就是什么。领导喜欢怎办就怎办！现在这个队就你当家，这粮食就我们队长、会计、保管员三个人管的，只要你点头，我们三家都弄，能让哪个知道？"

郑明虎紧接上说："这年头，到哪去弄粮吃？仓库里的粮食不弄白不弄！"

李玉成想了好大一会儿担心地问："郑明龙知道了他会同意吗？"

"你提他干什么？给李小妮一份就行了！"郑明虎在想着不让郑明龙担责任，将李小妮推出来。

其实李玉成对自己的这个当书记的外甥女婿最知底，高级社时让他去管街南队时他就干过这事，救济粮由他发条子时，不知被他私吞了多少，慢慢地说："随你们吧！就是千万不能让人知道！"

"照这样说，吴正宝也要给，这人知道账上的情况。春种过后，他还把我儿子叫到大队对账的，以后他发现少了，要追查怎办？"徐大柱因为过去就和吴正宝有成见，这人又像猴子一样精，怕他在账上追查他儿子，所以又主动把吴正宝拉上。

这样一串通，一个相互关联的利益团体便在暗地里形成了。

一天，孙有田回到家吃晚饭，吴三龙的堂叔吴正雨来他家串门子。

吴正雨先是扯着闲话，等王秀英和孙武两口子都走了，才向孙有田跟前靠了靠，小声问："你注意到仓库里的大秫没？"

孙有田略愣一下，反问道："你看出什么啦？"

"少了！少了至少一半哩！"

"啊！我还没注意哩！"

"告诉你！昨天夜里我在亲戚家有事回来时都到半夜了，刚下官道走到汪塘拐子，看到前面有个人扛着一个重重的口袋。我心里犯嘀咕，深更半夜的哪个扛这口袋干什么，就追上去看，你猜是哪个？"

孙有田向吴正雨望去。

"李玉成！"

"是他！"

"他看到我特别慌，连声说是在街上找人借的粮。你想想，现在家家都缺粮，深更半夜的找哪个能借到一口袋粮食？原先仓库里那小折子里的大秫有半人高的，刚才我去一看，只有膝盖高了！现在大秫少了这样多，这里头能没有鬼？"

"照你这样说，是有问题。你跟我说，叫我怎办？以前二女婿明坤没出事，这些事我能管，现在明坤都这样了，我还能出面吗？你去找干部们反映吧！"

孙有田嘴上这样说，其实心里却另有想法。

那天他到仓库去拿笆斗用，看到大秫一下子少了很多，就很吃惊地盯着那折子看。

郑明虎这时连忙说："你还有事吗？没事我就锁门了！"把他撵了出来。

第二天下午，他铡完黄豆秸，在那专心地清理草里撒下来的豆粒子。正当他把已清理干净的一碗多豆粒往衣服口袋里装时，郑明虎来了。

郑明虎两眼盯着孙有田的口袋说："你这外快不少嘛！三天

铡一次草，一次弄斤把，一个月还能弄十几斤哩！"

"嗯！烂豆瓣子！不多！不多！没用的！"孙有田支吾着。

"没事的，我不会说的！别人要是提你意见，我就说你都交到仓库里做饲料让牛吃了。就是我们都要互相照应点，我们两人历来都处得不错，还能说旁话吗？"

场上打庄稼，不论是麦子还是豆子，草抖得再干净，里面都会裹一些粮食。农业合作社时就立了个规定，铡草时草里抖出来的粮食都要交到仓库里。以前粮食不紧，孙有田也没拿这点粮当回事，都如数上交。去年春天没粮吃，孙有田不再交了，都拿回家。从那时起，这也就成了习惯。郑明虎话里的含意，孙有田当然是听懂了。这时，他哪能听吴正雨这样一说，就还像过去那样带头去提意见呢？他觉得自己不沾这事为好，就是把那几百斤大秫追回来，自己又能捞到多少？反而把和郑明虎的关系搞坏，自己草堆里这些外快也就丢了，对自己又有什么好处？一年也能弄百把斤粮食呢！

吴正雨见孙有田这态度，很为难地说："找哪个说呢？上面的印盖着，郑明虎和郑明龙是叔兄弟，不是明摆着的吗？看来也只有三龙了！"

吴三龙听了吴正雨反映的情况，觉得这事肯定与郑明龙有关系。因为没拿到证据，他不敢贸然向领导汇报，决定先找吴正宝了解一下大秫的账面结存和库存情况再说。

吴正宝听了吴三龙的问话，笑着说："三侄儿！你怎还打听这事？你自己心里能不清楚？那次你和水花两个到二队仓库里拿的每人四十斤大秫的劳动粮，不就是从这一类结余数中支出的吗？小李庄种剩的大秫除去替我们几个大队干部支劳动粮，还有还我们干部到小饭店吃饭欠的账哩！前天公社赵社长带人到我们大队检查工作，郑书记和我陪他们到饭店吃饭吃了十几块，从我们仓库里弄了一百五十斤大秫才把账抵上，就像这事，我们还能不给？"

吴三龙知道吴正宝说的大队干部每人四十斤劳动粮的事，那次大队干部开会，大家都说粮食不够吃。吴正宝说去年秋季社员口粮就分成基本口粮和劳动粮，我们大队干部的口粮按照公社规定每人全年给了二百八十斤，那应该是基本口粮，不能算劳动粮，用发劳动粮的理由每个人弄点粮吧。大家正愁家里没吃的，哪能不同意。他一提出，包括吴三龙自己在内都赞成，决定每家弄四十斤。吴三龙想：这劳动粮每人才四十斤，大队干部七个人都到小李庄弄也不过二三百斤，何况自己和治安主任还是到二队弄的，小李庄大秋少了那么多，能没有鬼？无奈他摸不到这里的底细，就只有在还那小饭店的钱上找事了，他觉得一顿吃了这么多，太浪费了。郑明龙仗着他是一把手，不让他知道，他当然十分不满。

供销社接到县里拨洽的五百斤白糖，用来救治由于营养不良而引发的病人。赵永华和供销社胡主任两人先拿出个处理意见，来找张德宝汇报请示。

这时三龙刚走，张德宝正坐在办公室里。白洋布衬褂的右边肩头上补了块马鞍形补丁。他就这一件像点样的褂子，早就想做了，可是每人一年八尺布票，裤子屁股上一边一个碗口大的洞，不做裤子还能走到人跟前吗？做条裤子用掉六尺，剩下二尺贴补给儿子做衣服了，想做也没法去做，只能将这褂子补一下再穿。捧在手里的烟袋杆儿只有五寸长。他不喜欢太长的烟袋杆儿，长杆子插在腰袋上会蹭到肚皮，搭在肩头上吧，让烟袋杆儿和烟荷包一前一后地在肩头上晃来晃去，他觉得这样会使自己显得太土气，自己毕竟是公社书记嘛！哪能像老百姓那样随便？现在蒋介石把特务向这边派，形势有点乱，每次外出，他都要把手枪带上，把烟袋杆儿插在左边，手枪挂在右边，一边一个，这样倒也对称好看。

"噢！我正要找你！我问你，上次带人到郑集检查生产，你在哪吃的饭？"不等赵永华说话，张德宝端着正在冒烟的烟袋，冷眼瞅着他问。

赵永华见张德宝那神情，一种不安的情绪立即在心里躁动起来。他虽然是这个公社的第二把手，可张德宝还是把他当作十年前新中国刚成立时来乡里给他当秘书时的毛头孩子，想什么时候说他几句就什么时候说，并且喜欢怎么说就怎么说，从不给他留情面。听话音他估准是那次郑明龙带他到饭店吃饭的事。

那天带着郑明龙在郑集检查生产，从南湖地里跑回来，都过十二点了，郑明龙说现在公社食堂锅都涮了，就将他带到饭店去吃。原本叫郑明龙搞简单一点，谁知道在饭桌边坐下来就身不由己了。饭店是供销社办的，供销社的胡主任早早地就叫人从烟酒门市拿来双沟山河大曲，饭店的经理亲自端菜，一会儿肉、一会儿鱼地上了五六个菜。菜已端上来，还能再端下去？特别是那肉，机关干部都是按计划供应，每人一个月一斤，公社食堂每个星期只吃一次肉。一顿二两多肉吃到嘴里刚把肉瘾勾上来就没有了。这时候肉给人的诱惑是不会区别你是什么身份的，不论你是权高势重的领导还是普通社员，见到那香喷喷、油腻腻的肉都会情不自禁地直咽口水，人人都有肉永远都吃不够的感觉，赵永华还能例外？端来了哪还能再舍得端下去？吃呗！酒菜吃完，账是郑明龙叫吴正宝去算的。赵永华心里有数，这顿饭钱不会少，黑市上肉两块钱一斤，光是那一碟肉就得五块钱！张书记问这事，肯定是那次吃饭出了事！

他望着张德宝小心地说："那天回来得迟，公社食堂没人了，被郑明龙带到饭店吃的！"

"你怎这样糊涂呢？食堂老王就住在里面套间，喊他一声就行了，跟他上什么饭店？一斤大秫八分钱，一顿饭吃去小李庄一百五十斤大秫！社员没饭吃，你还到饭店吃鱼吃肉！我们是党员，是领导干部！这样大吃大喝，还怪群众有意见吗？"

"啊！那么多？我要给钱的，他们怎么拿大秫抵了？"

"这样不行的！你找他们算算，你摊多少钱，都给我还上！凡是在场吃的人几个人都得还，不准沾生产队的便宜！"

胡主任见赵社长被批评得低着头不敢说话，就有意岔开话题："张书记！上面拨来五百斤白糖，我和赵社长碰一下，拿个意见，来向你请示一下。全社三百多个病人，每人一斤，还要剩点。我们想给公社机关干部每人都分一点，你家人口多，给你……"

"胡闹！你这样带头搞干部特殊化，还有群众观念吗？"瘦得额头凸起、下巴变尖的张德宝将烟袋朝桌上一摔，忽地站起来，两手插腰，在屋里来回踱步。走了两个来回，坐下来将手一挥："余下的一斤都不准动！这么多病人，那些没得的就不得了吗？都给我留着，留应急处理！"

胡主任碰了一鼻子灰，低着头不再说了。

张德宝并没就此罢休："还有你！你这主任是怎么当的？小赵去了，你就去市场上买那样贵的肉？还给他喝那样高级的酒？花的都是社员血汗钱粮，都是你做的好事！太不像话了！"

屋子里一时无话。

张德宝回到桌边坐下来，深深地叹口气说："我们都是人民的干部，在这种时刻，哪能这样大吃大喝、特权自私？不注意行吗？小赵，你现在就下通知，叫各大队书记下午来开会，我要宣布两个决定。第一，从今以后，公社里不管哪个再到下面大队去，路近的一律回来吃饭。路远的也只准吃便饭，标准不准超过社员的饭食。还不能白吃，一律给钱给粮票。第二，各大队的任何干部不准再掌粮食'公'字大印，每个生产队自己刻自己管，就刻生产队的队号，由社员大会选举掌印人。"

几天后，郑明龙在办公室里找到赵永华，很虔诚地说："赵社长，我一直都非常尊重你，有个事我很想告诉你。"

郑明龙的处事方式很灵活，对自己有利的就办，对自己不利的就不办。当上大队书记以后，就意识到得到领导的信任和支持，是自己在这个位置上干得稳当、干得长久的关键。经过揣摩，意识到张德宝不但不可以依靠，还对他没有好感，会随时把他的支书拿掉给吴三龙干，这种危机感一直在心里存着。他要找个靠山来给自己撑腰。经过考虑，觉得赵永华最适合，于是就一直找机会靠近他。

那天从南湖回来时，他提出要带赵永华到饭店吃饭时，心里还不踏实，怕他也会像张德宝那样不近人情，令他高兴的是赵永华竟然答应了。既然你已经坐上了我安排的饭桌，那还不好好地吃一下。世上所有用于人情交往的方法中，"吃"这个玩意儿当之无愧是一种最佳的办法，特别是这个缺粮当口，鱼和肉稀缺得很，谁能不想？巧的是今天轮到杀猪供应肉，难的是食品猪肉凭肉票供应，弄不到肉票就买不到猪肉。郑明龙找到胡主任，说赵社长在饭店吃饭，能否给点肉。胡主任听说赵社长在饭店吃饭，马上答应特批。就这样安排赵永华美美地吃了一顿。不用说，饭钱当然郑明龙是不会自己付的。对这，赵永华也是心知肚明。此时，郑明龙要把吃进赵永华肚里的鱼肉，变成自己和他情感联系的纽带和压制吴三龙的砝码。

赵永华笑着对他说："什么事？你说！"

"我带你到饭店吃饭，你和我都挨张书记批评了。"

"那不怪你！你把那账分到参加吃的人头上，我的照两份算，算好告诉我，我把钱给了！"

郑明龙仍旧笑着说："行！我照你指示办！你知道张书记是怎么知道的吗？"

见赵永华睁大眼睛望着他，郑明龙又说："是吴三龙告诉他的！"

"啊！这个人！"

"就是他！我知道研究郑集哪个当大队书记时，你是不同意吴三龙，让我干的！就因为这，他对我不服气，对你也有意见。"

"嗯！差不多！这个人！吴明坤是右派，怎能让他当书记！这是原则问题！"

"我知道，张书记是最相信吴三龙的，吴三龙一汇报，他马上就批评你了！"

"啊！有这事？"赵永华微微地点点头。

第五章

这俩孩子很般配

1961 年 7 月初，太阳火辣辣的能烤得人身上往外冒油。

小李庄场南向东大路的旁边，是生产队集体栽的三十多亩麦茬山芋，山芋苗棵儿已弯下头向沟坡下爬。五十多把锄儿一字排开从北向南锄。锄地的人每人一沟子，谁都不会少锄，谁也都不甘落后让人看不起，都在挥汗如雨、争先恐后地干着。

孙有田忙完了牛屋里的活，戴上斗篷，披着旧衬衫，慢慢踱着步向路南山芋地里去。他要去看地锄得怎样。南湖种豆子，产量不高不说，那里洼，夏秋之交雨水多，能不能收不还难说哩！这块地地势高，管得好、功夫到，全队二百口人，每人分三四百斤山芋没问题。全靠这地分粮吃哩！向来把吃粮看成第一件大事的孙有田，对地锄得好坏十分注重，他要去看看。

一连看了十几沟子，都觉得可以。眼前再扫到的这一沟子心里就冒出火来了，那沟顶上的不少抓阴草还站在山芋的棵子根上，这草不锄掉，能不和山芋争肥吗！向远一望，站在这沟上的人是王道全。

"李玉成！你来！"孙有田向远处大声喊。

李玉成今天排在第一沟子上，听到孙有田叫他，马上走过来。

"你看王道全这地锄的，是吃粮人干的活吗？"

"这个人！唉！你能不知道，他今天要去赶小王集的，被我留下来的，他能动也就不错了！"

这个王道全是个扒手，整天这街赶到那集，专门扒窃人家袋里的钱。

"那也不能让他糊弄呀！草不锄掉不欺苗吗！今年全指这块山芋了，不锄好怎行？你是队长，怎么能只顾自己锄呢？你要跟住检查才行！"

自从那次被张德宝骂过以后，李玉成不再像以前那样不干活了，每次下田，都是带着大伙一起干。

李玉成连连说："好！我听你的，好好检查！"

两个人一起将锄地的情况仔细检查一下，又发现有几个人草没锄净，李玉成都一一进行批评。

看完山芋地，孙有田又扛起锄头向自家自留地里去。

郑集大队民兵营长刘大桃已结婚，生个小孩，三口子被分出来，在公路边新辟个宅基盖屋单独立户过日子了，他妈和桃花跟着刘二桃过。

刘二桃中午收工并没马上回家，而是扛着锄头到自家自留地里干活，正常出工都是忙生产队地里的，自留地只能抽空干。

刘二桃家三分自留地也是一半种大秋，一半栽山芋。开始，刘二桃的大秋想种金皇后（当时的玉米良种）。孙有田告诉他，这东西恋青熟得迟，霜来早的话粒子不干浆会减产，并且收得迟茬口子晚，对种麦有影响，也叫他种小红玉。孙有田记着过去他大卖给他三亩地，把这当作给他的人情，他大虽然死了，但他要将对他的这份情用在刘二桃身上。对刘二桃的指点当然都是出于真情实意的。孙有田这样一指点，刘二桃就十分敬重孙有田，孙有田叫怎干他就怎干。秋棵儿踢土刨根的功夫下得也不错，根底的肥也追了，现在该刨土培根。中午收工他并不急着去家吃饭，扛着锄头到自留地干一会儿。

锄生产队山芋的人群里，朱立方和他的女儿美兰不论生产队里干什么活，他们父女俩都是这样走得比人迟。朱立方父女这样积极，是顾忌朱美兰得罪了郑明龙怕挨整。朱立方家的自留地在远处的地边上，四分地都种大秋，现在该锄第二遍。朱美兰见下工的人都走差不多了，过来锄自己的地，就她一人在那干，清静得很。从去年春天起，刘二桃难得遇到朱美兰这样单独一人的机会，他停住锄地，呆呆地站着望着朱美兰。

"来嗨！帮我锄哩！"朱美兰很热情地招呼他道。

刘二桃听到美兰喊他，真的扛着锄头去了。

别看刘二桃是个身壮力大、手脚利落、干活勤快的男人，在女人面前却像个胆小的女人那样腼腆羞怯，不习惯和女孩子交往，唯有美兰不同，和她说话能随便一些。

朱美兰对他就像有情分一样，她和刘二桃都是十岁那年才上学读书，老师将他们编坐同一桌子。从那以后，美兰便认准了二桃，跟别的同学不让坐，专认二桃和她一起坐，并且一直坐到小学毕业。那时他俩都十六岁了，又一同约定不再读书回家干活。要不是读书时和美兰同坐一个桌子坐了六年，和她处得熟了，他也不可能单独去理会美兰的。

孙有田的自留地离二桃不远，看到美兰和二桃在一起，心里自语道：现在年轻人！都这样！都这样！他心里有数：这两个孩子读书迟，前年小学毕业后都没再去上中学。两个人上学在一起，干活又在一起，才好着哩！在他看来，这两个孩子年龄相当，还是很般配的。

朱立方扛着锄头向自家地里走。

"立方！来歇会儿吧！"孙有田招呼道。

朱立方和孙有田在地头坐下来。

"两个孩子才到一块儿，我们坐一会儿，让他俩说说吧！"孙有田说完，推让朱立方吸烟。两人互相推让一会儿，各自点火。

烟火点好，孙有田又说："这两孩子很般配的，都不小了，怎样？我做个媒，把孩子的事成了吧！"

"好是好！可就是我这闺女！哎！怎说呢？你看扯上我弟弟那事，大桃又是大队民兵营长，能看得起我们这样的人家吗？"

"我看没什么！我找他妈说说看！他大死了，他妈能做主。"

"他妈倒不怕，就怕大桃。大桃听郑明龙的话，一直抓住我不放，你看，就因为扯上我弟弟那事，把我也划到那边去了！"

孙有田并不懂得朱立方的内心，开导他说："什么？我从来没把你们弟兄当坏人！"

"难得你这样对我，要是大桃也像这样就好了！"

两人就这样小声地谈着。

刘大桃在宫道南新公路西边盖了三间门朝东的草屋，三口人住在这。

"大桃！隔壁你孙大伯跟二桃说媳妇了！女孩就是街上朱立方家闺女美兰。"王秀兰自从丈夫刘怀玉去年去世后，遇到大一点的事就会问刘大桃，让他拿主意。"家有长子，国有大臣"嘛！孙有田要将朱美兰说给刘二桃，这样大的事她很难当家？孙有田提了以后，她就到刘大桃家来了。

"什么？孙有田出这馊主意！朱立方是什么人？我是民兵营

长，又是入党对象，能和这种人攀亲！不行！绝对不行！"

"不碍事的！朱立方我知道，这人不坏！"

"妈！郑书记说了，镇压反革命那年要把朱立东拉去枪毙，就是朱立方把朱立东藏起来的，他是坏人！郑书记说他那时能藏反革命，要我注意他哩！哪能让二桃跟他闺女！"

"二桃很中意嘛！"

"中意也不行！好成分人家的闺女多得是，还怕说不到！"

刘大桃不同意，王秀兰也没办法，只能无功而返。刘二桃和朱美兰的事只好搁下来。

实际上朱立方并没被批准为"四类分子"进行管制。郑明龙忌恨朱美兰那次没从他，决心要给她点厉害看看，就以朱立方在镇压反革命时藏他的弟弟朱立东那事，说朱立方窝藏反革命就是坏人。

这时候郑明龙公报私怨，用这事去整朱立方，谁还能去反对？就连一贯和他不和的吴三龙也不敢说什么。

朱立方身份低微，加上新中国成立初期镇压反革命时，的确将他的哥哥朱立东藏在山芋窖里没被逮去枪毙掉，所以他也不敢去申辩。

郑明龙利用大队主要领导的身份，安排民兵营营长刘大桃将朱立方当作坏分子进行管制。虽然没有任何依据，然而时间长了，他的这个被郑明龙私自宣布的坏分子身份也就成了事实。

那天夜里在办公室被李小妮闹了以后，郑明龙也的确收敛了一段时间。然而，"吃屎的狗离不开茅厕"！时间一长李小妮淡忘以后，对他的管控也就放松了，他又重蹈覆辙。郑明龙做得再隐蔽，也还是被李小妮看出苗头。他经常晚上外出，半夜才回来，李小妮怎能不起凝心？李小妮那天没搞清和郑明龙一起的女人是哪个，这个疑问还一直存在她的心中。她可以断定，郑明龙肯定还是和那女人。她决心要抓到现行的，否则，郑明龙是不会承认的。

夜晚十点多钟时，天气闷热得让人难以入睡。郑明龙说要到河堆上去凉一会儿就走了。一直心存疑心的李小妮慌忙将小孩安顿好也跟出来，发现郑明龙过了老街的街口，走到街道西旁的围沟边时，又往北去了。等她赶到那里时，郑明龙已不见了踪影。站在那往北看，老街的西半个街那高高矮矮的墙院看不出什么名堂。西面高高的安河堆上连一个人影都没有，清静得很。洼下去的中间那两三丈宽的围沟里，也黑黢黢地看不清什么。李小妮打了几个趔趄才下到沟底。仔细察看一会儿，虽没发现有什么动静，却让李小妮在这找到了蹲守的好地点。夜晚光线虽暗，从高处往低处看全是黑黢黢的什么都看不到，而从低处往高处看，却能看得见各种物体的形状。她估计郑明龙就在这一带中的哪一家里，自己就在这沟底蹲守，郑明龙不管在哪家，他不可能不出来；并且街道的正面是不敢走的，还一定要走这后面，她倒要看看是哪家的女人把郑明龙勾来的！无奈沟底的蚊子太多，叮得难受。为了摆脱蚊虫的叮咬，李小妮不停地来回走动着。过了好大一会儿，就在李小妮往南走了一会儿回转身时，突然发现北面不远处那高高矮矮的屋墙阴影里出来一个人。从影像看，她认出这人就是郑明龙。

"郑明龙！你这个孬熊东西！深更半夜的你来这什么？是哪个女人把你勾来的？"一股醋意激发起来的怒火在李小妮的心里爆燃起来。

这个人正是郑明龙。他大吃一惊，立即又快步沿着围沟边向南走去。

"郑明龙！郑明龙！你给我站住！"李小妮一边叫骂着，一边往沟上爬。等她跌倒几次爬上沟边小路时，郑明龙已经离她很远了。李小妮叫骂着追了几步，猛然想起还没搞清郑明龙是从哪家出来，又回身去找，可是一个个屋院都没有一点动静，实在难以确定郑明龙是从哪家出来的。她这时真后悔自己一时冲动，只顾叫骂，没把郑明龙从哪出来搞清楚。

回到家中，郑明龙已倒在床上。

"你起来！起来！"李小妮抓住郑明龙，奋力地将他从床上拖起来，"装孬就算了吗？说！是哪家女人？说！"

郑明龙原以为从那院子出来时已被李小妮发现，正愁得没头绪。听李小妮这样一问，知道她并不清楚，立即轻松不少。他挣开李小妮的手睡下来，就是不说话。

李小妮叫骂着拖了几次，郑明龙还是那老样子。小女儿被吵醒了，吓得坐在床上哭。

正在这时，郑明虎扛着一大口袋小麦进了屋子。

"明虎大哥！郑明龙这东西，出去找女人被我逮到了！这个没良心的东西，自家的女人小孩都不要，这日子还怎么过啊！哦！啊！"李小妮也被折腾累了，坐在床沿上哭起来。

"啊！有这事？明龙！这你就不对了！你看，你还是大队书记哩！你可千万不能这样！你看，你家这日子，郑集街上还有比得上你家的？好好的日子不过，去做那种事！要被人知道，那还得了！你这大队书记还能干？不当大队书记，还能有这日子过？"郑明虎这样既数落了郑明龙，又开导了李小妮，真可谓是一箭双雕啊！

李小妮不再骂郑明龙，她骂得够累的了，但哭并没停，只是哭声也小一些。

"小妮！明龙这样是不对，就是他有错你也得让他改呀！"

"他能改吗？去年就被我逮到过的！"

"啊！那！这次我在场见证。明龙，你以后可不准再这样了，现在你当面说，能不能改？"

"不用说了！我改还不行吗？"郑明龙也很想把李小妮哄好，连忙说。

"行了！小妮，他改就行了！"郑明虎趁势安慰李小妮。

"你扛的什么？"郑明龙急忙岔开话题。

"小麦！新小麦！不想法弄点，指望分的那点，以后拿什么吃？"

"你怎弄出来的？"郑明龙要在这话题上多讲一会儿。

"这……几个人都弄的！你的我扛来了。都半夜了，没人知道的！"

"盖印的呢？"

按照公社规定，郑明龙不再掌印，由各个生产队自己推选人掌印，小李庄的印也选个人管了。

"明龙，哪个没私，见便宜不讨？没事的，他也有一份！"

"啊！一定要注意啊！千万不能让人知道！"

"没事的！只要你书记位子坐得住，我们就没事。小妮，明龙这事，你可一定注意！在家怎么闹都行，千万不能在外闹。要让人知道明龙有这事，他这书记就干不成了。明龙大队书记要不干，你家日子能好过？"郑明虎又开导起李小妮来。

经郑明虎这样一说，李小妮不再闹了。

第六章

他站立不住，一下子趴倒在泥水里

到了七月中旬，暴雨下了大半天，浑浊的洪水没了沟河，田野又是一片汪洋。

大雨过后，天就像烂断了肠的肚子，不大不小的雨，天天连续不断地下着。天上的水往地上流，地上的水往沟里流，沟里的水往小河里流，小河里的水往大河里流。天和地、地和沟、沟和河，就像一部被用水串联在一起的巨大无边的机器，整天这样不停地流着。田野里的土壤完全被浸泡在水中，踩下去的脚刚刚拔出来，水便立即充满整个脚坑。庄稼经受不住水的过分宠爱，都逐渐由绿变黄，耷拉着枝叶，没精打采地站在泥水中。稗草、抓阴草却亢奋异常，争先恐后去抢占每一寸空地，贪婪地吮吸着土壤的养分，疯狂地旺长着。地里的黄豆、山芋这些晚秋庄稼大多头遍没锄完，杂草们毫不客气，以极快的速度将庄稼苗儿分割包围，压倒在它们那茁壮的苗棵下。最要紧的是山芋，这东西是受季节管着的，处暑之前藤秧儿如果不能将沟垄盖满，到收时芋蛋块儿也不会比鸡蛋大多少。这时已快立秋，按正常情况，麦茬山芋这时主茎该伸到沟底，分出的岔儿也挠起拃把长，可是这时的主茎还没有一拃，并且那又黄又瘦的苗棵还淹没在杂草丛中。

老天这样天天下雨下了二十多天以后，大概是下得累了，也要休息两天吧！抽这些天晴的空儿，公社决定打一场消灭草荒的歼灭战。

可是这老天爷不架势，雨时不时地来一阵，阵雨过后，太阳像是被这乌云细雨遮盖得生气了似的，也在肆意地刁难人。一旦有了露脸的机会，就拿出了全部能量，烤得庄稼耷拉着叶子，烤得干活的人头晕脑涨。地上的花皮水汪儿很快就被烤得蒸发出热气来，蒸得人浑身冒汗。拔起的草根带着烂泥块，像一个个泥陀螺，拔草之难、拔草速度之慢是可想而知的。

全公社所有晚秋作物的草荒都十分严重，苗被草欺住，弄得不好，将会大幅减产。消灭草荒，是当前农业生产的主要任务。

张德宝到县里开了一天会，他安排赵永华带着各个大队的支部书记检查全公社的拔草情况。

路烂无法骑自行车，只好两条腿走大路。顺着宫道向东，第一站是小李庄。

小李庄大路南的山芋地里的草，趁着阴雨天的机会，茁壮地生长起来，将原本很有希望有好收成的山芋盖得没了头稍。

这块地拔了半个多月总算拔完了，郑明龙将这块地选作检查的现场。山芋秧苗被水长期浸泡，显得黄瘦老陈。说是草拔完了，其实也就是大草拔了，小草芽子却又挺身而上，茁壮青绿，大有青出于蓝胜于蓝的豪壮气概。

"这地拔得太差了！郑明龙，你们这地草怎拔的？"赵永华很不满意。

"赵社长！小草芽子手捏不到，拔不起来，只能拣大的拔。"

"那怎办？只能就这样算了吗？"

没等郑明龙说话，小李庄大队的李书记回答说："赵社长，都这样！现在只能这样把大草拔掉，欺不到苗就行。小草只有等天晴地干了用锄锄！"

"对呀！我们那都这样！"又有几个大队书记说。

"啊！那你们拔草的人呢？都干什么去了？"赵永华又问郑明龙。

"我们没闲着，这块地拔完了，又去拔路南那块地了！"李玉成看到检查团到自己队的地里了，连忙赶来。他指着官道南的那块二十多亩山芋地说。

顺着李玉成手指的方向望去，那边地里是有一大片人在拔草。

"你有那么多人拔草，怎么进度这样慢？"赵永华问。

"就是呀！那么多人拔，怎么没拔出地呢？"郑明龙也拿出很严肃的样子问李玉成。

"地大烂，天又热，难拔哩！"李玉成回答说。

"你的人都来了吗？公路边的那个人是不是你们队里的？"赵永华指着正在不远处斜尖地里拔大秫地草的孙有田问。

没等李玉成回答，郑明龙就说："他呀！是吴三龙的老丈人孙有田，他是在种拾边地！"

李玉成怕赵社长怀疑他让社员不拔草去种拾边地，会挨批评，连忙解释说："他是饲养员，不是到大田劳动的人，他是喂过牛闲着了，才来干的！"

"社员这个时都在大田地拔草，他去干拾边地，这样不会影响社员干大田的积极性吗？"赵永华很警觉地说。

"是的！赵社长！都怪他！要不是他种斜尖地开了个头，现在怎能有这样多人种拾边地！"郑明龙很气愤地说。

"好的能做榜样，坏的也能做榜样！你们怎能这样放任孙有田？他那拾边地种得那样好，别的社员不跟他学吗？大家都去种拾边地怎么办？集体生产还怎么搞？郑明龙，你这大队书记怎当的？啊？集体的地种不好，收不到粮食，你拿什么分给社员吃？到春天社员再没吃，我把你家的粮食拿出来分给社员吃！"赵永华说得很严肃。

郑明龙本想把责任往吴三龙身上引，没想反而挨了赵永华批评，十分丧气。他此时要将受到批评生出来的气都发泄到孙有田的这块拾边地的大秫上，他问赵永华说："孙有田这拾边地的确影响太坏，赵社长，那我就安排人将大秫都砍掉啦？"

对郑明龙的意见，赵永华既没支持，也没反对。看到这块拾边地，让他联想到了孙有田的女婿吴三龙到张德宝跟前告他状的事。这事他一直记在心里，也想利用这个吴三龙的老丈人的拾边地来敲打敲打吴三龙，从本意讲，他是赞成郑明龙的意见的。然而此时他又想到，如果这时允许郑明龙将孙有田拾边地里的大秫砍掉，那就意味着他肯定了这种做法，这样很可能会引起别的大队也去效仿，将他们那里拾边地里的庄稼砍掉。真要将这种办法在全公社蔓延开来，势必会造成很大的影响。对这，他还真的有担忧，他要请示张德宝以后再说。

晚上赵永华来到张德宝家，汇报完今天检查的情况以后，他专门提出孙有田斜尖拾边地大秫的事："根据情况看，小李庄的拔草进度不快，原因主要是那个孙有田，他在斜尖拾边地上种的大秫长得又粗又壮，特别显眼，对干大田活的社员影响太大。像他这样专心一意去种拾边地，哪个还有兴趣去干大田的活？现在不但是拾边地，还有自留地，如果社员都一门心思放在私有的土地上，干集体活不如干私有的积极性高。郑明龙提出要将拾边地里的大秫砍掉，依我看这个办法很好！这样就可以告诉那些把一门心思都放在私有土地上的人，不敢再往上想，专心一意地去大田干活。"

张德宝听了，皱着眉头想一会儿说："这样能行吗？你想没想？今年这样天气，地里还能有多少好庄稼？像孙有田那大秫，一棵就是半斤粮食，砍了多可惜！"

"那点拾边地撑死了也只能收几十斤粮食，能够吃几顿？社员的口粮主要还是要依靠集体的土地，现在不少社员都把两眼盯在自留地、拾边地上，集体的活不想干，照这样下去，集体生产还怎么搞？集体生产搞不好，收不到粮食，我们拿什么分给社员？"

"嗯！这倒也是！是要想个法子解决才行！"

"照我说，自留地是政策上允许种的就算了，拾边地不是政策上允许种的，如果砍掉是损失的话，那就将所有拾边地全部收归生产队！"

"这行吗？那些种拾边地的人，平时是利用空闲时间去干的，这也就是说他们利用空闲时间去多生产粮食。现在我们的主要任务就是要千方百计多收粮食，预防明年春天可能出现的饥荒。你收归生产队变成集体的了，这些收归集体的拾边地怎办？将拾边地里的庄稼收归集体以后，那些种拾边地的人还会利用空闲时间去管他那拾边地吗？现在生产队大田里的活都干不完，哪还有人安排去干那些零零星星拾边地里的活？个人不干，集体再顾不过来，那就只有再荒废掉，这样就怕你是聋子没治好，又变成了个瞎子！我们得要想出个法子，让社员能像干自己的自留地、拾边地那样去干集体的地才行！"

"砍掉了可惜，收归生产队你不让，还能有什么法子呀？我看难办！"

张德宝说："在这当口，我们干部一定要到第一线去参加劳动，要做出样子才行。干部带头干了，一方面可以做出榜样，起到带头作用。另一方面还可以发现问题，解决问题。这样吧，明天上午通知公社所有人，还有各社直单位主要领导开会，除去安排一个年老体弱的人留守值班，其余领导全部分派到各大队，定点到生产队参加清除田间杂草劳动。"

张德宝的定点单位还是他的老地方小李庄。

吃过早饭，张德宝背上装满水的军用水壶，戴上芦苇斗篷正要走，冯桂英提个小板凳递给他说："带着！"

"带这干什么？"

"你不是去地里拔草的吗？"

"拔草用手就行了，带这有什么用？"

"坐呀！不坐不行哩！"

冯桂英说得坚决，张德宝却生气了。他想：怪不得拔草进度慢呢，原来还用小板凳坐着！就说："到地里干活还带小板凳坐着干，这是哪家的兴法？我不要！"说完，头也不回地走了。

冯桂英见他没带小板凳，本想替他带一个，又一想，他这事那事的，说声有事就走了，还能拔多长时间？就只带自己一个人的走了。

小李庄场东面的二十亩山芋地拔草才刚刚开始。山芋沟子里的水还没有耗完，沟子上的杂草有一拃多高，又黄又瘦的山芋秧棵儿可怜兮兮地畏缩在青绿的草丛中。如果不赶快将这些可恶的杂草清除掉，这块山芋是无法生长的，甚至会绝收。

张德宝到地里一看，原来来的人每人都带个小板凳坐下拔。特别是生产队的队长李玉成，副队长、孙有田的养老女婿孙武，还有几个队委委员，都是每人一个小板凳坐着。带着小板凳坐在地里拔草，只能拔到人的膀子能够到的地方，这些地方拔完了还要站起来，将板凳向前移一下再坐下来拔。这样太浪费时间，人舒服了工效却慢了。

他本想将这些生产队干部叫到跟前训一顿，将坐凳子的行为制止掉。可是一想，这样刚到地里就指手画脚地训人，不是十足的官僚主义吗？这样吧，我先做个样子，站着拔给你们看看，看你们谁还好意思再坐！

李玉成连忙拿着自己的小板凳走过来说："张书记，你没带小板凳吧？我的这个给你！"

"拿走！"张德宝看都不看李玉成，狠狠地呵斥了一句，然后就脱掉鞋子，卷起裤腿、袖子，到地里干起来。

李玉成的一片好心讨到了个冷脸，没趣地走了。

地里被雨水浸透了，脚踩下去烂泥陷没了脚面，黏糊糊的几斤重泥糊块黏在脚上，移动一下脚步都很吃力。地里的草贴着地皮，站着拔不到；蹲下来吧，烂泥陷到脚脖子后，屁股又贴到烂泥地上，只能弯腰干。拔起的草根带着泥水，像一个个烂泥疙瘩，有水的地方还好一些，放在水里摆一摆，草根固着的泥团会由大变小，再由小变清爽一点。没水的地方就难干了，那泥蛋团儿使劲甩都甩不掉，只能用手在草根上抹，将那黏糊糊的大块烂泥抹得变小一些，然后再堆在一起。每个拔草人的身后都会有一堆一堆的泥草堆。

张德宝站着弯腰才拔一会儿，就觉得腰酸疼得难受，只好站直起身子将腰挺一挺，然后再弯下腰来拔。一次他右手里提着一大坨烂泥草，本想用左手去抹草根上的泥块，可是腰也酸疼得厉害，他就顺势将右手按在地上想歇一下。谁知他这样一按，却将右手提着的草泥坨儿按进了烂泥里。他立即眼前一亮，将这坨草埋下去，不是可以烂掉做肥料吗？接着他又试了一次，发觉这样办的话，一定要将草的枝叶全部埋没掉，才能防止被拔的草再继续成活。于是他立即将这个办法推广开来。在张德宝的心里还有了打算，今天晚上要召开公社所有下队蹲点劳动干部会，要将这个办法在全公社推广。

张德宝的草变肥的新发明在地里推广了，然而他那站着拔让他腰酸疼难受的感觉还在继续着，他就这样拔一会儿站一会儿地重复着。

冯桂英就在张德宝的旁边。她以为他拔一会儿会走的，现在看他那样子是要一直拔下去，这样怎能吃得消？就一边将小板凳向他屁股底下塞，一边抱怨说："叫你带个小板凳，你不带！这下吃不消了吧！给你！"

张德宝坐到小板凳上，一股轻松舒服的感觉，立刻从腰部向大腿瓜儿、小腿肚子滋滋地游动着蔓延下来。当然啦！坐着总会比站着舒服的，这是谁都懂得的。可是一看拔草的速度，自己站着弯腰拔得还是要比坐在板凳上快！再一看这些被杂草欺压得又黄又瘦的山芋苗棵儿，张德宝的脑海里立即蹦出个字——要快！

"给你坐吧，我再回家去拿。"

"不要！"张德宝打开水壶盖子，喝了几口水，将小板凳还给冯桂英，继续站着弯腰拔。他打算这样坚持着拔一个上午，看看进度到底能比坐着拔快多少，有了依据就可以说服别人。

一阵细雨过后，太阳又露出脑袋。火辣辣的阳光炙烤着大地。地上的花皮水汪儿很快就被烤得蒸发出热气来，蒸得人浑身冒汗。张德宝弯腰拔一会儿，就要直起身子将腰挺一挺。一会儿工夫，汗水便从腮帮上流下来。戴在头上的芦苇斗篷已成了妨碍通风的障碍，热得实在难受，后来他索性将斗篷拿下丢在一边，任凭阳光晒去。泥水汗水掺合在一起，把他糟蹋得不像人样了。

忽然，张德宝汗如雨下，觉得眼冒金花，紧接着就觉得天和地搅和在一起，以他的脑袋为中心转起圈来。他站立不住，一下子趴倒在泥水里。

李玉成立即带人将张德宝抬到路边的树荫下。冯桂英知道自己的丈夫低血糖病犯了，一边拿起水壶给张德宝喂水，一边大声说："快！快弄点吃的来！"

李玉成往庄上跑。冯桂英说庄子远，来不及，见路旁有一片高滩上的山芋有绿叶，又大声说："快！快将这片山芋叶子摘点来！"

马上就有几个人去摘。张德宝吃了两大把山芋叶子，才慢慢地缓过来。

"张书记，你可把我们吓坏了！我们工作做得不好，让你操心费神的。我向你保证，我们小队全体干部，以后一定要努力带头干，把草荒消灭了！"李玉成眼里充满泪水，蹲在张德身边，一边用斗篷给他扇风，一边说。

孙武不爱说话，这时也说："我们一定要带头干！"

张德宝知道孙武和吴三龙是连襟，就说："你告诉三龙，他蹲点的那个街北队也不是好搞的，要叫他天天和群众一起干，决不能在地头转圈甩大袖子！"

"今天中午回来吃饭我跟他说！"没等孙武回答，水花就答了。

"唉！"张德宝叹口气说，"这泥里水里的，社员干这活也不容易！站着弯腰一会儿行，天天这样人是吃不消的。带小板凳就带吧，就是时间要抓紧，现在快到立秋了，山芋地还一地草！明年吃什么？愁人哪！"

　　徐大柱就是个做生意最积极的人，他私心重个人感情也容易激动，他十分激动地说："张书记！你为我们操心操成这样子，我们还能是木头刻的吗？哪个要再不好好干，哪个就不是人养的，就是不吃粮的畜生！"

　　"对！哪个再不好好干，哪个就不是人养的，就是畜生！"围着的人群几乎都是很激动地一齐说。

　　小李庄再也不像以前那样松松垮垮的了。就连那个干活一贯三天打渔两天晒网、干活时间没有赶集扒窃时间多的王道全，受张德宝的警告，也不再随便不来拔草了。生产队里出勤率和工效明显提高。

　　县里就召开紧急会议，针对目前农业生产上面临的严重局面，根据上级的可以灵活地采取一些措施，搞活农业生产，多收粮食的精神，县里孙书记和夏县长两人意见统一以后，经县委领导班子研究做出决定，允许用"借地""包产到户""联产承包"等办法，调动农民的生产积极性，鼓励农民多生产粮食，避免明年春天再出现饥荒。郑集公社决定，将应该上交给国家的粮食平均到亩，每亩再加上一定数量的集体提留，余下的收成全部归自己的办法，将全公社的土地都承包给社员。

第七章

除去美兰，他哪个都不要

转眼就到了 1962 年。

孙有田对刘二桃家自留地的小麦很担心，眼见小麦快起节，再不弄就迟了。早饭碗一丢，就到刘二桃家去。

刘二桃下田干活，就王秀平一个人在锅屋收拾碗筷。

"他大伯！你来正好！我正要找你哩！"王秀平停下手里的活，将孙有田让到后屋坐好。他家院门朝南，三间后屋还是土改时分的郑福全家的锅屋，别看已有二十多年，因为墙基、屋梁都好，还很牢固。

"啊！什么事？那你先说。"

"你看，我年纪大了，手脚不灵便，这家，唉！能把二桃媳妇带来就好了！"

"想享福啦？"

王秀平笑笑："怎不想？你知道的，我那大儿媳脾气烈，跟她过不来。要不，也不会把大桃分出去。美兰要是能带过来就好了。"

"你家大桃不是不同意吗？"

"二桃就认准了美兰！我也看好美兰，这闺女厚道、温顺，又能干。大桃不同意也不行！就是美兰吧！去年是你提的，你好事做到底，再去跟他家说说，今年吃粮不会差的，秋后就把亲事办了。"

"行！这事我给你办！另外，我来也有个事。我看你家自留地的麦子太厚！这地二桃用粪水浇两次，劲大，麦子长得盛，这样厚，就怕到抽穗灌浆时会倒的！要是一倒，就没收成了。"

"啊！那你说怎办？"

"要拔，至少隔一棵拔掉一棵。拔剩下来的再用脚踩，从根底把麦稞踩倒，让它盘棵壮根才行！"

"好！他大伯，我们娘儿俩种地不行。地包下来，全靠自己，收多收少就看会不会种了，请你一定要给我们掌掌眼啊！"

"那行！春种快了，依我看，你家官道边的三亩多春田种一半金皇后，种一半小红玉。"

"二桃说都种金皇后的，说它能长大棒，多收粮！"没等孙有田说完，王秀平插话说。

"不行！这东西吃肥！肥跟不上，收成还不如小红玉哩！这两年队里地广种薄了，没劲！种多了哪来多少肥往地里下！"

"好！幸亏你说，就听你的！二桃种地上不懂，请你一定多关照啊！"

刘大桃听说孙有田从中说合，二桃和美兰秋后就结婚了，十分生气。趁刘二桃下田先走的空子，刘大桃过来找母亲："妈！我不是说了吗？二桃不能跟那个美兰！你不要听孙有田的，多少成分好的人家，干什么非要听他话看中这个的人家？"

去年被郑明龙说成坏分子的朱立方，就这样一直被刘大桃当成坏分子对待。

"大桃！美兰这闺女妈也看好了，你就不要再阻挡了。这事你不要怪孙有田，是我叫他去找朱立方家说的！"

"妈！你怎能也这样说？你要知道，我刚刚被批准为预备党员，跟她这样的人家做亲，除去对我不好，他自己将来生出来的小孩前途都受影响！"

"你都分家了，跟你有什么？小孩以后长大靠种地吃饭，只要有劲能干活就行，还怕苦不到饭吃？我们不怕这个！你看我岁数也大了，就不该享几年福吗？你那媳妇跟我过不到一块儿，就指望二桃这个媳妇。现在二桃又犟住劲，除去美兰，他哪个都不要。你不让他和美兰成亲，那要等到什么时候？我就该洗洗刷刷忙一辈子？二桃就是不要别人家的闺女，还能叫他打光棍？大桃，你就不要问了！随他吧！以后孬好都是他自己选的，他不怨！"

刘大桃见母亲把话说到这份上，只好无奈地叹口气，走了。

李小妮还是街南队的妇女队长。妇女队长就是带妇女干活的角色，可是李小妮自打郑明龙当了大队书记，便妇随夫贵，别说带妇女干活了，连地都很少下。实际上李小妮也难，去年老婆婆去世了，孩子小没人照应，还怎么下地干活？街南队的队长也不好去督催她，都是任由她去，可工分却按标准如数照给。这两年李小妮都是在家带孩子、洗衣做饭，年纪轻轻地便在家享起清福来。

谁知包产到户却打破了李小妮的幸福生活。地分到户队里没活干，工分不发，粮食各家收各家的，不再搞分配，给李小妮的待遇还能有吗？李小妮去掉了那份待遇，郑明龙的收入也大不如前。地里收的粮直接进了各家各户，不再存入生产队仓库让保管员保管。就是社员上交的征购，也都是要如数交到粮站的。那些按规定让社员提交的管理费、公益金、公积金折算出的粮食，也是有明码数字的，很少一点，哪还能像没分地时那样有人经常在夜里往家里送？即便有，也不多了。郑明龙自己仅剩按规定给的干部补贴，加上一些巴结他的生产队干部再送一些，也只能够一家吃半年的。四口人也如数分到了包产的地，以后一家人的吃喝开销大部分都要从这包产的地上拿，再不到地里干活还行吗？郑明龙在家是伸手不拿四两物，什么都不干，只管去家吃三顿饭，饭碗一丢，拍拍屁股就走。不只是锄地，所有地里的活自然就全落到李小妮的身上。

　　别人家的大秫锄第二遍了，可是李小妮的三亩大秫头遍一半都没锄。也不是她不想干，而是没法干。儿子七岁，上学都是自己去自己回，倒很省心。问题是那个才出生的小女儿。这两年虽然闹饥荒，她家的日子过得还可以，不缺营养，孩子照样能生。这孩子才会走路。学走路的孩子最烦人，整天缠着李小妮牵着她的手，歪歪扭扭地要走路。有这样的小孩缠着，李小妮哪还捞到安心去锄地？

　　孩子带到地头，好容易才把她哄在地头坐下来。到地头才锄几步远，孩子便哭叫起来。李小妮没理她。孩子竟然跌跌爬爬地挪到她身后，抱着她的腿哭喊着要她抱。李小妮气得没法，只好将自己的腰带解下，系着孩子的裤腰，将她拴在路边的一棵小树上。孩子拴在树上大声地哭闹，李小妮只装听不见，只顾锄她的地。锄了一大会儿，孩子的哭叫声停了，到跟前一看，原来是闹得累了，倒在地上睡着了。李小妮终于得到解脱，可以放心地锄地了。

　　朱立方家的包产地离李小妮家的地不到半里路。李小妮十分注重那边地里的动静。刘二桃正在那儿和朱美兰一起锄地。

　　李小妮那天夜里虽然没抓到郑明龙从哪家出来，但她却可以认定，和郑明龙有关系的那个女人，肯定就是那一段几家里的人。认真地去打听那几家的情况，当然是比干什么都紧都重要的一件大事。她认真地排查一下，发觉那一段人家里的年轻女人都是结过婚的，谁家男人到了深更半夜不在家搂着自己的女人睡觉，给别的男人去钻空子？哪个男人甘愿戴绿帽子把自己的女人让给别人？那里只有朱立方家这个美兰是个独身大闺女。朱立方这个人地位低下，很可能是朱立方为了找个靠山，用自己的闺女把郑明龙勾去了。她并不知道朱立方那顶坏分子的帽子是自己的男人有意给戴上的，只当是应该的事，他想拉拢腐蚀干部是近几年上面经常讲的话，她当然会向这方面想。于是，朱美兰就成了李小妮怀疑和注意的目标。

近来李小妮发觉刘二桃和朱美兰来往得很密切。干活都是两人一块儿来，一块儿走。种大秋时先是二桃来帮美兰家种，后又是美兰去帮二桃家种。现在锄地，简直就像两家合在一起办互助组一样，锄过这家再去锄那家。打听一下，听到刘二桃和朱美兰已经订婚了，李小妮不由得又对自己的判断有怀疑。一个十八九岁、正当谈婚论嫁的大闺女，怎么可能看上这个年近三十、已有老婆孩子的郑明龙？可是那天夜里郑明龙明明就是从那里出来的，不是美兰，又能是哪个？李小妮实在是拿不准，不过对朱美兰的怀疑并没消除。

太阳落山时，地才锄完。李小妮到地头路边一看，小孩的衣服都被尿湿了，尿水和着泥土，衣服和手脚都被糊上泥巴。小脸蛋上鼻涕、泥巴交织在一起，糟蹋得没有了孩子样。用手一摸，那腮蛋儿竟烫手。李小妮慌了神，起紧抱上孩子往医院跑。

孩子受点凉，加上受了惊吓才发的热，并无大碍。打了一针热便退去。离开医院，天已黑下来。

"你怎么到现在才回来？"刚进院子，堂屋里就传来郑明龙的大声责问。

郑明龙身穿崭新的蓝卡中山装裤褂，小分头梳得整齐漂亮。一副十足的干部派头。郑明龙当上大队书记，李小妮一直都感到十分荣耀。除去那几次因为别的女人和郑明龙吵闹以外，平时对郑明龙都是百般依顺。今天不同了，因为在地里时还在想着怀疑朱美兰的事，又被小孩折腾得很不耐烦，听了郑明龙的话，立即怒火中烧，冲着郑明龙大叫起来：

"不吃了！不吃了！什么都指望我！我要是死了，你还能去喝西北风！"

郑明龙被李小妮骂得心里发毛："你凶什么？都什么时候了溜门子才回来？"

　　"你眼瞎了吗？锄地你看不见啦？你懒得屁股眼里掏蛆，连小孩子都不问，什么事都指望我，我家里忙地里忙，你闲得骨头疼，你良心给狗吃了！"

　　"你！你再骂，我能揍你！"郑明龙此时不再像那次那样软了。毕竟不是那样被抓现行的，有软手把儿攥在李小妮手里。现在他还怕吗？他毫无顾忌地拿出了要打人的架势来。

　　李小妮将小孩往地上一放，任凭小孩坐在地上哭去，冲到郑明龙面前："郑明龙！你这个孬熊东西！还想打我！你不要以为我不知道那女人是哪个，怎么不了你，朱美兰！那是朱美兰！朱立方家的！你敢打我，我就把这臭女人抖出去！"

　　"你胡说！"郑明龙见李小妮说错了人，胆子立即大起来，一个巴掌扇过去，李小妮转了半个圈儿又跌倒在地上。

　　"郑明龙！你半夜出门，还打自己的女人！你不顾这个家，我也不问了！你敢对朱立方的闺女有心思，我去公社告你，叫你去蹲大牢、挨枪子！"

　　这时，李玉成进了屋。

　　郑明龙正在被李小妮缠得难办，见李玉成来了，马上找到了缓解的机会，迎上去说："大舅！你来了？快坐！快坐！"

　　李小妮并不放过郑明龙，反正在自己的舅舅跟前，说了也不碍事："郑明龙！你说！那女人是不是朱美兰？啊？装孬就算啦？你说！"

　　郑明龙刚要发火，被李玉成止住了。

　　李玉成只知道郑明龙在那一带似乎有这事，但是是哪一个并不知情。听李小妮说是朱立方的闺女，觉得问题严重，并不去听郑明龙的争辩，立即瞅着李小妮，以长辈的身份说："小妮！你干什么的？什么事情都能说，这事也能说？你不想让明龙干啦？"

　　李小妮愣一下，不再说朱美兰了，又流着泪对李玉成说："舅！他不凭良心，老是欺负我！他在家什么都不干，里外都指望我。我去锄地，小孩没人带，没法拴在路边树上，把小孩糟蹋出病了。带到医院看好后，回来天黑了。他嫌我回来迟了，没把饭做好供他吃，就凶神恶煞地朝着我，我就该给他捧吃捧喝，给他做牛做马，受他罪……"李小妮不停地数落着。

郑明龙见李小妮不再在女人上纠缠，也就不再提那事，还说干什么呢？

李玉成劝李小妮说："小妮！现在这样把地包下去，又有什么办法？都是各家干各家的，不干也没法呀！我家也这样！过去地归生产队集体，地里活干多干少不要紧，现在地包下后就不行了，不干地里庄稼就长不好，自家地里的活我也得下地干！"

"你能下地干，他怎不能？我家包的十亩地那么多活，怎就该我一个人干？"

"别说啦！像他这样大队一把手，也是有头有脸的人，哪能去地里干活？"

"他不干，我也没法干，他不是有本事吗？那他就去叫人来干！"

"也难哪！过去地归集体时，干活发工分，按工分分粮分钱，社员只要有人发工分，叫他干什么都行！要是在那时，就你家这点地，我随便叫一下，就有人给你来干掉！现在哪行？平白无故哪个愿意去给别人干？"

李玉成说的这番话勾起了李小妮许多幸福的回忆，越回忆，她越感到失落。她不再说了。

"明龙？我要问你！春种时你叫生产队安排人帮助军烈属、困难户种地的用工怎办？人家找我要工钱哩！"

郑明龙此刻因为李玉成来了，岔开了李小妮纠缠在那事上的邪劲，已变得轻松下来，他说："这事呀！公社今天开会了，让各大队从社员手里提留的公益金里支出。"

"哪还有呀！去年秋季提那一点，干部提的管理费太少，充到管理费里发了一些，剩点怎么处理你也是知道的，早就光了！队里现在一点余粮都没有。"

"记着，到麦子收上来，再从提取的公益金里还。"

"要按上面现定，哪还能有多少？"

"不！舅！上面有精神，今年包产到户，让社员上交的公益金、公积金可以提高。"

李玉成不再是农业合作时，给吴三龙当副社长的那个不徇私情的李玉成了！在这被严重灾荒搞得吃不饱饭的时期里，为了一家老小不挨饿吃饱肚子，他什么也不顾了。凭借自己和郑明龙有着特殊的亲戚关系，在损公肥私这些很隐私的事情上，已经和他结成了很亲密的同盟关系。他很诡秘地对郑明龙说："啊！这还差不多！要是能多提，我们手头也就宽松好办了！"李玉成又向郑明龙跟前凑："明龙！我今晚来，就是想跟你谈这事。到时，你就安排我们生产队多提一些，只要生产队仓库里有粮，事都好办！像你家种这地，你不能去干，小妮又忙不了。到时我叫人来给你干。"

"要这样，那多好啊！"没等郑明龙表态，李小妮就十分高兴地说。

"这当然好啦！你还用愁地没法种吗？小妮！你妈死了，舅就是你的亲人！你要听我话才行！"李玉成望着李小妮很认真地说，"以后不要再和明龙闹了，他也是郑集街上有头有脸的人，能没有人巴结他？在外就是有点什么，你也要注意点说！闹出事来，他干不成了，你也得跟着倒霉！"

李小妮不用再下地干活，她当然最高兴。这段日子下田干活一折腾，再加上李玉成的劝导，她真的领悟到，保持住郑明龙的位置对她是至关重要的事情！那股极浓的醋意也就随之淡化了不少。

郑明龙见李小妮自打李玉成那次来开导一下以后，对他的态度明显地变得亲热温和了，原先那种惧怕李小妮的心理也渐渐地消失，胆子又大了。

第八章

人家不笑话我们吗

包产到户以后，耕种的地块变得又小又多，原先集体时地块大，地头扎下犁，耕了一碗饭工夫才转弯。一犋牛一天能耕四亩多地，现在耕这小块地，一个牛号子没打完，一趟地就耕到头了。耕地时间没有转弯调头时间多，一天只能耕二亩多，耕地的进度太慢。不论怎么说，少耕一家都不行，地还得一家一家地耕。

小李庄的牛还有八头，集体耕种时并不紧张，现分散耕了，就显得紧张了。用牛总得有个先来后到，为了防止争吵，用得有顺序，队里将几犋牛排号抽签，按号排队用牛。

刘二桃和朱美兰的亲事定下来以后，朱立方就和二桃合在一起干了，实际上是成了个小互助组。还在刚进入农业社时就有规定，为了防止坏人破坏，不准被管制的人单独使用耕牛，他和二桃抽的打场用牛签又是末尾垫底一个。朱立方自知自己用牛不自由，等到干部批准，并且请成分好的人来，用队里的牛来给自己拉麦打场，恐怕要等到别人都拉光打完了才能轮到，麦子要抢，万一耽搁下来，遇到连阴雨就糟了。他决定自己想办法，两家麦子都在南湖，加在一起总共八亩地，估计收不了一千斤粮食，就是不用牛来拉打，也能干得了，就在地里做了个野场。二桃家桃花放麦假，加上十六岁的桃花，两家人六把刀，一天就将八亩麦子放倒，第二天挑的挑、抬的抬，没到中午就全都弄到野场上。朱立方用木头做了个木链笆。麦子收时穗头理顺在一头，打时铺在地上，晒干后用木链笆砸那穗头儿，几下子麦粒儿就砸下来了。

木链笆是用五六根二尺多长、鸡蛋粗的细木棍排成链笆片，链笆片的一头用转轴穿在一根五六尺长的木杆上。使用时双手高举起木杆，甩转链笆片，砸向铺在地上的麦子上。麦穗上的麦粒受到击打震动，就会掉下来。这东西有十几斤重，甩砸几下还可以，要是连续干的时间长了，没有点力气是不行的。朱立方毕竟是四十多岁的人了，干不了一碗饭工夫，就觉得两膀酸麻。美兰力气小，几下甩过，那链笆就举不起来了，这活儿都是二桃干得多。

南湖地里其余人家的麦子都已收清拉走，就剩这两家的麦子还在这空天野湖的野场上。中午，别人都回家吃饭，二桃留下看麦子。

朱立方家用昨天才打的新麦子磨了点麦糊子，虽然新粮已收下来，也还舍不得浪费粮食做饼吃，除了美兰专门用麦糊子为二桃做了一大块麦糊饼，自家人烧了锅煮瓜头菜稀饭。美兰早早地吃完饭，急匆匆地向南湖赶去。

太阳无遮无挡地烤晒着南湖的大地，微风携带着热浪紧贴着地面，这一阵刚漫涌过去，那一阵又漫涌过来。野场上，二桃正在用木链笆砸麦子。二桃中等偏上的个头，下穿大裤头，光着上身，人虽清瘦一些，胸脯上凸起的两块肌肉疙瘩却在表明他十分健壮有力，汗水和着草末、灰尘黏附在四方脸上，像一个化了妆的黑脸包公。

美兰从肩头上拿下从家里带来的洗干净的毛巾，替二桃擦去脸上和上身的污垢，心疼地说："这两天你累坏了！到窝棚里歇会吧！我给你烙了一块麦糊饼，还有大蒜头，壶里有凉开水，就着吃点吧！"

"不急！这遍还没砸交头！"二桃并不望美兰，一边砸一边说。

"我来砸，你去吃吧！"说着，美兰来夺二桃手里的木链笆。

"你砸不动！"二桃推开美兰的手。

"二桃！别干了！再干，还把人热死哩！我大一会儿就来了，剩下这点，等我大来砸吧！"美兰夺不下二桃手里的木链笆，就不让二桃再干，奋力地推着二桃。

二桃被美兰推着坐进了窝棚里。

坐进窝棚，避开火辣辣的阳光，当然凉快多了。美兰到渠旁的沟里将毛巾洗干净，擦去二桃脸上的汗水。又摘下自己头上的斗篷，给二桃扇风。

二桃和美兰定亲了，不但没使他对美兰变得亲近和随便，反而让他觉得美兰在他的面前变得高贵了，并且高贵得让他尊重，不但不能随便地触碰她，而且自己在她面前的言谈举止都要得体，这样才能让美兰看得上自己。现在和美兰靠得这样近，顿时觉得无所适从很不自在，美兰给他擦汗，他就推让说："不要擦！行了！"美兰给他扇风，他又说："不热！不用扇！"大概是又渴又饿的缘故吧，此时在吃喝上就不注意了，他猛喝几大口凉开水，接着又就着大蒜瓣儿，大口大口地嚼着麦糊饼。吃完饼，又要去砸麦子。

美兰拉住他说："忙什么！多坐一会儿！"

二桃只好坐下了来。

美兰将头靠在二桃的左肩窝上，细细地吸着二桃身上略带乳酸的汗腥味。

"你家打算什么时候带我？"

"家里连床像样的被子都没有，怎么带？"

"这些没有就算了！等以后有了再讲？"

"那也要到秋后。"别看二桃说得简单，心里早就在盘算了，并且盘算得很细，衣服被子倒不是主要的，美兰真要过了门，家里又要添一张嘴，吃粮才是大事。这麦子能收五百多斤，征购要交五十斤，队里提留听说要交二十斤一亩，四亩二分地要交八十多斤，再留一百斤种子，估计剩不到三百斤，到大秋下来肯定吃不完。大秋现在已经定型，估计除去上交以后还能剩三百来斤，晚秋山芋黄豆才种，一定要在这些晚秋庄稼上下功夫。只有多收点粮食才能让美兰结婚过来后不受屈，要让她吃饱过上好日子。

"我家也没有什么陪，以前我家有几棵大树，要不是五八年砍了，桌子、箱子什么都有了！我家就还有一张旧床，我大说舍不得让我空手走，没法子到时就把这陪给我。"

"算了吧！我家有床！"

"那我就空手来啦？"

"空手就空手，只要人来了就行！"

美兰自打郑明龙那次的事情以后，虽然对郑明龙十分厌恶，却对男女之间的事萌发出很微妙的憧憬。不过这种憧憬是向往着她心爱的人，绝不是郑明龙，而二桃就是她心爱的人。她将头又向二桃胸口靠靠："你想我吗？"

二桃从没听过这种令他感到肉麻的话，心里立即咚咚地跳起来，慌得他无言以对，任凭美兰摆弄。

美兰将耳朵紧贴在二桃的胸口上，认真地倾听着二桃咚咚咚的心跳声。低贱的家庭成分使她一直生活在空虚和惊恐的氛围之中，她渴望有股力量来充实自己，让自己的腰身变得硬实一些。此时，她觉得这响声十分强壮有力，正是她急于想得的。她要立刻得到，一阵剧烈的心跳之后，用甜甜的、略微颤抖的嗓音说：

"想！你就都要去！我什么都给你！你想怎么就怎么！"

二桃听了，心跳得更加厉害，木呆呆地垂着双手愣坐着。

二桃回过神来了，马上推开美兰，站起来说："不！不！没结婚哪能做这事，人家不笑话我们吗！"

美兰头朝下趴在地上，不再说话了。

夏种刚开始，吴三龙就为用牛的事操碎了心。还没种街北就闹了起来。这个队只有两头牛，牛太少没法用。他到街北队处理矛盾，规定除去五户军烈属和伤残军人可以用，其余人家一律自己想办法。他这个办法还真不错，不但消除了可以产生的矛盾纠纷，那头母牛清闲下来后，竟和公牛谈起恋爱来，并且有了爱情的结晶，怀上了个牛犊子！

地很难耕，用人拉犁的话，至少要五六个人。吴三龙就采用当年办互助组的办法，动员有情投意合的人家，自动结合临时互助一下，用人拉犁。这才解决了无法耕种的问题。

街南队的牛用得也不轻松，这个队只有四头牛，如果还是生产队集体耕种，两犋牛虽说不够用，但是就是组织人拉犁，也好安排人力。现在包产到户了，仅指望两犋牛耕种，这夏种要种到什么时候？谁都想争早用牛，就是抽签排号也不行，排在前面的没意见，排在后面的打死也不干。用街北队的办法吧，四头牛要闲一大半时间，会把牛力白白浪费掉。三龙没办法，只好安排将原本应该两头牛配一犋的，变成将牛放单成一头，也还按抽签排号用，另外规定谁家用牛耕地时，一定要配上不少于三个人和牛一起拉。谁知这样一来，也还是苦了牛了！牛是集体的，人是自己的，心疼牛的人会将人配壮些，拉时力气用大些。不心疼牛的人会将鞭子一个劲地朝牛身上抽，拉的人仅是做个样子，会把拉绳拉得打弯乱抖动。

全大队七个生产队，除去小李庄用牛没出现什么问题，其他六个队都要吴三龙去处理一下。

李小妮南湖的二亩多包产地全都种黄豆，秋后黄豆收了再种麦子。她不想栽山芋。山芋哪如小麦大秋豆子好吃？都是怕粮食少不够吃的人家才栽的，像她这样的人家还用怕没粮吃吗？问题是要吃得好才行！

按理说她这个大队书记家耕地最占先，就是不抽签也要让她先耕，可是她找不到人拉边套。那些能配上人拉边套的人家都在忙着耕地，她家板整整的麦茬子还没动土。

今天，盐罐子上挂满了水珠儿，预示着不出两天就会下雨。抢在下雨前把黄豆种下去，是种田人都想急办的事。李小妮十分着急。

中饭后，刘怀青主动找到李小妮家。

"你家南湖豆子没种吧？"

"没哩！都急死了！"李小妮望着刘怀青说。

"赶快种呀！天要下雨的，雨前不种下去，等到雨后就迟了！我帮你种吧！"

"没牛耕怎种啊？只有板茬点了！那就请你刨窝子，我丢种。"李小妮说。

"板茬点长不好！那才能收多一点？再说就是点，得要两个人，你带小孩捞不到，我一人怎点？"刘怀青向李小妮跟前靠，小声说："小李庄有牛！你让郑书记去找，保险能要来！"

刘二桃家的耕地签抽得靠前，他家已经种好了。朱立方家用牛耕地的签是别人都拿剩下的最后一个，谁知这个没人要的签号却不靠后，抽中的牛是骚牯子和另外一头黄牛配的一犋。今天下午轮到。骚牯子像人一样到了老年，气力差，不再能独耕独耙了。

刘怀青来要牛去给李小妮耕地，李玉成马上领着刘怀青到牛屋牵牛。孙有田去家吃饭还没来。给哪犋牛呢？这当口哪个能答应轮到自己的牛不用给别人用？四犋牛中排到的另外三犋都是硬实实的贫下中农，哪个能让？只有朱立方能没理跟他讲。李玉成就将轮到朱立方用的骚牯子这犋牛让刘怀青牵去。

刘怀青赶着牛将犁耙拖到地里，李小妮已将豆种送到地头。地要先耕，耕好后将豆种撒在耕过的茬口上，再用耙耙就行了。犁头打滑难入土，刘怀青掀高犁梢把儿，再用右肩窝使劲抵住，犁尖在地面向前划了三四步远才扎进土里。土层太干，翻过来的土垡碎不出细土末儿，都是大到碗口、小像蚕豆粒这类碎土块。

"小妮！听我话不错吧！你看这地，多板实！还怪麦子收不到产量吗？你要是再不耕，板茬把豆种点下去，那根往哪扎？到收时那豆棵儿也只能像遭雨淋的鸡，能收五六十斤一亩就不错了！这样耕一下，把土松动松动，地下有绒土了，根才能扎好，就是地再没劲，一百多斤一亩还是能收的！"

"我说这年把地怎就不长哩！原来是这原因！"

刘怀青又很关心的样子问："你来，小孩呢？"

"啊！我正想跟你说，小孩被我哄睡了，我抽空把豆种送来的。在这时间长怕小孩醒了，家里没人会出事！我想回去了，这就请你多费心啦！"

刘怀青立即很爽快地答应："行！你放一百个宽心！耕地、撒种、耙地，这活我一个人能干！你在这也没事干，你家小孩没人照应不行，赶快回去吧！地要耕一会子的，你就是不来也不碍事，我能给你种好的！"

李小妮走了。

朱立方请孙有田替他使牛。孙有田吃过午饭就领着刘二桃来套牛下地，今天给朱美兰家耕地种豆子，二桃当然要来帮忙。到牛屋一看，骚牯子和配套的黄牛都不见了。

"玉成！骚牯子被哪个牵走啦？"孙有田见李玉成在这里，断定他知道。

"你问这事呀！牵去给郑书记家种黄豆了！"

"啊！这犋牛今天是美兰家用的，凭什么给他牵去用？"二桃大声问。

"你替他发什么火？郑书记家就二亩地，要不了一下午，他家种完了再种迟了吗？"

"玉成！你不能这样说？人家抽签是美兰抽的，美兰又不是坏人！二桃！这事你不能让！"孙有田反驳说。朱立方下面抽到的就是吴正诚家，吴正诚家的儿子吴明坤就是孙有田的二女婿，跟他处得如同一家，他要种的豆子就如同自己要种的一样！本来打算今天下午将朱立方家种了，明天上午再把吴正诚家种上，吴正诚排在朱立方后面，朱立方家今天下午不种，明天上午就轮不到他种。这雨说下就下，雨前种下多好！秋黄豆最讲迟早，早种一天就多一分收成。谁知道竟出了这样的岔子！被耽误的就只有吴正诚，孙有田真的比二桃还急！

二桃经孙有田一鼓动，立即火冒三丈："凭什么？人家抽签抽到的，凭什么把牛给他牵去？"

"不行！哪个叫都不行！走！去要回来！"孙有田叫上二桃，向南湖走去。

李王成制止不住，只好去找郑明龙把这事告诉他。

孙有田知道，李小妮家的地在街南队，就在小李庄队地的邻边。可是找了几个来回，别说郑明龙家的地里没有，就是在这里耕作的所有牛犋中，也没有他熟悉的骚牯子。他看到郑明龙家的地只耕了两圈地，猛然想起，是刘怀青来替郑明龙家使牛耕地的，问题肯定出在刘怀青身上。二支渠那边就是街南队的地，孙有田爬到二支渠上一看，刘怀青在那边地里把牛号子唱得动听悦耳，骚牯子领着那头黄牛正专心一意地拉犁替他耕地哩！

刘怀青家南湖包产地还有一亩黄豆没种。天要下雨，黄豆应该抢种，稍有点种地经验的人都应该知道这个道理。刘怀青主动要来给郑明龙家种黄豆，自有他的小九九。

刘怀青还是凭良心的，轮他用牛时，他专门请人帮他扶犁，他和老婆带着儿子儿媳四口人拉边套。谁知那牛被先前用的人家用苦了，几步不走就趴在地上，怎么吆喝就是不起来。都用人拉吧，四个人力太小，又像鬼画符一样划个表皮子，根本耕不透。眼看土壤越折越板实，庄稼长得一年比一年差，特别是现在地包给自己了，收多少关系到自家老小的吃喝，刘怀青能不动脑想点子？全郑集街只有小李庄牛够用，并且孙有田不但牛喂得好，对那些狠劲用牛将牛用苦了的人还会发火教训一下，牛喂得好用得又得当，小李庄的牛力最壮。把小李庄牛弄出来，也只有像郑明龙这样有权有势的人家。自家南湖的包产地和李小妮的地只隔一道二支渠。一犋牛半天能耕三四亩地，要是能到小李庄弄到一犋牛，她家二亩地不够耕的，正好就势也把自家一亩地耕了。

刘怀青将李小妮支走，就将犁拖到二支渠那边自家地里耕起来。他打算先把自家这地耕了再去耕李小妮的地，要是等李小妮家种完了，万一牛被小李庄要去，还捞不到耕哩！

朱立方父女俩已将豆种拿到地头，听说自己家抽到的牛犋被郑明龙拖去了，父女俩都十分窝火，又不敢去惹他！本来打算忍着，可是看到耕的并不是李小妮的地，而是刘怀青的地，又看李小妮并不在地里，以为李小妮家不种了。既然耕的不是李小妮的地，那就应该把牛要回来！孙有田立即跟着刘二桃和朱美兰去要牛。

"这犋牛是我家抽签抽到的！怎么你牵来啦？"朱美兰完全不是商讨的口气。

"哪是我！是郑书记家！我是来替他耕的！"刘二桃的父亲刘怀玉是刘怀青的大哥，刘怀青没想到这牛会牵扯到自己的侄儿，不好意思争辩，只好往郑明龙身上推。

二桃不好和自己的叔叔讲，在一旁没说话。

"你替他耕的！怎么耕的不是他家，是你家地啊？"孙有田就不客气了，他冲着刘怀青大声问。

"啊！是这么回事！李小妮还没来，又不能让牛闲着，我就先拖到我这耕着等她，她到了再过去！"

"瞎说什么！耕地又不是李小妮耕的，她来不来还不是一样耕！肯定是你以她的名把牛骗来的！停下！把牛还给我们！"孙有田说着就去夺犁梢把。

"就是嘛？你是外队人，凭什么用我们牛？"朱美兰也说。

刘怀青慌了，他连忙护住犁梢把，说："不是我用的！真的是郑书记家！我这就去！这就把犁拖过去耕他的地！"

"刘怀青，你不要说了！现在明明是在你家的地里耕，你说耕郑明龙的地，哪个信？赶快把犁给我吧！"孙有田不跟他含糊，伸手去夺过犁梢把儿。刘怀青自知理亏，又有自己的侄儿在旁看着，不好过分争辩，只好将牛让出。

孙有田赶着牛，把犁扎到朱立方家地里。春种时他已教了刘二桃耕地的办法，就让刘二桃自己去耕。朱美兰跟在犁后丢豆种，地头就剩他和朱立方两个人，两人捧着旱烟袋闲谈起来。

"我的地怎没耕哪？怎耕到那边去了？"两个人坐在地上只顾说话，远处突然传来李小妮的大叫声，"刘怀青！不是说好了给我耕的吗？你怎把牛让人啦？"

刘怀青连忙跑到李小妮身边，向她低声耳语几句，李小妮立即去找郑明龙。

郑明龙已经听李玉成说刘二桃带着孙有田到地里去将牛要走了，很着急。他开会走不脱身。郑明龙让刘大桃去处理一下。实际上他心里明白，刘大桃一直反对刘二桃和朱家交往，让他去处理这事最合适。刘大桃还没到，李小妮就抱着孩子又赶回来了。

李小妮并不理会孙有田和刘二桃，怒气冲冲地大声叫道："朱立方！你这个该死的！干部安排这犋牛给我耕地，你狗胆包天，敢叫人要去耕你家的地！赶快给我拖过来！"

朱立方吓得低着头嘀咕道："哪是我！我……"

"你这个女人！你……"李小妮正在怀疑朱美兰，见到她就醋意难耐，本想骂得直接一些，又怕骂得明了会给郑明龙招来麻烦，到嘴边的骂词却又留住，马上改口往下骂："看你那孬熊样子！敢欺负到你姑奶奶头上！我一巴掌能叫你转十八圈！"骂得越激烈，醋意升得越浓，情绪越失控，很快便又情不自禁地发展到决心要利用这个机会，教训教训这个她认为敢于争夺自己男人的女人的层面上来了。她将怀里的小孩往地上一放，任由小孩哭去，窜到朱美兰面前，猛地推向朱美兰。论身材体力，李小妮和朱美兰差不多，只因朱美兰没防备李小妮这一手，打个趔趄坐倒在地上。李小妮趁势骑到朱美兰身上，拳头雨点砸问她。朱美兰虽然性格温顺，但狗急还会跳墙呢！她奋力地想挺身推开李小妮从地上爬起来，但是挺了几次也没推开李小妮。

刘二桃见李小妮骑在美兰身上，丢下犁跑过来，将李小妮拉过来，说："你干什么的？凭什么打人？"

"我打了！就打了！她还没成你女人哩！碍你什么事！这牛是队里安排给我耕的，你有多大本事敢不给我耕，把牛要来给她家耕？"李小妮又冲向刘二桃大叫起来。

刘二桃此时被李小妮殴打美兰的行为激怒了，并不把这个大队书记的女人放在眼里，指着李小妮说："现在就应该轮到他家耕！坏分子家就该被你欺，被你打？"

朱美兰自知自己身份低下，哪敢和李小妮斗，惹不起总能躲得起，爬起来就走。

"不长眼的人！敢跟我争！不叫你尝尝你姑奶奶的厉害，你还能上天了！站住！有种你就站住！"李小妮骂词里当然暗含着她没明说出来的那种意思，觉得刚才打得还没解气，并不理二桃，又要去推美兰。

刘二桃怕美兰再吃亏，拦住李小妮："你干什么？再打，我就对你不客气！"

"我就打！你能怎样？"李小妮被刘二桃激怒了，并没去推朱美兰，而是猛地一推刘二桃。

刘二桃晃了几下才站稳，伸手去拽李小妮。

朱立方怕把事情闹大，给自己招来祸端，连忙跑来大声说："二桃！你不能动手！"

刘二桃伸向李小妮的手停住了。

"你打呀！你打呀！有种你就打！"面对比她壮实得多的刘二桃，李小妮并不惧怕。

"二桃！你给我住手！"刘大桃到了，他听到刘二桃在向着朱立方，不让耕李小妮家地，哪能容忍刘二桃这样做，向刘二桃大喝道。

自打不顾刘大桃的反对，决心和朱美兰定亲以后，二桃就不再拿大桃的话当回事。他并不理大桃，对李小妮说："你不要以为我不能打你！你再敢打美兰，我就对你不客气！"

刘大桃大喝道："你胡说！他一个坏分子家，与你有什么相干？你再胡来，我能揍你！"

"你敢！"二桃怒目圆睁，对着大桃喊道！

朱立方劝刘二桃说："二桃！你不要说了！"又对大桃说，"刘营长！我那地不耕了！让小妮家耕吧！"说完，领着美兰回家了。

到了 1962 年 7 月，土地又被收归生产队集体种植。

第九章

打铁先要自身硬才行

1963 年雨水还调顺一些，晚秋庄稼长得很正常，立秋过后，山芋的秧藤儿爬到沟底了。无奈杂草太多，欺得本来应该贴着地皮长的秧子一个个都抬高了梢头，努力地从杂草丛中伸出来。这势头就是没种过地的人也知道，不把地里的草锄掉，山芋还能长吗？

小晌过后，吴三龙检查生产到了小李庄官道南边的山芋地。一看，心里就格外生气，这个男女劳力强壮的生产队，平时干活都是黑压压的一大片，今天怎么来锄地的才十几个？他找生产队队长李玉成，有人告诉他，想找他就到街上书场上去找。

1958 年县城到淮阴公路修通后，郑集成了这一带方圆几十里水陆交通的交会点。远方的木材、煤炭等商品物资运送到这里卸下后，再从这里疏散出去。这一带出产的粮食、棉花、洪泽湖里的各种特色水产都汇集到这里，再输送到外地。郑集街是县城北部最繁忙的集市。每到逢集日，郑集街的街道上挤满了人。

新的书场设在粮站南大桥北拐的河边，小铁嘴坐在堆下河滩中间，面对着堆上堆下的听书者，神气活现地说唱着。李玉成坐在河堆的坡顶。这儿居高临下，正对着小铁嘴，无论是唱腔还是表情，这里都能听得仔细、看得真切。

粮食少时饿得路都不想走，又哪来兴致去听书？如今肚子可以吃饱了，那些诸如薛平贵征西、杨六平扫北、五鼠闹东京之类的大鼓书自然就引起人们的兴趣。书场也就慢慢地恢复了生机。

农村里没什么好玩的地方，只有书场上能打发时光。唱了三十多年大鼓书的杨铁嘴老了，气力跟不上，声调提不起来，他的徒弟小铁嘴接了他的班。小铁嘴三十出头，气血正旺，嗓音洪亮，刚到街南头粮站的东大门跟前，就能听出街西安河边书场上唱的是《隋唐演义》。

"李玉成！你干什么的？"吴三龙气得两腮上的络腮胡子乱动，大声叫道。

李玉成两眼盯着小铁嘴嘴里的罗成挺枪刺来，还说出刺没刺到，被这突如其来的喝问声吓得一咯噔，抬头一看，见是吴三龙，连忙站起来，抓着头皮说："才来、才来时间不长！"

"马上收大秋了，你那山芋地里还一地草，你不好好带人锄地，跑来听书，像话吗？"

"我把人都安排好，他们都下地去了呀！"

"你也不看看，全队那么多劳力才去那几个人！"

李玉成很难为情地说："怎么说呢？以前社员没有别的想头，干集体活还好叫一些。去年搞了一年包产到户，尝到了自种自收的甜头，对干集体活失去了积极性。这不算，那时市场也开放了，一直到现在还开放，做生意比干活挣钱多，谁还愿意把力气花在种田上。唉！现在人心都散了！难领导了！"

对这，吴三龙也有体会，他沉思一会儿说："那也不能放任自流啊！"

李玉成向吴三龙跟前凑，放低声音说："你就知道批评我？今天逢集，都来做生意了，叫又叫不动。你叫我怎办？你看那个陈英，她就在供销社那边摆摊卖大饼，你看这女人多邪头！我那天不让她卖大饼，叫她下田干活，还被她骂一顿，连你都拿她没法子，我又能有什么办法？原先就她一个人卖，别的人看她苦到钱，都跟着学了，现在一到逢集，能做生意的都来做，只剩下十几个没门路的人下田干。地里没什么人干活，我才来书场的。"

李玉成说的这个陈英，吴三龙怎能不知道？一个月前山芋锄头遍时，她不到地里锄地去卖大饼。李玉成叫不动她，吴三龙便亲自上阵，那天他到供销社那里的大饼摊子上找她，谁知那陈英根本不把他放在眼里，吴三句话没说，就被她骂个狗血喷头。好男不跟女斗，女人要不讲理撒起泼来，又抓又挠的，再有本事的男人也拿她没办法。吴三龙又恼又气，他搞不明白，这个平平常常的女人哪里来的这样足的底气，竟敢和他作对？

吴三龙和李玉成一起往回走，粮站前一直到新街是粮食市场。

"五香大料实在好，还有陈皮和胡椒，都来买点带回家，烧鱼烧肉少不了。"

上了新街道，就听食品站那里传来吴正华嘶哑的叫卖五香粉的顺口溜声。吴正华的五香粉好几年没卖了，吃的粮食都没有，哪还有肉吃，没肉吃哪个还去买五香粉？今年粮食多起来，集市上卖鸡鱼肉蛋的也就多起来。于是，吴正华叫卖五香粉的顺口溜声又在街上响起来。

吴正雨在新街道的拐角点上摆个卖豆芽摊位。他初干这生意，还没入门，豆芽儿生得芽须短，豆瓣大，人不肯买，生意冷淡。这也不怪，吃豆芽就是吃那芽根儿，味道鲜又有营养。吃他这尽是大豆瓣的豆芽，还不如买整黄豆去家煮熟了吃得实在哩！

"卖豆芽啦？亏本也卖，不卖五分了，四分钱一斤！"吴正雨在大声喊叫，招揽生意。

李玉成瞥了他一眼，没好声地问："你怎么不到地里干活，来卖豆芽？"

"看你说的！人家能卖大饼，我怎就不能卖？"

吴三龙和李玉成都知道吴正雨说的就是陈英，他俩都无法去管好陈英，又怎能不让吴正雨卖豆芽，只好不再说了。

一个人影响一大片，别看陈英是个女人，她的行为搞出来的影响可真不小。不仅仅是小李庄生产队逢集时下田干活的人少，逐渐地全大队另外五个生产队都出现了这种情况，只要到逢集，郑集街上到处都是不去下田干活做生意的人。

郑明龙明知是陈英起的带头作用，吴三龙和李玉成也向他说了陈英无法管的情况，他是闭着眼装无事人。后来他知道陈英卖大饼已经成为影响全大队劳动力干农活的关键因素，才意识到不管一下真的不行了。他也出面劝说过陈英不要卖大饼了。每到这时，陈英就立刻变脸，骂他不是人，只顾自己痛快，不管别人死活。还放出狠话来，如果他不让她卖大饼，她就将他的丑事抖出去。陈英这样一吓，郑明龙哪还敢再说。

眼看逢集时下田干活的人越来越少，陈英的影响越来越大，郑明龙已经听到有人说他庇护陈英了，他十分着急，可是又没有办法。

一个集日上午，郑明龙从新街道南头向北走，过了供销社百货门市，一眼瞥到朱美兰蹲在街道边，面前放着一个用布盖着的篮子。朱美兰正掀起布，从布底下拿出一个馍递给她面前的人，那个人又拿出钱送到她手里。

她不是在卖馍吗！郑明龙立刻心中一亮，迅速将民兵营长刘大桃叫到大队部。

郑明龙比刘大桃大七岁，他当初级社的社长时，刘大桃还是个刚穿上有裆裤的孩子头儿，在刘大桃面前，他摆出一副老资格的领导者的姿态说话：“刘营长！你跟吴三龙不一样！吴三龙一直和我作对，你不像他，我有数，你是一直听我的。我在赵社长跟前都夸你的。”

刘大桃微黑的圆脸上满是激动地说：“我……我多谢你！多谢了。”

“刘营长！现在逢集社员都去做生意了，对农业生产影响太大。我们要认真抓一下才行！”

"是要认真抓一下！"刘大桃虽然不善言辞，但是对他的领导郑明龙还是十分恭维的。郑明龙说什么，他就赞成他说什么。

"我跟你说了多少次了，你要管好朱立方，你看看，那个朱美兰在供销社门前街边卖馍了！你是怎么管的？啊？他家都只顾卖，还怪社员去卖吗？你是不是因为他闺女要做你弟媳妇了，就心软不管了？"

"不是的！我不同意他家！我一定去把他家禁止掉！"

"你是民兵营长，就是管这些人的！你赶快带人去将她卖的馍没收掉，告诉她不准再卖！"

"好！我现在就带人去将她的馍没收掉！"

郑明龙这个办法叫一箭双雕，既可以给这个不愿从他的吴美兰厉害看看，也可以表明他并没有对社员不去地里干活，去做生意的事不闻不问。

刘大桃本来就对朱美兰十分厌恶，这个女人竟还梦想成为他的弟媳妇！现在还敢偷偷地做生意卖馍！被郑明龙这样一点拨，他立即火性十足。

刘大桃带着一行人刚走到新街道的街头上，就听见自己的姑父吴正华那嘶哑的叫卖五香粉的顺口溜声："大茴香、小茴香，还有桂皮和胡椒，香喷喷的五香料，烧鱼烧肉离不掉！"。

刘大桃的姑姑刘怀香是个苦命的女人，新中国成立前因为家中借了大地主郑福全的管家王秀清一担大秫，王秀清的老婆死了后，看中了刘怀香，便以债相逼。为了抵债，她的大只好将她送给王秀清做老婆。王秀清跟着郑福全跑了。因为她有这个污点，被定为坏分子。四年前刘怀香才改嫁给了吴正华。

刘大桃并不去想他自己的姑父卖五香粉会有什么问题，因为他从新中国成立前到现在，就一直以卖五香粉为生。

他带人到了供销社百货门市前，真看见朱美兰蹲在街道的旁边，面前放个篮子，篮子用布盖着，布的边缝里露出雪白的馍。

他指着朱美兰对随来的人说："去！去把她那篮子提来！"

几个人一齐拥上前去。朱美兰见状，马上提起篮子就跑。

"站住！站住！"几个人一边追一边喊。

"美兰！你来我这！"离这不远就是陈英的大饼摊子，摊子摆在供销社和食品站之间。这里是赶集的人流最集中的地方，当然也就是做大饼生意的最佳地点。盛大饼的笆斗放在一个有大腿高的三撑腿木架子上，旁边摆张小桌子和几条小凳子，桌下有开水瓶，桌上有碗。肚子饿的人买点大饼，坐在桌边就着开水吃饱走路。陈英在这专门卖，男人在家烙饼烧开水，兼管交通运输。陈英看大桃指挥着几个人在追朱美兰，立即大声招呼道。

朱美兰跑过来，惊慌地说："小姨！怎办哪？"

"怕什么！有我哩！"

几个人追到跟前，想夺朱美兰的篮子。陈英往他们面前一站，将她挡在身后，亮起大嗓门："你们是哪里来的？敢来我这撒野！"

几个人马上愣住了。

"我们没收朱立方家的馍，不关你的事！让开！让开！"刘大桃走到跟前，正色地说。

"那是我家的，是我叫美兰替我卖的，有本事来找我！找她干什么？"

刘大桃迟疑片刻，立刻又说："你瞎说什么！是她家自己做的！"又对他带来的人下命令说，"还愣什么？快动手啊！"

陈英被两个人围着，另一个三十来岁的人伸手来夺朱美兰的篮子。

"哪来的小龟孙子！你姑奶奶的摊子该你收吗？给我住手！"

陈英的骂声并不能阻止他们抢篮子的动作，眼看盛得满满的又香又白的馍头篮子被两个人拽去了。陈英一脚踢向其中一个，谁知竟踢到那人的下裆，就听他"啊"的一声惨叫，跌倒在地。

"你打人！你敢打人？"刘大桃指着陈英。

"打了又怎样？你说朱立方是坏分子不能卖馍，你姑姑刘桂香是不是'四类分子'？她那男人整天卖五香粉你为什么不去没收？你这个不长眼的东西！做事不公，专门欺负我们，我还要打你哩！"陈英甩开那两人的阻拦，向刘大桃冲过去。

陈英掀出了刘大桃姑姑家的老底，刘大桃立即傻愣了。那边自己的姑父吴正华叫卖五香粉的顺口溜唱得正欢，再想对陈英使硬的确没有后劲，只好带人走了。

"滚！快滚！敢惹老娘我哩！我能叫你大小头分家！"陈英还在叫骂着。

围观的人发出一阵哄笑。

郑明龙坐在大队办公室里，听完刘大桃说的情况，并不提陈英，摇着芭蕉扇说："那朱立方你就没法了吗？要是整不好他，开了个不好的头，那其余被管制的人去做生意怎办？你还怎么管？"

"郑书记！陈英护着他家，那女人又凶又野，'好男不跟女斗'，我一个大男人怎好惹她！我也想了，全郑集街做生意的，陈英是个头子，要是能把陈英制服了，其余人都好办！要制好陈英，只有找几个有劲的女民兵，用女的去对付女的，她要胡来，就把她捆起来，关起来，我不信制不服她！"刘大桃吃了陈英的亏，他决心要报复一下。

郑明龙皱着眉头想一下说："真要按照你说的办，她要是就不服又怎办？这种人仗着自己成分好，你惹急了，是什么事都干得出来的！弄得不好，会叫我们收不了摊子的！"郑明龙这样说，是想吓住刘大桃，让他不要在陈英身上下手，实际上却是说出他自己内心的顾虑，要是将她弄急了，会惹来大麻烦的。

"要不能这样，我可就没法子了！"

"你不是没法子，你是手软下不了手吧！刚才陈英咬到你大姑家了对不对？"

刘大桃不说话了。

"刘营长！打铁得先要自身硬才行！吴正华你要是下不了手，你还能去整朱立方吗？要是连他们做生意都整治不了，你这个民兵营长不是严重失职吗？还有，我们下一步工作还怎么做？给集体生产造成影响，我们怎么向公社领导交代？"

郑明龙的一番话真的让刘大桃感到害怕了，他立即表态："郑书记，我向你保证，现在就去将姑父的五香粉没收了！然后再去没收朱美兰！"

"这就对了！先把你姑父管好，这样你才能理直气壮地去办朱立方！我听说你弟弟还要和那个朱美兰结婚，你看那个朱立方是什么人？现在就有人提你意见，说你敌我不分，你可要注意的！你那入党问题，预备期还剩半年，你在这点不过硬，到转正时人家要是抓住你怎办？工作上一定要抓出成绩才行！对付朱立方你没办法？你就非要在街上将他家的饼篮子往陈英那撵吗？朱立方的馍是在他自家蒸的，你带人到他家里去，把他家连锅带馍都端来，看能不能治好他！"郑明龙从内心里很喜欢美兰，得不到她的恼火又将喜欢变成仇恨。他得不到美兰，就很忌妒刘二桃，所以他就利用这个机会来挑动大桃去制止刘二桃和朱美兰的事。

刘大桃刚才受到陈英的羞辱，除了要报复一下陈英，更想去阻止朱美兰家做生意，正愁没办法哩！立即说："对！好办法！我马上就带人去！"

"大茴香，小茴香，还有桂皮和胡椒，五香大粉实在好，煎鱼烧肉少不了！"吴正华一边唱一边做买卖。

"把这五香粉摊子没收了！"

吴正华很吃惊地抬头一看，刘大桃铁板着面孔站在自己的摊位前。

"大桃！你干什么？"

"还愣着干什么？把这摊子没收了弄到大队部去！"见手下的人在犹豫，刘大桃连看都不看自己的姑父一眼，又一次下了命令。

手下的人真的动起手来。刘大桃的这一举动立即引来不少人围观。

吴正华见状马上慌了，大声嚷："大桃！你发什么疯？我是你亲姑父！你姑姑和你的表弟表妹全指望我苦钱养活他们！你不让我卖五香粉，我拿什么给他们买吃买喝？"

"我没有你这样的姑姑家！"刘大桃惦记着自己入党的事，下了狠心地说。

"坏了！坏了！六亲不认了！六亲不认了！"吴正华摊开双手，无奈地说道。

没收了自己姑父的五香粉，刘大桃惧怕陈英，并不敢再去没收朱美兰的馍，只能带人闯进朱立方的家，将他家正在锅上才蒸得半熟的馍头全部拿走。临走还警告朱立方，不准他家再卖了。

刘二桃为和朱美兰结婚后吃的事做了细致的筹划。包产田被收回以后，秋天收粮都在生产队，队里按人口分粮，要论队里分的粮如果不增人口，也还够吃的。秋后要是把婚结了，那时全年分配结束，美兰口粮分在她家，把美兰带来，她只会嘴来粮不来，一寒一春半年多时间，得要一百大几十斤粮食吃！自己这三口人的口粮本来就不丰足，陡然增加一个人，要吃这样多粮食，到哪去弄？他利用空闲时间，在公路边开出了一分多的拾边地。为了在秋后将美兰带来家有粮吃，他起早睡晚，在拼命地经管着自己的拾边地。在地里种了三行金皇后大秋，足有四百来棵。锄草、扒根、追肥、培土样样干到位，生长苗壮，结出的大秋棒儿尺把长。二桃算了，大秋起码能收一百五十斤。一百五十斤大秋能抵上她春天几个月的口粮。三分自留地上全都种黄豆，估计能收百把斤。他已经和孙有田说了，黄豆收下就用这豆子做本钱，让菜花来教他们做豆腐卖。只要能赚到钱，还愁没法给美兰做衣服吗？

刘二桃为和朱美兰结婚的事谋划得不能说不周到，然而天有不测风云，这个不测的风云，完全是郑明龙操弄出来的！今天郑明龙骑着自行车路过公路，正好看见刘二桃在路边的拾边地里忙活，地里的大秫棒子已掰光，正在准备往家挑。

那时候上面虽有不准种拾边地的规定，但是公社领导只是经常在会上说一下，并没有作为一定要完成的任务去督促各大队执行。并且种拾边地也很多，郑明龙也就见惯不怪，对社员种拾边地看见只装着不见。今天看到刘二桃在公路边掰这片大秫，特别是这一大堆尺把长的大秫棒子，立刻引起他的注意。他早就听说刘二桃和朱美兰在今年秋后要结婚，结过婚到他家就要吃粮食，这样多的大秫子不正是为朱美兰准备的吗？

郑明龙要达到自己的目的，当然还是让刘大桃出面最适合。

"你那党员正在预备期，要好好表现才行！"郑明龙仍然将预备党员作为诱饵。

"那……我听你的！你说吧？"

"告诉你！现在为了搞好集体生产，上面不准种拾边地，我们一定要抓出成绩来！对拾边地你要先从自家开始，二桃那收去家的大秫子，你无论如何要追缴回来交到生产队！二桃的大秫子追缴后，其余的就好办了！"

"行！我保证照办！"

刘大桃说干就干，他马上来找刘二桃。

"二桃！你怎么随随便便就把拾边地里的大秫收来家？"

"那是我种的，就应该我收！"刘二桃个头脸型都和大桃差不多，说起话来也和大桃一样直快。

"上面是禁止种拾边地的！大队研究了，拾边地上的庄稼都归生产队收！你赶快把收下的大秋棒子交到生产队去！"

"凭什么？那地要不让我再种，我以后就不种，现在这大秋棒子哪个都不准弄去！"

"不交不行！等会儿我叫生产队安排人来弄！"直快人对直快人，刘大桃不再多说，说完就要走。

坐在一旁的王秀平急忙说："大桃！你这是干什么呢？自家人不向着自家？"

"妈！你不懂！上面现在对拾边地抓得太紧！我们大队现在把这事让我负责抓，我要连自家弟弟的事都处理不好，别人的工作我还怎么做？"刘大桃站住了，着急地说。

"那是你弟弟准备到秋后把美兰带来家，预备做明年春天口粮的！要交到生产队，那美兰带来家拿什么吃？"

不听这话倒还不生气，一听这话刘大桃立即怒火中烧，他连母亲的面子也不顾了，厉声说："这个朱美兰！我真不知道到底图她什么？吃不如人，穿不如人，住不如人，把她带来，除去一张嘴，旁的什么都没有，现在还要留这拾边地上的粮食让她来吃，不行！不准你们要她！"

"你胡说！"刘二桃圆睁双眼，瞪着刘大桃。

王秀平慌了，她怕再说美兰的事，这兄弟俩会争得打起来，急忙说："美兰这事现在不说了，大桃！你看这大秋也是你弟弟辛辛苦苦种出来的，就这样拿去交了你就不心疼？二桃！你大哥当干部，也是没法才让你交的！唉！要不这样行不行？大桃！你也不要一斤不少有多少交多少。对外就说这大秋才收一百斤，就交一百斤吧！那五十斤留下！"

两兄弟都不作声了。停会儿，刘二桃问："我这大秋也是我辛辛苦苦忙出来的，还能就这样白白交一百斤吗？"

刘大桃说："大队定了，有一百斤给五斤种粮二百个工分。"

刘二桃鼓着嘴没说话。

第十章

我家怎就得这点钱？

小李庄生产队在南湖小秋茬种了三十亩胡萝卜。大秋收清后一直下了十几天连阴雨，好在雨不大，并没淹到晚秋庄稼。胡萝卜幼苗期管理还可以，长势不错。现在胡萝卜苗儿叶岔都分出来，一根根碎叶片子大串顶着小串，都伸出了半拃长，底下胡萝卜须头儿也有麻线粗了。按照在行的人话说，胡萝卜到了这个样子，是已经过了幼苗期，进入长壮膨大期。然而就是没定苗，还是雨前将并列的间成单棵那个样子。除此以外，草趁着雨也长起来了。现在应该定苗锄草。这活可不像锄大秋黄豆那样，可以伸长膀子在禾苗行子中拉大趟，一锄能拉出三尺远，一个劳力一天最多能锄出一亩半地。锄这地除去要把草锄掉，最主要的还要把苗定好，定亩的原则是一方面要去瘦去小、留壮留大，另一方面还要让苗与苗之间保持一拃多远的距离。这可是要仔细干的细活，绝不可以像锄大秋黄豆那样拉大趟子，而是要用锄慢刨细剔，一个劳力一天最多能锄三分地。

为了防止有人只顾做生意不去锄地，让全队社员一齐动手，尽快把这三十亩胡萝卜草锄掉苗定好，队里将面积划分到人，进行责任分工到人，工分定额到地。为了提高效率加快速度，决定锄草定苗一次完工，达到标准每二分地给一个劳动日。要按正常干活，一个劳力一天锄三分地的话，现在干这活一天抵平时一天半。

吴正雨精瘦的中等个子，额头上刻着几道横纹。他吃过早饭在家把黄豆泡水上包，然后才扛起锄头去干活。这上包的豆子两天以后才能长成豆芽，今天不泡水上包，豆芽会长不长的，下集又要卖豆瓣子。经过一段时间摸索，吴正雨生豆芽生出路子了，豆芽长得白嫩粗长，卖相好，一个集十五斤豆子生出的豆芽不够卖的。一斤黄豆净赚一毛，十五斤就是一块五，三天一个集，一天划到五毛，比干队里活多又是现钱。所以，他哪里还有兴趣去队里锄那胡萝卜？

吴正雨到了地头，扎下锄头就锄，就听刘二桃大声叫道：

"正雨叔！你怎么现在才来？"

"我一刻也没闲着！不把生豆芽的事忙清了能来吗？"

"你要是没时间，你那地就让我锄吧！"

"让给你锄！你不嫌多？"吴正雨很奇怪地问。

"对！我不嫌！有几家去忙做生意没工夫锄，已经被我揽下了！"

"揽几家了！这地难锄，你能锄了？"

"能！我带点饼、大蒜头、水，中午不回家，就在地里吃！省时间，早晨起早来，晚上迟点走，一天能干半亩多地哩！你家那四分地，不够我一天锄的！"

会计徐本华来给刘二桃量地算工分。年轻人干事动作麻利，随着他那快速的脚步，五尺长的量地弓子（旧时农村一种量地工具，呈人字形，下口五尺宽）在他手里飞快地翻转着。不到一碗饭的工夫，地便量完算好。

"一亩三分地，六十五分！"徐本华随口报出地亩和工分数。

"不对！我自己算应该是一亩四分地，应该给我七十分！"

"你算的？你拿什么算？"

"我用步量的，我一步二尺五，两步一弓子。"

"别能了！我这弓子量，还能不如你那步量得准？"

"你那就不准！我看了，你走得快，弓腿落地时都向前冲出四五寸远。一弓子四五寸，百把弓子长的接头要少量多少？"

徐本华脸色不像刘二桃那样黑，虽说年龄比刘二桃大三岁，红润的圆脸蛋儿看起来比刘二桃还小。从初级社就干会计，到现在干了七八年，也算是老资格的会计了。刘二桃的争执让他觉得大失颜面，他不耐烦说："还嫌少啊？两天多时间，让你苦六十多分就不错了。不要不知足！"

"你这叫什么话？两天半时间，我哪天不是起早摸黑？辛辛苦苦干出来的，你凭什么扣？"

"哪个扣你工分啦？就这样多！"徐本华说完，扛着弓子就走。

刘二桃火了，一把拽住徐本华扛在身上的弓腿子："不行！你给我重量！"

"你干什么？"徐本华将弓子丢在地上，摆出一副准备打架的架势来。

吴正雨的地被刘二桃揽去，他坐在地头抽烟，准备抽足了烟就回家。见徐本华和刘二桃快要打起来，连忙走过来，说："本华！你就让他点！他也是辛辛苦苦用锄头一锄一锄地刨出来的！容易吗？再说，这工分又不是你家的，多给他点，你也不损什么，你何必因为这点工分去得罪人呢？值得吗？"

徐本华本要和刘二桃较量一下的，听他这样一说，想想也有道理，反正生产队的工分也就是一张小纸片印上字，再盖上生产队的大印，也不费什么事、不用多大力气就成了，自己又何必因为这点工分去得罪人呢？于是就说："好！看在正雨叔的面子上，多给你五分吧！"

来这锄地的除去刘二桃，还有孙武两口子是真心来锄地的。

自打吴三龙被处分后，孙有田就格外小心谨慎。包产到户时，队里事不多，只留队长和会计两人干就行了，只有这两人有补贴，孙武被取消了补贴，他这个副队长变成了可有可无的人。

近来传出风声，生产队要加强管理，原来副队长停止的职务补贴要恢复，让副队长帮助队长管好生产队的生产，孙武一直都是副队长，当副队长就可以拿补贴，这是有利的事。就是现在要好好表现才行！所以，本来就会做豆腐生意的他，放着赚钱的机会不要，让孙武和菜花好好地到生产队干活，等孙武把这副队长的待遇拿到手再说。

为了让朱美兰来了有饭吃，刘二桃把全部心思都放在苦工分上了。到年底一合计，他一秋天苦的工分比和他同等的两个男劳力加在一起还要多。秋收结束了，他一有空就往徐本华那跑，专门打听年底分配的事。刘二桃也是小学六年级毕业，虽然徐本华不会早早告诉他分配结果上的事，他根据打听来的一些数字，也能推算出自己能得多少。口粮要是都分，每口人三百五十斤能吃，但是没法，上面说国家粮食缺得严重，城里人粮食供应还紧张，规定全年每人口粮最高不准超过三百斤，那五十斤全部作为购粮卖给粮站。刘二桃算了，小李庄一下子卖了九千多斤征购粮，九千多斤就是七百多块钱，现在不用还那些入合作社时欠的钱，这么多钱即使是生产队开支一些，起码也有五六百块参加分配的；生产队九十多个劳力养活另外百十个闲人，每个劳力要养活一个多一点闲人；自家三口人除去桃花上学，还有两个劳力苦工，就算母亲这个劳力差一点，自己养活自己没问题，他这个壮劳力秋季又多苦一个人的工分，自家应该是上等的结余户。这样粗略测算一下，除去口粮分到家，二桃很有信心还能再分到二十多块钱。有了这些钱，街上高价大秫二毛一斤，能买一百斤大秫，买山芋干的话，还能买一百七八十斤。要是有了这样多钱，还用愁美兰来了没吃的吗？

谁知事情的结果完全出乎刘二桃的预料，分配结果一公布，令他大失所望，他仅仅得了五块多钱结余款。吃过午饭，他就到生产队办公室去问。

队里八条牛被集中拴在西头三间牛屋里，东头的三间被改作生产队仓库和办公室。有几个人怀疑自家账算错了，来找徐本华算一算，徐本华正在和他们算账。

"我家怎就得这点钱？"刘二桃进了办公室劈头就问。

徐本华先是一惊，停下算账略想一下说："算的呀！你就该得这样多！"

"你算的不对！放下透支户应该交的三百多块透支款不说，光队里卖的征购粮就七百多块了，这样多钱你是怎么分的？"

徐本华像他大一样精明，那次因为锄地的工分差点和他打起来，知道刘二桃粗鲁不好惹，不管刘二桃怎样气势汹汹，只是沉住气地笑着说："要看你说，还倒怪有根据的！你只知道有那样多钱，就不知道那样多钱是怎用的！"

"还能怎样用？"

"你听着！生产队全年费用开支二百八十多块，明年预留生产费用一百块，上交大队管理费用二百三十块，计划买牛一头预留二百五十块，这几笔大账，你加加看，一共多少？"徐本华不慌不忙，一笔一笔把几项大账报了出来。

刘二桃听得急了，急忙说："大队就那六个人，一个队怎能收去这么多钱？"

"交这点钱还多吗？除去他们拿补贴，还有吃喝招待呢？你大哥是民兵营长，现在也是大队领导，他能不知道？就像这次县武装部朱干事来指导武装民兵训练，你大哥和郑书记陪的，一顿就吃掉十三块！大队当时没钱，就是你大哥叫我拿钱去饭店付上的！"

刘二桃虽说对刘大桃很有意见，可那毕竟是自己的亲哥，听到自己大哥这样花钱，自知再提上交大队多了没有底气，不再说这，又改个话题问："队里不是有牛吗？还买牛干什么？"

"这就不是你我管的事了！这是上面定的！公社里说各生产

队牛力都不足，这年社员生活也缓过气了，要求各队都紧一紧，抽钱买牛。我们大队研究了，一定要响应公社决定，七个生产队都要买牛。我们队牛不少，但是像骚牿子老得快不能干了，就打算也买一头，别的队牛少不准低于两头，街北队还要买三头哩！现在我们本地牛少，还要到外地去买，牛价贵不说，还有路费，留这点还不知够不够哩！"

刘二桃不再说了，呆呆地站着。

徐本华笑笑说："这下知道了吧！"

"我知道什么？我就知道你们这些干部专门骗社员！骗我费那么大劲，干那样多活，苦那样多工分，还说干多苦多能多分哩！分到什么？分到孬熊吗？"刘二桃怒目圆睁，突然发起火来。

"嘿嘿！你别骂给我听！我是当小兵的，只能听领导，领导叫我怎么安排用钱我就怎么用！跟我发火也没用！"徐本华满脸赔笑，把自己的干系推得一干二净。

那几个来算账的人都说，刘二桃拼命干了一秋天，才得这点钱，也太吃亏了。

刘二桃听得出来，徐本华所说的听领导的，这领导里头当然也包括自己哥哥刘大桃，他还能说什么呢？

现在牛不多，牛屋里也就事不多，孙有田吃过中饭，也不急着到牛屋去，躺在自家老屋床上闭目养神。听出有脚步声进了屋，睁开眼，见刘二桃十分沮丧地走了进来。他心里也有数，队里年底分配刚公布，刘二桃这样子他能猜不出来？他并不先说什么，坐起来，将满是补丁的白洋布褂子轻轻地披在身上，拿出烟袋慢慢地按烟末子。用这动作，也足以表示他是很客气地和刘二桃打了招呼。

刘二桃坐在床前的凳子上，愣了一会儿，长长地叹了口气："大叔，分不到钱了！"

孙武虽然三十来岁，却显得像四五十岁的人那样老成，见刘二桃来了，也过来坐在一边："谁说不是呢？我们家四个劳力，是全队工分最多的，本来估计能得二十来块钱的，这下也才得几块！"

孙武一直到种麦时才给他恢复了副队长的待遇，让他专门带人干活，他自己不论干多少，每天都按一个壮劳力的标准给他记工。在这之前，他都是认真干活苦工分的。算起来，他家划不到一个劳力养活一个闲人，本来就低于每个劳力负担的平均标准；加上他们比别人干得多，苦的工分也就多，也是中上等的结余户。他们也对今年年终分配的结果不满意，所以，谈起这些分配上的事，不论是孙有田还是孙武，和刘二桃都有共同语言。刘二桃来了，正好在一起说说。

二桃说："我原来估计卖给粮站征购粮那七百二十多块钱最少能拿出五百块来分配的，听徐会计给我算那账，生产队用的、上交大队的，还有留下卖牛的，一共八百多块！那征购粮卖来的钱还不够用的，又从透支户交的透支款里拨出一百多！这样三下五除二，还有钱分吗？"

"啊！去那么多！"孙武十分惊讶地说。他这个副队长才恢复时间不长，队里分配的事都是李玉成和徐本华两人定的，他并不知道实情。

"队里全年开支二百八十多块哩！"刘二桃又补上一句。

孙武又很吃惊地说："这么多呀！追大秋化肥买五百斤，四十块钱，再加上农药也不超过一百块。其他开支就是牛屋、仓库夜晚点灯用的油，会计用的纸笔墨水，耕地的牛绳、大鞭、耙齿、犁铧铲头，这些零零星星又能有多少？"

"你们这些生产队干部呢？能没多拿钱？"

"我们队里几个干部都是按同等劳力给的工分，和社员那些工分一起参加分配！反正我没拿钱！他俩私下拿没拿我就说不清了。"

"你是副队长，能不知道？"

"副队长有什么用？现在哪还像合作社时大小事都要经社委研究？别说现在队里没有社委，就是我这副队长也不让知道，都是队长怎么说，会计就怎么干！"

"照这样，干活都是替他干的吗？"刘二桃无奈地说。

"瞎摆弄！"孙有田很生气地说。

"还说上面叫买牛的，留二百五十块，准备买一头！大伯！这牛非要买吗？"刘二桃问。

"不买怎办？"孙有田说得简单，心里却盘算得很复杂。过去刚办高级社，大事要经社员大会通过，小事也要社委会研究，他可以过问社里的事。那时牛已经够用了，为了深耕土地，他还叫吴三龙再买三头大水牛呢！那时觉得地种得越好，粮食收得越多，自己得到的利就越多。现在不同了，大事小事都是队长会计说了算，不要说社员了，就连队委也不知道。现在对自己来说，队里的地能不能耕好、能不能种好，已经是他插不上嘴的事情。但是，一贯爱牛如子的他，最关心的当然还是牛。现在在他的心目中，牛和地一样重要。现在就八头牛，耕全队的地，一点闲工夫都没有。眼下最让他忧心的，是自己一手抚养起来的骚牯子和雌花都已经太老，独耕独耙都已不行，就是配上一头拉犁耕地，两圈地一耕，就累得可怜。牛跟人一样，老了还能干什么活？耕地还不是拿它们命来玩！想到它们累成那样子，他就心疼。出于对牛的感情，他觉得牛还是应该买的！

刘二桃来找孙有田，本想和他串通在一起，反对买牛，把留下买牛的钱分掉。一听孙有田这话，便完全失去希望，鼓着嘴不说话了。

孙有田赞成买牛，但是也关心关系到自己切身利益的能分多少钱的问题。二锅烟吸完，咳了两声清清嗓门又说："二桃！你想到没？生产队开支钱，我们吃亏最大！"

"我怎不知道！要不我就来找你了吗？"刘二桃以为孙有田会改变赞成买牛的主意，立即来了精神。

孙有田却没如刘二桃想的那样，而是按着他想的理儿往下讲："队里拿出分钱的钱越多，我们这些苦工分多的人分的就越多。现在不要说拿出钱给我们分了，连透支户出的透支钱都不让全分，这实际上是让我们这些苦工分的人，把该分到手的钱拿出来让队里公用了！"

刘二桃只知道钱分得少在生气，却没想得那样多，但是他毕竟也有小学文化，简单的账理他还是能有数的。经孙有田这样一点拨，立即有所感悟："大伯！还真是这个理！拿出给队里公用的钱，实际上都是该分的钱。队里拿出公用的越多，我们这些肯干活得到工分越多的人，亏吃得就越大。反过来，那些干活少的人，得的工分越少，亏吃得就越少！那些交给大队的钱、生产队留下的钱、卖牛的钱，实际上大部分都是我们这些干活多的人出的！照这样，哪个还愿意给生产队干活？"

孙武说："是这个理！"

"武儿！队里活没干头了！我们也做豆腐卖吧！"孙有田不主张将用来给队里买牛的钱分掉，却又宁愿不干队里活去做生意苦钱。

孙武立即问："大！那我这个副队长怎办？"

"当这副队长除去带人干活，别的还有什么用？什么巧事我们又摊不上，不管他了，就糊弄着再说！"

"我怎办呢？我什么生意不会！"刘二桃这话是故意说给孙有田听的，意思是想激发起孙有田对他的同情，能教他也做豆腐卖。谁知这话说完后，孙有田并没有什么反应，刘二桃只好深深地叹口气走了。

孙有田自有他的盘算，他已经决定做豆腐卖了，怎会愿意再增加一个对手？

　　天都黑透了，张德宝才回到家里，家里点的不再是那种冒着黑烟的棉绳做芯子的煤油灯，高照灯放在锅台上，葫芦状的玻璃罩子里，洁白的亮光从灯口里冒出来，照得屋里亮堂堂的。小饭桌中间放着一盘红萝卜丝，大儿子立华在县读书，张德宝、大娟、二娟、立全围着三面坐着，冯桂英坐在另一面与锅之间，每人一碗大秫稀饭，山芋拿出来会冷，放在锅里，谁吃完了她就从锅里拿出一个给谁。

　　"今天账出来了！我们家就我一个劳力，苦的工分少，透支三十九块二毛钱哩！"

　　"噢！下个月领钱还上！"

　　"粮食哩！平均三百斤一口，人劳三七开，我们划到二百一十斤一口，我工分少劳动粮也少，才得一百二十多斤。"

　　"少就少呗！"

　　冯桂英从锅里拿出一个冒着热气的山芋，使劲往张德宝伸过来的手一塞："说得轻巧！拿什么吃？午季小麦吃光了，大秫还剩百十斤，小秫、黄豆百十斤，鲜山芋吃不到腊月，干子二百来斤，还有就是那三四百斤胡萝卜，就是省着吃，到明年麦收要差两个月口粮哩！"

　　张德宝热山芋拿在手里，呆呆地坐着。

　　"不愁人吗？都怪你！像我们五七年前吃粮站供应粮的，就不下放，不都是你能的吗？非要下放！这下你看，吃亏了吧！"下放这事是冯桂英对张德宝最大的怨恨，每当谈到吃的难处时，她都会对张德宝数落一番。不过这次火气不大，说得平和一些。

　　张德宝无言以对。从心里讲，他后来也后悔过，可是那时不带这个头，下放的任务又难完成。唉！现在还想这有什么用？事已至此了，还去想它干什么！他默默地吃山芋喝稀饭，任凭冯桂英唠叨去。

第十一章

朱立方不应该定为坏分子

冬至这天，西北风呼啸着，从朱立方家西头钻进来，贴着墙面，向老街的街筒子拥去。两间屋的门虚掩着，屋里昏暗而凝重，只有小煤油灯上冒着黑烟跳跃着的花生米大的暗红色光亮，才能显出一点生机。儿子朱小贵坐在灯前做作业，朱立方倚着门框坐着，刘二桃坐在他对面的凳子上，朱美兰和陈玉坐在里间的床上。

刘二桃算一下，虽说结余款拿少了，队里劳动粮没少分，加上自留地拾边地收的，美兰来了吃粮问题不大。他今天来就是说和美兰结婚的事。

陈玉说："她大，两个孩子投缘，又不小了，让他带去吧！"

朱立方在一刻不停地吸烟，已吸了十几锅，嘴都吸麻了。这时他真的来了精神，磕去烟锅里的烟灰，直起腰望着刘二桃说："行！这主意好！你们明天就领结婚证，领了结婚证再选个日子把喜事办了！"

今天去拿结婚证了，朱美兰特意穿上那件红黑黄三色相交的粗格褂子。这件还是她1959年做的用来漫棉袄的罩褂，旧得有点发白，就是这样，她也一直舍不得穿，是她唯一的一件最好的衣服。现在长高了不少，刚做时罩在棉袄上都嫌大，现在就显得紧巴巴的了。尽管小一些，也还整洁一点，倒还使得她那不太高的纤细身材显得窈窕好看。

刘二桃将刚做的蓝卡祺中山装罩在破棉袄上，打扮出干净整洁的样子。

刘二桃和朱美兰到时，大队部里就总账会计吴正宝一个人。大队的公章平时都放在吴正宝的手里，他却不能随便盖。郑明龙有个规定，凡是需要盖公章的介绍信、证明之类的文书材料，必须经过他签字同意才能盖章。郑明龙和刘大桃这时都在供销社的仓库里和两个仓库保管员打扑克，吴正宝让他俩在办公室等着，他去找郑明龙请示。

听吴正宝说刘二桃和朱美兰要写介绍信去公社领结婚证，郑明龙略皱一下眉头，旋即又向坐在对面的刘大桃望去。刘大桃并没等郑明龙对他说什么，他已将拿在手里的扑克牌摔到桌上：

"哪个叫他领的！吴会计，没有我的话，不准你写给他！"

郑明龙立即说："那就按刘营长说的办！不能写给他！"

二桃立即火冒三丈，气冲冲地来找刘大桃。兄弟两人几句没讲，就在供销社的仓库里扭打在一起。吴正宝和两个保管员费了好大的劲才将兄弟二人拉开。刘大桃到最后还发誓，哪个给他俩写介绍信去拿结婚证，他就找哪个的麻烦。

刘二桃垂头丧气地跟着朱美兰又来到朱立方家。听完情况，朱立方两口子除了唉声叹气，别的一点办法没有。

"拿不到结婚证就拉倒！我们就不要结婚证，美兰就这样到我家！"刘二桃堵着气说。

陈玉很担心地说："孩子，事情不能想得太简单！不领结婚证就结婚，要是放在平民百姓身上，犯不了大法，人家怎么不了他。我家能行吗？大桃是民兵营长，这当口郑明龙不会说我这个坏人想拉拢腐蚀干部家庭吗？我们受点罪、倒点霉也就算了，美兰在你家又能蹲得住？没有结婚证住在一起就违法，到时就怕连我这坏人家的闺女也跟着倒霉！"

一时没了主意，刘二桃坐一会儿只好叹着气走了。

朱立方一直没讲话。一个很大的不平一直存在他心中。他明知自己这个坏分子的帽子，完全是郑明龙因为对女儿图谋不轨、遭到女儿反对没得逞，出于报复给自己戴上的。

郑明龙说他是坏分子，那时他确有忌惮，一奶同胞的哥哥朱立东过去在大地主郑福全家当家丁，被他的管家王秀清带去抓过李玉山，要将他送给国民党部队当壮丁。新中国刚成立时镇压反革命，那时区政府就有生杀大权。区政府决定枪毙朱立东，是他将哥哥藏在山芋窖里才躲过去。在这种形势下，哪敢为自己申辩，就忍着没说。这两年郑明龙一直在打压自己，特别是在女儿和刘二桃的婚事上，指使刘大桃用坏分子这顶帽子不准刘二桃和女儿成亲，今天连结婚证都不让拿了，这不是要毁掉女儿的一生吗？他实在到了不能再忍下去的地步了。

朱立方觉得自己在新中国成立前没做过坏事。

自己哥哥朱立东那时跟着王秀清去抓李玉山，后来听哥哥讲，那天他听到郑福全第二天要将李玉山送到县城国民党部队去。恰巧那天下午孙有田到郑家大院去修房子，他知道孙有田和李玉山关系好，当孙有田修到关押李玉山的那间屋子时，正在看管李玉山的哥哥朱立东故意离开，让个机会给孙有田，孙有田才有空子将李玉山放掉。他觉得哥哥的这件事就可以证明他那时是不够枪毙的。既然不够枪毙，那就可以证明将他藏起来没有错，郑明龙现在就不应该说他是坏分子。这样一来，郑明龙就不可以再打压自己，刘大桃也不会再去反对女儿和刘二桃的婚事。

可是朱立东已经去世，现在只有孙有田可以证明那天是朱立东故意让个空子给他放走李玉山的，而这也只有吴三龙可以做孙有田的工作。

吴三龙平时到街北面两个生产队去都走朱立方家小巷口经过，这天吃过早饭他早早地就过来了。

很早就在巷口候着的朱立方将他喊进自己的屋子。

听了朱立方较长时间的叙说，吴三龙很为难地说："立方叔，我从没把你当坏分子，可是你要我让我岳父证明这事，我不好办！我岳父不一定知情，就是知道他又愿不愿说呢？"

陈玉很诚恳地说："大队长，我们受委屈我们能受，可就是你看我家美兰和二桃多好的一对！要不是他给我家男人弄上这个坏分子，大桃也不会反对的，你看，就这样被郑明龙给坑了！多可惜！"

朱美兰说："大队长！去年不是你顶着，我家那三十斤救济粮就被郑明龙黑掉了，我们感谢你！你是好人！这次就请你再帮帮我吧！"

吴三龙望一眼朱美兰，少女急切的纯情在她脸上清晰可见。是啊！这样一个单纯诚实的青年女性，与世无争、与人无仇，为什么要让父辈们的事去影响她的恋爱婚姻呢？

他不好再说别的话了，答应去跟岳父说一下。

孙有田从来就是个老王评天理，心里不存弯子，是什么就说什么的人。听了吴三龙的话，想了一会儿以后，把那时的情况说出来。

郑福全过去是这一带有名的大地主，又是国民党乡长，现在的郑家大院就是他家的房产。那时朱立东在他家当保丁，给他看家护院。

李玉山和孙有田都是小李庄上的人。

李玉山父母早逝，家无寸土，生活无依靠，在郑家当长工，和同住一个庄上的刘怀香自幼青梅竹马，互为恋人。刘怀香的父亲还不起郑家管家王秀清的债，将女儿允给四十多岁丧妻的王秀清做老婆。在迎亲的前一天夜里，李玉山带着刘怀香私奔，被王秀清带着朱立东等几个保丁追回来，将李玉山关押起来。

三十多岁的孙有田当时是郑福全家长工的领班，那天他去郑家修房子，听说李玉山要被郑福全送到县城国民党部队去做壮丁，就想找机会将李玉山放掉。正当他到关押李玉山的房子跟前时，看押李玉山的朱立东说去上茅房走了，他就趁机将捆绑李玉山的绳子解开，让李玉山跑了。新中国成立后，一次朱立东还跟他讲过这件事的，朱立东说他知道第二天李玉山就要被送走，有意借故离开，让个机会给李玉山放人的。

听完情况，吴三龙就觉得朱立东虽然跟着王秀清去抓李玉山，但是他也并没把坏事做绝，也就是罪不该死。认为朱立方不应该因为藏朱立东的事，就将他定为坏分子。

然而，现在十分重视对坏分子的管理，这事要是搞错了，那就是自己的立场问题。是不是一定要为朱立方说话，把他的坏分子纠正过来，吴三龙很难做出决定。这事就一直摆在心里。

吴三龙不着急，朱美兰很着急。

"大！请大队长说的事办得怎样啦？"朱美兰是隔两天就要问一下。

"急什么？请人办事哪能催！"朱立方心里也着急，可是怎好去催呢？

后来不但朱美兰问，连陈玉也问了。

其实朱立方一直在想着能说服吴三龙的主意。那天吃早饭时，他就叫女儿早饭后在小巷口等着，吴三龙来了一定把他请进来。

吴三龙过了郑家大院的西南角，就看见朱美兰站在小巷口，看见他时便扬起手向他招。他心里明白准是为那件事，如果是朱立方，他还不一定想过去，南边街上还有两个队，他转身向南就行了。可是朱美兰那俊丽的脸蛋儿笑盈盈地盼望着他，他怎好不理呢！

"大队长！我大请你来一下哩！"朱美兰快步来，到跟前时，娇嫩的女声传过来。

吴三龙微笑着地望着朱美兰，朱美兰立即羞涩地低下头："请你哩！"

"啊！好！"吴三龙跟着她进了院子。

"大队长！请你那事不知你办怎样哩！"朱立东伸长脖子，小心翼翼地问。

"啊！我……"吴三龙一边打着哈哈，一边摸着脑门，好长时间没说话。

"大队长，你看我这闺女！唉！怎能生在我们这种人家，这不是让她受窝囊气吗！唉！"陈玉十分无奈地叹着气。

"求你了！"朱美兰几乎是哀求了。

朱立方这时竟然提起一件很早以前的事来说："大队长！现在就请你看在过去老一辈那事上，再帮我一次吧！"

还用朱立方说吗？吴三龙是知道这事的。

那是高级社刚成立那一年，朱立方，也就是朱立东的大死了，父亲买了一捆草纸要去给他磕头送祭，吴三龙阻止不让去，自己这样的党员干部家怎能去给一个"四类分子"的大烧纸磕头呢！可是父亲讲的一件往事却让他不好去阻止了。他家祖上是山东一个叫喜鹊窝的人。还在父亲十二岁那年，那里闹大旱，半年没下透雨，庄稼旱死无收。他的祖父母带着父亲要饭要到郑集，那天刚从安河堆上下来还没到街口，父亲就饿得晕倒在地，祖父母哭喊着呼叫父亲。许多人都过来围观，朱立方的大从家里拿来一块大秫饼给父亲吃，不是那块大秫饼，父亲就倒在那起不来了。那年别看是一块大秫饼，那可是救了父亲一命哪！没有朱立方的大给的一块大秫饼，父亲就会饿死，没有了父亲，又哪来自己呢？父亲在世时一直告诫自己，决不可忘记朱家的救命之恩。那次发救济粮时，还没有人说朱立方是坏分子，吴三龙毫不犹豫地为朱立方说话。现在郑明龙将他认定为坏分子，他才慎重的。朱立方说起这事，他还好推托吗？朱家现在被郑明龙欺压到这种地步，自己也应该为他家出力呀！

吴三龙立即答应帮他一下。

时值十二月中旬，大队党支部研究审核一年一度的"四类分子"年度审查鉴定材料。当刘大桃提到朱立方时，吴三龙说话了：

"我认为朱立方不应该定为坏分子！"

会场顿时寂静，另外四个支委都吃惊地望着吴三龙。

郑明龙最早反应过来："大队长，你说什么？你说朱立方不够坏分子？"

吴三龙毫不犹豫说："对！他在新中国成立前没做过破坏革命的事！"

"你忘记了吗？镇压反革命时，他藏过反革命分子朱立东！"

吴三龙知道，要想证明朱立方那时做的不是坏事，就必须证明朱立东在镇压反革命时就不该杀，他立即将那年朱立东给自己岳父留出时间放李玉山的事说了出来。然后就说："根据当时情况，朱立东是不该枪毙的，朱立方藏朱立东就没有错，现还用这事来定朱立方是坏分子就是错的！"

郑明龙立即打断吴三龙的话："什么！你说朱立东那时不该杀？大队长，枪毙朱立东是那时的郑集区政府决定的，你说那时的决定做错了，我看你是不是想替朱立东翻案？"

吴三龙被郑明龙这么一问，瞬间愣住了。他想一下说："我不是这个意思！我是说朱立东那时帮助我岳父放走李玉山！"

"你越说越明显哪！你不是想给朱立东翻案是什么？大家都听到了吧！"

刘大桃立即说："听到了！"

郑明龙连朱立方一个字都不提，他并不给吴三龙再说的机会："大队长，你别忘了！那天王秀清带人去追李玉山，那里头就有朱立东！你说有田大叔能证明朱立东给他机会放李玉山，谁又能给有田大叔证明？"

吴三龙有口难辩了，这种情势，他还能再说朱立方不是坏分子吗？为朱立方争辩的事没办成，反而被郑明龙戴上了个为反革命分子辩护的帽子。

郑明龙并没就此罢休，他连挡都没打，当即到公社去告吴三龙一状，说他想为反革命分子朱立东翻案。张德宝去地委党校学习一个月，主持工作的赵永华当即决定：

给予吴三龙党内警告处分。

吴三龙没把朱立方的坏分子帽子拿掉，反而让自己背上个处分。消息传到朱家，一家人都十分悔怨和自责。

刘大桃不让刘二桃娶朱美兰，内心里也有愧疚，毕竟是一母同胞的兄弟。现在刘二桃真的和朱美兰毁了，这种愧疚更加深厚。他觉得只有给刘二桃找一个合适的才能弥补内心的这种缺憾。恰逢这几天公社搞民兵训练，来训练的民兵中，大李庄一个叫王月娥的小姑娘引起他的注意。个头比朱美兰略矮一点，虽不太美，倒也很好看，最关键的是这个人性格温顺。自己最敬重母亲，本想娶个老婆能很好地服侍母亲，哪知这个女人性格有点怪，和母亲过不到一起去。他觉得这个姑娘脾性好，能和母亲合得来。

大李庄的民兵营长和刘大桃同龄，又是同时任职的，两人相处最好。刘大桃将自己的想法告诉大李庄的民兵营长，请他从中牵线。这个民兵营长正是王月娥的叔叔，欣然答应立即去办。王月娥听说要将她介绍给刘二桃，只是咬着嘴唇微微地笑，就是不说话，她内心的想法也清楚了。

刘大桃知道，刘二桃这时正恨着自己，这事自己不能直接跟他谈。就把这个想法告诉母亲，让母亲跟刘二桃说。

"二桃！妈今年六十了，干点事腰就酸疼得受不了，美兰不行了，你就另找一个，赶紧带来家吧！家里洗洗刷刷的，有个媳妇也能替妈干一下，你赶快重找一个吧，妈也能享享福哩！"

刘二桃自从和朱美兰的结婚证没拿到，也知道自己和她结不了婚，从那以后不但没再往朱美兰家里去，平时也总是避着她，眼不见，心少恋嘛！但是美兰还是很深地刻印在他的内心。

可是看到母亲头发全白了，瘦削的面孔那粗糙的皮肤上，皱纹一道一道地交错重叠在一起，那苍老的样子看得令他动容。美兰不行了，难道还能就这样让这个六十多岁的老人来给自己忙吃忙喝吗？刘二桃朝母亲望一下又低头不语。

王秀平见刘二桃没反对，便觉得这个二儿子有点头绪："有人给你介绍一个呢，明天把人给你看看哪！"

刘二桃还是没说话。

王秀平知道二儿子的脾气，他要是不同意就说出来了，不说话就是不反对。

人是现成的，上午说的话，下午大李庄的王营长就带着侄女来小李庄相亲。

一见是王月娥，刘二桃也不细看，便扭过头去说不要。

其实这个王月娥他并不陌生，心里根本看不上她。

因为教室和师资都困难，办学条件差，小学分为初小和高小，一至四年级为初小，五至六年级为高小。大李庄只有初小，高小要到郑集读。还是在1958年秋，他上小学五年级时，班里从大李庄初小来了几个插班生。这个王月娥就坐在她的前面，是个瘦小的小丫头片子。略黄的头发蓬乱得像一窝团牛毛，里面清晰地露出白点点的虮子籽儿，时不时地会有虱子从里面爬出来。刚来时暑热还在，脸上脏兮兮的，汗流下时，会在腮蛋上留下如同蚯蚓爬过的痕印。秋后天气冷了，鼻涕又挂到嘴唇上，只有流到嘴里时才会抬起袖子抹一下，袖口上被涂上厚厚的一层，黑得发亮。一次老师提问，叫她站起来回答。因为初来太紧张，她吓得直哆嗦，支支吾吾地说不出整句子，不一会儿下身的裤子就湿了。旁边的女生大声喊她尿尿了，逗得全班学生大笑起来。此时，在刘二桃的心目中，这个王月娥那个邋遢样子，能指望她来接替母亲的手脚烧火做饭、刷锅洗碗吗！就是美兰不行了，也不能找一个这样的人！

刘二桃虽然没同意王月娥，可是他相亲的消息却传到了朱美兰的耳朵里。她十分难过，在家不吃不喝足足睡了两天。

第十二章

你胆大包天，敢来偷我家大秫子

今年麦子长势比前几年都好，可是天灾无情，灌浆时阴雨多生了锈病，让本来可以收到的产量下降了一半。中秋大小秫和晚秋的作物长得还可以。

八月中旬的一天，全公社组织一次生产大检查，中午在大王庄大队吃午饭。张德宝说现在社员舍不得吃饼，都吃山芋叶稀饭，规定吃的标准一定要跟社员一样，就吃山芋叶稀饭。大队办公室里，吃饭的人分坐两桌。每桌中间是一大盆热气腾腾的大秫面山芋叶稀饭，各人自己盛自己吃，不限量，放开肚皮能吃多少就吃多少，吃过后每人付给三两粮票三分钱。

张德宝上身穿件旧得变成灰色的白色圆领衫，下身是条屁股上补上大补丁的西装大裤头，这原本是条长裤，屁股两边的补丁还可以，就是两边膝盖处已经补了两层补丁。现在又破了个两边快要连通的大洞，没法再补了，就干脆剪掉下半条腿就成了西装大裤头。肩头上挂条满是汗臭的擦汗毛巾，身后背个破得边口带着不规则锯齿的麦秸草帽和一只军用水壶。他捧着饭碗，大口地吹着气，筷子快速地搅动着。跑了半天的路，早就饿得肚皮前墙贴到后墙上，狼吞虎咽地一碗下肚，才将肚子里的饿瘾压住，连忙又盛一碗。

奇怪的是别的人好像都不怎么饿，又像怕热烫嘴不敢吃，用筷头搅着碗里的山芋叶子，嘴里不停唏呼唏呼地吹气，就是很少喝到嘴里往下咽。

赵永华坐在另外那张桌上，他吃得文静，饭的确烫人，他和别人一样搅动吹气让饭冷后再下劲吃。张德宝第一碗吃光时，他那碗饭冷得正好上口，正准备大口地吸，坐在一边的郑明龙连忙用手轻轻地碰一下他的腿，向他递个眼色。坐在对面的王云华也把脚伸过来在他的脚尖上点了几下，向他摇着筷头。再看别的人，除去张德宝在大口地吃，都在慢慢地做着吃的样子。这些无言的暗示让赵永华觉察出这顿饭里还有点名堂。他太了解这些大队书记了，上面管得再严，他们都能想出法子来搞点小自由。他装作没看见，只顾吃自己的。

张德宝有个爱睡午觉的习惯，此时他的上下两片眼皮儿已经往一块儿凑，要不是吃饭，就是坐在这他那呼噜都打起来了。第三碗吃完，肚子里便现出饱意。他并不管别人吃得怎样，丢下粮票和钱，到对面的休息室里去睡午觉。不一会儿休息室里就传出了张德宝那震耳的呼噜声。

呼噜声表明张德宝已甜甜地进入了梦乡，刚才还沉寂少语的饭桌上，立即变得轻松活跃起来。赵永华第二碗吃完，还要再吃一碗，正要去盛，王云华对他说："赵社长！我在那边给你准备了一张床，你到那休息吧！"赵永华随即跟着王云华进了另一间休息宝，坐在一张绳网做的凉床上。

郑明龙跟着就端来一个大海碗与饭桌上吃得一样的山芋叶稀饭，放在床头的椅子上。郑明龙拿起放在碗上的筷子，在碗里搅一下，碗底便翻出一块茶杯口大的厚厚的麦糊水饼子。他对赵永华说："赵社长！这里僻静，你在这吃吧！"

赵永华锁着眉头说："这样不好，你端走吧！"和群众打成一片，同甘共苦，吃一样的饭，这是张书记在党委会上提出来，经过自己举手同意的，自己怎能违反！他心里想：现在灾害严重，集体生产难搞，干部工作任务繁重，没有好的身体怎行？就像今天中午吃这山芋叶稀饭，不到下午，两泡尿一尿，肚子就空了，连我自己都受不了，他们又能不是这样？现在生活困难，吃自己又吃不起，也难怪他们会在集体钱粮上想点子。对他们私下搞的小自由，他也不去制止。不过他清楚地知道，不能在他们跟前说这一类的同情话。

张德宝一觉醒来，大队书记们麦糊水饼子早已吃完，正整整齐齐地坐在大队两间会议室里用土坯砌成的座位上等他开会哩！

张德宝天黑回到家，正好赶上吃晚饭。

天气又闷又热，饭桌子就摆在厨房前的院子里，罩子灯摆在锅屋里的锅台上，射过来的灯光能照亮桌子。大娟给每人盛上一碗豆角汤，冯桂英端上一筐又白又大的馒头。小儿子立全吵着要吃皮。饼筐里有两个比鸡蛋大不了多少的小馍，冯桂英拿出来一个给立全，一个塞到张德宝手里：

"这是实心的！"

张德宝向低头坐在一边一直没讲话的二娟瞅一眼。二娟没像立全那样吵着要吃，可她毕竟还是个才十岁的孩子！张德宝将实心馍头塞到二娟手里，从饼筐里再拿一个。碗口大的馒头一口咬下去，一扁指厚的皮儿里，裹着足有大半碗的豆腐渣。

"队里分的口粮吃光了，就剩你粮本上买来的二十斤月份粮了，等地里的大秋，没有十几天能行？我让孙有田家每天送三斤豆腐渣来，家里这五张嘴，不凑着吃怎办？"

"你怎叫人家送来？自己不能去买吗？"

"那有什么？二分钱一斤，到这就给钱，又不是白要他的！我也想自己到他家去买的，你看！现在又不是春荒时候，多少眼看着，公社书记家这个时候没吃去买豆腐渣吃，多难看！"

张德宝只是专心地吃，他嫌这样咬豆渣包子吃得不赶口，让大娟拿个空碗来，将包子里的豆腐渣都倒进碗里，拿起筷子端起碗，几下就将大半碗的豆腐渣搂进肚子里，这时肚子里才有点充实感。中午那三碗山芋叶稀饭还没撑到下午，此时他的肚子空得很。搂完豆腐渣，拿起馍头皮儿正要咬，就听立全又在小声说：

"我要吃皮！"

冯桂英一看，立全那个小馍头已被他吃光了，正眼巴巴地盯着他大手里的馍头皮望，气得她大声呵斥道："小讨债鬼！你都吃一个了，还要什么！你大跑了一天，他是铁人吗？你吃点豆腐渣，吃不死你！"

立全小嘴一咧，哇地哭出声来。

张德宝正要将馍头皮儿给立全，就听冯桂英说："你吃吧！我这给他！"冯桂英将自己的馍头皮儿塞到立全手里，一边吃控在手掌里的豆腐渣，一边责怪起丈夫来，"都怪你！我都听讲了，我们五七年前吃供应粮的人，上面并没规定一定要下放！要是不下放，大米白面还不是天天吃！哪像这样受罪！你非要带这个头！这下好啦，大人受罪，连小孩都跟着倒霉，气起来我就不问你！你！你！你看你瘦那样子……"冯桂英声音颤抖地说着，眼泪就不由自主地流下来。

张德宝像个做了错事的孩子，低着头不说话。他把馍头皮儿给了一边的二娟，又再拿来一个剥成两半，将豆腐渣单独控出来。

"就这样又哪能吃得安稳呢？自留地里大秫一掐还冒浆哩！就有人偷了，昨天被人偷去十几穗，今天去看又给偷去十几穗！"

"什么？有人偷！"

"就是呢！还都是地中间那一段好的，棒子都一尺多长，一个穗子够一人吃一顿的，我都心疼死了！我就怀疑是小李庄人干的，听说那地过去单干时是孙有田种的，地骨子好，给我家做自留地，多少人眼红不服气的！"

张德宝没作声。他心里清楚，小李庄人的自留地都统一安排在官道北的社场东面，前年下放时，按照小李庄队里的意见，冯桂英娘儿五个的自留地应该放在那里，郑明龙出面决定，单独安排在官道南过去孙有田种的好地上。当时自己虽然觉得这是一种特权自私的行为，但是一想，已经下放了，到农业上就讲地里收成，好地当然能多收，也就默认了。现在竟遭人忌妒了。可是再忌妒也不应该去偷我大秫呀！

饭碗一丢，张德宝又在大院里转了一圈，向住在大院里的一些干部交代了一些明天该做的事，回到家时快到十点了。

冯桂英带着小儿子已睡下，朦胧中她听到屋里传来沙沙的响声，睁开眼一看，张德宝正往身上穿蓑衣。

"你这会儿还出去有事？"

"嗯！我去大秫地看看！天要下雨了，把蓑衣带上！"

冯桂英不想让他去，可一想到那被人偷去的大秫棒子，又说："站着吃不消，地上潮不能坐，要去就带条小板凳。"

"别的不怕，就怕蚊子咬！"

"穿条长裤，再把长筒靴子穿上，裤腿扎在靴子上！"

"好，这样好！不去逮他一家伙，吓一吓，他还尽偷哩！都让他偷去，我这一大家怎办？"张德宝脱下大裤头，穿上长裤子，又去穿长筒靴。

"手枪怎么没带？"

"逮这小偷，哪能用枪！不碍事的！他怎么不了我！"

天空看不到一颗星星，漆黑漆黑的伸手看不清自己的手指头。张德宝先借着手电筒的光亮进了自家的自留地，到地中间找个地方放好凳子坐下来。四周静静的，只有蟋蟀的叫声使人感觉这个世界还存在着。坐着听了一会儿，耳朵里却听到了从自己喉咙里传出了轻微的呼噜声。这怎行？别的还没听到，却听到自己的呼噜声，这还逮什么小偷？他使劲打了个哈欠。几个蚊子嗡嗡地绕着头转圈子，嘿！这东西还是好的哩！有它们做伴，呼就打不起来了！他不停地挥手驱赶着。不知又过了多少时间，当他困得连蚊子的叫声都听不出时，却被一些零散的清脆咔嚓声惊醒。仔细一听，咔嚓声又一次传来。他判准一下方问，觉得这响声就在自家地头上。

张德宝披好蓑衣提着小板凳向传来声响的地点慢慢地走过去。快到地边时，一个不高的身影出现在靠近地边的大秫棵子里。张德宝怒火中烧，这样壮的劳力不去凭自己的力气苦饭吃，来干这不劳而获的事情！我这大秫又是容易种出来的吗？我又不能来干，冯桂英正常时间都得顾着干队里的活，自留地的活都是她一个人抽时间干的。她辛辛苦苦种出来的大秫子就该让你掰去吗？张德宝决心要教训一下这个敢来偷他家大秫的十分可恶的人。他踮起脚尖，轻轻地走到离那身影只有五六步远时，突然大喝一声："我叫你来偷！"提着小板凳的右手铆足了劲，正要往下砸，却又停下来。

他知道真要砸下去，会伤到人的。

"啊！"那人并不会想到这个时候地里会藏着一个专门逮他的人，正在专心一意掰大秫棒，被这突如其来的喝叫声吓得惊叫一声瘫倒在地，连声说："我！我！我该死！我该死！"

手电筒的光亮照到那人的脸上。这是个三十来岁的中年汉子，掉在他身边地上的篮子里放着已掰下来的六个棒子。张德宝到郑集十几年，对住在附近的人虽说不能都叫出名字，却都有点面熟。

"啊！是你！说！你叫什么名字？"

"我、我叫吴正亮！张书记！我、我来掰你家大秫，我该死！"

"你、你胆大包天，敢来偷我家大秫子！啊？"

"张书记！请你开开恩，饶了我吧！我家六口人，四个小孩，最大的十二岁，女人得了黄疸病，不能负重，还要吃好的补，全指我一个人！我……唉！张书记！你大人不记小人过，饶了我吧！"

听他这样一说，张德宝心中不由得一阵发酸，怒气也消掉了，他沉默了片刻，说："你走吧！"

两个人走到老街的十字街口，隐约看见从西面短街街头的西北角过来一个人，这个人原本还一直往这个方向走的，大概是发现前面有人，陡然站住。张德宝觉得这人行迹可疑，立即打着手电照过去，大声问道：

"哪个？干什么的？"

听到叫问声，那人忙用手臂挡住亮光，说："啊！是张书记！我哩！"

手电灯光亮中，张德宝已看出是郑明龙。

郑明龙快步走近，问："张书记！你这会儿……"

张德宝想：短街的北面是围沟，这个郑明龙这会儿怎么从那出来？因为此时他困乏得很，不再去想郑明龙这时在哪干什么，也不去理会他在问自己干什么，自己回家睡觉去了。

张德宝坐在床上，将先前发生的事告诉冯桂英。

"怎会是他家？他家就住我们屋后斜对面街那边，出后门就看到。他女人是个病胎子，女人有病，小孩又小，一家六口全指他一个人，唉！我们再难，也比这种人家好过，将我今天买的面拿几斤给他家吧！"冯柱英这时心软了。

"行！就是我们还有这十几天怎么办？"张德宝这边同意，那边又担心自己家来。

　　冯桂英想一下说："多吃点豆腐渣呗！唉！大娟懂事能行，就是这两个小的怎么办？"

　　"我去撒网抓点鱼！晚上没人，不用担心人看见影响不好。街上的几个围塘里都有鱼，抓点鱼来家，让孩子吃点荤腥的吧！"

　　张德宝闩上门，正准备吹灯睡觉，忽然听到门口传来轻轻的敲门声。"哪个呀？"张德宝问。

　　"我哩！"

　　"你现在来有什么事吗？"张德宝很疑惑，先会碰到他没什么事，现在来干什么？连忙去开门。

　　就见郑明龙闪身进屋，手里提着一块猪肉，足有四斤重，中心肋条上的，脊口上的白条子足有两寸宽。从肉色上看，这头活猪不会少于二百斤。现在能喂出这等肥的猪很稀少，只有湖边那些湖滩地上的人家才能喂出来。

　　张德宝家都一个多月没闻肉香味了，他忍不住细看了几眼，又扭过头去冷冷地问："你提这来干什么？"

　　"没有什么！你整天很辛苦，这点猪肉给你补补身子！"

　　"胡闹！你拿回去！"

　　"这……这……你就收下吧！"说完，郑明龙将肉放到桌上，转身就向门外走。

　　张德宝一把拽住郑明龙，厉声说："你拿走！拿走！"

　　郑明龙尴尬得很，不停地唠叨着："你看！这点、这点！唉！"

　　张德宝十分严厉地命令道："拿走！听到没有？"

　　郑明龙只好提起猪肉，走了。

第十三章

只要你心里有我就行了

　　过了小满，大秫还没锄完，吴三龙整天这个队跑到那个队，催促生产队加快锄地进度。他一般都是从小李庄先到街南，然后顺着街道再从南向北，一个队一个队地跑。

　　今天不逢集，早饭后社员们都下地干活去了，街上空荡荡的看不到一个人。朱美兰走得迟，扛着锄头刚到出小巷口，迎面正好碰上吴三龙。两人不由自主地将目光对视在一起。

　　这个时期，朱美兰因为听说刘二桃相亲的变故，心中充满了失落情绪。同时，也对吴三龙因为自己受到处分而感到十分愧疚。此时见到他，这两种情绪顿时交织在一起泛上心头，她激动地叫了一声："大队长！"眼泪立刻唰唰地流下来。

　　吴三龙对为她说话受到处分后悔过，下过决心不再问她家的事，可是见到她这副可怜兮兮的样子，实在于心不忍，就安慰说："美兰，这样干什么？别难过！"虽然事没办成，他还是很同情美兰的，想好好安慰她一下，觉得这里说话很不分便，也想跟朱立方和陈玉说些话，就对她说："在这哭什么？被人看到了不好！赶快到屋里去！"

　　吴三龙跟着朱美兰来到屋里，才发现只有她一个人，就说："你家就你一个人哪？你别哭了！我、我走了！"

　　朱美兰听后十分失落，又抽泣起来，带着哭音说："我命不好，生在这样的人家，没人管没人疼的！唉！哪个叫我生在这样的人家的呢！"

听到她这样说，正想转身出屋的吴三龙又回转过脸来。朱美兰齐肩的黑发梳得很整齐，略微红润的桃形脸上，一对忽闪着泪花乌黑明亮的眼睛，正用饱含着无助和乞求的眼神望着自己。吴三龙心中一阵狂跳，情不自禁地将她拥入怀中。

经过那天的那种事，朱美兰已对吴三龙产生深深的依恋，一心想见他。她知道他每天上午会从这里经过，今天特意留在家，躲在墙框里等。

朱美兰已经在吴三龙的心里留下了深情难舍的影子，他很想时时刻刻都见到她，时时刻刻都和她在一起。可是对坏分子朱立方应有的意念又在警示着他，跟这种人家的闺女在一起是会犯大错误的，会开除党籍、撤销职务。他不时地提醒自己，只能和她仅此一次，决不能再有第二次。

吴美兰低着头站在吴三龙的面前，用甜润的嗓音小声说："到我家坐一会儿吧！"

"不了！我要到街北队去！"吴三龙侧过头去并不看朱美兰，绕开她就走。

"你不要这样！就陪我一会儿不行吗？"朱美兰颤抖的语音里饱含着凄怜和渴望。

听了她的话，一股躁动又令吴三龙难以自控。他查看一下两边的街筒子，确定没人后才用目光去正视朱美兰。和她对视片刻，便读懂了她内心隐藏着对他的令他实在难以割舍的情结，身不由己地跟着朱美兰走进她家的院子。

进屋后，吴三龙冷静下来，坐在床边框上虽然一句话没说，心里已经后悔不该跟着美兰到她的屋里来。

"你以后不要找我了！"

朱美兰说："你别这样！你怕什么？我要你多坐一会儿！"

"唉！你呀！这样黏住我，这样下去，叫我怎么办？"

"有什么叫你不好办？我不会给你添麻烦！只是让你坐着

陪我一会儿，我决不叫你受难为！”

“要是让人知道了，我会倒霉的！”

朱美兰抽泣起来，带着哭音说：“请你一定不要嫌弃我！我求你了，行吗？二桃和我谈了这么多年，他现在也不要我了！唉！还说他干什么？本来想依靠他过日子的，现在，唉！不说他了……”美兰伤心得说不下去了。

朱美兰的一番诉说，听得吴三龙心里酸楚楚的，本来想走的，现在竟迈不动腿了。渐渐地他又把思绪转到自己的家里。自己如今和美兰有关系，实在对不起和自己相亲相爱十多年的水花，深深的愧疚难以抹去。他在深深地责备自己。不！不行！不能再跟美兰待在这里。想到这，他推开美兰：“美兰！你的心意我知道了，可是，你知道，我是个有家室的人，哪能和你长期保持这种关系呢？这样做，就是外人不知道，我也不忍心做对不起水花的事！算了吧！以后不要再找我了！”

“不嘛！我不！我不能没有你！我生在这样的人家，无依无靠的，整天就像落在南湖那旷天野湖里无遮无挡的小鸡，生怕被老雕刁走！有你护着，我不怕！你可千万不能丢下我！”说着，朱美兰又想将头贴近三龙的心窝里：“你别怕！我不会去碍水花姐的事！她过她的日子，我不会去打扰她，只要你心中有我就行！你放心，我决不会去做害人的事，以后要是有什么，就是天塌下来，我也一个人担着，决不去害你！”

一股暖流涌上三龙的心头，他禁不住说：“我心里知道！你不要怕，我会护着你的！你也要知道，我也得顾好我这身份，我们要保持距离。”

“这我知道，我以后一定会注意的！只要你心里有我就行了！”

今天是阴历月底，又是阴天，半夜时，暗得十几步开外就看不清东西。

　　孙有田还像往常一样在牛屋熄灯睡觉，故意把呼打得山响。吴三龙、孙武在牛屋东面的草堆藏着。社场已几年没院子了，趴在草堆跟，正好能看到仓库的门。

　　这事孙有田早就和吴三龙计划好，要把郑明虎这几个人偷仓库的事抓个现行的。今天他吃过晚饭来牛屋睡觉，睡下不久，听到仓库那边有人敲门，偷偷地起来一看，仓库门开了，就着那边门空里的灯光，看到徐大柱正闪身进屋，进去后又马上关门。这时分人们吃过晚饭都准备睡觉，没事哪个还往这里跑？他感到形迹可疑，赶快回到庄上把这情况告诉吴三龙，吴三龙估计他们今夜很可能动手，带着孙武在这里埋伏着。

　　过了一大会儿，有个人影从官道上岔下来。这个人先是轻手轻脚地走到牛屋门旁静听了一会儿，才走进仓库。从外形看，这人是李玉成。

　　不一会儿，三个人每人扛着一口袋粮食出了仓库的门。

　　三个人重物在身，除去在刚上官道时注意看一下周围动静以外，往下就只顾走路了，对远远尾随在后的两个人毫无察觉。走到小李庄庄头汪塘边时，李玉成下了官道，朝小李庄上走去，徐大柱和郑明虎则顺着官道向街上走去。

　　吴三龙决定跟踪向街上去的这两个，这两个扛的粮食肯定与郑明龙有关，抓住郑明龙李玉成也跑不掉。

　　徐大柱和郑明虎扛着粮食径直到了郑明龙的院门口。

　　吴三龙怕孙武沉不住气把事办砸了，拽了一下他的衣襟子，贴着他的耳朵小声说："别慌！一定要等粮食扛进院子放下来再上去逮！"

　　敲门声响了片刻，先是堂屋的灯亮了，接着院门又开了，扛粮的人闪身进去。开门的李小妮伸头望一下门外，随即将门掩上。就在这时，隐身在路旁的吴三龙领着孙武，一个箭步冲过去，推开院门，出现在院子里。

李小妮惊慌地一声大叫："啊！你们俩！你们俩也来啦！"

徐大柱也慌忙问："三龙啊！你怎来啦？"

"我怎不能来？许你扛粮送来，就不许我来看看啦？"吴三龙很严厉地说。

"偷粮食！你们都是贼！把队里的粮往家里偷！你们还算是干部吗？还算是党员领导吗？"孙武大声嚷起来。

徐大柱、郑明虎，还有李小妮，都傻呆呆地站在院子里。

"什么事？啊？你们两个人怎么搞的？我叫把粮食扛到饭店去，你们怎么扛到我这？啊？我不是说了吗！大队少饭店的钱，没法还，让你们队弄一百斤大秣去抵账的，你们怎么扛到我这了？啊？还不赶快扛去！"郑明龙睡在床上，听到情况，先是惊慌，马上又镇静下来，想了个搪塞的办法，就披着衣服，提着裤子下了床，一边从屋里向外走，一边说。

"啊！对！我们知道！你叫送一百斤大秣到饭店的！可这深更半夜的，饭店里能有人吗？我们想扛到你这临时放着，等明天再送到饭店去的！"徐大柱脑子转得快，紧跟着郑明龙的话说。

"胡闹！集体的粮食，怎能随便扛到我这来？赶快给我扛走！"郑明龙这时说得严肃了。

"你们、你们偷粮食，还想抵赖？"孙武着急地说。

"胡说！你看哪个偷粮食？这是弄来准备还给饭店的！"郑明虎冲着孙武嚷着。

"那也不能随便弄！干部到饭店吃饭，凭什么叫我们队里还？"孙武以为就算不是偷，这也是错误。

"我家不准放这粮食！该弄哪就弄哪去！赶快弄走！"李小妮拿出很生气的样子说。

"别说了！别说了！我们弄走吧！要不，就还扛回仓库，明天再讲吧！"徐大柱趁势说。

"你家不给放，那我们就扛走吧！"郑明虎说完，举起粮口袋就往肩头上放。

吴三龙按住郑明虎说："你们迷糊哪个？粮食扛到这，就不能由着你们！都扛到我家，明天交到公社去，让公社处理！"

李玉成虽然没有跟踪，但他扛粮食回家却被刘二桃看到了。刘二桃就住在他家的门旁，半夜里他起来到屋角撒尿，撒完了正在提裤子系裤带，正好看到李玉成扛着装得满满的一个口袋进了他家的院子。刘二桃当时并没多想。

郑明龙决不会坐以待毙，天刚亮，他就敲开了赵永华的门。

"赵社长！有个急事请你替我做主哩！"

赵永华望着郑明龙："什么事？"

"我们几个大队干部研究事情经常会熬到半夜，到小饭店吃了几次饭。一共十几块钱，这些账没钱还，我叫小李庄弄点大秫去把账抵了，哪知道他们不会办事，昨天夜里把大秫弄到我家去了！正好三龙这时也到我家，三龙就说他们是把粮食偷来送给我的！"

"你们这不叫胡闹吗？这种困难时期，你们还能到饭店去大吃大喝？吃喝的账还能弄生产队的粮食去抵账？"赵永华的脸色很严肃。这种偷弄集体粮食去抵干部吃喝的账是明显错误的事，作为公社领导，赵永华当然要给予严厉批评。

面对赵永华的严厉批评，郑明龙却显得一点也不慌乱，他笑眯眯地低着头小声说："我们是吃一点，不过，这里头也有我那次到饭店拿来送到公社食堂的菜，哦！主要还是我们到饭店去吃的饭，这肯定是不对的，这些都怪我！我保证检讨，要处分就处分我，我决不推给别人！"

郑明龙这样一说，一下子就把赵永华一脸严肃给消了。

郑明龙心中有数，县委宣传部的谢部长那天来，张书记外出了，公社食堂除去豆腐豆芽大白菜，一点荤腥都没有，赵永华专门找他来安排酒菜的。这时候故意把谢部长的事扯上，也能减轻一点责任。

"你呀！那天你就不该去拿那些菜！后来你们怎能自己又去吃？花了这样多钱，就是还账白天不能还吗？叫他们夜里弄什么的？还让三龙看到了！"赵永华听到郑明龙提到谢部长那次来的事，立刻听出来郑明龙在这事上出了漏子。他怕让张德宝知道招待谢部长会招来麻烦，决不能弄出对自己、特别是对谢部长不利的影响来，就索性摞下脸来狠狠批评起来："你提谢部长干什么？他能不知道党的纪律？领导干部到下面检查工作不准喝酒吃肉，他能喝酒吃肉？是你们吃的就是你们吃的，你朝谢部长头上扯什么？那次开支的钱算在公社的招待费上，我让公社司务长跟你算！以后不准再提谢部长的事！"。

"啊！对！我说错了！谢部长哪能让我们招待他？都是我们吃的，根本就没有他的事！"郑明龙的脑瓜子转得很快，干脆把责任全担了。他这时忽然变得清醒了，要是把谢部长的事照实说，不要说张书记不会饶过赵永华，就连谢部长都不好看，赵永华此时的心意他能不明白？现在他把责任都担了，赵永华才好替自己说话。

"你们这些大队领导，都贪吃！大王庄，还有许沟的群众昨天也来提这意见。多吃多占！不处理行吗？"赵永华又批评起来，不过，态度不再严肃了，他是在为郑明龙留点情面，让他将谢部长的事瞒住，毕竟谢部长的面子也要顾好。

早饭后，赵永华刚进办公室，就被隔壁的张德宝叫去了。

"你看！这是三龙和孙武刚才扛来的，郑明龙昨天夜里偷弄小李庄队里的粮食，被三龙逮住了！无法无天！不处理行吗？赶快宣布，把他大队书记撤掉！"张得宝取下叼在嘴上的旱烟袋，用冒着烟的烟锅儿指着两口袋大秫说。

"张书记！这事是不是先调查一下再说？"

"还用查吗？粮食扛到他家，都被三龙逮住了！一共偷出三口袋，给郑明龙两口袋，李玉成弄去一口袋，人赃俱在，不用查！"

"张书记！三龙跟郑明龙有矛盾，不能听三龙说什么就是什么？"

"不是三龙一个人，还有孙武，是两个人！"

"孙武呀！他跟三龙是连襟，他俩要是串通一气的话，他们的话也能信？这事我也听讲了，不是这回事！我了解的情况是他们大队少饭店的钱，弄去准备还给饭店的！"

"能是这样吗？郑明龙说的又能相信？这个人我早就说不行！就是照他说的也是严重错误！身为党的干部，群众生活这么困难，他还到饭店大吃大喝！让集体粮食替他还账，太不像话了！把他书记撤掉！"张德宝一边使劲地磕着烟锅里的烟灰一边说。

"张书记！这样处理是不是重了点？"

"重吗？不重！就这样处理！"

赵永华又笑着对张德宝说："张书记！不是我故意护着郑明龙，要按问题性质，是该撤他的职。可是，犯这错误的人太多了！最近一阶段就有四个大队的群众来告他们的大队书记有大吃大喝问题，要撤职的话也不能只撤郑明龙，都该撤。你看我们十一个大队，处理这样多大队书记行吗？大队书记的任免是要报县委组织部备案的，我们一下子撤掉四个大队书记，县里能不怀疑我们这问题严重？影响多不好！"

"那也不行！这样下去我们的干部队伍都变成什么样子了？这个郑明龙不但在粮食上有问题，还有人检举他利用发救济粮的机会，用救济粮去勾引女人，和多名女人有不正当男女关系。现在弄粮食被人抓了个现行，正好利用这机会认真查一查，真有问题就一定要处理。就先拿他开刀，杀鸡给猴看！我看哪个以后还敢再犯！马上通知纪检周书记成立调查组专门查，查清情况后再处理！"

第十四章

我家不会害你的

为了搞好农业生产，张德宝要求各生产队广泛发扬民主，召开社员大会，让大家讨论如何搞好农业生产问题。

孙有田好像是为了种地而生的，天生就有种地瘾，无论是顺心还是不顺心，一旦想到种地，他就一切喜怒哀愁全都丢到脑后，把全身心都扑进种地上。就像办合作社那阵子，他为种自己家的地而坚决不入社，变成为全乡唯一一个不入社的人。可是当他后来被动员入社里后，那时合作社吴三龙当社长，尽管吴三龙还没成为他的女婿。为了种好社里的地，他就领着吴三龙半天跑遍了全社的地，用他高人一筹的种地经验，给吴三龙出谋划策，帮他把小李庄办成全县闻名的先进社。平时没事的时候，他都要到处找地种，把他那种地经用到自留地、拾边地上，将拾边地上的胡萝卜种成了张德宝的样板地。现在见让社员讨论如何种地了，立刻又兴致大开，提了七八条建议。就连到南湖拉庄稼的大路在南大沟那段坡陡没法走，要埋个水泥涵洞把路垫高，这个与他喂牛搭不上边的事，他都要提出来。最好的一条是说要想多收粮食就必须多造肥料。现在各家粪坑里、猪圈里都聚了不少家杂肥，社场上碎齃杂也不少。他叫生产队把各家的家杂肥集中到队场上，和场上的草末碎齃杂掺在一起堆起来发热捂烂，就是好肥料，好留到秋种种麦子用。

庄稼一枝花，全靠肥当家。孙有田造肥的意见立即被采纳。小李庄突击搞造肥。今天是将场边地拐那些草末碎齃杂集中到一起，掺上家杂肥填进大粪坑里沤。集中社员家肥料时，全队壮劳力一齐出动，两个人一副抬子抬着一百多斤的肥筐，总共三十多副肥筐抬子，响起嘹亮的号子声，从庄上一齐排到社场上。那种浩浩荡荡的场面，就连干活最好的高级社也少见！

吴二龙的女人，也就是吴三龙的嫂子张兰芳，天生心直口快的性子，社员家的肥料才抬半天，她就提意见了，说工分按天发，男的十分，女人八分，这样不合理。男人抬一趟到场上，女人也抬一趟到场，干的一样多，凭什么男人工分要比女人多？她这样一提，李玉成马上召集队委会委员研究，拿出解决办法，由会计站在队场上发签子，每人抬到场上一趟就领一个签子，按签子发工分，抬多少就得多少。结果社员抬肥的积极性立马高涨，要是放在以前要用七八天时间才能将全队社员家的肥料集中到社场上，现在仅用四天时间就集中完了。

白天里生产搞得热火朝天，到了晚上却暗流涌动。

晚饭后，孙有田的老屋里。

"公社纪委周书记带人来查了，我们一定要利用这个机会把郑明龙整倒！"吴三龙早就不服郑明龙，愤愤地说。

孙武说："那天夜里，他们就是在偷粮食！"

"前年春天的一个夜里，我碰到李玉成扛一口袋大秫回家，后来又发现生产队仓库里大秫少了三四百斤，那时仓库盖粮食的大印就是郑明龙拿的，他们和会计保管员准是一伙的！"吴正雨说。

水花对郑明龙又加了一条："我们也不能只搞他贪污粮食，他男女关系不正当，腐化堕落问题也要查！"

"对！这个问题真要搞出来，比贪污还厉害！我看那个陈英就有问题，她的男人窝囊，管不住女人，陈英又强悍，还不都是听她摆弄！陈英明目张胆地做生意，任何人都管不到，肯定是仗郑明龙的势才敢在街上做生意的。"吴三龙很赞成水花的意见。

孙武说："还有哩！那个孙锦侠，大白天的都往他怀里钻！"

"我看朱立方家的美兰也像，这闺女我怎看怎有问题，小肚子都起鼓了。好好的黄花闺女，小肚子都是平平的，哪像她那样？"孙有田的三女儿、孙武的老婆菜花说。

"你能看出来？"吴三龙立刻绷紧了神经，吃惊地问。

"一点也不假！我是过来人，女人的肚子大了能看不出来？不光我，我们一起干活的几个妇女都这样说！"菜花又很肯定地说。

吴三龙吓傻了，愣愣地坐着。

别的人并没觉察出三龙神情上的变化，还在说这事。

吴三龙不再担当主心骨的角色，说了一会儿就没什么再好说了，各自散去。临走时吴三龙让水花先回去，他去张书记家反映情况。

到了张德宝家，将刚才几个人找出的郑明龙的几个问题谈了以后，吴三龙就起身告辞。出了他家旁围墙拐角上通往街道的那个小门，便偷偷地闪身进了朱立方家的那个院子。

刚刚睡下的朱立方听到外面有脚步声进了他的院子，立刻警觉地大声问："哪个？"

吴三龙连忙走到门前小声说："不要吵！是我！"

"啊！是你！门没抵，你进来吧！"朱立方听出是吴三龙的声音，立刻小声地说。

朱立方家那个一顺坡小屋的门用个苇笆扎成的门挡着，吴三龙推开门，里面黑漆漆的，什么也看不清。朱立方从地铺上爬起来，摸出火柴要点灯。

"不要点灯了，就这样说说吧！"吴三龙摸索着走进来却找不到坐的地方。

朱立方把睡在他怀里的儿子向里推推，斜过身子拉了一把吴三龙的衣襟说："你再朝前一点，坐地铺上吧！"

地铺的边是用土坯砌的不到一尺高的矮墙，里面铺上麦秸草，上面放张苇席。吴三龙在铺边的墙口上坐下来。

不等吴三龙说话，朱立方就先开了口。

"大队长！你来正好！我正想找你的，美兰怀了四个多月了！"

"真怀孕了？"吴三龙这时仍吃惊地问。

"假不了的！唉！怎么想起来的！要不是怀上了，你跟美兰哪怕天天都在一起，我们也不会说什么的，现在眼看肚子一天比一天大，你叫我怎么办？这事我们一家都愁死了！"朱立方心里虽不想去坑害吴三龙，此时还是要先卖卖关子。

吴三龙连忙惊慌地说："是我一时糊涂！你看，怎么办哪？"

"这样子！唉……这阵子我一直在盘算想法子！可是，我这样的人家，亲戚朋友平时都避得远远的，遇到这种麻烦事，哪个能帮我们？我又能想出什么好法子呢？"

"怎会这样呢？唉！你看，要是这事抖落出来，那我怎么办？查出来肯定开除党籍！弄得不好，还要逮去蹲几年！我、我就这样毁了吗？"吴三龙说得都带哭腔了。

朱立方本想再说点急火的话，可是出于良心，他又不忍再去加深三龙的恐惧情绪，毕竟他帮助过自己家。又转换了口气说："大队长，你别这样，你放心，我们不会害你的！不是你证明那三十斤粮，我这一家那年春天就出去要饭了。你救了我一家人，我哪能忘恩负义？不凭良心的事我决不会去做，就是把刀架在我们脖子上，死我们也不能把你说出来，让你倒霉的！"

听到朱立方说出这样的话，吴三龙才稍稍安心点，他连忙说："你要这样说，我就放心了！"

吴三龙这时的情绪稳定下来，两个人都把话音压得很低，慢慢地说着。忽然，从大屋那边传来轻轻的敲门声，接着，又有脚步声向这边走来。两个人顿时紧张起来。朱立方连忙披上衣服从地铺上爬起来，一边示意吴三龙躺到地铺上躲好，一边大声问：

"什么人？"

"我哩！找你有急事！"

从话音听出，来人是郑明虎。

吴三龙吓得浑身发抖，心怦怦乱跳，趴在地铺上一动不敢动。郑明虎这时已走到小屋门口，正弯腰想朝小屋里钻。朱立方十分紧张，慌忙迎上去，将郑明虎堵在门口。

"什么事啊？深更半夜的你来干什么？冒里冒失地直朝屋里钻！"

"没急事我还来吗？"郑明虎一边说一边还往小屋里挤。

"你挤什么？什么事非要往屋里去？就在外面讲！"

"你家的事你心里能没数？"

"我家什么事要你替我着急？就在外面讲！"朱立方哪能让郑明虎进屋，将他死死堵住。

"唉！这关系到你家美兰的事！这事不好在外面讲，你这前后两家就隔个墙头，万一被人听到，不就坏事了吗？到屋里再跟你讲！"

躺在地铺上的吴三龙又像触电一样全身发颤，郑明虎和郑明龙的关系他是知道的，此时来谈朱美兰的事，还能是他看出了什么？要是被他们那伙人看出自己跟美兰的事那就遭了！他很想弄清郑明虎讲朱美兰的什么事，就努力地平静下来注意听。

朱立方此时想的是一定要挡住郑明虎不让他进屋，就用力将郑明虎推到外面，拉着他说："这屋没地方坐！要说就到后面大屋去说。"

陈玉在大屋里和朱美兰睡在一起，娘儿俩听到动静，陈玉从床上起来去开门。

见朱立方领着郑明虎进了后屋，吴三龙哪还顾得上往下听，赶快溜走。

"你家美兰的事你怎么打算啊？"郑明虎在陈玉递过来的凳子上还没坐好，就迫不及待地问。

"我家美兰有什么事，要你来说？"虽然没有亮，看不到朱立方的神情，话音里却能听出朱立方是很茫然的语气。

"你装什么憨？美兰的身子你能看不出来？"

"瞎说什么？美兰好好的，能有什么？"朱立方反过来责问道。

郑明虎今天才听到公社纪委周书记来查郑明龙的问题了。对粮食的事他觉得有郑明龙顶着并不害怕，关键是女人的事，而这女人里头最严重的是朱美兰。李小妮一直说郑明龙和朱美兰有关系，根据他的判断，这个郑明龙好色，他就能利用发救济粮的机会把朱美兰搞到手。他也听到朱美兰怀孕了，这次真要查出来，可是个能让郑明龙倒霉的大问题。所以他在想办法给郑明龙消灾。

此时的郑明虎并不明白朱立方想的和他说的根本不是一回事，他仍按照他的意思在想。听到朱立方这话，他便判断出朱立方在护着他的闺女，在他看来，朱立方能护着闺女，也就是在护着郑明龙，所以他想的事就可以放心地说。于是，他干脆挑明了："我跟明龙是什么关系你能不清楚？你们别瞒我了！美兰的身子一天比一天大，还不赶快想办法能行吗？"

屋里的气氛立刻紧张起来，朱立方家三口子都在担心同一个问题：这个郑明虎和郑明龙的关系可不是一般的，他们都想整倒吴三龙，是不是看出吴三龙和朱美兰的问题了？

"这样下去不行的，真要生出孩子来，那问题就大了！明龙给你们发救济粮，救了你们一家人的命，你们现在还能让明龙倒霉？人不能不凭良心吧！"

朱立方这时听出一点头绪，原来这个郑明虎认为美兰怀孕是郑明龙的事，他的心虽然稍稍放了一点，戒备心理仍还在，一句话不说。

最焦愁的当然是朱美兰了。她先以为是郑明龙叫郑明虎来了解情况整吴三龙的，她已做好打算，不论怎么问，就是不说话，她要一切都由自己担着，决不说出吴三龙。后来又听明白了，原来这个郑明虎以为怀这孕是郑明龙的事。不论怎样，只要没提到吴三龙就行。这时她反而放心了，一声不响地睡在床上。

陈玉的心情变化和朱立方差不多，但她还想搪塞，说："我们美兰好好的，能有什么事？"

"到现在你还在说没事？美兰那样子哪个看不出来？现在公社来查明了，他和你家美兰这事弄得不好，书记位子就保不住！到时明龙大队书记干不成，你们也不会有什么好果子吃！你们想想，你朱立方是坏分子，用你的闺女去勾引共产党的大队书记，不叫你去蹲牢才怪哩！你还像睡着了一样，赶快想个法子吧！你家到底是怎么打算？"郑明虎并不觉得郑明龙给朱立方戴上坏分子帽子有错，反而认为保住郑明龙对他有好处。为了保住郑明龙，他什么主意都能出。

郑明虎这样张冠李戴地把朱美兰怀孕的事戴到郑明龙的头上，朱立方也因为没扯上三龙感到放心。然而，听到郑明虎说得这样严重，心里也很害怕，打算顺着郑明虎的话去摸一下他的心路，就试探着问："事情已经这样了，你有什么好的办法吗？"

"你赶快想法把美兰嫁出去！"

"我也想过，可是，到哪去找合适的人？"

"美兰不是和二桃好的吗？叫他赶快把美兰带过去！"

"美兰这样了，能行吗？"

"先瞒着他，把婚结了，他要知道就说孩子是他的！过去两个人那样好，干活都是一阵来一阵去的，他能说得清？"

"二桃去年已被我们辞掉了，怎好再去找他？就是去找，人家又能同意？"

"我看行！二桃是一直痴迷美兰的，有人给介绍旁的人，再好他都不要就要美兰。"

"就怕不行！就是二桃同意，大桃不同意又能有什么办法？"

"除去二桃，又到哪去找现成的人呢？死马当成活马医吧！我听说二桃因为这事都和大桃翻脸了，这事主要在二桃。现在婚姻自由，只要他同意，大桃再反对也没用！"

朱美兰一直躺在床听着，她十分忧愁，也毫无办法，所以一声不吭。

今天队里南湖收黄豆。水花专门找个和朱美兰靠边的趟子。小晌时，一趟割到头，水花挨着美兰在地头坐下来。

论亲戚，水花和美兰是远房表姐妹，只是因为朱立方被郑明龙说成是坏分子，为了划清界限，他们家就很少跟朱立方家来往。

水花并没想到美兰怀孕与三龙有关，以为是郑明龙的事。和坏分子的闺女搞腐化，并且还搞出肚子来，错误当然是十分严重的，查出来的话肯定要撤职开除党籍。这样不但解了自己心头之恨，还可以把大队书记的位子弄到三龙身上，水花打算在美兰身上弄出点头绪。

美兰平时对水花都是敬而远之，现在身子怀了三龙的孩子，更怕见到水花，想站起来走远点。

水花拉住美兰："表妹，别走！我们姐妹好好说说！"

见水花说得亲切，美兰不好再走了，低着头坐在那里。

"你割怪快，我追得多费劲的！"水花是想套近乎，先夸美兰一句。

"不快！"美兰说得很简单。

水花想着法儿和美兰说了几句闲话，便转入了她想说的主题，望着美兰上身穿的今年春天才做的蓝洋布裤子故意问："你这裤子都穿几年了吧？"

"春天才做的！"这是实话，春天能卖馍头以后，苦到点钱才做的。

"啊！才穿几个月吗，你看这裤腰多紧的，紧巴巴的都绷在肚子上了。"接着水花又故意打量一下美兰说，"看你这身材，也没变胖，这裤子怎就瘦了呢？"

美兰立刻惊慌起来。

水花向美兰跟前靠了靠："美兰，你对你表姐还能信不过？"说完，两眼紧盯着美兰的脸。

美兰低着头，不安地用刀尖儿划着地面。

"不要怕，我这个大队妇女主任就是管妇女上事的，哪个要是遇到什么难事，被什么人欺负了，我会替她说话、帮她解决的！你身上是不是有什么情况？"

美兰的心立即一阵乱跳。不过她想，听水花的话音，她并不知道实情，于是，她又极力地使自己平静下来。

看到美兰这个样子，水花知道，在这种事上她会有一种防备心理，不能挑明了问，也不能问得太急，得放长线，慢慢来。为了放松一下美兰的紧张情绪，水花又向她跟前靠紧一些，用右膀子搂着她的肩头说：

"二十出头的女人变得快，也都是前胸一天一个样，我是看你小肚子有点鼓，才问问的。有许多生理上的变化不少年轻人都不懂。我就是管妇女上的事的，有什么不好说的话就放心地跟我说，有什么不明白的就尽管问我，我帮你想办法。"

美兰听她这样一说，就把头抬起来说："没什么，我是图省钱，布扯少点，把裤腰做瘦了。"

水花知道这是她的搪塞话，为了消除她对自己的戒心，就说："也难怪！钱少布票也紧，一口人八尺，连一身衣服都不够！你这褂子也是跟裤子一起做的？"

水花就这样又和美兰说起闲话，她打算这样多接触几次，先消化掉美兰的戒心再说。说了一会儿，又开始割豆子。

地头的大路上传来大车吱咕吱咕的叫声。大车从大路上转弯向地里来。哐当哐当的动响惊动了美兰，她抬头望去，身子不由得一颤，割豆子的动作无意地停下来，望过去的双眼从无神立刻变得有神。那是一张憨厚却很端庄的方脸蛋，那是一副虽有点清瘦却很壮实的中等个头，挥动着草叉向车上装豆子的双臂是多么精壮有力。这形象通过眼神立刻传递到心底里的全都是力量、是依靠。然而，此时这力量、这依靠却是可望而不可即的了！美兰的内心是极度空虚的，空虚的内心又令这种力量和依靠迅速变得疏远和渺茫。她真想冲上去抱住这个自己心爱的男人，去用尽全部心力、深深地吻他的脸，吻他那壮实的胸脯，把自己内心的空虚填实，驱赶走出现在内心的疏远和渺茫，把力量和依靠永远留存在自己的内心里，然而……

刘二桃挑起一叉豆棵堆儿放到大车上后，端好草叉转过身子向另一个豆棵堆儿走，转脸时目光无意中扫到了十几丈外蹲在地上正呆呆地望着自己的美兰。她那拖到腰间的乌黑发辫，那姣美动人的身躯，刘二桃的内心里不由得激起一股难以抑制的冲动。然而，这种冲动旋即就被鄙夷和愤恨所取代。

刘二桃的这种态度是刚才才有的，早饭后他到场上帮大龙套车来拉豆子时，郑明虎将他喊进仓库的屋里。

"二桃，你也二十岁了，怎么还不结婚哪？"

"跟哪个结？"

"你不是早就跟美兰谈好了吗？"

"她家看不起我！"

"不对呀！朱立方昨天还跟我说他家同意你的，你是不是误会了？美兰是个多好的女孩，又能干又漂亮，不错的！还不赶快带去家过日子！"

刘二桃愣住了，若有所思地站着。

"你不是除去她别的人都不要吗？现在怎么了？是不是怕你大哥不同意？现在婚姻自主，他挡不了你的，写证明去拿结婚证也不要怕！我去找明龙，让他叫吴会计给你盖章。"

刘二桃知道有大哥阻拦事情难办成，一肚子的话就是没法说出来。

郑明虎看出刘二桃心动了，知道这个直性子的人用不着再催，就说："好好想想！我再帮你到朱家说说。"

孙武套好牛，招呼刘二桃一齐坐到大车上，赶着牛拉着大车往南湖走。

"二桃！郑明虎鬼鬼祟祟地找你干什么？"

"劝我把美兰带来家哩！"

"啊！那你怎说？答应啦？"

刘二桃低头不说话。有刘大桃阻拦着，他说什么呢？

孙武又很神秘地说："告诉你，美兰怀上孩子了！"

"什么？她怀孕了？"刘二桃立即很吃惊地问。

"那还假？我以前没注意，那天听菜花讲，现在注意一看，还是真的哩！你看她那小肚子，都鼓起来了！你没结过婚，没经过女人怀孕，不懂！我是过来人，我能看出来！"

刘二桃愣住了。

"是不是你的？"孙武小心地问。

"我没跟她做那事！"

"啊？要是没跟她做过那事，就不会是你的。那你能知道是哪个吗？"

"不知道！"刘二桃望着孙武说。

"很可能是郑明龙！六〇年发大水庄稼淹了，六一年春天领救济粮时，按规定每口人五斤，她家四口人只能二十斤，可是她家领了三十斤，救济粮都控制在郑明龙手里，准是她用救济粮换的！"

刘二桃仔细想一下，觉得有可能，要不是郑明龙给，她家哪能多领十斤？

"美兰这孩子这下坑在郑明龙手里了！这郑明虎没安好心，他是想替郑明龙解套的，他怕郑明龙倒霉，想让你把美兰带过来，把怀这孩子赖到你头上，郑明龙就没事了。你可千万别上当啊！"

"他做梦！孬熊郑明龙，这回非叫他倒霉不可！"刘二桃狠狠地骂道。

刘二桃此时已经完全把过去对美兰那深深的爱意变成了厌恶和愤怒，他向她狠狠瞅了一眼，心中暗暗道：滚远远的吧！然后一扭头，使劲地挑豆子往大车上装，把豆棵儿摔得哗啦啦响，豆粒儿四处乱蹦，用以发泄自己内心的愤恨。

朱美兰离二桃并不太远，能隐约地看出他表情的变化。她猛地从沉迷中清醒过来，顿时觉得那豆棵儿是甩在她身上的鞭子，那豆粒儿是砸向她的泥巴。她转过头，苦皱着脸，悲哀地低声长叹一声，眼泪唰唰地流了下来。

朱美兰无力地挥刀向豆棵胡乱割去。抓豆棵的左手不知什么时候被刀口划破了，鲜血一滴一滴地滴到地面上，又很快淹没在土壤里，听不到一点响声，只能留下一点点印痕。

面前不远处的地里，一只鹌鹑被惊动了，扑的一声飞起来，飞到前面的豆地上空打个旋儿落下来，藏在没割到的豆棵里。它哪里能知道在那里又能藏多长时间呢？

第十五章

美兰失踪了

公社专案组除去了解到郑明龙偷盗生产队仓库粮食，还发现郑明龙和坏分子女儿朱美兰可能有不正当的男女关系问题。专案组对此十分重视，可是审核时在公社"四类分子"存档中却找不到朱立方的档案材料，仔细调查后竟然发现朱立方的坏分子帽子是郑明龙私下决定给戴的。按照坏分子的标准，仅凭他在镇反时藏朱立东，并且按照后来的政策，朱立东也不够镇压的，就给予纠正，宣布朱立方不能作为坏分子对待，于是朱立方被冤枉戴在头上的坏分子帽子被拿掉。这样一来，郑明龙问题性质就不是很重了。然而，和朱美兰有没有不正当男女关系，的确有很大的疑问，如果真的有，那他又为什么要给朱立方戴上坏分子的帽子呢？如果他是用这作为威逼朱美兰的手段的话，即使朱立方不是坏分子，用这种恶劣的手段去威逼平民女子就范，那他的问题也同样是很严重的。所以朱美兰的事也作为重点对郑明龙进行审查。

为了发动群众，搞好对郑明龙的审查，专案组让对郑明龙有意见的刘二桃担任大队贫协主任。

专案组先查粮食问题。对郑集大队的财物账目审查后，发现郑集大队的粮食账目数与仓库里的库存数相差很大。特别是小李庄生产队相差最多，从这情况可以确定这个大队在粮食上的确存在很大问题。

从检举材料看，郑明龙贪污盗窃粮食问题都有李玉成参加，他那次扛粮食回家还分别被吴正雨、吴三龙、孙武看到过，同时李玉成本人也是生产队队长，他知道的问题应该最多，于是审查组首先拿李玉成开刀，想从李玉成身上找出郑明龙问题的突破口。为了防止他和郑明龙串通口供，周组长决定对李玉成进行隔离审查。

然而李玉成就是不交代，正在周组长感到没办法的时候，刘二桃来了。

刘二桃这时知道朱立方的坏分子帽子是郑明龙私自给戴上的，才造成哥哥害怕联上不好的社会关系影响他的前途，反对自己和朱美兰结婚。现在郑明龙又被怀疑给朱美兰搞出肚子，所以他现在十分憎恨郑明龙，恨不得将他送进大牢。刘二桃知道要揪出郑明龙，就必须从李玉成身上找出突破口。听说李玉成不承认偷盗生产队粮食，他立即赶到现场，将那天半夜出来撒尿时看到李玉成扛粮去家的情况说了出来。刘二桃的这个证词和吴三龙说的情况联系起来后，不但时间都能吻合，并且从生产队仓库出来，到扛着进了他家的院子，又形成了一条完整的人证，李玉成再也无法抵赖了。

刘二桃的证明成了攻破李玉成防线的关键，也成了日后李玉成与刘二桃发生矛盾的因素。

李玉成承认自己和生产队会计、保管员合伙偷盗生产队粮食，因为吴正宝是大队干部，他怕交代吴正宝会影响到郑明龙，不但想将郑明龙瞒着，连吴正宝也没说出来。

吴正宝就比李玉成精明得多。他想，虽说李玉成没交代出他和郑明龙，却交代了徐本华，这个徐本华年轻，没经阵仗经不住威吓，能不把自己咬出来？和他们一起弄粮的事是瞒不住也躲不了。现在对郑明龙贪污腐化问题的专案审查，不会是针对郑明龙一个人的，李玉成早早地就被隔离起来了，很可能凡是有牵连的人都会被审查进去。自己一旦被审查进去查出问题，那还不是一样会被处理！"好汉不吃眼前亏"呀！干脆就放聪明点，主动去找审查组把问题交代了，还能争取得到从宽处理，弄得好以后这个会计还照样干。于是，没等审查组去找他，他就主动找审查组交代了，并且还把郑明龙也咬了出来。审查组虽说已把吴正宝列为审查对象，但是没等他们去找吴正宝，吴正宝就来找他们，不但能主动交待，还因为咬出了郑明龙立了一功。

墙倒众人推呀！郑明龙问题的盖子一揭，徐本华，还有另外几个生产队的干部，也交代了和他一起贪污盗窃生产队仓库粮食的问题。根据这些材料，郑明龙偷盗集体小麦三百三十斤、大秫三百五十斤、黄豆五十斤，几年来总计粮食七百三十斤。经公社党委批准，宣布暂停郑明龙大队书记职务，将他带到公社进行隔离审查。

"这个郑明龙！说李小妮那次半夜里骂的不是去美兰家！"刘二桃进门就说。

吴三龙坐在锅屋小桌边吃晚饭，抬头望他一眼，什么话也没说。

"啊！李小妮那天半夜骂的是哪家？"水花立即问。

"他说是陈英家！"

"不可能！照这样说，美兰他还没交代？"水花很认真地问。

"没有！"

"我跟孙武逮到偷粮食的那次他承认了吗？"吴三龙在极力地岔话题。

刘二桃根本不把吴三龙的问话当回事，连望都不望他："把美兰弄起来审查，叫她说出肚子里的那个孩子是哪个的！"

"就怕不容易问出来！这几天干活，我都去接近她，掏问了几次，她就是不说。今天上午我趁没人，都挑明了问她肚子里的孩子是哪个的，她连一个字都不讲，这个人嘴才紧哩！"

"那就查朱立方！"刘二桃这时也恨朱立方，要不是他毁了和朱美兰的亲事，她怎会变成这样。

"这个办法不错！那你就去向周组长建议找朱立方，问他六一年春天他家为什么能多领十斤救济粮，看他还怎么说！"水花觉得刘二桃这办法好。

刘二桃很兴奋："对！只要他说出救济粮是郑明龙给的就行！"

这两人说得很热火，吴三龙却很忧心，吃了一半的山芋稀饭无心再动筷子，刘二桃走后他还愣坐着想心事。

"你怎的？山芋段子都凉透了，还能吃吗？"水花并不介意吴三龙的样子，将那半碗凉饭倒进锅里，重新给他又盛一碗。

儿子望着碗里的一个大山芋块子打着哼哼说："大的好吃！我要吃大的！"

女儿抹着眼泪说困。

望着关爱自己的水花和一双儿女，吴三龙鼻子发酸，眼角发潮，内心里却又发忱，他极力地控制住自己，对水花说："我不吃了，你带着小孩吃吧！"说完，向后屋走去。

听说审查组把郑明龙带去审查了，郑明虎可慌了神，早饭碗一丢，急忙赶到朱立方家里。

"……张大喜家也等你们回话，现在实在没有时间了！赶快拿定主意吧！明龙最怕的就是这事，只要把美兰嫁出去，天大的事也能一消干净！明龙那大队书记还照样干！只要明龙的位子能保住，还能亏待你家？"郑明虎倚着门坐在小板凳上，他已说了好大一会儿了。

朱立方家三口人都心知肚明，这个郑明虎已经真的张冠李戴地把三龙的事认为是郑明龙的了，他们都清楚得很，要告诉他不是郑明龙，那他要问到底是哪个怎办？现在也只有错照错办了，何况郑明虎现在想办的事也正是自己正急于想办的，赶快把美兰嫁出去，也是能把事情销掉，保住三龙的最好办法！

"闺女！这个张大喜子是差，可这会儿火烧眉毛了，不同意他，好一些的人家又……唉！你就是这苦命！认了吧！啊？"朱立方双手低垂，站在床前望着床上的女儿说。

朱美兰双眼微闭着，眼角涢着泪迹。还用父亲说吗？她自己能不知道。除去郑明虎介绍一个，自家亲戚又介绍一个，都是因为看出她怀了孩子人家不同意。这个张大喜，个头倒不小，可就是差心眼儿，看见人只会傻笑，说话颠三倒四的一点不着谱儿。都三十多岁了，只能干些挖地抬土这类粗活，锄地收庄稼这些细活都不行。烧水不知道锅开，过日子全靠父母料理。现在他父母快到六十了，怕去世后没人问，急于找一个女人好日后照顾他过日子。像这样提不上把的人，她实在不情愿。

陈玉歪坐在床框上，她俯下身子，抚摸着朱美兰的额头说："美兰，妈知道你的心，跟这人是委屈了你！可不跟他又有什么法子哩！唉！没法啊！"说着，她的眼泪流了下来。

郑明虎显得不耐烦："看看！都什么时候了，你们还说这抱屈的话！现在不是急着没办法才找这样的人吗？再说，人家大张嘴地保证，不但不计较美兰怀着孩子，还说孩子生下来一定会当作自家生的一样服侍。你们想想，自己这个样子，到哪去找这样的好心人家？"

陈玉擦一把眼泪："美兰！你明虎叔说得不错，要是找个对你不好的人家，能不给你罪受？小孩生下来又能容得下？这个张大喜人是不行，可他没心眼儿也是好事啊！他不会虐待孩子，什么事还都会听你的，以后他两个老的去了，过日子还不是你当家！就认他算了吧！"

朱立方也说："要讲起来，他头脑差身子不差，粗活重活能干，现在不就是要凭力气苦工分吗？这样的人苦工分不耽误！闺女，不要再犹豫了，就他吧！"

朱美兰还是不说话，似乎并没被打动。郑明虎急于要说通让她尽快嫁出去，好让郑明龙开脱，又说："明龙因为你家，今天已被工作队弄去看起来了，要是查出美兰怀了明龙的孩子，不要说书记当不成，逮去坐牢都能！他救了你家，你们现在还能就眼看着他遭难吗？"

郑明虎说的郑明龙的结果，就是三龙的结果，也同样是朱美兰最怕看到的。她忍不住了，忽地坐起来，大声说："不要说了！"

屋里的三个人都惊愕地望着她。

停了片刻，朱美兰低着头，带着低沉的悲腔慢慢地说："我同意还不行吗？去跟他家说吧！"

郑明虎哪里知道他想的保护对象和朱美兰想的并不是同一个人，以为自己的目的实现了，十分惊喜地说："这……好！好！明龙有救了！那……这事宜早不宜迟，就在这两天把婚事办了！我马上就到他家去，跟他家说一下！"

郑明虎下午立即赶到张大喜家，张大喜家巴不得马上就做成这门亲，说只要朱美兰愿意，哪怕什么礼仪都不办，现在就来和张大喜拜堂成亲都行。

然而，事情哪能再给他们周旋的机会呢？郑明虎还没来得及赶到朱立方家回话，朱立方就被审查组带走了。

郑明龙交代了偷盗生产队粮食七百三十斤，承认和陈英等十几个妇女有不正当男女关系。然而，这几个女人中就是没有朱美兰，调查组为了搞清朱美兰怀孕的情况，将朱立方带去询问。

父亲被带走，朱美兰立即感到十分恐慌，觉得自己不但给家庭带来灾祸，还让别人受牵连。这还不算，还要逼迫自己去嫁给一个不懂世事的憨子！她觉得自己活在这个世上就是一个罪人。她瞒着母亲，顺着街道，快步向大桥方向走去。

大木桥横跨在二十多丈宽的安河上，一丈六尺宽的桥面全都用木板铺成，横铺的底板上面有两道竖板车道，汽车过桥时两边的车轮正好走在上面。朱美兰扒在桥当中的栏杆上。她刚到时本想头朝下用力往下一蹾，就扎进桥下的水里去，可是头刚低下来，桥下两丈多高的空间让她感到目眩，不由得又没了勇气。

西斜的太阳像一位慈祥的老人，给她送来温暖，驱走寒意。天空深处，是一幅看不到边际的湛蓝底幕。底幕上面飘浮着变幻着千姿百态的白云，有的像一朵朵洁白的花朵，有的像一片片形态各异的轻纱。几只鸟儿在空中盘旋，一会儿往东，一会儿往西，自由自在，无拘无束，向她展示着生活的乐趣。紧挨河边的郑集大地，树木、村庄，还有那广阔无际的田野，无不给她送来熟悉温馨、十分留恋的生活气息。这一切又不由自主地勾起许多令她伤感的记忆。

教室里——

一个圆脸蛋的男孩在问坐在自己旁边的一个扎着两只翘起来的韭菜把儿的小女孩；"你怎不写字？"

小女孩鼓着嘴："我家没钱买笔！"

小男孩将自己的铅笔往小女孩手里一塞："拿去写！"

"你呢？"

"我回家再写！"

春风拂面，秋禾清香——

"我来帮你锄！"

"不要！我自己能锄了！"

"天快黑了，锄到天黑，你一个人不怕！"

"不怕！"

"你不要我锄，那我就走了！"

"你别走！"

南湖的窝棚里——

"你想我吗？"

"怎不想！"

"哪里想？"

"心里！"

"想我什么？"

"想就想呗！"

"你想要，现在就给你，你想干什么就干什么！这里就我们两个，没人！"

"不、不行！那样会有小孩的！没结婚就有孩子，人家会笑话的！"

忽然，随着一阵蠕动，肚子里隐隐地疼。是他的！怎么会是他的啊！我、我怎这样？怎这样！然而，这又能怨哪个呢？

大队办公室里——

家里——

"我命不好！生在这样的人家，没人管没人疼的！唉！哪个叫我生在这样的人家呢！"

"你就是我心里的根底，就是我的依靠！"

"美兰！你的心意我知道了，可是，你知道，我是个有家室的人，这样做我会被撤职开除党籍的！就是外人不知道，我也不忍心再做对不起水花的事！算了吧！以后不要再找我了！"

"你别怕！我不会去碍水花姐的事！她过她的日子，我不会去打扰她，只要你心中有我就行！我决不会去做害人的事，以后要是有什么，就是天塌下来，我也一个人担着，决不去害你！"

黄豆地里，二桃那鄙夷并且愤怒的目光令她心颤……

——继而，在她的脑海隐现出：三龙哭丧着脸，被开除党籍，撤销大队长职务。自己披头散发地站在会场上面对着众多的人，二桃愤怒地骂着自己，会场上的人一边向她吐口水一边骂。杂乱肮脏的咒骂如同一把把利剑向她无情地刺来。

朱美兰仰面长叹："老天爷！你怎这样无情地折磨我！你这世让我受罪，就请你保佑我来世过上好日子吧！"

"美兰！你来这干什么？"正当朱美兰要往下跳时，从桥西头传来问话声。

朱美兰转脸一看，原来是郑明虎。

"大叔，我大被带去了！"朱美兰顿时泪如雨下。

"美兰！你可别做傻事！"郑明虎快步冲过来，拉住她。

"我大也弄去整了，都是因为我，我还活在世上干什么？"

"傻孩子！好死不如赖活！走！你跟我走！去张大喜家。"

见朱美兰没有走的意思，郑明虎又催道："我知道你不情愿，你就先到那躲下吧！"说完拉着她快步跑到河堆上的树丛里，顺着河堆向南走去。

郑明虎一边走一边对朱美兰说："其实这也是个好法子，我刚从他家回来，跟他家说好了，就说孩子是张大喜的。他们家本来打算跟我一起来找审查组说的，因为怕连累到我，才没跟我来，准备明天来的。把孩子说成是张大喜的，就什么问题都没有了！"

这当口找不到别的办法，朱美兰只有听从郑明虎的了。

朱美兰失踪了，按照朱美兰的处境和情绪判断，她肯定是跳河自杀了。公社组织人打捞，可是二十多丈宽一丈多深的水里根本无法弄清情况。

巧得很，当天夜里就下了一场大雨，这雨虽没有夏天的洪水那样猛烈，但是经上游下来的半河水急速地流淌以后，更无法纠正人们对朱美兰自杀的误判，都以为她死了。

朱立方任何东西都不说，朱美兰怀孕问题便成了无法说清楚的无头案。

吴三龙像得了一场大病，不吃不喝在家睡了一整天，水花真以为他病了，要带他到医院去看，吴三龙说他自己去看过了。水花要做油炸葱花面条给他吃，他说吃药把胃口吃倒掉了，不想吃。水花站在床前望着他叹气，他说快好了，让他一个人清静一点休息一下就行了。水花见他的气色并没有什么，觉得他不会有什么大碍，问了几次也就不再问，随他去吧！

是我害死了美兰！这深深的叹息深埋在三龙的内心，很难散去；他也不忍让它散去，心甘情愿地将它留在内心里折磨自己。

第二天，水花吃过早饭去上工，吴三龙仍在睡。

"吴三龙！你给我一把锹！快拿给我！"张德宝响着大嗓门进了院子。

吴三龙连忙起来，走出屋迎过去："啊！张书记！"

"你怎么啦？没精打采的！有病啦？这几天我就看你不对劲，什么病？"

"嗯！好了！就是没精神！你来我这！嗯！你看我这，乱七八糟的，连坐的地方都没有！"

"你不要瞎啰嗦，跟我说正经事！郑明龙这样还能干吗？你得帮我把郑集大队的冬季生产抓起来！你呀你，现在正是用人干事的时候，你怎这样？懒驴上磨尿屎多！刚刚摆好阵势要大干一下，你不是头疼就是腔疼！好好休息，这个大队就指望你了！赶快养好身子，好好干！明年一定要给我把社员的吃粮解决好！干不好，我拿你是问！"

吴三龙将锹递给张德宝，张德宝走时还不忘交代吴三龙几句。

张德宝的话竟然拨去了吴三龙心头上的悔恨，点明了他眼前的路。他想：自己把美兰害成这样，还不是出在没吃上！要是有吃的，他和他父亲老少两代人怎么会和她家扯上关系？现在美兰又怎会发生那种事？吃呀！你怎这样折磨人？你能带给人好好的享受，带给人快乐的生活，可是，你也会带给人痛苦，带给人灾祸！美兰！你用生命保住我吴三龙，我吴三龙决不会让你白死！我一定要好好地干，让地里多收粮食，让美兰的家人还有乡亲们都过上好日子！

吴三龙扛起铁锹，向地里走去。

朱美兰听说人们都以为她跳河自杀了，父亲已被放回家，两天以后就从张家跑走了。就是不死，她又能心甘情愿地去给一个傻子做女人？

张家老两口年纪大又没什么能耐，朱美兰走后他们也不敢声张。

朱美兰的情况只有郑明虎心中有数，他本身就背着偷盗集体仓库粮食的问题，要是再弄个串通口供、隐瞒证据对抗对郑明龙的审查工作，不把他逮起来蹲大牢才怪哩！他除去把这些消息告诉朱立方，再也没敢跟别人说过。

朱立方从郑明虎那里得知美兰并没死，后来又从张家跑了，知道她会自寻出路的，也装作没有什么事，随她去吧！郑明虎救了美兰一命，朱立方对他感激万分，还会去出卖他吗？他也将郑明虎救美兰的秘密隐瞒住。

于是，朱美兰还活着的事就被深深地隐藏下来。

郑集大队的郑明龙被定为蜕化变质分子，撤销大队党支部书记职务，开除党籍。

吴三龙担任郑集大队党支部书记。

刘大桃接替了吴三龙大队长职务。

刘二桃被选为大队贫协主任。

吴三龙担任党支部书记后，水花主动辞去大队妇女主任。

李玉成因为没有主动交代出郑明龙的问题，认定为态度不好，被撤销生产队长职务。生产队工作由副队长孙武担任。

吴正宝和徐本华两人都因为主动交代问题，退赔积极，还能揭发其他人问题，表现很好得到从宽处理，会计都还照干。

第十六章

好多年没见的大旱哪

　　1965 年过了立秋，太阳仍然像盆火，烤得大地腾腾地冒着热浪。天上的云彩都像害怕被太阳烤化了似的，躲到遥远的天边，很难见到它们的踪影，即便是偶尔有零散的几片白云飘过来，也是匆匆忙忙地去找个能给它们遮住阳光的地方躲起来。已经一个多月没下一滴雨了，地面上张开一道道口子朝着天空要水喝，好多年没见的大旱哪！

　　大秫干得卷起长叶子，要看前期长势都不孬，木铣杆儿粗一人多高的秆子，抽出来的棒子就像一个个酒瓶似的。可是由于干得没水生出浆汁往上灌，里头的粒子头上都瘪出个小窝儿，棒梢也都是半截长的秃头儿，能收上三分之二的产量就不错了。问题最大的是山芋黄豆，桔黄的叶片儿都蔫耷耷地低垂在枝柄上，那干渴的样子让人看了连嗓门都觉得为它们冒火。这一类庄稼就像到了十八岁左右的人一样，正处在长身体吃壮饭的时刻，不给它水喝能行吗？晚秋的口粮几乎要占全年的一半，干成这个样子还能收到粮食吗？

　　抗旱！一定要抗旱！

　　要抗旱就应该利用现成的抽水机站和大干渠，公社算下账，1959 年栽的那次水稻抽一次水一亩地要划到两块钱，到粮站能买二十斤小麦或者二十五斤大秫。那时这钱都是公社给的，现在这钱还能叫公社给吗？应该哪个生产队叫灌哪个生产队给。照这样灌法哪个生产队灌得起？多收的粮食还不值水钱呢！况且就是灌，渠水也只能勉强灌到二支渠中的一半地，那一半水很难流到地里。公社里决定用人力挑水抗旱。

现在干部要和社员一样参加劳动，郑集大队只留两个主要领导包片巡视。吴三龙管南二街东小李庄四个队，刘大桃管剩下三个队，巡视到哪个队就在哪个队干，其余大队副职干部都在所属生产队参加抗旱。

小李庄先浇官道北的那三十亩山芋。为了节水，就一棵一棵地浇，全队四十多个壮劳力要是都去挑水也还可以，可是水桶大多都在前几年闹饥荒时毁了，有的没有水桶，有的一家子连大一点的瓦罐子都凑上，才能勉强凑成一副挑子。为了提高水挑子的利用率，让每家出两个人，一个人挑另一个浇，互相轮换着，歇人不歇水挑子。

街南队附近的地找不到水源，到安河去挑水又太远，就在大渠边的大沟里挖井取水抗旱。吴三龙在那带着社员挖了一天井，小李庄这边还没捞到去看一眼。

晚上，大儿子在大屋里带妹妹玩。今年麦子长得好，口粮分得多，吃得也好了，晚饭吃的是面条，水花正在锅屋小饭桌上揉面团。

"小李庄今天干得怎样？"水花在小李庄参加抗旱，吴三龙想从她那了解情况。

"旱成这样，再不浇水就干死了，都是吃粮食人，哪个不知道？早晨孙武一通知，都去了。就是太慢，二十多副挑子干了一天，总共才浇三亩多地。"

"啊！照这样干，那三十多亩地得要十天才能浇完呀！"

"这活也不容易干！两趟挑过，肩膀头就压疼了！人家都去两个人轮换着挑，我没人，正好兰芳二嫂也是一个人，我俩凑在一块儿的。"说到这，水花略顿一下，叹口气说，"唉！那个朱立方，陈玉不能挑，全队就他一个肩膀头不离扁担，都四十大几岁，也太难了，要是美兰还在也能换着干！"

吴三龙听到这，心里不由自主地一阵酸疼，马上又镇定一下，故意避开水花关于朱立方的话题说："啊！我还说明天去跟你轮换着挑呢！你跟二嫂了，那我怎办？"

"你去行哪！我肩膀头都压疼了，你把我换下，我去干别的活，让我歇歇吧！"

抗旱抗得立竿见影，凡是浇过水的，叶子便像一把把小伞一样撑起在叶柄上。没浇过水的那些叶子都还软塌塌地耷拉着。从汪塘到山芋地里，连续不断地有人挑着水叫着号子匆匆走过。

王道全挑着水桶软绵绵地走到汪塘拐角上，迎面碰上郑明虎。

"你昨天跟我说不是要赶赵集的吗？"

"倒霉！走到小李庄头又被孙武拦下了！"

现在赶集做买卖的人多了，王道全二指活做得不错，整天鱼肉不离锅。昨天想去赶小王集，被孙武找来挑了一天水，今天就没鱼没肉要喝冬瓜汤了，心里很不高兴。

"那你不去啦？凭你这手艺，赶一集眼瞎也能弄到几块钱！在这挑水累得要死，呆子！"

"一上官道，就会被看见，没法走呢！"

"你就非要走这条大路吗？死心眼！从南河堆上走，到抽水站再向东走那条小路也能到赵集。腿长在你身上，你偷偷地走了，哪个还能把你追回来？趁干部不注意，还不赶快走！"

王道全真的听了郑明虎的话，他装着找地方打水的样子，顺着汪塘边转到孙有田家北旁的树围子边溜走了。

这情况被挑着空桶从地里回来打水的李玉成看到了，他问郑明虎："你叫他走的？"

"大热天干这活哪如去做他那二指活？"

"这个人藏躲滑赖的，天都旱成这样了，不该在家挑水抗旱吗？"

郑明虎惊愕地望着李玉成："哎哟哟！你也说这话！都被人家整下台了，还积极！替他们穷费什么心？"

李玉成本来就是个直性子又凭良心的人，他现在总结出来，就是误听了郑明虎和徐大柱的话，才落得这样的下场，因此他对郑明虎没好感，不高兴地反驳说："你怎能这样说！你以为我是给他们干的？是他们叫我干我才干的？你知道吗？我是凭良心！凭我自己的良心！庄稼干得点火就着了，我于心不忍！庄稼都干死了，收不到粮食，我老婆孩子一大趟，到明年春天吃什么？我是替他们干的吗？我是替我老婆孩子干的！"

"噢！好！好！你思想好！思想好！"

吴三龙今天来小李庄。张兰芳挑来一挑水，他浇完后就去接张兰芳的挑子要换着挑。

"你是书记，哪能让你挑？"张兰芳说。

"能咧！干部要参加劳动的！"

"那是做样子给人看的！你能来浇点水就行了！"

"那也不能让你一个人挑呀！"

"哪个叫你不让水花来的？"张兰芳挑着水桶走了。

孙武这时走过来："大姐夫，你就只管浇吧，我帮兰芳嫂挑，等她这挑挑来，我去！"

这时，朱立方挑着一挑水在地里趔趔趄趄地走着，陈玉迎上去扶着他的胳膊放下水挑子。

唉！难哪！要是美兰还在，父女俩轮换着，哪还会让他这样大年纪磕磕绊绊地挑！怪谁呢？怪我呀！吴三龙心里十分伤感地自责着。朱美兰出事后，吴三龙很想跟朱立方好好谈谈，抚慰一下他们一家伤感的心，可是又怕被人发现自己和朱家特殊的关系从而招来麻烦，所以就一直有意躲着朱立方。昨晚水花说的情况让他更加心焦。自己这个大队书记可是朱美兰用命换来的，不为他家做点什么，能对得起她吗？他思索一下问孙武：

"昨天一共多少副挑子？"

"二十四副吧！"

"那你没浇到地吗？庄上的汪塘离这地一里多路，我这一挑水才用这点工夫，一副挑子两个人轮换着，半天挑七八桶水没问题，照这样算五个人一天就浇一亩地的，看来你这功效不行，不搞按件记工怎么行？你这样不计数就是垒大堆，快的慢的多的少的不分出来，哪个还想多挑？"

"这又不是锄地收庄稼，有一亩算一亩工分，这样你来我往地挑，怎么好算？"

"按挑计算，让开花站在地头计数。"

开花今年初中毕业没考上高中，现在是小李庄生产队的记工员。

孙武要去安排，吴三龙又把他叫住："我还有事要说，你不慌走。看情况现在人不缺，就缺水桶，我看有几个年纪大的自己挑水也慢，白把水桶浪费了。应该给这些没有壮劳力的人家配个壮劳力，让壮劳力多挑点，反正现在按挑数计发工分，到时就让壮劳力多挑多得就行了。"

实际上这些挑水的人中，就朱立方一个年纪大，吴三龙说的几个年纪大的，就把朱立方涵盖在里头了，以此避免直接点朱立方的名引起别人的怀疑。

孙武并不知道吴三龙讲这话的真实用意，实际上他根本就没往那上面去想。他仔细查看一下所有挑水的人后说："就朱立方一个吧！他年纪大，老婆又不能换他挑，行！正好正雨大叔家闺女没事，让她去！"

听到孙武这样安排，吴三龙心里才宽松下来。

小晌时分，太阳火起来。今天尽管是浇水，可是吴三龙不停地弯腰转身也热得他大汗淋漓。

街南队的队长匆匆忙忙地走过来。

"书记，没水啦！"

"怎么没水？昨天井不是挖好了吗？"

"没用！井里生出那点水，才七八挑就耗到底了。一井水才浇三分地，等那底下再生，一碗饭工夫也等不到一挑子！全队二十多副水挑子都在那等，急死人了！"

"啊！"吴三龙很吃惊。他对正挑着一副空桶往路上走的孙武说："你们干吧！我要去街南队看看。"

孙武已经听到他俩的对话了，站下来说："你还去那看哪！我们这也快没水了！"

"汪塘里不是还有半下子吗？"吴三龙吃惊地问。

"你认为那底下都是水呀？我先会儿用竹竿试的，那下面都是淤泥！上面最多还有尺把深水，我估算最多也只够挑一天的。"

吴三龙又说："啊！还有这点水！照这样，这三十亩地浇不了一半，挑完了又怎么办呢？那也只有往底下挖井了！"

孙武说："在那挖井不易挖，膝盖深的淤泥，这边挖那边往下游淌，不等淤泥弄净，井能挖成？那么多淤泥，全队人都去抬，三天都抬不完！"

张兰芳插话道："你们这些男人就知道把水挑来浇庄稼，不管吃的事！水挑完了，人怎么办？还能炒干面吃吗？没有水吃也先把你们这些男人干死！"

吴三龙笑着说："给你这个二嫂怕的！实在没有水，我到安河里去挑给你！一挑水就够你家吃一天的。"

听了吴三龙这话，张兰芳马上齉起鼻子哼了一声："说得多好听！早就说修好大渠不怕老天不下雨的！现在天旱成这样，安河里一大河水，怎不让大渠送水来浇的呢？现在还说这话，也不觉得丢人哩！"

吴三龙无奈地叹口气："唉！还说干什么呢！都白干了！不

管怎样，现在旱还是要抗的！不抗，又哪来粮食？"

汪塘里的水到第二天晚上就耗得见了底，官道北的三十亩山芋只灌了一半。到安河挑水路太远，半天挑不了三趟，虽然挖井远远不能满足抗旱用水，是劳民伤财的事，但是也比到安河挑水合算，再难也要挖。小李庄决定集中全队强壮劳力在渠边大沟里挖两口井。

今天上午吴三龙巡视好那几个队的抗旱情况，又匆匆往小李庄的挖井工地赶。

"人家去做生意苦钱，叫我们在这干！"

"大热的天，干这泥头活又脏又累，站街边不挨累苦钱又多，哪个愿意在这干！明天我也不来了！"

"那也不假！秋季肯定收不到粮食了，苦这一天工还不知能值几个钱？想法做生意苦点钱，留着买粮吃吧！"

吴三龙离工地还有十几步远，就听到一阵牢骚话，而且，这话就像是故意说给他听的。

"少说点！干吧！他们就这一上午，下午就来了！"孙武性格憨厚仁义，除非恶意找他麻烦，一般情况下他是不会得罪别人的。面对这些消极话，他说不出硬实的批评话，只是耐心地劝说着。

吴三龙对小李庄的劳力情况一清二楚，仔细查了一下，发觉少了五个人，其中就有郑明虎和王道全。他问孙武："郑明虎跟王道全呢？"

孙武没法回答，只能装出没听见似的只顾挖土干活。

"还用问吗？今天逢集！每到逢集，这两人哪天来过的？"吴正雨替孙武回答道。

"孙武！你怎这样窝囊！他们不来，你这当队长的就这样装看不见了？"吴三龙发火道。

"找也没用！他们不听我能有什么办法？"孙武低声说。

吴三龙给这个连襟弟弟留个情面，不再追问他："你！唉！我去找吧！"

供销社门市前传出吴正华嘶哑的说唱叫卖声。从小学校到粮站长长的街道上，两边摆满了摊位，当中游动着人流。

昨天郑明虎唆使王道全赶赵集去做二指活，其实是在用王道全做试探，看看干部对劳力管得紧不紧，见没什么动静，便觉得有机可乘了。他看出来，天旱成这样，秋季收成肯定不行，明年春天又要闹饥荒。要不是因为和几个人合伙偷盗粮食将他的保管员整掉了，守着仓库里的粮食还愁没吃的？现在保管员不干了，还到哪去弄粮食？做豆腐多苦点钱以备来年度春荒，是他认准了的路子。现在做豆腐卖的人不多，豆腐好卖，郑明虎今天做了两包。他将摊位选放在食品站的对面，正忙着做他的买卖。

"你怎不去挖井，来卖豆腐啦？"

"啊！大队长，我就这一个上午，下午就去挖！"

"一个上午，一个上午也不行！"

郑明虎为难地望着吴三龙："你看，这豆腐都做出来了，不卖掉又怎么办？"

对这个和郑明龙合伙贪污集体粮食的人，吴三龙一点好感都没有，厉声说道："不行！不准卖就是不准卖！快去挖井！啊！现在就去！"

郑明虎这时撂下脸来："你对我凶什么？我就卖这一上午怎就不行？"

"不行就是不行！让你在这卖，别的人要都跟你学来做生意怎办？农活哪个干？"

"你说这呀！告诉你，我就是在跟你那大叔吴正诚学的。他下放到队里，去干过几天活？他在家剃头苦钱装腰包，人到小李庄分粮吃，你怎不去管？还有你那二叔吴正华，天天卖五香粉，你怎不去管？不让我卖呢？你把你自家的人管好了再来管我吧！"

说完，郑明虎竟还放高嗓门大声地叫卖起来。

吴三龙无言以对，瞅着郑明虎一会儿才说："好！你等着！你等着！"说完就走了。郑明虎把这两人扯上，着实令他难办，他这两个叔父都不是真正的种地人，哪能像个正常劳力一样整天到地里去干活呢？嘴里说的是让郑明虎等着，实际上是不了了之了。

人生一世，吃饭是第一件大事，当吃饭可能发生危机时，不论是干部还是社员，都在为吃去谋划。吴三龙后来心里也明白，地里的收成肯定不行，让社员自己去找点门路苦点钱以备度春荒，也不是坏事，就都睁一只眼闭一只眼地由他去，郑明虎每天的豆腐还照样卖。种地人哪个看不透这年景？制止不住郑明虎，自然就有人跟着学，就连孙有田家也做豆腐卖了。后来干脆规定每到逢集就放半天自由假，愿来抗旱就来抗旱，愿去做生意就去做生意，除去这个时间其余一定到生产队干活。这个决定倒也不错，既顾了集体生产，也顾了个人的买卖。

一直过了处暑，老天爷看这些抗旱的人抗得实在太可怜，才下了场透雨。

第十七章

必须搞好农田水利

吴三龙这阵子抗旱忙得屁股不沾板凳，这场雨后才歇下来喘口气。旱是不抗了，可他的心情并不能轻松下来。大秋从已收的情况看，产量减少三分之一。在田的庄稼除去很少部分人力浇过水的以外，大部分都枯瘦得像一只只遭雨淋的鸡，即便是有了这场雨，长叶伸枝发大棵的时机已不多，庄稼棵大才能多结籽多收粮，没大棵能收多少？按照现在这种状况，这样下去晚秋总产能收到往年一半就不错了。虽说麦子一口人多吃一点，秋季一减产，全年分给社员的口粮比去年也多不了多少。眼看着明年又要闹饥荒，吴三龙的心又吊到嗓子眼了，该怎么办哪？他愁得一点办法都没有，只好去找张德宝。

张德宝这阵子是扛着铁锹哪里没水往哪跑，一边了解情况做安排，一边帮着挖井扒沟找水，疲劳得很，这场雨将他的懒瘾下了出来，这时正仰面躺在办公室里的椅子靠背上打呼噜。吴三龙知道他打呼噜不耽误听话，进门就说："张书记！你看，秋天这样的收成，我怕明年春天又要没粮吃了！"

张德宝坐直身子，从肩头上抽下烟袋，一边往烟锅里按烟末一边说："我正在为这事想办法呢！现在也只有种胡萝卜了！"听他讲话里的意思，他打呼噜并不耽误在想社员吃饭的事。

"胡萝卜都是在立秋前种的，现在快到秋分，再种胡萝卜也迟了，就是种的话估计到下霜最多也长不到手指头粗。"

"我也担心呀！现在要是将准备明年种麦子的白茬地改种，就怕到时胡萝卜收不到，还把明年的麦子耽误了，可是不种又怎么办呢？"张德宝使劲地吸了两袋烟，一筹莫展地苦想了一会儿又说，"吴明坤在家吧？走！找他想想办法去！"

张德宝清楚地知道，吴明坤虽有那顶帽子戴在头上，但是他工作能力和农业技术水平还是高的。他一直想用吴明坤，现在农业遇到问题的这当儿，自然又想到了吴明坤。

吴正诚年轻时学过理发的手艺，1960 年下放时，全家只留儿媳芋花一人在商店里，其余人都下放了。下放后的吴正诚不精通农活，就干起理发来，他的老伴做大饼卖。见吴三龙领着张德宝来了，吴家人显得很慌乱，王秀平连忙藏起正在卖的大饼，吴正诚将一个人理了半边的发也停下收拾剃刀往盒子里装。

张德宝挥着手中的烟袋杆儿："不要怕！我老张不吃人！平常我对满街小商小贩都装着看不见，还会对你们怎样？饼照样卖！这个人那半边头毛还能留着吗？留着也难看，赶快给人家剃掉！我是来看看明坤的，他在吗？"

吴明坤平时除去到生产队里干活，就是在家看书读报，听到动静，立即从他住的堂屋里迎出来。

张德宝在堂屋方桌边的椅子上坐下来。桌子上放本已打开书页的杂志。

"你在家看书啦？"

"嗯！订本农业科技杂志，在家没事就看看！"

"不错！人遭难志不减，还不忘你的本行，好！"见吴明坤还站着，向他打着手势，"坐下，坐下！你坐下我才好跟你说话！"

吴明坤坐下，张德宝将烟袋往肩头上一搭，摊开双手为难地说："小吴呀！我老张这下遇到难事了，你可真要替我老张想想法子哩！旱成这鬼样子，大秋减产，晚秋更不行，叫我明年春天拿什么给社员吃？胡萝卜是要种的，可那玩意儿吃多了肚子里就像涮锅把儿在里头涮一样难受。这几年年年吃，连我见到它发怵，被吃怕了，现在还能再全指望吃它吗？你看还有什么好吃的能种呢？帮我想想！啊？"

吴明坤心里清楚，自己一直受到张德宝的庇护，对他十分感激。他望着张德宝想了一会儿说："现在已经过了处暑，粮食作物只有荞麦能种，可是现在又到哪去弄那么多种子？也只能在在田的作物上想办法。"

"你说，能有什么办法可想？"

"豆类作物都开花结荚，基本上已经定型，没有什么增产潜力可挖，只有山芋还能下点功夫。山芋是地下长块，不受成熟期限制，只要它的叶片不冻死，阳光一晒就能发生光合作用，光合作用所制造出来的营养就会输送到根块上，生长期可以延续到下霜，只要肥水跟上，就可以增产。"

"我听说你老丈人说过的，山芋地要肥会长根须蛋儿，追肥以后它要长根须蛋儿呢？"

"那要区别对待！枝叶过于茂盛不行。像已抗过旱的枝叶都铺开来了，这部分就不用追，没抗旱的地山芋藤儿才尺把长，这样的地追没事！"

"啊！好呀！那就多下肥，让它长！可就是到哪去弄这样多肥呢？"

吴三龙听得很兴奋，连忙说："留作秋后种麦的社员家的家杂肥有一些，现在要是急用，那就起上来用吧！"

吴明坤说："除去社员家的肥，还有化肥，特别是磷肥，对山芋的增产效果最明显。"

吴三龙又说："化肥这东西神是神，能叫庄稼看着长，可就是烧苗哩！"

"那是没掌握好化磷肥的技术要领，一是量不能大，像现在卖的碳胺，每亩十五斤就行；二是既要靠根穴施，又不能靠根太近，一般距离五寸左右。"

张德宝兴奋得端起旱烟锅，一边按烟末子一边说："小吴，还是你行，懂得这些门道！这东西人家都用不上来，不敢买，供销社说调来怕卖不掉，不敢进货，有你这办法还用怕吗？我马上就叫他们进货！"

吴明坤起身拿出一包玫瑰烟："张书记，别按了，抽这个吧！"

"那烟没劲！你再说，还有什么好办法，多多给我想点！"张德宝还是只顾按自己的旱烟锅。

"除此以外，要结合松土除草把沟垄复起来。"

对这吴三龙倒是内行："对！这次大雨把沟垄都冲塌了不少，影响山芋根块的生长，是要把沟垄复起来。"

"好！我老张全听你的！我马上通知各大队领导下午就来开会，你好好准备准备，把怎样干的法子好好在会上讲讲，让他们照着干！"

吴明坤为难地说："张书记！我这样子，能讲吗？"

"也是啊！名不正，言就不顺了！这样吧，你干脆去给我当技术员，就叫农业技术员吧，有这个头衔，就能讲了！"

"这样大的事情，我讲别人要是不听怎么办？还是你们领导讲好！"吴明坤有些担心。

"怕什么！叫他们让地多收山芋的，又不是做坏事！我老张叫的，哪个敢不照干，我剃他的头！"停了片刻，张德宝又很惋惜地说，"要不是你那副社长被撤掉，还当我的助手指挥农业生产多好！唉！自从你出事以后，我老张就不走时运了，累死累活地忙，一心想让社员吃饱饭，可就是忙不出粮食来。前几年社员不肯干，老天爷还净往刀口里撒盐，不是涝就是旱的，没完没了地折腾，唉！累死了也没把社员的肚子忙饱。秋季眼看前期庄稼的长势也很好，刚刚忙出点眉目来，你看！这一旱，又全完了！唉！今年扒望明年好，明年还穿破棉袄，难哪！种地人真难哪！我想了，指挥农业生产，我老张离不掉你！你不要担心，有我在你后面撑着，你就放心大胆地干！你准备好了，在会上好好讲！"

吴三龙听了张德宝这番话，又想起了一直困扰在心里的，实际上也是令张德宝难以解决的问题，他说："农业生产难搞，难就难在水旱灾害太多，要是能想出法子让土地遇水快点排，遇旱及时灌就好了！"

吴明坤很认真地说："气候千变万化，我们控制不了，但是，只要找到好的措施，也能把地种好，取得好的产量的。"

"哪有好的措施？你这个喝过墨水的人，肚子里有真功夫！你在这上面能帮我想出好的法子吗？"

吴明坤笑了笑："我一直在想这事，当前对农业生产威胁最大的就是水旱灾害。我们目前的农田抵抗灾害的能力太差，要想取得粮食稳产高产，就必须搞好农田水利，建设旱涝保收农田，增强土地抵御旱涝灾害的能力！"

吴三龙立即很兴奋地说："这太好了！要是这样，还怕收不到粮食吗？"

"要能把土地搞成旱涝保收当然好，可是又容易吗？五八年费了那样大劲，结果搞成那样子！现在还说什么呢？那时要听你的，事先找水利局的人来倒腾一下，哪能干出那样大纰漏事！好心办成了坏事，到现在我都不敢往那上想哩！"张德宝显得很忧虑。

"教训是有的，主要是我们不了解地形，没搞清水流的走向。要想做到旱能灌得上、涝能排得出，就必须先测量好地形，根据能力条件，做好规划，先易后难，逐步解决。我是学农艺的，这方面不太行，我的那个同学宋工程师是学水利的，他懂，最好把他请来测量规划一下。"

张德宝立刻来了精神："对呀！这次决不能再犯五八年那错误了！那个宋工程师行！那年他来说的什么海拔啦、增高啦、高低差啦，尽是洋词儿，水利上是个行家。我明天就去县里，把他找来给我想想点子！"

张德宝的这个主意的确不错，技术员这个职务无法区分官职大小，这样叫就是有人想反对也找不到茬子。

吴明坤被宣布为公社农业技术员，对他来说，也很不容易。

县水利局宋副局长带人忙了十几天，为郑集的旱涝保收农田建设做出了系统的规划。经过测量，弄清了郑集公社的地形，总体的走向是北高南低，高低差悬殊，排与灌难以合一，必须单独建设，自成体系。在排涝方面他提出了上堵下疏的方案，上堵的办法是在北面开挖一条拦水河，将北方来的客水引向东面的民便河。下疏的方案分为两部分，一个是进一步疏通从西北流向东南、贯通郑集公社全境的小鲍河，解决内水的引流问题；另一个是解决客水与内水的出路问题。安河是本县以及上游几个县排水的主要通道，一旦上游洪水大，不但这一带的内水排不出去，还会突发险情造成倒灌。彻底解决这一问题，必须撇开安河，另找出小鲍河的出路，要将小鲍河引入民便河。民便河也要与安河分流，将它流入安河的入河口堵上，另行开挖一条新河道直通洪泽湖，让民便河直接排入洪泽湖。灌溉方面要利用南湖现有的渠道加以修整改造，能灌多少面积就灌多少面积，其余面积有水源的不再贪大求洋，搞小机站小渠道，就近引水灌溉；没水源的或者水源远的搞深井灌溉。

搞水利只能在冬春农活不多时干，按照规划，今年秋收秋种结束后开挖北面的拦水河。

张德宝大概是被打大渠打怕了，也想今年先搞小型农田水利，大的工程以后再说；可是一想，对郑集威胁最大的是北方来水，要减轻水患威胁就得先扒拦水河。然而光是这拦水河，集中全公社所有劳力，一冬一春都干不完，还要疏通小鲍河，南湖大小渠道改造，建各种各样的小抽水站。除此以外，县里牵头的疏通民便河，开挖新河道，也都要去干，这样多的工程任务，没有十几年时间是干不了的。如果今年不干那又误过一年，建设旱涝保收农田的任务哪天能完成？

县里规定流域面积小的小沟小河由受益单位自己负责搞，费用谁受益谁承担。流域面积大的河流工程由县里安排，费用国家没钱拨付，也还是费用谁受益谁承担。拦水河是郑集公社自己的事，吃喝问题全由自己解决。公社无钱无粮，大队也是空架子，工程上的吃喝开销全都落到生产队的头上。首要的是自带粮草。

夏季收的小麦这些好粮食都首先用来交国家的征购粮，交足了任务才能轮到安排社员口粮，社员口粮都紧巴巴的，哪还有好粮余下留给扒河吃？中秋受旱大秫收得不多，但是也要先完成国家公粮，因为大秫是社员主粮，也不能留太多给扒河民工吃。

秋季豆子减产，但是山芋大丰收。拿小李庄来说，抗过旱的那三十亩地总共收了七万多斤，南湖三十多亩收了四万多，一口人仅鲜山芋就分了六百斤。这东西国家规定五斤鲜的折算成一斤主粮，其实两斤半就能晒一斤干子，各家除去鲜山芋窖了一大窖子，山芋干子也都大圈小折地塞满了屋。

山芋这东西不经饿，哪怕是吃得直往嗓子眼冒，两个小时不到，它就都滑到小肚子底下变成屎拉出去了。扒河要抬土，整天一百多斤重的担子不离肩，只有把肚皮填饱了腰杆子才能挺起撑得住，光吃山芋能扒河抬土吗？

经过公社党委认真研究，决定各生产队的主粮尽可能地多拿一点到扒河工地上去，搭配上山芋混合着吃。另外，一个劳力一张嘴，一张嘴要吃一个窟窿，让那些不强壮的人去吃一个窟窿也不值得。要去就去强壮劳力，到工地上的男人不超过四十五岁，女的不超过四十岁，这些人能干，好的粮食让他们吃了也值得。

今年从上面传来个好消息，说黄豆拿到粮站可以换成大米，并且一斤换一斤两不找。

在研究分配方案时，根据大队做出的决定，小李庄收的五千斤黄豆要扣下不参加分配。一斤黄豆就是一斤大米呀！小李庄人孬好也在那闹饥荒的头一年尝过大米饭的香味了，哪个不想分点黄豆去换大米？孙有田提出意见，要求将这五千斤黄豆留下一半按人口分到户，让小李庄人逢年过节吃上大米干饭，社员都一窝蜂地跟着起哄支持这意见。

吴三龙却将老丈人给压住了。开挖拦水河是建设旱涝保收农田最重要的一仗，今冬明春一定要把北面的拦水河扒好，强壮劳力都上去了，让他们吃什么？只吃山芋能抬得动土吗？这五千斤黄豆就是五千斤大米，今年要让扒河的人都吃大米饭，让他们加劲干，保证把拦水河扒成。黄豆扣下了，不还是有山芋吗？有山芋能把肚子吃饱就行了。

女婿这样说，孙有田干气也没办法。

黄豆被队里扣下换大米到河工上吃，家里只有吃山芋。天天去吃山芋，整天酸水直往嗓子眼冒，绞得肚子疼，得要吃得好一些才行！

要想吃得好一些，就要将这山芋卖了再买小麦大秫，然而家家山芋都多得很。拿鲜山芋去卖吧，一分钱一斤都没人要就不说了，十斤山芋也换不来一斤大秫。

孙有田对吃的办法上不比他种地的办法差，他想了个主意，将鲜山芋磨成粉，再漏成粉条。五斤山芋能出一斤粉条，一斤粉条能卖四毛钱，比鲜山芋好卖，还能多卖好几倍的钱。他计划拿出千把斤山芋做粉条，一千斤山芋做成的粉条，到粮市上买高价大秫够买三百多斤的，这样调剂一下，这一大家子就能将清一色的山芋饭改成大秫面山芋干稀饭或者大秫面山芋干面混合饼，有这样的饭食一家人的日子就好过了。

漏粉条这活儿很讲技术，不是哪个想漏就能漏出来的。生粉面儿没黏性，散碎得很，不和出黏性来根本漏不成条。要想有黏性就要先打浆，用打好的浆和面糊，和好面糊再漏条。打浆里头就大有学问，放在锅里的粉面汤水要一边烧一边搅，而且只能烧到六成熟，烧生了没黏性，熟过了也没黏性。漏条那道活里也有名堂，什么样的粉糊子漏勺怎么撑，全在漏条人把持，把持得不好漏出来的条儿就会粗细不均。另外，就是漏条也要选好日子，刚漏出来的水条子会往一块儿黏，搞不好会黏成饼块，要冻一下才会不往一块儿黏。就是冻也不能冻大了，冻大了会成白花条，白花条没筋，下锅就烂成糊子，这种条街上没人买。要小冻才行。

今天上午下点小雪，下午晴天，估计夜里会上点小冻，漏出的条子不会冻成白花条，正是漏粉条的最佳时机。孙有田决定晚饭后就干，水条子出锅后挂到外面一会儿就会上冻，明天太阳出来正好能晾干水气。他跑了十几里路，到小王集找来两个漏粉条的师傅。

孙有田家的院子里是热气腾腾啊！这热气是从西面新盖的两间锅屋里冒出来的。锅屋里，两个师傅一个负责调浆和面，一个管漏条。锅屋的里间，和面师傅满头是汗，外间锅灶旁的小饭桌上放着一个大酱缸，酱缸里是和好了的一大缸山芋粉糊子。锅里是大半锅翻滚的开水，王秀英在锅门烧火。管漏条的师傅左手端着大漏勺放到锅的上面，右手拿着敲棒，等孙武将粉糊子挖出来放到漏勺里后，他便敲打起勺头；勺子里的粉糊细受到震动，便从勺子的漏眼里漏下来，漏下来的粉糊往下滴时便由粗变细，落到沸腾的开水里时便只有麻线粗了。菜花站在锅的另·旁，一手一根细竹竿儿，将落到锅里的粉糊条儿一边搅动一边往外捞，捞出来的细粉糊条儿便是晶莹透亮的水条了。水花芋花都来帮忙，她俩和开花的任务是将菜花手里已挂上水条的竹竿接过来，先放到院子里的水缸里让冷水浸一下，然后再摆放到那边用木头搭成的架子上。

孙有田这边看看，那边瞧瞧，看到他认为不顺眼的地方就说一说或者动手干干。

"有田哥，我想跟你商议件事哩！"李玉成已经来看一会儿了，见孙有田在院子里的晾架跟理水条儿，凑到他跟前问。

"你说！"孙有田对李玉成的印象还可以，认为他原本就是个正直的人，除去贪点粮食外并没有什么坏处，要不，最多只会瞥他一眼。

"我家也磨了十几斤粉面，想漏点条子留自家吃，单独漏吧，又占不着的，想请你帮个忙，趁你这人手、热锅，给我顺带漏了。"

"这哪能行？我家两百斤粉面，一夜还不知能不能漏完，哪能有时间给你漏！"没等孙有田说话，芋花就回答了。

李玉成巴求似的说："嘿嘿！紧紧吧！我看主要在打浆和面糊工夫，面糊和好漏就快了。和面师傅一人和得慢，你家要同意，我去给他搭个手帮点劲，这样能快点的。"

"我们这行了！我们能干，用不着别人！"芋花又说。

"有田哥，你看……"李玉成很不愿意失去这个难得的机会，几乎是向孙有田哀求了。

孙有田想想说："那你就拿来吧，等我家漏完了再说！"

李玉成高兴地走了。芋花却不高兴了："我大，你怎答应他？要不是他，我家怎能一年要交五十块钱？"

原来，晚秋分配方案一公布，立即引起李玉成的不满。正是他的那些不满，才让芋花对他产生了不满，才让芋花不同意帮他漏粉条子。

李玉成毕竟当过多少年队长，懂得这分配里头的门道，这样分放在乡下的生产队行，放在小李庄不行。1960年吴正诚家下放到小李庄，这几年街上吃国家粮的工商户又下放了五户，六户总共三十多口人全都到小李庄分粮吃，占去队里很大一笔粮斤，让他们少了人均口粮。这还不算，这六户人家没有一个人能像模像样地到队里干农活，他们在街上做手艺或者做生意，苦的钱比干农活的多，却用粮站那种低价在小李庄分粮吃，牛犁、农具、扒河、用粮，公用开销他们一点不承担，让这些人家分八成的粮，劳动力只分二成的粮，劳动力太吃亏了。李玉成一直提意见说劳力二八分不合理。小李庄指望干活苦工分的人还是占大多数的，这一意见当然获得大多数人的支持，闹得年终分配没法搞。经过公社大队两级再三研究，最后将位于街上的郑集大队分配比例调整为三七分，还决定让常年不干活的工商户以每家五口人为标准，每户一年交给生产队五十块钱生产资金，人口多的多一点，人口少的就少一点。这事当然牵连到吴正诚家，他家五口人在队里分粮吃，应该交五十。被李玉成这个意见一提，吴正诚家除去一年要交五十块钱，基本口粮减少一成以后，每年还要少分两百来斤粮，芋花怎能不对李玉成有意见？

孙有田并不同情芋花，劝她说："你就不要计较了，要不是人家这些劳力出力流汗、拼命干活，地里庄稼能长好？能收到粮食？让这些劳力多分点，他们会尽心尽力去干活的！活干好了，庄稼长好了，多收点粮食你家不也就多分了吗？"实际上他自己和李玉成也有类似的看法，这样劝自己的二闺女也是出自内心的。

李玉成撸起胳膊才开始干，吴三龙就到了。

看到堆放在锅屋里的几袋干粉面，吴三龙问："这样多，什么时候能漏完？"

"最多到天亮！"菜花一边捞条子一边回答说。

"啊？要到天亮！那怎么行？你们在河工上干了一天，夜里再不睡觉，明天还能到河工上干吗？"

"大姐夫，你还指望我们明天到河工上干哪？我们就是铁打的也吃不消啊！"菜花又接上说。

"你们明天还能不上河工？这不行！"

王秀英说："三龙！你就给他们半天假，上午睡半天，明天下午就能干了。"

"半天也不行！"吴三龙不同意。

"你扒河重要，我漏粉条也重要！"孙有田正在为那黄豆换大米的事生吴三龙的气，冷着脸说。

吴三龙说："大！他们不去，别人会有意见的！我连一贯难缠的王道全都逼去上河工了，要是自家人再因为漏粉子随便不去，我还怎么去管别人？"

"那个我不管！没吃到大米，吃点粉条子还不行？"

"大！拦水河扒成了，能挡住北面来的水，我们这会减少多大的洪水威胁！扒这河多重要！你怎对这也不明白呢？"

孙有田不再说了，呆呆地站着。他一贯就是个爱种地的人，这个道理能不懂吗？只是因为没分到黄豆没吃成大米饭，才赌气这样说的，在大道理面前，他让步了。

王秀英也为难地说："那怎办？人我请来了，场子也摆开了，还能停下？"

李玉成见这情况，连忙说："照这样，我就不漏了吧！"说完，提起自家的粉面想走。

吴三龙毕竟在当初办互助组、成立农业社时和李玉成在一起干过多少年，还是有感情的，觉得要是因为自己来说一下，让他漏不成粉条，把干粉面子再提回家，于面子上不好看。连忙拦住李玉成："你已经提来了，哪能再提回去？那就这样吧，分成两次漏，今天漏到半夜，剩下的明天晚上再漏，这样孙武跟菜花能睡上半夜歇一下，明天到工地上也能干了！"

孙武这时帮着吴三龙说话："大！这样也行！不的话，我漏了一夜还怎么到工地上？我要不去，小李庄没人管，那就全乱了！"

孙有田最心疼孙武这个养老儿，要是漏一夜粉条不让他睡觉，明天再到工地上带人干活，还不把他累死！他很赞成吴三龙的办法。

第十八章

让二桃去管土窑吧

1965 年立冬过后，郑集公社集中所有壮劳力会战拦水河。这是一条在平地开挖的河道，在郑集北面与邻边公社的交界处，东西长十五华里，东面和民便河联通。西头河口宽十米，河深三米，向东逐渐加宽加深，到民便河的入河口时已宽达三十米，深七米。大量的土方全靠锹铣、筐头、扁担，人的双手双肩和两只脚板来完成。嘹亮的号子声和播放《社会主义好》等歌曲的喇叭声交汇在一起，让工地呈现出热气腾腾的景象。穿梭往来的抬土人流，使得十多华里长的工地变成了激流涌动的巨江大河。

郑集大队的工地进度数街北街南两个生产队最落后，都要比进度最快的小李庄少挖一层土。公社要求大队主要领导哪个队落后就到哪个队蹲点带着干。吴三龙到街南队，刘大桃到街北队。

一个土筐一条扁担两个人抬土是扒河运土的中心环节，也是最累人的工种，为了加快进度，吴三龙带头去抬土。

吴三龙见土筐才一平筐，解开旧蓝卡其棉袄的纽扣，胸口冒出一团热气，对上土的人说："少了，再上！"

"大队长，这筐上口大，要是垒起尖来会比别的筐重的！"

"现在吃过饭才上工，肚子饱，腰能挺得住，多抬一点没事的！"

"好样的！我来给你上一锹，看你还能抬动！"这时，旁边响起张德宝的大嗓门。

张德宝身上的蓝卡中山装已经穿了四年，两旁的肩头连着前后襟被贴上马鞍形的大补丁，裤子两边的膝盖也各补一块长方形补丁，泥巴从裤脚向上，一直不规则地沾到肩头。话音刚落，锹头已插入泥塘口的茬口上，旋即，一块足有三十多斤的土块被放到吴三龙面前的土筐上。他随身扛着一把铁锹，走到哪干到哪。

吴三龙向张德宝打个招呼，马上抬起土向塘上走去。

张德宝正要再给别的筐上土，就听有人说：

"张书记，你那么多事，哪能要你在这上土？"

"怎么？你们不让我在这干？我老张走到哪干到哪！还能撵我走哩！三龙说得对，现在要趁肚子饱，有劲，加油干，等肚子里的饭消掉了，撑不起腰了，想干还干不起来哩！来！就像我这样，拿锹的要做到五锹就能上满一筐，拿锨的要拆满锨头，抬土的都要像三龙这样把土筐垒尖起来，这样才能加快进度。"

张德宝在街南队的塘子里干了一上午，工效明显提高，大家都说这一上午抬上去的土比平时一天干的都多。

郑集大队工程指挥部在工地附近村庄上借用的一处民房里，中午烧了一个四五斤重的大鲤鱼，小黄盆盛了满满一盆，还有一小黄盆酸菜烩羊肉，一瓶双沟大曲散酒，每人一杯酒下肚，醇香味儿就溢满了一屋。

"这鱼从河边渔船上买的，放到锅里还蹦哩！新鲜！"吴正宝给刘大桃倒上一杯酒，嬉笑着说。

吸取郑明龙问题的经验教训，公社党委做出决定，针对过去大队里决定问题、安排工作、财务报销批条子都是书记一个人包办，会造成贪污的状况，实行党政分离，让书记去做领导决策和监督，行政执行财务批条子由大队长负责。

四十多岁的吴正宝身穿蓝卡西装制服，已进入壮年的他，微微鼓起来的腮帮子蒙上细嫩的皮肤，稀疏的头发给前脑壳的中间留下一个如同刚从油锅里拿出来的反面朝上闪着油亮的紫铜锅铲儿。他从农业社起当了十几年的会计，很少下田劳动，让他变成了一个城里人的模样。吴正宝是个典型的既得利益主义者。尽管吴三龙是书记，但是他不批条子了；另外，吴三龙是他的堂侄，他在吴三龙面前还有近房长辈的资格可摆，吴正宝虽然看重他，但是对他也很随便。刘大桃可不一样。如果按邻里辈分，别看他比大桃长，年龄也比刘大桃大十几岁，内心里他也看不起这个粗鲁的晚辈。然而这个他看不起的人，却拥有可以直接影响到他利益的实际权力。刘大桃这个大队长专管行政工作，最关键的是他拿笔批做账的条子，任何财务账上的票据都要经他过目审批。于是吴正宝还是委屈一下自己，对刘大桃一直都是十分恭维的。这时他在笑嘻嘻地去巴求这个他看不起的人。

刘大桃对吴正宝这个人很满意。他觉得自己一个资历浅的小青年能受到他的恭维，很有飘飘然的感觉，他一边大口地吃着鱼肉，一边说："嗯！不错！好吃！好吃！"

"这样吃得不少钱吧？"吴三龙问。

"现在市场上卖鱼肉的多了，价钱低，二斤羊肉八毛，鱼这样大才五毛钱，一斤酒一块三，总计不到三块钱！"吴正宝说得不以为然。

"民工都吃山芋，我们大鱼大肉地吃，这怎能行？河工什么不缺就缺筐头扁担，以后不准再这样吃了！留给生产队买筐头扁担吧！"

吴正宝说："你们不是怕没钱吗？我有个主意，现在生活好一些了，盖房的人就多起来，砖头瓦片好卖，要是办个土窑，烧砖头卖，就不愁没钱了！"

"好呀！那就办！"刘大桃和吴三龙几乎同时说。

办土窑的事说了一会儿便无话了。停了好大一会，吴三龙又说起扒河上的事："小李庄的人连懒汉王道全都来了，唯有郑明虎不来！"挖井抗旱那次吴三龙被郑明虎弄得很丢面子，一直耿耿于怀。他已盘算好，这次一定要给郑明虎个下马威。为了减轻自己的责任，体现出自己做法的正当性，他再设法将决定变成大队集体研究的。

"他今年多大？"刘大桃问。

"跟我同年，四十四岁！"吴正宝说。

"那他就应该来！"

"他是在比你那姑父呢！"吴三龙并不把吴正华说成是自己的叔，而是说成刘大桃的姑父。

"这个郑明虎，什么人都能比，也该比他吗？这人从没干过活，还能比他哩！"吴正宝认为刘大桃不好表态，就抢过来打圆场说。

"这事要处理不好，会影响别人的，要是别人都跟他学去做生意，这河还怎么扒？"吴三龙把问题往严重处提。

"你们要认为吴正华是我姑父就不好下手，那我就去把他们两家的货摊子都砸了，不来，就把他俩都绑来！"刘大桃认为这个时候绝不能含糊，对自己的姑姑家不能手软。

"嘿嘿！"吴正宝笑笑，"对你姑父哪能这样？我看这样，工地上每个生产队都要来三四十个人，吃的烧的，还有灯火油盐都要人办好弄来，让各个生产队专门安排一个管买菜运送粮草，街南队的这些后勤杂务就叫你姑父管，这事他能干得了。他来干这事了，郑明虎还有什么话说？"实际上吴正华和吴正宝也是堂兄弟关系，他说这话也有向刘大桃讨好的意思。

吴三龙见对这个问题的处理已有了眉目，就说："民工的出勤问题是刘大队长负责的，郑明虎就由大队长去找吧！不过也要注意一下，不要闹出麻烦来。这后勤杂务是会计管的，就由正宝叔出面安排吴正华。"

水利工地上各个生产队都办食堂，豆腐好卖，郑明虎昨天做了两包，没到小晌就卖光了，今天他加倍，做了四包。每包净赚五毛，四包就是两块，市场上够买十斤小麦的，扒河抬土一天十工分能值几个钱？他要利用扒河的机会大发一下财。

"豆腐多少钱一斤？"一个买主来问。

"一毛！"郑明虎刚摆出摊子。

"切半包给我！"

"你、你买这样多？"

"生产队里让我替河工上买的！"

郑明虎也不多问，马上给他切了半包。

"大家都去上河工了，你还在这卖豆腐，太不像话了！把他的豆腐抬到工地上去！"刘大桃大声喝道。刘大桃本身就行为粗鲁，对这样的事哪还去细想，开头就给郑明虎一个下马威。

正忙着过称的郑明虎抬头一看，刘大桃带着两个人凶神一样站在摊子前。没等他说话，已经动手收拾他的摊子。

"干什么？土匪啊！你们凭什么动我的摊子！"郑明虎一边说一边去阻挡。

"郑明虎，这是大队领导研究做出来的决定，谁不上河工在家做生意，就将他的东西没收掉！识趣点，不然我对你不客气！"

"你凭什么抬走我的豆腐？"郑明虎向刘大桃大声吼起来。

"你的豆腐？现在还是你的豆腐？"接着刘大桃又对来人下了命令，"把豆腐抬到工地食堂里去！"又对郑明虎说，"你马上去扒河！"

郑明虎毫不示弱，对刘大桃也抛出了那次叫他挖井时对付吴三龙的撒手锏："你还说这话啊！等你把你自家的人处理好再来找我！"

"你睁眼看看，该上河工的还有哪个没去？"刘大桃大声责问。

郑明虎这才想起今天来时就没听到吴正华叫卖五香粉的顺口溜声，看来吴正华已经到河工上了；并且还有自己以前攀比过的吴正诚，今年五十一岁，早已超过公社规定的上河工的年龄，郑明虎这才意识到刘大桃对他这样厉害是有备而来的。他明白，不能再硬顶了，再硬顶下去肯定对自己不利，好汉不吃眼前亏，以后自有出头日。他不再顶撞，狠狠地瞪着刘大桃，任由他将豆腐没收了，自己到河工上去。

吴正宝昨天晚上特地去了一趟吴正华家。他并不是按照他们三人的决定，直截了当地去通知吴正华停止卖五香粉，而是绕了个弯儿，说大队里领导不准郑明虎卖豆腐，逼迫他上河工，因为怕郑明虎咬住他，让大队里难办，叫他将生意停了，到工地上去替小李庄搞一下后勤运输，等风头过了再说。这样既不得罪自己的堂弟，也让他停了生意，为惩治郑明虎扫除了障碍。

1966年春节过后，郑集大队就在安河边的老闸北旁建了个烧砖瓦的土窑。大队这一级平时开支也不少，像办公用的灯油纸笔、桌椅床凳，干部外出开销、吃喝招待，这些都要钱，最大的费用还是七八个大队干部的报酬，加起来一年少说也要千把块。过去都是把这些叫作共同费用分摊到生产队，折算成粮斤让生产队交粮食，像小李庄这样收成好的生产队问题还不大，街北队这些收成差的就难交了。大队的领导们觉得有了土窑，用钱方便。生产队干部社员觉得建个土窑大队有了经济来源，不会再向生产队要粮，大家都觉得这土窑办得好。

搞土窑不是耕地种庄稼，出力干活就行，这里头要花钱请窑师，用工人要发工资，烧火要买煤炭，亏本盈利关系重大。大队领导们商量来商量去，几个大队干部里除去吴正宝会管理算账，别的还就找不到合适的人，于是吴正宝就成了土窑的主管领导。土窑虽土，但它毕竟是个钱袋子，账务公开明里算账是大家都要求办的事。吴正宝手拍胸脯保证，既然大家信得过他，让他管这个土窑，他就一定秉公办事管好这账，让大家放心。

要搞清楚这土窑的账，最关键的是要弄清一窑能烧出多少砖，弄清这个数，就可以让大家都能知道收入的大数。至于开支，那都是凭发票收据由大队长刘大桃签字才作数的，吴正宝一个人出不了鬼。为了搞清一窑能出多少砖，决定先烧三窑查一下，看看每窑有多少，让大家对收入有个底，便于监督。

请来的窑师四十多岁，大队在土窑边盖了三间屋，专门安排一个单间让他住。摔出的砖坯风干码好，天刚黑，他就吃过晚饭早早地去睡觉，养足精神准备明天装窑。装窑码坯可是个技术活，窑里的砖坯在什么位置码成什么走向，码在什么位置的砖坯之间的间隙有多大，都是有一定规矩的，它关系到窑火烧起来后火头的分布走向能不能均匀，砖头能不能都烧熟烧透；哪怕是有一块砖坯码不好，都会影响火路，造成一片砖头不是烧淋了（熔化变形），就是烧生了（没烧熟）。这种技术活，只有他能干，要不怎花四十五块钱一月的高价请他？码窑这活看起来很神秘，其实也简单，细心人只要在码窑时注意看几次也就会了。窑师为了防止他人偷学他的技术，就立了个规矩，码窑时窑里除去他，任何人不得进去，就是抬坯的人也要坯抬子这边放下那边立即拿扁担走人，不得在窑内停留。

刚躺下准备吹灯闭眼，吴正宝推门进来了。

"啊！您还没睡啊？"吴正宝虽是这里的主管领导，但是在这个比他还小的窑师面前还是显得十恭维的样子。

"啊！吴会计！你来有事吗？"窑师并没有多大的架子，连忙坐起来问。

"嗯！也没什么大事，就是看看你。怎样？吃住的条件行不行？"实际上按大队跟他定下的条件，大队除去给他四十五块钱一个月，给他一间屋睡觉，自己到那间公用厨房去自己做饭自己吃，其余大队什么都不管的。吴正宝这样问不是在找事干吗？

"还行！其实我这人也随便，只要有饭吃有地方睡就行！"窑师很客气地说。

吴正宝的确是在没事找事，还是很关心地说："你也别客气，有什么就讲，只要我们能帮助解决的，一定帮你解决！"

窑师不再客气了："啊！就是让我去公共厨房做饭有点不方便，要是有个单独的小厨房就好了！"

窑师讲的就是实话，摔坯的工人都是从各个生产队来的壮年人，中午在这吃一顿饭。他们吃的是大锅菜，少油无味。而他吃的不是鱼就是肉，油香扑鼻的一个人享受，的确有点不方便。

"这呀！好办！等砖头烧出来，就在这外面山墙上给您搭一个棚榭子！"吴正宝马上做个人情，跟窑师拉近一下感情。

谈话到此似乎就结束了，可是吴正宝并没有要走的意思，想说什么却又吞吞吐吐地不说。

窑师想早点睡，就问："还有别的事吗？"

"嗯！有，我……"

"我这人也是好朋好友之人，有什么你尽管说！"窑师催道。

"啊！我想问一下，这窑一次能装多少？"

"这个嘛，要看窑能盛多少了。"窑师似乎有点警觉。

"没什么，我没别的意思，就是想打听一下，好估算一下能赚多少钱的！"

"没什么准确数，能多一点，也能少一点。"窑师当然不忘本行的规矩，在卖关子。

"那，多能多少，少又能少多少？"

"嘿嘿！那要看怎么码，码密一点一窑能出一万二，码稀一点一窑也能叫它出一万。你要知道，烧的煤都是差不多的，多出一千块砖就是多卖十块钱！"

"啊！这里头的出入怪大吗？"

"嗯！这在子码窑的手了。我要是多出点力，就能多拿一千块坯码上去，要是想少出点力，就少拿一千块坯上去。"窑师说得很高傲，很想听到这个领导此时对他能说出巴结的话。

吴正宝却很出乎他的意料，向他靠近一下，嘴巴几乎贴到他的耳朵边上，很神秘地小声说："先烧这三窖，请你码稀一点！"

这个窑师走南闯北，也是个老练的过来之人，深知这样做里头隐藏的玄机，对眼前这个土窑的领导，想让先烧的三窖砖坯码稀少出砖少卖钱的行为不但并不感到惊讶，反而对他心中的猫腻估摸得一清二楚。他望着吴正宝眨巴了几下眼皮："那你每一窑得给我一条华新烟。"

"没问题！不就是一条烟吗？就是这三窖过后一定要再往密处码，码得好就是大前门也能给一条！"吴正宝很大方地说。

话到此双方也就都心知肚明，下面的情况也就不用再说了。

别看土窑地方不大，干起来事情却不少，取土捶坯、凉坯风干、拉坯装窑、洇水出砖、卖砖查数，这些都要领导安排人去干，去查质量查数量。土窑开工以后，吴正宝整天泡在土窑里忙，就把大队会计的活儿搁下了。思来想去，吴正宝觉得自己不能整天都在土窑里忙，这里得找个人来替自己打手脚才行，要是顾这头再把大队会计的职务给丢掉了，还不值得哩！找谁来呢？这里头有自己算计好的油水，要找个不是自己贴心靠背的人，还不把这些到手的油水给弄庈了！可是这个人也不是自己随便就能安排的，得经过大队领导研究，说白了就是经过吴三龙和刘大桃两人都同意才行。吴正宝也清楚，这油水不是一时半会儿的事，长着哩！要想既弄得长久又不出事，想来想去觉得让刘二桃来干最适合。

刘二桃这个大队贫协主任只在对郑明龙审查时兴起一阵子，审查一结束，他就没什么事了。他不属于大队在编干部，不拿任何补贴，还靠自己苦工分吃饭。

刘大桃的家两边又新增了不少住房，顺着公路西旁排出了半里多路长。刘大桃家盖了两间偏屋做厨房，还拉上了墙头院子。

"大队长在家没？"早晨太阳才露头，吴正宝很热情亲近的叫声便在院门外响了起来。

刘大桃才起床，正坐在正屋的当间大方桌边吸烟，五岁的儿子在一边玩，女人在方桌的另一边给才几个月的小丫头坐喂奶。大方桌是吴正宝前天特意在铁木厂订做好送来的，还散发着浓浓的桐油香味，连桌上摆放的茶壶、茶盘、茶杯都是跟这大桌一起送来的。

"啊！吴会计！来！屋里坐！"刘大桃又冲着女人大声嚷，"来人了，还不赶快出去！"

在女人面前，刘大桃很有男人威风，他和人谈话，是不准女人在旁听的。要是在过去，女人还会不服气地和他顶几句，现在男人成了郑集街二号人物，行政上的一把手，女人也就尊重他的威严来，她连忙抱起怀中的小女儿，带着儿子到外面去。大桃坐着没动，用手指了指对面桌边的凳子，示意吴正宝坐下。

吴正宝满脸堆着笑容，坐下来后又用手摸着油光水滑的桌面说："大队长，这桌子不错吧！我专门找王木匠打的，槐木料，一根钉子没用，全都扣榫扣起来的。看！多有排场！大队长家有这张桌子放着，贵客来了也会给你增脸面！"

"嗯！我问你，这桌子哪来的？"刘大桃冷着脸问。

"在铁木厂专门给你订打的，用的是土窑的钱！"吴正宝压低声音说。

"什么？你用土窑的钱？"

"你别怕，这也不过是几百块砖的钱！一窑烧万把砖，少报几百哪个知道？砖头这边出窑那边就让买主拉走了，别人想查都没法查！"

"三龙书记也有吗？"

"他家有这样的八仙桌，不需要的。"

"不行！你哪能用这种钱给我买桌？"刘大桃板起面孔说。

吴正宝心里有数：要是也给三龙送去一张，他是不会这样说的。那天把桌子抬来，他喜得合不拢嘴，连问都没问，就放进屋里了，现在真要把它再抬走，他保准不高兴。现在说这话还不是疤皮癞往脸上抹粉——虚张声势。但是，为了给他个能收下的理由，就说："好！那就这样，这桌子算是我的，是我买来送给你的！这行了吧？"

"真是你买的？"

"保证这样说！"

"你以后不会找我批发票报销？"

"看你说的，我买来送给你的怎还找你报销？"

刘大桃这才不再说话。别看他粗鲁，可他粗中有细，郑明龙就是因为贪污被整下去的，他能不防？那天吴正宝带人把桌子抬来，当时他只顾高兴，还没往这一层上想，后来才想到这层上，正想找吴正宝问一下桌子的来历。这时听他说这桌子是他用钱买来送给自己的，心里想，以后真要有事，你吴正宝这样说也是推脱责任的理由，也就不再担心这事了。

吴正宝向刘大桃这边欠起身子："我来，是有事要请示你。"

"啊！你说！"

"是这回事，土窑上事太多了，你看，这几个月，我都泡在那了，大队这边的账捞不到做，都堆在那，怎么办呢？"

"那你赶快回来做啊！"刘大桃没等吴正宝说完，就打断了他的话。

"我回来，土窑那边的事怎办？"

"啊！那怎办？"

"我想，请你考虑给我安排个帮手！"

"我哪有这权力？这事你得找三龙呀！"

"我是先和你通下气，先找个适当的人选的！"

"行！这样行！哪个能去呢？"

"让二桃去吧！"

刘大桃一直想给刘二桃拿大队干部补贴，无奈上面说贫协主任是贫下中农推选出来监督干部的，不能脱离群众，要和贫下中农一样参加劳动，不准搞特殊像干部一样拿补贴，一直没法照顾刘二桃。这时他觉得这正是给刘二桃找个拿补贴的机会，除此以外，还有个隐藏在内心里的想法。虽然吴正宝已经向他表明桌子是他用自己的钱买来的，但是他还是心知肚明，桌子的钱还是出在土窑瞒报的砖头上。他心存顾虑，怕以后被别人发现，要想彻底放下心来，当然是刘二桃去土窑给吴正宝当帮手最好。以后吴正宝再用土窑的钱给自己办事也能摸到底细，就说：“让他去，别人说呢？”

“那有什么？二桃本身就是社员选出来的贫协主任，又不是你封的！叫他去土窑上负责一下，也算是大队干部分的工，哪个能有什么理由提意见？”

刘大桃觉得这理由也能站得住，又说：“行是行，就是三龙书记能同意吗？”

提到吴三龙，吴正宝为难了，别看他一直拿他当晚辈待，可在工作上却无法左右他。他心里清楚，他这个侄儿又直又犟，不徇私情。让刘二桃到土窑去明显是件私心很重的事，刘大桃同意了，他不一定能同意。不过吴正宝不愧是个办这类事的行家里手，他很快就想了一个疏通的主意：“他呀！得要想点办法才行哩！三龙很听他老丈人的话，而孙有田又很喜欢二桃，让二桃去找孙有田，再让孙有田去跟三龙说，这样做就不会让三龙觉察出是我们俩在有意安排二桃。让他看不出里头有一点私心，事情会好办一些。”

这个主意刘大桃当然觉得不错，还催吴正宝马上去办。

孙有田并不是无故地对刘二桃好，办互助组农业社那时候，他一直想单干发家，地里庄稼没法运到家，刘二桃的大刘怀玉急需用钱治病，就将土改时分给他的旧大车低于市价卖给孙有因。在他嫌地少不够种时，刘怀玉又卖给他三亩地。现在刘怀玉死了，卖地卖大车给他的情分一直在他心里留存着，所以他一直对刘二桃有情分。趁着没吃早饭的空子，孙有田向三龙家走去，他已经好几年没到自己的亲家、吴正怀的老宅上看看了。如今在这个老宅上，吴大龙在后面，吴二龙在南面，都各自拉起了自己的院子，吴三龙的院子就是吴正怀留下的老院子。这个老院子里，虽然后面的三间矮房子已经变成了高房子，可是院子里的那棵枣树，枣树下的小水磨，特别是院子里散发出的那浓浓的酸醇味，还是那么熟悉，那么令他伤感。正怀哥！你离世七八年了！这世道变的，唉！你……

"我大！你怎还站在门口啊！快进来呀！"

水花清脆的叫声将站在院门口的孙有田从茫然中唤醒过来。

吴三龙午饭后正躺在床上休息，听说老丈人来了，连忙将他迎进屋里，请他在方桌边坐下。

水花知道父亲喂牛，平时没时间来，今天来了肯定有事。见女儿绕着外公要他抱，怕误了事，带上女儿到外面玩。

"二桃哩，他刚才找我，请我来跟你讲讲，他想到土窑上去。"在女婿面前，孙有田也不绕弯子，直截了当地说明了来意。

"他要去土窑？那里摔坯装窑，都是重活，他要去那？"是三龙问。

"他是大队贫协领导，也是个大队干部，你还能叫他去干那些苦力活？"

"你的意思是让他去当领导？嗯！这事么——行是行，可就是有正宝叔在那了，把他替换掉，不知他愿不愿意呢？让我跟他谈一下再说。"

吴正宝在担心吴三龙会对刘二桃去土窑有意见，出乎意料的是，这个吴三龙不但同意，竟还在担心吴正宝不同意。

"他呀！没事的！让二桃管土窑就是他出的主意。"

"啊！要是这样就好办！那我跟大桃说说，让二桃去！大！

你看二桃这人怎样？"

"怎么？你对他不放心？老实肯干，不鬼不滑，你尽管放心！"

"嗯！"吴三龙点点头，接着又望着老丈人，样子像还有话要说，可是欲言又止。

孙有田只关心刘二桃的事，别的一概不管，并不介意这个大女婿心中还有什么话。见他"嗯"了一声，便以为刘二桃的事已经说妥了，也不告辞，站起来就走。

第十九章

吴三龙真的有话想跟老丈人说

吴三龙真的有话想跟老丈人说。他很爽快地答应让刘二桃去土窑并不是随便说的，其中的原因已经深深地隐藏在他的内心很长时间了。

随着时日的流逝，吴三龙对朱美兰的愧疚也就渐渐地淡化下来，然而，每当见到刘二桃，愧疚的心情就会不由得泛起。这也不足为怪，吴三龙原本就是个讲义气重感情的人。

刘二桃和吴三龙都不知道朱美兰还活着，都以为她跳河死了。

刘二桃这个人既仁厚又固执，在对待美兰的情感上很难转弯子。别看美兰怀孕以后，二桃对她恨得厉害，当天听到美兰跳河身亡的消息以后，不吃不喝在家睡了三天；并且这几年他一直不再谈婚事，一些好心的人给他介绍几个他都没兴趣。出现这些看似反常的举动，大概就是他爱美兰爱得太深的缘故吧！

二桃的这一表现深深地刺痛了吴三龙，他很理解二桃的心情，二桃跟美兰青梅竹马，是多般配的一对！自己当初和水花相爱得也很深，那次水花仅仅是不理自己，自己就受不住了，二桃这是永远失去美兰呀！人非草木，孰能无情？要不是美兰怀上孩子，他俩早已成家立业在一起甜甜蜜蜜地过日子了，可是现在二桃还是孤身一人！这都是自己造的孽啊！他觉得自己太亏欠二桃了，这种亏欠引发的缺憾在深深地折磨着他，促使他一定要对二桃做点什么来补偿对他的亏欠，而最好的办法就是给二桃介绍一个令他满意的女人。

吴三龙思来想去，觉得开花是很适合的人选。无论身材和相貌，开花都很像水花，人也很活泼和善，在品貌上比美兰还要强。自己要是将开花介绍给二桃，让他俩成亲，这样就能对得起二桃了。

要想办成这事，老丈人是关键，今天老丈人来说二桃上土窑的事，他问二桃这人怎样就是在打探一下老丈人对二桃的态度。得知老丈人对二桃印象不错时，很想当时就把这事跟老丈人说一下，可是转念一想，二桃和开花两人还不知是什么态度呢！已经知道老丈人对二桃印象不错就行了，就将他这头暂时放一下，等把开花和二桃两人说好了再说。

送走了老丈人，吴三龙连忙把水花喊进来。

"开花今年十八了吧？"

"十八了！怎么？你问这干什么？"

"我想给她介绍个人！"

"啊？哪个？"

"二桃呢！你看怎样？"

"二桃？比开花大，行吗？"

"二桃今年二十一了，比开花大三岁，孙武就比菜花大三岁，不算大。你看，二桃现在是大队里贫协主任，人也忠厚老实、勤快能干，我看就不错！"

水花没说话，认真地想着。

吴三龙又说："还有，说实话，我当上书记工作压力也大，大桃是大队长，我的工作要他配合。我想把开花介绍给二桃，让我们两家联成亲戚，搞好关系，这样对工作有好处。"

水花说："就是不知道我大同不同意，他一直在打算把开花嫁给大宝的。"

"这我知道，他是想让大宝给他养老，我看在这上面大宝不比二桃强。并且大宝在上高中，将来要是考上大学出去工作，就是国家干部，开花不一定配得上哩！实际上对大宝也不用担心，我大供养他上学，就是开花不嫁给他，以后他就是到天边海外去干事，也会报答我大的！"

"说起来也是理，就是二桃一直不想谈对象，不知他愿不愿意？"

"这样吧！我俩分头去做工作，二桃这边我去说，开花你去说。要是他们两人都没什么的话，我们再做我大的工作。"

大队在刘大桃家的对面公路边盖了四间面向南的办公室，刘二桃正在这里找刘大桃说话。刘大桃在办公室里和刘二桃坐了一会儿就到公社开会，兄弟俩刚出办公室的门，就碰到吴三龙来了。

"吴书记！我弟弟要上土窑呢！你看能不能让他去？"刘大桃已从二桃的口中得知上土窑的事孙有田已经去找他说了，就直截了当地问吴三龙。

"这不是好事吗？土窑上正宝叔忙不了，二桃又没事干，就叫他去土窑帮他管管！"三龙回答得很干脆。

"那你同意了？"

"行！"吴三龙又对刘二桃说："你去找吴会计，叫他把你带到土窑去，把那里的情况跟你介绍介绍，你一定要好好干才行！"

刘大桃走了，刘二桃也要走，吴三龙说："二桃，你别忙走，我跟你说个事。"

两人到办公室里坐好。

"你今年二十一了吧？"

"嗯！"

"我知道你难以忘掉美兰，可她毕竟不在了。"说到这，吴三龙不由得暗自一阵心酸，声音低沉了许多，"唉！你还有几十年的日子要过，忘掉她吧！"沉默了片刻，他恢复了常态，"我给你介绍一个怎样？"

几年了，刘二桃对失去朱美兰的沉痛心情实际上也已经渐渐淡化，听到吴三龙的话，只是沉默。

"你看开花怎样？"吴三龙两眼紧盯着刘二桃，见他有点思绪萌动，又缓慢地说，"你母亲那么大年纪，还在忙家务，你就能忍心？你俩住得近，对她应该知根知底，人的模样儿是不差的，勤快能干，人品也像她大姐，没坏心眼儿。要是有了开花，她一定会善待你母亲的！"

刘二桃露出笑意，有点腼腆地说："就怕她不同意！"

听到他这样说，吴三龙舒了一口气，点着头说："行！只要你同意就行！她那我让她大姐去说。"

水花找到开花劝说了老大一会儿，开花看不出有什么表情，不说同意也不说不同意。水花以为她是害羞的，叮嘱她考虑考虑就走了。

孙有田对开花的终身大事早就打算好了，和孙武一样，大宝是他看中的小女婿。自从大宝到县城读书，每次放假或者星期天回家，他总会有意安排开花和大宝在一起，男女接触会生情嘛！

这是他在 1951 年招孙武做养老女婿时，从孙武和菜花两人身上总结出的成功经验，现在他又把这经验用到开花和大宝身上，打算等到两人的感情热乎了，话一点明就成。

今天是星期天，大宝昨晚回到家，孙有田打算今天上午带上大宝和开花去自留地锄大秫。他找大宝，大宝已经不知什么时候走了，再看开花，开花也忙不迭地说要到街上去有事。他只好十分失落地独自一人扛着锄头走了。

大宝正往张德宝家去找张大娟。县高中分甲乙两个班，他在甲班，张大娟在乙班。张大娟和一个叫王新阳的男生坐一桌子，这个王新阳是张德宝老战友王玉贵的儿子。他发现王新阳对大娟很亲热，不由得心生顾虑，自己在郑集读初中时，就是和大娟同坐一个桌子三年，大娟就如同自己心中的影子，如今不在一个班不坐在一起了，让这个和大娟家有着特殊关系的王新阳取代了自己，便滋生出失落感。在学校时碍于别人讲风凉话，不好过多地接触大娟，星期天来家了，想去找大娟说说话。

张德宝昨晚开会开到半夜，八点多了才起来，早饭吃得迟。

现在队里口粮分得多了，日子过得好。冯桂英给他做的小锅饭小儿子也有一份，不再争了，张德宝可以安稳地吃他的鸡蛋油饼。大娟二娟和她妈一样，都吃山芋干稀饭外加大秫饼。

张大娟一边吃饭一边说新学校里遇到的事："大！跟我坐一桌子的叫王新阳，他的父亲就是你的老战友王叔叔。"

张德宝说："啊？是他的儿子！这小子也上高中啦？还跟你坐一桌子！"

冯桂英也很惊喜地说："是新阳哪！他可跟你同年岁，比你大五个月。"

"这么巧哩！跟他坐一起！大娟，他老子跟我在一个战壕子弹窝里钻出来的！出生入死，生死弟兄！那是你的哥！"

冯桂英唠叨不休地说："这是好人家！前年我到县医院看病，

在他家住了两天，对我可好了。唉！人家好了，没下放，都吃大米白面。哪像我们，下放了，粗茶淡饭都吃不饱！原本都是一样的，现在就一个天上一个地下了。这还不算，人家是城镇户口，孩子大了能安排进厂当工人，我们农村户口有什么用？还不是在农村种地！"

"你说这干什么？"张德宝瞪了冯桂英一眼。

"你凶什么？按照上面规定的条件，我们这样就不该下放，好好的饭碗被你砸掉了，说说还不让吗？"

张德宝把吃了一半的鸡蛋油饼放下来，想了一会儿才放缓了口气说："已经这样了，还说有什么用？以后会好的！等旱涝保收农田都建好了，收到粮食了，会好起来的！"又对大娟二娟说："你哥哥云华考上大学了，将来出来就是干部，你们也要好好学，以后去考大学，只要学习好，能考上大学，就能有事干！"

吃过早饭，冯桂英让大娟到商店里买点盐。大娟从墙拐角的小门刚出去，大宝就到了。

"大婶，大娟在家吗？"大宝壮实的高个头儿，清秀的长方脸，身穿白洋布衬褂，蓝细纺见风抖西装裤，站在锅屋门前问。

冯桂英正在锅屋里洗涮碗筷，从声音里她已听出是大宝来了，头也不抬地说："吃过饭出去了，没在家！"

冯桂英虽然对大宝没有什么坏感，但是她不愿让大宝和大娟再有过多的交往。在郑集读初中时，就知道大宝和大娟同坐一张桌子，因为年纪小，她没怎么介意。上了高中以后，看到自己的大娟长成大姑娘了，觉得不能再让大宝去过多接触大娟。她有一个表妹在县高中当会计，特意找到她交代一下，要她跟有关老师说，不要将大宝和大娟编排在一个班里。今天见大宝来找大娟，就故意冷落他。

"啊！那，她到哪去了？"

"不知道！"

大宝见问不出头绪，只好走了。出了大院的院门，看到吴正诚家的门，心想自己没事，又没有好玩的地方可去，干脆去找明玉吧，就向他家走去。

吴正诚家东面的三间堂屋是吴明坤几口住的，西面临街的三间屋用大苇秆在北头夹出个单间，让吴正诚老两口住。两个通间里，南头靠西墙铺张床，明玉一个人住。床对面的窗户前放着还是吴正诚成亲时王秀珍陪嫁来的老式梳头桌，桌子上靠墙排着一长溜书，桌的两旁放着两条长凳。

屋里除去开花，大宝想找的张大娟也在，她俩一边一个坐在长凳上，明玉独自一人坐在里面的床上。

"大娟！你怎到这来啦？我还到你家找你呢！"大宝进门就冲着张大娟叫起来。

"怎么？我怎不能来？你跟开花不是也来了吗？"大娟似乎有点警觉，接着又问，"你到我家找我了？找我什么事？"

大娟四方脸，浓眉大眼，凸起的宽鼻梁，不大不小的嘴巴两边是两个深深的酒窝，一头乌发梳到脑后扎成两个韭菜把儿。

"嗯！也没什么事，就是没地方好去，找你说说话！"大宝一边说一边挨着大娟坐下来。

大娟嫌他挨得太近，瞥了他一眼，向一边让让。

"大宝，你饭碗一丢就走了，也不跟我大说一声，我大还叫你跟我一起到自留地帮他锄锄大秫哩！"

"不就那二分多地吗！哪要三个人？他要早跟我说，我一个人就行了。下午我一个人去！"

"我大一个人去锄啦！"

"你们班的班主任年纪不大吗？"大娟并不理会他俩的谈话，望着明玉问。

"他呀！去年才从徐州师范毕业，听说才比我大四岁。"没等明玉说话，大宝就抢着回答。

"我们两个班的数学都是他带的，明玉，你觉得他数学课上得怎样？"大娟并不理会大宝，点名问明玉。

尽管大娟是在点名问明玉，大宝还是抢着回答："不错！我原来以为他教不好的，几节课听过，觉得还可以。"

明玉见大娟仍望着自己，就说："他讲得透，好理解。"

明玉的个头比大宝稍矮一些，不像大宝那样壮实，显得有点单薄，长方脸上有宽宽的前额和一对乌亮的眼睛，倒能表露出他很聪明精干。

"你那班的班主任是老头子吗？"大宝对大娟说。

"嗯！"大娟低着头只是简单地应了一声。

"是个老古板，整天冷着脸，哪像我们的班主任，跟我有说有笑的！他不是我们班主任，我们都怕他，怎样？对你们管得严吧？"大宝并不在意大娟懒得理他。

"冷脸的人也不一定就厉害！"大娟又很简单地说。

明玉说："这个老师别看他很严肃，其实并不乱批评人，你要是不犯错，把学习搞好，他就对你好。他教的语文就不错，课文内容把握得准，还能引经据典，很有水平。"

开花一直插不上话，又不甘寂寞，趁着他们说话的空子，插上说："今年麦子长得好，大秋苗儿出得也不错，看样子今年收成是不错的。"

大娟说："那也不一定！去年麦子都丰收了，夏天一场大旱，又砸了！那些天我大忙得饭都顾不上吃，愁得夜里睡不着觉，现在看不错，你知道以后又会怎样？"

"不假啦！要是今年再发大水哩！又要毁了！"大宝接上附和道。

明玉说："听说不是建旱涝保收田了吗？"

"早咧！听我大说，要建好了，起码要十年时间！"大娟说。

这时，大宝变得沉重起来，他叹口气说："难哪！我大就是在这上死的。"

屋里沉默了。

停了一会儿，还是大宝先说："要是能考上大学，我就去学水利，将来把我们这里的地都建成涝能排、旱能灌的旱涝保收田。"

开花说："还等你学好了再回来建？那要等到什么时候！"

明玉也说："那也不假，就怕等到你大学毕业，这儿都建好了！"

"要不我就去学农业技术，那不会用不上吧？"

开花说："这还差不多！"

大娟说出了自己的打算："我呀！我去学医，将来回来当医生，地种好了，收到粮食了，日子过得好了，人还要生病的，将来回来当医生，给人治病！"

"明玉，你呢？你准备考什么？"大宝问明玉。

明玉说："我呀！我还没考虑好！"

大娟立即说："你呀！不要学我们这些，你成绩好，要考就考像样的学校，将来当个科学家，做大事情！"

明玉显得很谦虚："那也不容易！"

"你呀，没问题！语文数学，物理化学，没有一门差的，我就怕学语文！"大宝说。

三个人就这样热热火火地谈着学习上的事。

开花起了个话题，马上又被他们三人转了题，学习上的事她插不上话，只能默默地坐着听他们说。虽然这样，她并不觉得自己是个多余的人。她目不转睛地望着明玉，明玉那清秀的长方形面容，那闪着光点溢现着聪慧的一双眼睛，不由得令她春心萌动。

开花今年十八岁，对自己的终身大事并没有认真考虑过。水花先前找她谈刘二桃的事，使她意识到自己已经到了谈婚论嫁的时候了，才开始认真地想这个事。在她的心目中，明玉最优秀，便不由自主地想到明玉。明玉从小学到初中，她一直都很佩服，大姐走后，她便忙不迭地来到明玉家。

到明玉家才坐好，大娟就到了。

大娟说是出来买盐的，买盐就去买盐呗！来这干什么？这边怨大娟还没怨好，大宝又到了。唉！明玉上县城读高中，她与明玉见面的机会不多了，只说星期天能来跟明玉好好说说话，让他们两人来一搅和，还说什么呢？

快收麦了，小土窑停工让劳动力回生产队准备收麦，刘二桃要等到麦收大忙后土窑开工再去土窑。

这年人肯干，庄稼侍弄得好，过了小满，大秫棵子没了脚面，倒八字叶片儿墨绿油亮，精气神十足，像在和摇晃着沉甸甸的穗头儿炫耀产量的麦子展开比赛似的茁壮生长着。长势这样好的大秫麦收前一定要锄一遍，不然等到收麦结束就会长得没了大腿，到那时锄的话锄把儿会把秫叶括断，秫棵下的草芽儿长大了没法锄。

刘二桃将一大群锄地的人都甩在后面，一趟锄到头马上又开始锄下一趟。他有的是力气，干什么都不会比别人差。

小晌时该锄的地全部锄完，还有小半天时间，正好把全队的人集中起来搞评工记分。

以前的按件记工会激发社员产生只求数量不顾质量的自私自利思想，现在学习推广大寨的那种对数量和质量都顾到的自报公议的记工方法，让个人对自己所干的活进行自我评估，自觉报出自己该得的工分数，然后让大家根据被评人所干农活的数量和质量进行评价，用少数服从多数的表决方法决定被评人应得的工分数。为了防止有人报过了头，将每个劳动日的上限定为不超过十分工。

这种办法刚推广，评锄大秫的工分还是第一次。孙武没有多少话，简单开了个头便开始自报公议。

李玉成的私心并不重，行事作风也比较公正，要不是郑明虎和徐大柱一个劲勾引和那时没粮吃饿得难耐，他也不会去偷集体粮食的。他第一个报："锄了两天大秋，我都按时来了，质量上我自觉没问题。就是昨天下午我的锄把脱榫了，回家安锄把误了一趟地，我自愿扣一分，两天我要十九分。"

"大家看怎样？"孙武问。

停了一会儿见没人说话，孙武又说："说说呀！有什么就提出来！"

别人都不吱声，还是张兰芳嘴里留不住话："没人说就是都没意见，还问什么？下面都照这样办，各人自己报过以后，连问三次要是没人说话，那就是都同意了呗！现在我来报，不要看我是女人，抬土挖地重活干不过男人，可锄地不比男人差，每天我要十分！"

按照张兰芳的意见孙武连问三声没人说话，张兰芳自己要的十分标准被定下来。

"我也要十分！"大龙的那个小个子女人宋侠立即接着张兰芳的茬儿报了个数。

她的话刚落音，便有人在暗地里伸舌头眨眼皮，然后孙武问了三遍，也没有人提出反对。她锄的地宽，虽说也是跟大伙一样的都是三行，可她那锄头从没越过外边那行大秋棵儿，凡是跟她搭边的人准要多锄五寸地。但是大家心里都有数，这个女人惹不起，所以孙武又问了两次大伙都装哑巴不说话，于是宋侠也就拿了一天十分标准的工分。

宋侠这个头一开，下面再报的人都觉得自己不比宋侠差还能比她得少？评议时又都是没人说话，于是不论男女老壮都每天拿了十分的标准。

刘二桃今天见用学习大寨的办法评工，竟然连男女强弱干多干少都不分了，大家一个样都是十分，也太不公平了！坐在一边一直没作声。

"二桃！就剩你一个了，你赶快报啊！"孙武催道。

刘二桃直了腰，脸转向一边望着天空："我要十一分一天！"

"你报十一分？最高是十分，你哪能多报？"孙武很惊讶地说。

"我锄得比别人多！"刘二桃争辩道。

"不行！要是十分就都是十分！我那九分的一天也要改成十分！"李玉成突然大声地嚷起来。他记着审查时刘二桃的出面证明让他无法抵赖，只好承认偷盗粮食的仇，审查结束以后，就一直把刘二桃当作自己的对头。他本来就对评的工分有意见，憋住气没说出来，听到他一直很有意见的刘二桃一定要十一分，便再也忍不住了。

"你凭什么说都给十分？"刘二桃站起来，指着李玉成责问道。

"我就这样说又能怎样？"李玉成也指着刘二桃说。

孙武连忙劝道："都别争！有话慢慢说！别争！都别争！"

然而，孙武这种和稀泥的办法哪能劝好这两个积怨很深的人，两个人互不相让，越吵越凶。

"大叔，你听我说一句好不好？"开花是专管记工的，她见孙武控制不住局面，连忙出来拉场解围。她先是去劝李玉成。

李玉成见开花甜甜地叫了他一声"大叔"，不好不给她面子，就停住说话。

开花笑嘻嘻地对大家说："要说这李大叔，平时干活都不错，昨天下午回去安锄把儿就误那一点工也不算什么，那一分就不扣了。"

李玉成见开花这样说，觉得再跟刘二桃斗嘴就显得没根没由，不再理会他。

开花还在继续说："这种大寨评工我们都没办过，第一次，没经验！我看都推平头，都十分一天算了！以后学好了有办法了再说！"

什么？推平头都拿十分？刘二桃心中一阵不快，火往上冒。他本能地将眼瞥向开花，开花那娇美的瓜子脸，那双闪着光点儿的大眼睛，那打着红布蝴蝶结的在脑后晃动着的长辫子，那匀衬的中等个头，是那样娇艳，娇艳得令刘二桃不敢多看。虽然他仅仅对开花一瞥而过，他还是感到面部发热、呼吸急促、心跳加快，刚想发的火便不由自主地熄了下去。

二桃跟美兰恋爱了那么多年，也从未主动地对她干出诸如亲嘴拥抱这类动作。在他看来，这些都是会令人心跳、脸红的难为情的事情。吴三龙把开花介绍给他以后，原本因为美兰的变故而熄灭了的爱欲之火又在他的心中重新燃烧起来，在他的心底里，开花跟美兰一样美丽动人，也就是这种意识的产生，一下子改变了他对开花的一贯的行为表现。在这之前，因为和开花是挨着门的邻居，平时经常见面，说话都很随便。喜欢上了开花以后，他那耿直的性格，适应不了把开花由平常人转变为自己喜欢的女人的变化，见到开花不再像以往那样随和，而是变得畏首畏尾、紧张慌乱，生怕自己的言行举止不当，会让开花看不起。每当和开花碰面，都不敢正视她，都是低下头不说话，并且赶快走开。然而矛盾的是他又在时时刻刻惦念着开花，哪怕是半天看不到她的身影或者听不到她那甜甜的嗓音，心里都会觉得空落落的急得慌。

他将对开花的喜欢埋在自己的内心深处，从来不敢向她表白。

他越是觉得开花娇美动人越喜欢开花，这种表现就越厉害。

孙武宣布散会，众人陆续散去，刘二桃才抬起头去望开花。人们都走远了，他还坐在原地望开花的背影，觉得开花就是自己没有了美兰以后最中意的女人，觉得自己应该为开花做点能让她喜欢的事，哪怕为了让她喜欢自己就是吃苦受累也心甘情愿。他见开花那穿了多年的嫩绿色春秋衫颜色已经变得浅白了，便突然萌生一念，给她做件春秋衫吧，最好是红黄黑三色相间的粗条格、华达呢的。记得水花结婚时就穿这种布料的衣服，非常好看，要是给她做一件让她穿上，准比穿这件已经老旧褪色的衣服漂亮，开花肯定喜欢。为了自己喜欢的女人，花再多的钱他也心甘情愿。

午饭碗一丢，刘二桃就到供销社买布料。谁料想将那买好的布料送到开花手里却并不像他锄地那样轻快容易，竟比他挑两大筐土还要吃力费劲。

刚到家，他连自家的门都没进，兴冲冲地就直向孙有田家走去。过了自家屋拐角，忽然一怔，见到开花，总不能一句话不说就将衣料交给她吧！说什么呢？他为难了，觉得要把说的话想好了再去，于是又转身回到家坐下来想说什么话。

以前没有这事时见到开花都直接称呼开花，现在还能这样叫吗？叫开花妹好，这样听起来亲近。送布料得有理由呀，是自己喜欢她才送吗？可是在一个如花似玉的大姑娘面前，这一类令人肉麻的话实在难以启齿。那又以什么理由呢？他在这上着实为难了好大一阵，还是想不出好的理由。但是有一点他还是觉得心里有底的，这亲是吴三龙说的，并且从吴三龙的口中已经知道开花没什么意见。既然如此，那就干脆什么理由都不说，衣料一送，开花心中自然会有数的！见到开花就说点别的，要是孙武能在跟前就最好，跟开花没话可说，就跟孙武说，跟他说话倒不怕的。

主意拿定，刘二桃将衣料夹在腋下，又出了门。谁知快走到她家的墙角时，突然从孙家的院子里传来开花清脆悦耳的说话声，他心里立即怦怦乱跳慌得腿发飘，不由自主地又停住了脚步。

"二桃！你不要去！来家吧！"王秀平在院子里用簸箕簸粮食，见二桃从街上买回一块花布料直接向孙有田家去时，心里就估出他的心思。见他转回来坐一会儿又向外走，立即放下手中的活跟着出来，见他又向孙有田家去，就将他叫住。

刘二桃正在心神不定，听到母亲的叫声，像有了解脱似的又往回走。

"二儿！你的心事妈知道，你是想把这布料送给开花的吧？"回到自家的院子里，王秀平微笑着小声问。

二桃站在母亲面前，胳膊下夹着布料，低着头不说话。

"你做这事怎也不跟我说一声呢？三龙只是提下亲，人家还没允口，亲事还没定下来，你怎能送人东西？只能等人家同意了才能送，那叫过帖，要讲礼数的。"

"啊？这我哪知道！这，唉！这布已经买了，怎么办？"刘二桃后悔这事没和母亲商量，就擅自买了。他并不在乎那三块多布钱，而是心疼布票，公家发的布票每人八尺，和桃花加在一起，母子三人总共才二丈四，春节前给母亲做棉袄用去一丈四，还剩八尺。眼看夏天到了，自己两年前买的圆领衫破得实在不能穿了，原本想给自己买件圆领衫，再做条短裤的，要是给开花送布料，自己的衣服就做不成了。犹豫好大一会儿，最后还是咬咬牙才买的。现在送给开花又一时送不出去，反而把布票占用了，自己一夏天还要穿破衣服。

"布收着，以后会用上的。开花是个好闺女，妈也喜欢她，就不知道人家能不能看中我们。唉！心急吃不下热稀饭，慢慢来吧！还是找你三龙哥跟水花姐，请他们多费心说说！"

"我找了，怎好跟去追问！"刘二桃抓着头皮说。

"你大哥也认为开花不错，他和三龙能说得来，你要是不好追问，就叫你大哥跟他说吧！"

刘二桃就是这样的人，做事凭心情，不细想；不善言语，不喜欢和别人交流，很少知道事情背后还会存在的坎坎坷坷、是非曲直；除此以外，他还直得像一根禾木杠子，认准了的事很难再转过弯来。因为他的这种性格，再加上吴三龙为了顾面子把开花的真实意见瞒着他，促使他一直以为开花就是自己在美兰之后第二个最中意的，并且一定要娶到家的女人，他就这样固执地在单相思的胡同里一直往前走。

开花的性格像水花一样，精明能干、争强好胜。在她的心目中，二桃简直就是块榆木疙瘩，死气又莽撞，跟他在一起，绝对合不到一个槽子里，二桃怎么也不能在她心里引发出一丝情意。评工分二桃和李玉成争吵时，她劝好了李玉成，对二桃也觉得他干得比人多，本想给他一个面子提出给他十一分，可是话到嘴边又咽了下去，只是笼统地说了句都给十分了事。以前她都叫二桃哥，由于感情上不愿意接受二桃，现在很不情愿再叫他二桃哥，甚至连刘二桃都不愿叫。刚才幸亏王秀平将二桃叫回去，没将布料送到她家里，不然，开花肯定会给他冷脸，让他下不了台的。

麦子收清夏种结束，农业上没事干，大队从各生产队抽调壮劳力去土窑开工摔坯，刘二桃到土窑当起窑长来。

吴正宝领着刘二桃在土窑里到处转，对如何安排工人摔坯凉坯、装窑出砖，工人的坯子摔得合不合格，哪个摔了多少，砖坯进场后如何防晒放风阴干，哪天进窑装坯，哪天出窑抬砖，哪一窑装了多少坯出了多少砖，怎样凭着他开的提砖票给买砖人发砖等这些具体工作都一一做了交代，然后在坯场的一个僻静的地方坐下来。

"二桃！你来土窑怎样？比在生产队干活强吧？"

"不错！"

"你看！你这贫协主任连干部补贴都没有，哪个还拿你当回事？你别看你大哥是大队长，他并没想出这个主意。告诉你，叫你来这是我提的！我也是看你没事，找个事让你来，你可不要拿我当外人啊！"

刘二桃很感激地说："这我心里有数，你放心！"

吴正宝露出很神秘的神色："告诉你，你来这儿的报酬你大哥和三龙都没法定，是我想法给你十块钱一个月。因为上面有规定，贫协主任只能跟贫下中农同工同酬，给你的工资哪敢做在账上，只能从少报出窑的砖头卖的钱中出，一窑出一万二千块砖，你就报一万一千块。"

"这样行吗？"二桃觉得自己的工资是应该拿的，又担心地问。

"怎不行？你来土窑还能白干？以后就是有人说什么，就说是给你的工资，别人想找麻烦也没理由！并且那时都已经发到你手里了，哪个都不能叫你再退出来！就是你对这事一定要保密，千万不能让外人知道，就是对你大哥也不要说。"

二桃听了，当然认为吴正宝对自己负责任，不停地点头答应，对他也说了不少感激的话。

吴正宝又说："三龙对你也不错，你一提出要来土窑，他弯都没打，立马同意，你最好也要谢谢他才行！"

除去这事，还有给他提亲，不用吴正宝说，二桃本来就觉得三龙哥对他不错："我也在想，就是怎么办呢？"

"这样吧，这个月你每窑再瞒报二百块砖，三窑能弄六块钱，你拿去买两斤毛线给他。"

吴正宝说的每窑瞒报的一千块砖中有刘二桃十块钱工资其实是假话，刘二桃的工资做在账上明里开支了。这一千块砖的钱除去大队干部吃的，余下的全都是他和窑师私下分了，就是私下分的也是窑师少分他多落，对这，刘二桃并不知道。也就是吴正宝让他用瞒报砖头给三龙送礼给他带来启示，他同意了开花，接下来自然要考虑到结婚办喜事的事，买床做被子送彩礼哪样不要钱，他按照吴正宝的交代瞒报了三窑之后，见神不知鬼不觉的平安无事，觉得这倒是个弄到钱的好门道，于是他就这样继续瞒报了下去。

刘二桃的做法瞒不了吴正宝，吴正宝却假装着不知道，这里头的用意只有他自己知道，无非是让二桃身上也长出点毛，好不再挑他的刺。

刘二桃来送毛线，吴三龙以为这是他对自己亲近的表现，不收的话怕会冷了他的心，于是就收下了。其实就是刘二桃不送毛线，吴三龙都要把开花介绍给他，接了毛线，他不但积极主动，而且还觉得一定要把这事办好。从水花说的情况看，三龙觉得开花既没答应，也没反对，那就是在考虑，毕竟是终身大事，她能不慎重？既然这样，那就不能急着催，让她考虑一下再说，现在应该办的就是要把老丈人的工作做好。

孙有田家门前汪塘边，1961 年栽的几棵洋槐已经长到碗口粗。

"不行！"倚着洋槐树坐的孙有田甩出一句话。

吴三龙蹲在一边委婉地说了好大一会儿，却得到老丈人简单而又干脆的回答。

"大！二桃跟孙武一样老实能干，将来会很好地侍候你的！"

孙有田依着树坐着，吸了一口烟，头也不抬地说："不行！"

"大！大宝是不错！可是你想想，大宝没有家，你让开花跟大宝，那也只有跟你一起住，和孙武就是两个都跟你吃住在一起，这好吗？舌头跟牙有时还会咬在一起哩！时间长了能不起矛盾？二桃吧，有家有屋，还住得这样近，照顾你方便！"

哪知道吴三龙这些话更加激发了孙有田："李玉山去世那天，我对躺在地上的死人做过保证！哪能给死人说空话？李玉山死了家没了，我这就是他儿子的家！要给他儿子成家立业！"

接下来，任凭吴三龙再怎么说，孙有田就是不说话。他知道，他这个老丈人认准了的路子，就是套上三头大水牛也拉不回头。但是他又不死心，亲口允了二桃，并且又收了二桃的礼，怎好不想法把这事办成呢？吴三龙真的到了进退两难的地步。他想把希望放在开花身上，自己当初和水花他是那样反对，就因为水花同意，我们还不是成了吗？可是开花那态度又使他捉摸不定，越摸不定越不能急催，万一催到死门子上就更难办了。最后只好把希望放在大宝身上，大宝要是不同意开花，不要说是老丈人了，即使是开花本人同意也没用。

县城每天下午都有一班客车开往淮阴，两点左右在郑集车站停，大宝每个月月底的星期六都要从学校回家拿生活费和必需的日用品。这个月月底的星期六又到了，大宝下了车，和早已迎候他的吴三龙并肩在路旁的一个僻静的地方坐下来。

"大宝，学校里学得怎样？"

"还可以！"

三龙听了，知道大宝对学习上的事很器重，心里一阵宽慰。和大宝继续在学习上的事说了一会儿以后，他便转了话题："你觉得我对你怎样？"

大宝望着吴三龙："你对我一直不错啊！"

"对！你是知道的，我一直把你当成自己的亲弟弟待！我不希望你学业无成，再回到农村来种一辈子地，这样碌碌无为地还有什么出息？希望你一定要有远大理想，好好学习，考上大学，只有这样才能有好的前途。"

"这我知道，我是不会让你失望的。"

"这就好！"接着，三龙吞吞吐吐地犹豫片刻才说，"有个事我要提醒你！"

大宝望着三龙。

"嗯！说实在的，我岳父一直把你当作他的亲生儿子待，很疼爱你，就是他这个人小农经济封建思想太重，唉！其实他也是为你好的！"说到这，吴三龙和一直望着他的大宝的目光对接一下，又很认真地说，"我告诉你，他在打算你的亲事。"

"啊？我还是学生，在上学，他怎能这样？"

"你也不要急，他只是有这想法，我事先告诉你，是让你有思想准备，他是想把开花说给你。"

"什么？不可能！我跟开花一个锅里吃饭，是一家人！她比我小三个月，我一直把她当成我的亲妹妹！怎么可能！"大宝沉不住气了，急得站起来原地踱着步。

"不要急！不要急！"吴三龙的心这下彻底放宽下来，他拉着大宝说，"坐下来！坐下来！我就是看你俩不合适，才来给你出主意，让你有思想准备的！"

大宝又坐下来。

"这样是不行，你还在上学，早早地说媳妇定亲影响自己学习不说，要是让你那些同学知道了，还会笑话你的。这样吧，你把我说给你的情况都装在心里，装着没有这回事，要是他老人家真的跟你说这事，你就毫无余地地拒绝掉就行了。"

晚上回到家中，吴三龙十分高兴地对水花说："我大还要把开花说给大宝呢！大宝我问了，他坚决不同意！"

"是吗？"水花正在锅屋擀面条，那面皮儿四圈裂开许多口子，并且面皮儿擀得越大，口子裂得也就越大。她放下擀面杖，一边捏口子一边说："没用！这事看来没指望。我今天也找开花她谈了，她看不中二桃也没用呀！"

"啊？开花不同意？"

吴三龙原本火热的心立刻又冷了下来。他犯难了，自己对二桃说得那样好，开花这态度，叫他怎么跟二桃说呢？

第二十章

美兰有消息了

能给郑明虎带来好生活的保管员职务是被吴三龙那伙人整掉的，他对吴三龙的怨恨本来就深，去年冬天因为卖豆腐没去扒河受了这样大的罪。他知道刘大桃是个粗人，不会主动去干整人的事，认为都是吴三龙在背后指使刘大桃办的，一直在想办法报复吴三龙。他早就想找郑明龙好好策划一下，要是放在过去，晚上到他家去找他就行了，可是李小妮那脸色那态度他不敢去。自从郑明龙下台以后，李小妮的特殊身份也就结束了，每天要像社员一样去干活，她心里十分不痛快；这还不是主要的，主要的是郑明龙乱搞女人的事被审查搞得明明白白，她实在难以容忍，平时都会对郑明龙骂骂咧咧的，要是到她家里讲那些相关的话又行吗？

机会终于来了，这天中午豆腐卖完刚要往回走，忽然看到郑明龙从南面走过来，他将郑明龙拽到一边。

郑明龙看出他今天一定有什么重要的话跟他讲。现在在郑明虎的面前他的身价是翻了个底朝天，当大队书记时是郑明虎顺从他，什么都听他的。现在官不当了，就是平民百姓，郑明虎在他的面前就毫不客气地摆出了老大的身份，他只能顺从地在郑明虎面前低着头站下来，还主动递给他一支丰收烟。以前他抽的大多是华新牌的，现在就连这最低等的劣质烟都抽不起。

"我问你，美兰那肚子到底是不是你弄出来的？"没上正题之前，郑明虎要先数落他。

"不说假话，真的不是我！"

"早要知道不是你的，我那时也不去催美兰去嫁人了！"

"这种人家，我哪敢去沾？"

"那几个女人你就敢？别的人粮食退赔了都能照干，你要不是那几个女人能下台？害得我们现在都跟你倒霉！"

"美兰已经死了，还说这事干什么？"

郑明虎看一下四周，又扯着郑明龙蹲下来，很神秘地小声说："美兰没死！"

"你怎知道她没死？"

"她那天站在桥上准备往下跳，被我拽住了。那时我以为她那肚子是你弄上的，为了开脱你，我将她带到张大喜家，想叫张大喜把这事揽下的。"

"你真的当成是我的事，净瞎啰嗦！"郑明龙以为该说的话已经说完了，想站起来走。

郑明虎拉住郑明龙："你忙什么？再谈一会儿！"

郑明龙又蹲下来。

郑明虎很有思虑地说："我看朱家这事就值得推敲，有一点可以肯定，朱家是不会平白无故地让人将他的闺女搞出肚子来。"

郑明龙认真地想了想说："整我时我就怀疑过这个人是三龙，他那时为了不给朱立方戴坏分子帽子，说朱立东暗中给孙有田提供机会放走了李玉山，当时我向赵社长汇报，给了他一个党内警告处分。三龙这样帮朱立方说话，就可以让朱立方将自己闺女送给他。"

"那时你为什么不讲？为你那些烂事，费了我多少心！"

"我那时被隔离起来了，不了解外面的情况，哪知道美兰怀孕的事？要知道我肯定揭发！"

"嗯！要照你说的这情况，给美兰搞上肚子的肯定是三龙，就是能有什么办法把这情况搞出来呢？"

"还要想什么办法？你不是救了美兰的命吗？她能不感激你？你去找她问问，她能不告诉你？"

"美兰嫌张大喜是傻子，不愿给他做女人，在他家没几天就跑了，现在不知在什么地方呢！"

"那你就去问朱立方，你救了她闺女，他能不说？"

"这个老狐狸！专案组找他，他都不讲，能告诉我？我问了，他不告诉我！"

"一定要想办法找到美兰，只要找到她就好办。"

郑明龙被安排到公社林业站做看管员，他管理的范围在土窑一带的安河南堤上。看好树木防止被人偷，不像割麦锄地那些农活干多干少能看得出来，这活儿一天到晚腿不住地跑，跟三天五天查看一次分不出有什么区别，是个自在差事。闲着无事，他最爱到小土窑那边去溜达。除去这里有人说话聊天不寂寞，最主要的是他最在意那一块块土坯子能变成一块块砖，一块块砖又变成一张张钞票。也是个过来之人了嘛，对利益盘算上的事他还是心有灵犀的。现在他看出了门道，让刘二桃来管土窑就大有名堂，出窑的砖头由他计数，他说这窑出多少砖就是多少砖，吴正宝就按他报的数做收入账，他要是瞒报一点也没人知道。他很想弄清这里头的实情，想来想去只有那个请来的窑师能说得清，可是掏问了几次就是掏问不出来。

近来常听到请来的窑师发牢骚说怪话，郑明龙觉得是个机会，今天下午见吴正宝没来，刘二桃也不在，就悄悄地溜进了窑洞口。外面凉飕飕的，窑洞里却热浪烤人。窑师正忙着指教他带来的徒弟往窑肚里垕煤炭，煤粉块儿均匀地散到窑膛里后立刻燃起熊熊的火焰。

郑明龙经常来，和窑师已混得很熟，他递给窑师一支烟："歇会儿吧！"

平时郑明龙都是抽那丰收之类的劣质烟，给他他也不要，今天特地买了包华新烟。

窑师朝他手上的烟瞅一眼，见是华新牌的，才伸手接下。

"这窑幸亏有你，要不是你，哪能烧起来！"

窑师嘿嘿地笑了两声，露出一副很高傲的神态。

"这土窑给我们大队带来的好处太大了。以前别说拿钱给生产队买筐头扁担了，连干部的报酬都要生产队出。你可是我们大队的功臣哪，全大队的社员都感谢你，夸你好哩！"窑师和刘二桃正闹矛盾，闹矛盾就意味着对他有意见，郑明龙以为进行这种反向诱导，窑师会把他对刘二桃的不满说出来。

窑师真的中了他的套子："这地方要都像你这样抬举我就好了！"

"怎么？有人欺负你？"郑明龙连忙接着问。

"拿我不当回事，想瞒我呢！我是什么人？不是吹的！哪窑能出多少砖，能瞒我？找来个毛头孩子想糊弄我，在跟我要小心眼儿，我还不干了！此处不留爷，自有留爷处！到哪还能找不到一碗饭吃！"

"什么？二桃还能少报？不知深浅的东西！他少报多少？"郑明龙急于从窑师嘴里听到他十分渴望听到的情况，就趁着窑师的话意深挖一下，不失时机地发出了一连串的疑问。出乎意料的是他这急切的表现却引起窑师的注意，他望了一眼郑明龙，搪塞着说："不说了！越说越生气，说他干什么？啊！窑里的火瓤劲了，这徒弟还不行，得指点指点，没工夫和你闲扯了！"说完，拿起煤铲向窑膛里加起煤来。

这个窑师心中的牢骚也是不能见人的隐私，刚开始时他和吴正宝私下约定，每窑出的砖扣留一千块，每块砖能卖一分钱，一千块砖就是十块钱，一个月烧三窑就是三十块，吴正宝每月都要给窑师十块钱。可是从今年起他就发现刘二桃少报的数不止这样多，哪一窑都超过不少。一次不多，十次八次加起来可就多了。窑师当然也想从中分到一份，来的徒弟一个月要给五块钱，他舍不得从自己的工资里开，想再多要点，给帮手的钱就不用从自己的钱里出了。他断定刘二桃是受吴正宝指使的，吴正宝和刘二桃把这完全当作自己的私人小伙了，只想两人独吞，不想让他占到便宜，于是他便发起牢骚来。但是面对郑明龙的打听，窑师并不想把事情说得太具体，说得太具体会变成大问题，变成大问题就会把和吴正宝私定好的那一千块砖的事扯出来，在那事上一年可以捞百把块外快哩！他只像这样不接实际地点示一下，让人抓不到把柄，同时也可以借郑明龙的嘴，把这事闹点风声出来敲打一下吴正宝，让吴正宝觉察出他对他另外少报的问题很不满意，对他做出让步，能达到自己的目的就行了。

郑明龙虽然没有打听出他想知道的真实情况，却知道这土窑里确实存在着私弊，并且还可以断定这私弊和吴三龙有关。掌握到这情况也就够了，至于具体情况以后再慢慢想办法搞。

"你怎跑这来？我一直找到河堆那头，两条腿都跑疼了！"

郑明龙出了土窑刚上河堆，就见郑明虎从河堆南头急匆匆地向他走来。

"什么事这样急？"

"到屋里说！"郑明虎一头钻进河堆上的小屋里。

小屋是林业站盖的给郑明龙临时休息用的，离土窑十丈多远，一丈见方，里面铺着个麦草地铺。

"看你这样子像有要事。"

郑明虎神秘地一笑："我今天就是来告诉你，美兰有消息了！"

"啊？你找到她啦？她在哪？"郑明龙立即来了精神。

"湖里的渔船上！前天街上有人去赶赵集，路过一条河时，说看到她带着一个小孩在一条渔船上。"

"什么？有人看到的？还带着个小孩！你去找啊！找到她好

好问，老子儿子九分像，再仔细看看那孩子是不是三龙的。"

"要你叫吗？我这不才回来！"

"找到没？"

"那么好找吗？看情况她是落在湖上的渔民家了，这种人家居无定所，四处漂泊，到哪去找？等我到那地方一看，连个船影子都没有。"

郑明龙十分热切的心立刻冷下来，沉思片刻又说："不能泄劲！还要找！"

"不用你说！看样子她就落脚在赵集一带，我大姐家就住在赵集，她要是落在渔民家，打出来的鱼，肯定会到赵集去卖的。我大姐见过美兰，我叫她注意的。"

"嗯！这就行了！"接着，郑明龙又很有兴趣地说，"我又发现他们一个新情况，他们在这土窑里有问题。你看，二桃是大桃的弟弟，二桃和三龙的关系十分密切，吴正宝又是三龙的叔父，这四个人一个领导一个报数一个批条一个做账，里头的私弊大着哩！照这个样子土窑不就是他们四个人的吗？"

"嗯！早都该注意了！哪有猫不吃腥的？他们办这土窑干什么？还不是为了弄钱方便！问题被你查出来啦？"

"哪有那样快？只是看出有苗头，窑师近来对他们有意见，尽发牢骚，我找他了，具体情况还没掏问出来。"

"那有什么用？要弄清里头情况才行！窑师要是就不说怎办？你就不能想想别的办法？"

"能有什么好办法？账在他们手里，我还能去把账弄出来查？我想来想去，只有还是到公社去检举，让公社派人来查他们的账。那些烧出来的砖也是工人抬出来的，工人是按照抬出来的数字领工钱，查一下帐，看看工人总共抬出多少砖，入到收入账上卖出的砖是多少，就能查出里头的问题。"

"那就赶快去举报呀！"

"我是被他们从大队领导整下来的，我要去公社举报，领导会怀疑我想报复他们，还是你去举报好。"

"行！就是我一个人太孤单了。"

"你去找玉成舅，让他跟你去！"

两人一时无语。停了一会儿，郑明虎突然抬起头："你这里洋槐树给我几棵吧！"

郑明虎做了年把豆腐生意，腰包鼓了，吃穿都不愁，就是房子不够住。1956年入高级社时杀牛卖肉盖的三间堂屋里有两个偏间，一个偏间给大儿子三口子住，另一个偏间让两个没出门的闺女住，剩下的两小间偏房老两口带着两个半大的儿子现在就没法住了；何况这两个儿子眼看着就要长大带媳妇，不盖屋行吗？现在什么都准备好了，就缺桁条。他盘算好了，这事得要找郑明龙解决，别说是自家的弟兄了，就凭这特殊关系他也要给面子的！现在来找郑明龙除去朱美兰的事，还有这事。

"你要几棵树？这哪行？"

"怎不行？人家能弄去盖屋，我这个自家人为什么不行？从南到北三四里长上万棵树，少了十棵八棵算什么？不要太死心眼了！公社的树不弄白不弄！"郑明虎很失望，不高兴地说。

"这树经常少，连公社徐助理都批评我了，再少就扣我工资了。给领导查出来怎办？"郑明龙嘴上这样说，其实心里清楚得很，他找到了捞取外快的门道，已经偷偷地卖起树来。过去在任时吃喝穿都不用愁，如今断了来源，连买包烟的钱都没有，不想法偷卖点树哪来钱？让郑明虎砍去就是白送，还让他承担责任让领导批评，即便是自己的兄弟他从内心里也很不愿意，就找个借口拒绝。

"不能叫他查不出来吗？那些偷树的人都把根茬子留多高的露在上面，领导离多远就看到了。我把树根刨一下再砍，让根茬子留在地皮下，再用土盖起来，领导看不见不就行了吗？"

"那你也要注意点，千万不能让人看见！"郑明虎的指点一下子又让郑明龙找到了既能偷卖树又能不被发现的好办法。怕树少了被领导发现挨批评的顾虑消除以后，对郑明虎的情面便占了上风，于是他就放心地将这个人情做了。

第二十一章

树根茬子棵棵能对上

李玉成家的南边挨门住的是刘二桃，北面挨门住的是孙有田，这两家都是郑明虎必须提防的人。吃过晚饭又停了一会儿，他才趁着黑暗悄悄地溜进李玉成家。李玉成三个孩子，两个大闺女都已出门，小儿子十五岁，住在北面两间锅屋的一头，李玉成和老婆住在老屋里。除去挂在门旁的有线喇叭里唱着的《公社是棵常青藤》，老屋里听不到还有什么动静。李玉成斜躺在床上眯着双眼听歌子。农村人晚上没有什么好玩的去处，唯一的乐趣就是听这广播喇叭。女人坐在床前就着放在山墙的墙洞里那盏昏暗的小煤油灯的灯光补衣服。

"玉成在家吗？"郑明虎站在门空里小声问。

"明虎啊！快来屋里坐！"

李玉成将郑明虎迎进屋，两个人在桌边坐好，寒暄了几句闲话，接下来郑明虎便望着李玉成，一副欲言又止的样子。

"你有事？有什么你就说！"李玉成催道。

郑明虎向李玉成的老婆瞥了一眼，又向李玉成笑笑，做出一副难以开口的神态。

"啊！你要单独跟我说，那你跟我来！"

李玉成领着郑明虎进了锅屋。

郑明虎说出了来意，李玉成很认真地想一下说："你说三龙会跟他们一起贪污砖款？不可能！三龙这人我还不知道吗？办合作社那会儿，吴正宝一心想跟我们合伙偷分社里的粮食，三龙怎么都不准，他现在能做这事？"

郑明虎对李玉成这样吹捧吴三龙很不满意，因为要请他和自己一起去告状，只能将想说的话暂时忍住不说，而是婉转地说："现在我也是估计的，我是想，我们都是被他们整下来的，你就能甘心？就能让他们安安稳稳地干？依我看土窑里有问题是肯定的，不管三龙干没干，我们都一股脑儿检举上，让上面来查，叫他们难受难受！"

"你要是连三龙也告上，我不去！"

"那，你还能因为跟三龙关系好，把这事就算了吗？"

李玉成立即说："还能算了呢，二桃不是东西！现在他自己也干这种事！要告就告二桃！"

"就是不告三龙。那还有大桃跟吴正宝呢？"

"要告我就告二桃，大桃跟吴正宝又没得罪过我，我又何必去招惹人家！"

郑明虎先是很失望，眼珠望着李玉成眨巴了一会儿，又有了主意：土窑里的问题不会是刘二桃一个人的，告了刘二桃，上面来人一查，肯定会拽出几个，吴三龙还能脱了干系？你李玉成怕得罪吴三龙也没用，到时还会把吴三龙查出来！于是他就依了李玉成。

这天公社领导就赵永华在办公室。李玉成和郑明虎来揭发刘二桃贪污土窑砖款，赵永华很重视。他首先想到的是刘大桃，郑明龙撤职后，吴三龙成了郑集大队书记，大队长的位子空出。按大队领导顺序排，刘大桃是民兵营长，应该让大桃干。可是张德宝说刘大桃行事太粗，干民兵营长带人训练行，当大队长管行政事务不行。依照他的意见是从生产队长中选一个人干。

赵永华一直认为吴三龙会和他对立，于是极力举荐刘大桃。他认为这个人性格直爽，心里没有弯子，情亏理直、是好是坏、喜怒哀乐都会立即在脸上表现出来；并且这种人除去听话好使唤，最大的优点是有愚忠精神，一旦拢住他的心，他就会死心塌地地跟着你，叫他上刀山下火海他都去，用他来和三龙搭档，觉得可以通过他掌握吴三龙的意向。赵永华坚持让刘大桃干大队长。在赵永华的坚持下，张德宝只好同意。

赵永华想：刘二桃在土窑上有经济问题，刘大桃能没有责任？自己极力推荐的人，要是因为用他的弟弟出了问题，我赵永华的面子也不好看。他并不像张德宝那样直来直去地公事公办，派人去调查情况，然后研究处理，而是先把刘大桃找来谈谈了解一下情况再说。

刘大桃到赵永华的办公室时，办公室里还有人。赵永华简单地把别人打发走，只留下刘大桃，然后一脸严肃地问："你弟弟不是大队贫协主任吗？怎么能叫他到土窑去管钱的事？"

刘大桃觉察出气氛不对，忐忑不安地望着赵永华："那里坯子质量没人管，工作没人安排，才叫他去管一下的。"

"你不要遮盖了，那出窑的砖数不是他报的吗？现在有人揭发他少报出窑的砖头，把瞒下来的砖头私下卖掉将钱贪了！这情况你知不知道？"

刘大桃心里一阵慌乱，脸憋得发红，一时无言以对。

赵永华这时并没有把刘大桃在这事上有没有问题当作问题来考虑，他是按照郑明虎和李玉成来检举的情况，只把少报砖头当作是刘二桃一个人的问题来处理。他的指导思想是最好不要将刘大桃牵扯进来，要用旁敲侧击的方法给他吹个风，让他这个心爱的下属心领神会，去把他自己可能露马脚的漏洞堵上，尽量把他的责任减小一些。他瞅着刘大桃问："什么人不能用非要你弟弟去？还怪人提意见吗？现在重点是你弟弟到底是不是有问题？你要照实说的！"

其实刘大桃的慌乱正是出于担心自己的事情，吴正宝送给他的东西花的钱，还有平时吃喝开支的钱是从哪来的，他心里能没数？说到土窑少报砖头，并且是能管到他的领导在问他，他能不发慌？不过接下来赵永华的这番话，又使他慌乱的心渐渐地平静下来。刘大桃头脑再单纯，也知道关键时候要保自己。他抓着头发，要保住自己的本能意识马上提醒了他，反正现在赵社长又没说自己用了砖头的钱，自己也不至于到了一定要把实际情况都说出来的地步，这事要等回去跟吴正宝商量一下再说。他一边抓着头发，一边十分诚恳认真地说："嗯！我是做得不对！他少报砖头的事，我真的不知道，我回去一定好好查！"

赵永华对刘大桃的表态很不满意："你好好查？还等你好好查吗？现在问题的关键是你弟弟能不能在那土窑里干，你们是亲兄弟，你说他不管钱，哪个信？你知道吗？烧出来的砖头就是钱！县里当初成立贫协组织时，就明确过贫协组织的领导和成员一律不准脱产，必须和贫下中农同工同酬，不能掌管集体的经济活动，你们让他去干这事能行吗？"

"啊！是不能让我弟弟去土窑，不行！不行！我马上就把二桃从土窑调出来！"

赵永华听到刘大桃这样说，略想一下，觉得自己的目的基本达到，就说："那是你们的事，不管你们怎么办，我都要派人去查的。"

刘大桃将吴正宝找到大队办公室，把赵永华找他的情况说完以后，就十分紧张地说："毁了！露馅了！"马上又认真地说，

"你送给我的桌子衣料都是你自己的钱噢！我可没让你用卖砖的钱！"

吴正宝先是紧张地一根接一根地抽着玫瑰烟，渐渐地就变得轻松下来，特别是听到赵永华最后的那段话后，脸上竟露出笑意。他不紧不慢地说："你慌什么？一点沉不住气！你还看不出来吗？赵社长要想真的处理这事，还会找你这样说吗？那是给你透个风，让你早做准备把事消掉！"

经过吴正宝这样一指点，刘大桃才真的领会了赵永华找他谈话的真实精神，变得轻松一点地说："你说他是给我透风？啊！对！那就让二桃把少报砖头的事顶下来，叫他把钱退出去，这样由他一个人承担，我们就没问题了！就是二桃该承认多少呢？承认了就要退赔，多了他也拿不起呀！"

吴正宝笑笑："现在没到那一步，赵社长的话你怎还没过窍？他不是说贫协干部不能干经济工作吗？我们现在就把二桃调出土窑，对外就说我们已经将二桃处理了，对上面我们有个交代，那些告状的人也堵了他们的嘴，这样就行了！"

"这事要吴书记决定呀！"

"这不好办吗？你对三龙就说因为你弟弟是贫协主任，不能去管土窑的砖头账，是赵社长找你批评了，现在一定要把二桃从土窑调出来！"

"这样就怕还不行！赵社长说要派人来查的，那些少报的砖头要是查出来怎办？"实际上刘大桃并不知道吴正宝和窑师私下里的事，他怕的是吴正宝用砖款买大桌和平时几个人到饭店吃饭的事。

吴正宝显得胸有成竹："这个你不要怕，那些少报的砖头都不在账上，买砖头的人多得没法数，哪个给钱入账哪个给钱没入账到哪去查？干活的工人领的工钱一个月发一次，摔坯、凉风、拉坯、出砖这些活都是掺在一起，没分明细，根本查不出每窑出砖的实际数字，就是上面来查也没法查！不要怕！"

吴正宝从初级社就当会计，也是手丫里长毛——老手了，账面上的事还能摆不平？赵永华派人去调查，调查的结果是查不头绪，赵永华也就认可了这样的调查结果；加上刘二桃已被大队停止了窑长的职务，回小李庄劳动，已经做了处理，就决定这个问题不再追究了。

郑明虎心中的目标是要扳倒吴三龙，对这事并不死心，他找到李玉成，要求和他一起再到公社去找。李玉成见公社调查后撤掉刘二桃窑长职务，让他回到生产队劳动，觉得目的也已达到，就不想再啰嗦了。

郑明虎到河堤树林里去找郑明龙，走上街道时正好碰到他，就心急火燎地说："明龙！这事决不能就这样算了！你看怎么办？"

郑明龙不紧不慢地递给他一支丰收烟："明虎哥，公社这样定了，我们还能有什么办法？"

"什么？你也像李玉成那样做个软骨头？"

"这事怪你！哪个叫你来砍那样多树去家的？"

"我弄树与他们瞒报砖头有什么关系？"郑明虎奇怪地问。

"你不要说了！吴正宝来找我了，说我们再要告发砖头上的事，他就到公社去揭发我偷卖树了！你不怕倒霉我还怕哩！"

原来，正当吴正宝对李玉成和郑明虎去公社揭发砖头问题担惊受怕时，他突然发现郑明虎的院子里一夜过后出现了二十来根洋槐树段子，他心中一喜。嘿！天无绝人之路！有了这些树段子，不愁我封不住你们的嘴！

吃过早饭，吴正宝早早地来到土窑一带的河堆上，顺着郑明龙看护的路段仔细地查看一遍，回到土窑时，正好看到郑明龙开了他那小屋的门。

"恭喜发财啊！"

郑明龙刚进屋，就听身后响起说话声，转身一看，原来是吴正宝。

"啊！是你！什么发财不发财的？能糊到口饭吃就不错了！不在你那办公室里坐，来我这干什么？连坐的地方都没有！"

"跟你还客气吗？不用坐，一会儿就走！你怎没发财？前天夜里一夜就二十多块装进腰包了，一夜的收入，比我干大队会计拿的一个月的补贴费还要多，还要多少才算发财？"

郑明龙哈哈大笑："你不要说瞎话了！我哪来这样好的财运？"

"你没有财运？那么多洋槐树，还不都是随便你卖的，这不是财运是什么？"

郑明龙的脸色立即变得严肃起来："你、你怎能这样瞎说！我什么时候卖过洋槐树？"

"我瞎说！我怎能瞎说？我问你，郑明虎院子里二十一根洋槐棒子能不是你卖给他的？"

"街上卖树的多得很，你凭什么说他家那树是我卖的？"

"不要凶！我刚才查了，南头靠近抽水站那一地段被人砍去二十一棵，还用土盖上呢！土一扒掉，树根茬子上还有潮气！不是你卖给郑明虎的能是哪个？"

"那也不是我卖的！要是被人偷的呢？"郑明龙还在争辩，话音却软了下来。

"你敢打赌？你要说不是你卖的，那我就到公社揭发，让公社来人查，我就怕把郑明虎那些树拉到现场一对验，树根茬子棵棵能对上！"

郑明龙被吴正宝说得哑口无言。

"怎样？不敢赌了吧？嘿嘿！我吴正宝就不像你，小肚鸡肠的！看人眼红就出坏点子！告诉你，我刚才查了，在你管的这一段，新老树根茬子一共一百多个，你如果不再使坏，我们都相安无事；你真要跟我翻脸，你也不得安稳！"说完，吴正宝也不告辞，转身走了。

郑明龙也在生郑明虎的气，跟他说只要十几棵的，他竟一下子弄了二十多棵，自己一分钱捞不到，还要替他担责任。本来想依据这些整倒吴三龙的，现在自己的软手把儿被攥在吴正宝手里，还敢去揭他们的问题吗？就狠狠地数落了他一番。

听了郑明龙说的情况，郑明虎哑口无言，只能作罢。

张德宝断定刘二桃的问题跟刘大桃肯定脱不了干系，依照他的一贯做法，一开始就要将刘大桃找来狠狠敲打敲打，要他交代问题，然后发动群众认真调查，一定要把问题查个水落石出，可是这事赵永华已经做出处理了，这时他也应该尊重这个二把手的意见呀！然而他的内心里又实在憋得慌，他要单独找吴三龙谈谈，了解一下真实情况。

"有人检举刘二桃在土窑贪污砖款，你知道是怎么回事？"张德宝对吴三龙信得过，所以找他谈话也不绕弯子。

"公社不是去人调查了吗？没有什么呀！"公社派去调查情况的人也找吴三龙了解过，吴三龙对这还真的动了一番心思，他明知土窑里确有瞒报砖款的事，大队几个人平时经常吃喝的钱就是从这些瞒报的砖款里开支的，可是他不知道瞒报的数额到底有多大，刘二桃在里头能占多大便宜。那天调查的人找他了解情况直接指名查刘二桃，他考虑了好大一会儿，便把刘二桃的问题矢口否认了。这里头除去他对二桃有护卫之心以外，他在吃喝上也不干净，怕把问题都扯出来对自己也没有好处。今天即便是自己最尊重的领导问这事，他也不能说出实情。

"没有？没有人家怎能来举报？你给我说实话！"

"张书记，你怎能相信那两个人？二桃当贫协主任时，这两个人都是他揭发才审查出问题的！他们能不恨二桃？这是他们瞎编来坑二桃的！"

张德宝听了，直愣愣地望着吴三龙，虽然他极不情愿听到这样的话，但是面对自己一贯信任的这位下属，还是无奈地说："啊！是这么回事！照这样说，还真的是他们瞎编的了！"停了好大一会，他才转了话题问，"麦子浆灌得怎样了？"

"灌得差不多了！"

"怎样？长得不错吧？"

"太好了！自打人民公社成立到现在，还没有这样的长势哩！要是不出意外，平均一百七八十斤一亩没有问题！"

"能收那么多！好，好！巴望了多少年，可也巴到好年成了！可是，要说意外嘛？也难说！麦子灌足浆了，旱一点不怕，如果遇到涝，日雨不超过一百（毫米）问题也不大，就是要超过一百就不好讲了！唉！要是民便河改道直通湖工程完成就好了，那时小鲍河和五八年扒的拦水河都流到民便河，民便河直泄洪泽湖，就是日雨二百也不怕的！"

"你说得对呀！张书记，那你就带我们赶快干哪！我们保证听你的！"

"我也想快点把这河扒成，可是得一样一样地干哪！小鲍河疏通今年冬天才能完成，我已经跟县里孙书记提出要求了，县里答应明年春天民便河直通洪泽湖工程上马。这可是大工程！光是切赵集南面的那条岭子和岭下面的平地开河工程，全县民工都上也要干两年，加上民便河老河道疏通还要一年！至少还要三年才能根治我们这里的水患！"

刘二桃十分气恼。贫协主任虽然没有一点经济补贴，但是有这个头衔挂着，在一般社员面前，身份就会显得贵重些。现在撤了，就失落得很。这仅是一小点，最重要的是退那十五块钱，那可是用来准备办婚事的钱，现在退了，还拿什么买床做被送聘礼？没有这些开花能看得起？刘二桃十分厌恶郑明龙、郑明虎。

第二十二章

扒河工地不能乱

1967 年秋后，地里的农活收拾完，全公社的民工就开上了小鲍河工地。小鲍河疏通改道工程的土方比拦水河工程少一半，计划用一冬一春完成。工地上的大喇叭里唱的是学习大寨的歌子，播的是学大寨的口号。

去年扒成的拦水河今年就见到了成效，七月底的那场大雨虽然没有 1961 年那场雨下的时间长，但是这两次大雨第一天的初始降水量都差不多，摆在以往郑集一带又要被淹了。然而这次大雨过后，北面的水被拦水河引进了东面的民便河，外水没入境，内水就排得快，就连地势最洼的南湖一带，雨停第二天的下午，地里的水也耗下去了，要是放在过去，再给两天也耗不完的。尝到了甜头，更加坚定了大伙搞好农田水利、建设旱涝保收农田的决心。

郑集大队的小鲍河水利工地在郑集直东，离郑集三里多路。上午九点多钟，工地上一片热火朝天的景象。小鲍河是老河道，工程是顺着原来的河道施工，河道里的淤泥已被清完了，下一步工程是拓宽加深。街北队工地是郑集大队最落后的，吴三龙这几天都在这干。他见上土的人手不足，就拿把锹帮着上土。正干着，就见大宝来找他，吴三龙只好放下手中的锹，将他带到河堆外的一条路边坐下来。

"你不在学校上课，到这来找我干什么？"吴三龙显得有点烦，屁股还没坐稳，就急着问。

"到学校也不上课！"

"怎么？不上课？学校不上课那干什么？"

"整天学习文件读报纸，没意思！"

"啊？"

"三龙哥，我想回来办个文艺宣传队在水利工地上演出，不知行不行？"

"好呀！上次郑集中学里有个文艺宣传队来工地上演，这些扒河的民工都累得要命，看看文艺节目既娱乐休息了，又受到教育，连张书记看了都十分高兴，就是他们演的都是现在时兴的内容，你要能把我们扒河工地上的好人好事也编成节目来演就更好了。"

"那怎不行？编节目还能难倒我？就是成立宣传队要用人，要有钱买乐器和服装道具，这些都要得到公社领导同意，支持我们才行。"

"这事我跟张书记汇报一下，我估计不会有问题！"

几天以后，日头已升到东南天空的斜上方，冬至前的天气有点冷，太阳却晒得人身上暖洋洋的。小鲍河的工地上，休息的民工在一处河滩上围成一圈，中间留出一片很大的空地。一阵震耳的锣鼓声过后，两列穿着草绿色军装的少男少女手握道具从两边跐着整齐的碎步上场。伴随着悦耳的乐器伴奏声，《大海航行靠舵手》等歌曲在河道上空回荡。几曲唱完，又响起李大宝的快板："……小鲍河里摆战场，誓让河流听指挥，兴修水利扒河忙……"

李大宝的文艺宣传搞得有声有色，不但调节了扒河民工的娱乐生活，还极大地鼓舞民工的士气，很得公社领导的赞赏。这时工地上缺个搞宣传报导的人，广播喇叭也没人管，公社领导让李大宝来工地上负责宣传报导兼管广播站的工作。

张德宝越是担心出乱子影响扒河工程，乱子越是要出。

　　小鲍河开工后的一天早晨，水利工程指挥部办公室的屋里，有人从门缝塞进一封举报信。举报问题的题目叫"请看吴三龙是如何勾结刘二桃瞒报砖头搞贪污的"，信后面的署名是"革命群众"。举报的内容主要是：郑集大队的土窑每窑装进一万两千块砖坯，出来的砖头报到账上的只有一万块，少报两千块；每月烧三窑，一年就是三十六窑，一年就要瞒下七万两千块砖；按一分钱一块砖计算，就是七百二十块钱，这些钱都被吴三龙伙同刘大桃、吴正宝、刘二桃贪污了。

　　还用问吗？这信是出自郑家兄弟之手。

　　郑明龙在查找土窑问题的证据上是做足了功夫。刘二桃离开土窑以后，他并不死心，天天到窑厂里围着砖头堆码子转，转长了就发现了问题。窑厂里都是重体力活，特别是出窑抬砖，绝不可以按时计工，这样的话谁都想少抬省力气，这样一窑万把块砖何时能抬出来？为了鼓励多抬快出，都是按抬出的数量计发工资。每个人每次抬的砖数都规定四十块为一码堆，整齐地码放在一起，等一窑砖出光以后，由记工员查数记账。郑明龙为了搞清这里头的私蔽，都抢在记工员查数之前，将这些码放整齐的堆码子一个一个地数一遍，然后算出总数。经过几窑砖查数，他发现每窑的出砖数都在一万两千块左右，而记在账上向外公布的数却不到一万一千块。并且他发现刘二桃离开窑厂以后，也还是这种情况。由此他断定吴三龙这几个大队领导还在继续偷卖砖头搞贪污。

　　他害怕吴正宝再揭他偷树卖的行为，又仔细看了一下树林，发现郑明虎锯走的树的根茬子，经过长时间的雨淋日晒，已经模糊不清很难找到了。既然自己偷卖树的证据已经模糊不清，那还怕他什么？就决定要重提土窑上他们瞒报砖头偷卖贪污砖款的事。他找到郑明虎商量。郑明虎听后反问道：

　　"砖头的事下劲去揭发你又说怕引火烧身，除这还能有什么办法？"

"现在不一样啦！我昨天到树林里看了一下，埋在土里的看不出来了，个别露在外面的树根茬口都陈旧了，真要查，我就说没卖给你，你就说你那木头是在街上买的，他们还能怎样？"

"你打算怎办？"

"对他们偷卖的砖头，现在有确切的数了。你再去找我玉成舅，让他和你一起再到公社去检举。"

"他和三龙关系好，不愿去得罪他。那次刘二桃从窑厂离开了以后，他就不再问了，我去找他，他也不会去的！你去跟他说吧！"

"唉！这个人！"郑明龙知道李玉成仅是自己老婆李小妮的舅舅，对他被处理以后，一直很生他的气，他哪敢去找。只好说："不行的话，那就写举报信吧！以'革命群众'的名义写，如果能把三龙搞倒当然更好，就是搞不倒他们，也会将他们的名声搞臭！"

一年时间四个人就能合伙贪污七百二十块，值上万斤粮食的钱，按性质都够逮捕蹲大牢的了，这是何等严重的问题！

张德宝和赵永华看完举报信，如何处理的意见还没研究出来，指挥部的院门外便挤满了人。人们都在议论这件事，还有的人在愤愤不平地发牢骚。吴三龙听到消息，顿时慌了手脚，骑上自行车赶快去找李大宝和刘二桃。他让刘二桃避开风头不要去，叫李大宝和开花去看看情况。

"大家看看！郑集大队的贫协主任刘二桃还贪污哩！"

"就是呀！他以前都是去揭发别人贪污，现在自己有权力了，也去贪污了！"

"这种人不处理行吗？我们强烈要求公社党委立即派人调查处理！"

"刘二桃可耻！"

"我们强烈要求调查处理刘二桃！"

……

人群中就数大王庄的王云中最活跃。他是大王庄王云华的弟弟。王云华和郑明龙一样，因为贫协主任带头检举，被公社派人查出他有严重的贪污腐化问题，被撤销大队党支部书记职务开除党籍。王云中因为自己的哥哥有同样的境遇背景，自然就引起他的共鸣。

这种内容的举报信并不是单送工程指挥部这一封，每个大队的工棚里都有。内容很快就在工地上扩散开来。那些有着类似于王云华情况的人，都趁机让亲属们来公社工程指挥部闹。

李大宝赶来了，他解释道："信上写的都是假话！你们不要相信！"

"白纸黑字写着，你凭什么说我们胡说？"王云中冲着李大宝大声嚷。

开花这时大声责问："写的就是真的吗？这是故意造谣的！"

……

在场的人很快就泾渭分明地分成两大派，双方激烈地争吵起来。

屋子里的张德宝对赵永华说："我出去看一看吧！"

赵永华担心地说："张书记，现在这种时期，这样的场合，你去好吗？两帮人争得这样激烈，我们怎表态？依我意见等想出个办法再讲！"

张德宝着急地说："你看他们闹的！把民工都卷进去了，河还能扒吗？"说完，他便来到院门外。

"大家都不要吵了！都别吵！有话好好说！"张德宝的嗓门本来就大，再一用力，那声音比那高音喇叭小不了多少。

"大家都静一静，静一静，听张书记讲话！"跟张德宝一起来的几个公社干部在维持秩序，费了好大的劲，才将双方的扭打止住，但是争吵还没停。

大王庄那个带头吵闹的王云中，冲着张德宝问："刘二桃自己就是个贪污分子，还去揭发别人贪污呢？这种人不处理行吗？"

张德宝对他说："还用你说吗？卖砖头的钱是集体的钱，他真要贪污了，我一定会处理他！"

"他们这是诬陷！造谣！"开花立即说。

"你说谁造谣？"

王道全是混乱的人群中起哄最凶的人，他对吴三龙硬逼着他来上河工干不了二指活十分不满，冲着张德宝问："吴三龙是个贪污分子，你应该把他那大队书记撤掉！"

张德宝向他笑笑："这事可不能急，我们不能根据这信上写的问题就去处理人，要调查一下看看，如果问题属实，才能处理。"

见没人再提问题了，张德宝又说："你们都在这，那河工就停下没人干了。我看是不是这样，看样子你们是两伙的，这样多的人不能人人都说，要选出个代表来，让代表在这谈，其余人都去扒河抬土去。这边是李大宝，那边呢？哪个做代表？"

张德宝问过后，老大一会儿却没有人说话。

张德宝又问王云中："刚才不是你领头的吗？就你吧！"

王云中这时却退缩了，说："我又没写信！是看到信才来的，我哪能做代表！"

"怎么？刚才还都气势汹汹的，怎么没人做代表呀？"张德宝又问。

"信下面不是写着吗？'革命群众'啊！"有人说。

"革命群众也该有领头的呀！哪个是领头的？"张德宝嬉笑着问。

这一问，又是半天没人说话。

"怎么没有领头的呀？你们'革命群众'的人呢？"张德宝见

找不到头儿，就找人。

谁知还是没人答应。

"咋没人哪？怪了！怪了！那就这样吧！我等着有人来把这个头儿认去，等有了头儿我们再谈。对这信上提的郑集土窑砖头的事，我马上派人调查，要是情况属实，我一定从严处理。要是查无此事，你们就不要闹了！"话说到这，这个扒河扒上了瘾的张德宝总不会忘掉抓住机会来宣传一下扒河的好处，"话要说回来，收不到粮食，大家都要饿肚子！只有把生产搞好了，收到粮食了，让大家吃得饱饱的，才是正经事。现在影响我们农业生产的最大问题是什么？是水旱灾害，根治水旱灾害是我们的重要任务，扒河搞水利是建设旱涝保收农田的大事。你们看，我们扒好了拦水河拦住了北面的水，今年这样大的雨我们这都没被淹。现在疏通小鲍河，再让我们这内水排得快一些，保证雨后不受涝，庄稼会长得更好的！不过我们还不能就此满足，现在最大的担忧，就是如果遇到像五四年那样大的洪水，安河水位高，民便河水排不出去，那样还会淹的！现在我告诉你们一个好消息，县里决定从明年冬天开始，调集全县民工，在民便河下游切岭开挖新河，让民便河与安河分流，民河水直接流进洪泽湖去！哥儿弟兄们，到那时，就是再遇到五四年那样大的洪水我们也不怕了！这些都要我们去干，任务太重，我们要抓紧时间才行，你们都停在这，不是浪费时间吗？我看大家都去工地干吧，你们看好不好？"

"好！"院里院外一齐喊起叫好声。

"好！大家都说好，那就证明我老张说得对！你们就应该听我的！大家都到工地上抬土去！"

张德宝这一号召还真灵，院子里的人马上散去，工地上又热火朝天地干了起来。

张德宝并没有因为没找到"革命群众"的头儿而忽略了这封举报信，现场上的那种激烈对抗的场面，使他意识到这里头潜藏着很大的能量。如果不认真处理好，这种潜藏的能量会进一步增强和激化，并且一旦再暴发起来，就会更加凶猛，到那时局面更难收拾。混乱的人群散去后，他立即去找赵永华商讨这事。

赵永华却不同意张德宝的意见，听完张德宝说的意见以后，他低着头想了好大一会儿，才微笑着抬起头望着张德宝说："刘二桃的这事不是已经调查处理过了吗？"

"那时是他们揭发的情况不具体，现在不但有具体数字，还有吴三龙！"

"这事可不是简单的！现在这情况明显是牵扯到两帮人，查与不查，处理与不处理，都会引发新的矛盾，弄得不好会越查越乱的！"

张德宝愣住了，想了想说："要是不去查，任凭他们闹，这河还怎么扒？"

"我提个意见，你看是不是这样办！现在我们就对外宣布，郑集大队土窑上的经济问题，公社已经派人去调查过了，没有查出问题。并且刘二桃也已经被责令调出窑厂，这个问题公社早已处理过了。"

张德宝觉得赵永华说得也有道理，就同意了他的意见。

张德宝一直留心这方面的情况，两天过去了，正在他以为事情已经平熄了下去，暗自松了一口气的时候，第三天早晨，一封又是署名"革命群众"的举报信给他迎头一棒。这封举报信专门是冲他来的，说他是贪污分子的保护伞。

工程指挥部的住地，赵永华找到张德宝，十分为难地对他说："张书记，这两天我一直在查找这个署名'革命群众'的人，想告诉他们这事公社已经调查过，有了结论，再做做他们的工作，把这事化解一下的，可就是找不到头绪呢！想不到他们竟把矛头指向你了！"

"是呀！要能找到他们的人，做做工作当然好。这些人，像游击队躲在湖边的芦苇荡里，跟我们打起游击来了！"

"他们这样躲躲藏藏的，就不理他！"

赵永华的话音刚落，派到办公室那边打探情况的人十分惊慌地跑来说，工地上有不少人说，这事要处理不好，河他们就不扒了。

这次是冲着张德宝来的，他怎还能装作无事人，只好硬着头皮顶着，就吩咐来人说："你去跟他们讲，这事正在安排人调查，让他们等结果。"又对赵永华说，"小赵，像这个样子，不调查处理一下，事情会闹大的！这事已摊到我老张的头上了，我哪还能装聋作哑，做缩头乌龟？"

赵永华说："现在最重要的是扒河工地不能乱。工程正常进行是大事！我们两个主要领导得要有一个保证没事，这事我最好不要牵扯进去，我现在做个局外人。万一他们揪住你不放，把你缠住没法工作，工地上的事还有我顶着！"

举报信出现时，要说吴三龙惊慌，刘大桃比他更惊慌，这里头除去被揭发的人中有他的弟弟刘二桃，更主要的是吴正宝给他送的桌子之类的钱物用的也是瞒报砖头的钱。虽然举报信没点他的名，万一查出来，他又能脱得了干系？好在他有个足智多谋的好帮手，遇到这情况，他当然又去找吴正宝。

吴正宝早已有了行动，张德宝不知道那个"革命群众"是谁，吴正宝不用找，就知道这是郑家两兄弟搞的鬼。发现第一次举报信的当天上午，他就到郑明龙管的树林里查看了一下。这一查却使他大失所望，当时郑明虎砍的那些树根茬子已经陈旧得看不清形状了。本以为还能以此来吓唬一下这两人，让他们不敢的，没有了这些证据还拿什么去讹诈郑家兄弟？刘大桃到他家时，他正在家想主意。

"吴会计，举报的事你知道啦？"

"那还不是秃头上的蚤子——明摆着，全是那弟兄两个搞的鬼。"

"啊！看样真能是他们干的，你不是说他们有偷卖树的问题吗？我们也只有再反过来告他了！"

"没用啦！我去看了，那么长时间雨淋日晒的，地表都一样，树根荏子都被土埋得看不清了！"

"那怎办？张书记说要派人来查哩！上次赵社长能走过场，这张书记太认真，不好糊弄的！赶快想办法呀！"刘大桃显得有些惊慌了。

"沉住气！就是来查又能怎样？以前赵社长派人查都没查出什么，现在还能怎样？不过，我们也要有准备，现在关键是窑师和二桃两个人，只要这两人不说漏嘴就不会有问题。窑师那我已经找他谈过了。我对他说如果公社来人调查，他只要按照我说的情况说，把事情糊弄过去，以后就好办，外快还能让他拿，他要是说漏了嘴，我们挨处理，他也拿不到。那窑师立刻爽快地答应了。现在就看二桃了，你那弟弟心太直，我就怕他实来实去地说，他要是说了，我们再有办法也没用。你去找他说一下，如果公社派人调查先找他谈话，让他不要乱说，不管怎么问，就说不知道。等我试探一下情况以后，再听我的意见，按我说的办法来。"

吴正宝这样一说，刘大桃才放下心来，马上按照吴正宝的指点去找刘二桃。

不知道"革命群众"是谁，张德宝便直接对吴三龙和刘二桃两个当事人进行审查。张德宝除了担心这事搞得不好会给自己带来麻烦，更主要的是怕引起混乱影响扒河工程。虽然吴三龙是他最器重的人，但是此时也决不会袒护他。他让调查组去查别的线索，吴三龙的事他亲自抓。

指挥部的办公室是土墙草顶屋，保暖。这时已过大雪，外面寒风刺骨，屋里还暖和。吴三龙缩着脑袋，小心翼翼地走进来。

"站着干什么？坐下！"张德宝捧着冒着烟圈儿的旱烟袋坐在办公桌边，冷眼瞅着吴三龙命令道。接着又用和蔼的口气对坐在另一张桌边的秘书说："你做记录，把我的问话和三龙的答话一句不漏都记下来。我还要防一防哩！有人说我会包庇三龙，你记下来让他们看看，我是不是包庇他的！"

吴三龙明知今天叫他来要谈的事情，哪敢随便，连望都不敢望张德宝一眼，低着头在靠墙的一条长木凳上坐好。

"吴三龙，你今天一定要跟我说实话！有半点虚假，我饶不了你！"平时张德宝都叫"三龙"，今天把"吴"字带上了，足见他的态度的严肃程度，"举报信上揭发你瞒报砖头贪污砖款究竟是怎么回事？"

见自己最信任的老上级这样严肃，吴三龙觉得不能再隐瞒了："瞒报的情况是有，我们大队几个人有时开会开得迟了会到饭店吃饭，还有河工上大队几个人的伙食上会买点鱼肉吃，这些钱没法从账上报，就从土窑上瞒报点砖头钱开支掉。"

"啊？就是吃饭钱？吃饭是吃到肚子里的，这不能算贪污？我问你的是装进你腰包里的！你要照实说！"

吴三龙抬起头，望着张德宝很认真地说："没有！我向你保证，除去吃饭，我一点没贪污！"

"信上写得很清楚，每个月你们都要瞒报两千多块砖，你们要是没有这种情况，人家还能说得这样具体？"

"也不是每月都满报的，如果有吃饭的钱就处理一下，平时不太多，就是河工开工后吃的多一些，像这样的河工每月也不过二三十块钱！"

张德宝听了心中一喜：每月二三十块钱也就是每月两千多块砖，这和举报信上写的差不多！再一琢磨又觉得不对，那举报信上写的是每窑瞒报两三千块砖，每月要烧三窑，差大着哩！那个叫"革命群众"的人肯定不答应，哄不好他们，他们还会捣乱的。又厉声问："吴三龙！你敢糊弄我？你那窑一个月烧三窑砖，你就承认这一点，鬼能信！"

吴三龙的心又揪紧了，平时他从不过问土窑的具体情况，都是吴正宝一人操办的。以前他也看出来自己的这个叔父另有私弊，并且这私弊也很可能牵扯到刘大桃，但他为了情面，又顾着和刘大桃的关系，所以并不过问。本着只要自己不去干那贪污的犯法事，对这事就睁一只眼闭一只眼地随他叔父糊弄去。此时，他连吃饭的钱有多少都说不准，更不要说那些私弊了。他很为难地说："这情况我还难说清哩！账都是吴会计搞的，具体数字只有他能说清，我真的不知道！"

张德宝又十分严厉地逼问了一会儿，吴三龙除去为难和无奈，再也没问出别的情况。

去调查其他线索的人完全在吴正宝预设的圈子里转，查到的情况还不如吴三龙交代的有用。张德宝对调查组的人很不信任，决定亲自出面审查另外两个关键人物，吴正宝和刘二桃。

吴正宝哪能轻易就承认瞒报砖款的事，开始他总是用去年这事赵社长已经调查处理了为理由进行推脱。

别看张德宝直爽，这回也使了个心眼儿，他瞪圆了双眼，把吸了半拉子的烟袋杆儿使劲往桌上一摔，烟火球儿崩成许多粒火星点子洒得满桌都是。紧接着又被他嘴里的唾沫子盖了上去："吴正宝！我老张哪天问过你这等事？今天那么多事都放下没干，亲自出面找你，能是凭空的吗！去年没查出你们的问题，你以为就没事了？我问你，你那河工上吃的肉喝的酒用的钱是从哪来的？"

这个刺中点子上的问话立刻让吴正宝打了个寒战，他没有立即回话，不时地用眼神偷偷地打量着张德宝。

张德宝的威吓并没就此停下："你给我好好交代！不交代好，我撤了你！"

　　这下真的吓到了吴正宝，这个公社一把手，撤掉他这个大队会计那不像捏死个蚊子一样是件鸡毛蒜皮的小事！但他毕竟老道得很，他已从张德宝的问话中听出被掌握吃喝上的问题，立刻就事论事，想出个缓冲一下张德宝心情的主意："张书记，我们是有错，用瞒报砖款搞吃喝！"谈完又将眼神瞥向张德宝。

　　"就吃喝吗？除去吃喝，别的呢？怎样瞒报的？瞒报多少？你给我老实交代清楚！"

　　张德宝这一问，吴正宝又摸不准他的底细了，可他又哪能一股脑儿把所有瞒报的情况都说来。要是都说出来，就凭这些不仅仅是够撤他的职，连逮去蹲大牢都够的！他愣吗？眼下也只有再往下缓了："张书记！这些事又多又乱，我一时哪能说得清楚？请你给我点时间，让我好好想想吧！"

　　见吴正宝的眼神里充满了畏惧和哀求，张德宝想：专案审查工作组审查贪污腐化的干部，费了好大的劲都弄不出名堂，自己这才几个回合就审查出眉目了，心里很满意，就说："行！我老张不怕你跑了！那你就回去好好想，明天来给我竹筒倒豆子——有多少说多少。说得好，我放你一马，说得不好，明天就撤你！"

　　吴正宝后脚跟刚迈出屋门，桌上的电话铃响了。

　　"我找张德宝！"那头传来一个女人急促的说话声。

　　"你！啊！老冯啊！什么事把你急成这样子？"张德宝听出来，电话的那头是冯桂英。

　　"老家来人说，大去世了！"。

　　"什么？大去世了？"张德宝顿时傻呆呆地站在那里。一个星期前老家就来人说老人身体不好，要不是工地这些事，他就回老家看看了，想不到才几天就这样走了！痛惜、后悔交织在一起，让他久久说不出话来。

　　"老家来的船还在等着，你赶快回来吧！我跟你一起坐船走。"冯桂英催促道。

"我……唉！"张德宝刚要答应马上回去，立刻又停住，脑子里闪现出现在必须马上找刘二桃的想法。刘二桃和吴正宝是一伙的，吴正宝谈过就必须把刘二桃找来谈，错过时机，让他和刘二桃串通，两个人说一样话，那还能查出实情吗？不把这事查清处理好，工地上会闹翻天的！犹豫了一会儿才狠下心来说："桂英，我这工地上闹得凶，我实在脱不开身，你回去吧！替我代行孝礼吧！"

"什么？你不回去？大生病时你没回去看看，现在入土了，你还不回去看一眼？"

"唉！我也想走！可是，唉！实在没法呀！桂英，我，唉！你先走吧！我看看情况再说！"

接下来就是刘二桃。张德宝并不重看刘二桃，一开始就单刀直入："你们好大的胆子！土窑烧出来的砖头是集体的财产，你们也敢私卖钱装腰包！说！你们私卖了多少？"

刘二桃对张德宝还是很畏惧的，他不由得心里发慌，涨红了脸，嘴里哆嗦起来："我！我……"几声"我"以后，就不再讲话。脑子里除去刘大桃交代他的那些话以外，他还有一个很重要的想法在促使他决定不能承认私卖砖头的事。虽然他不知道开花对他的态度，他还是在那单相思的胡同里又向前跨了一大步，在盘算结婚成家的事。他已经私自得了十六块捌角钱，打算用这钱买张椿木大床，这种木料做的床不变形，人睡在上面板正舒服，在农村算是上等的。黑市上布票三毛钱一尺，买点布票做一床三面新的大花被子；余下的钱除去已经买的那块褂子布料，再买条蓝卡裤子料，外加两条大鲤鱼八斤、猪肉四斤、糖四斤和酥果，用这样十分丰厚的礼品做过帖聘礼的。现在如果承认就得退赔，真要退赔了，还拿什么买床做被子，拿什么做聘礼？

张德宝以为刘二桃害怕不敢讲话，就改了那副严肃的面孔，放缓了口气："不要怕，只要你照实好好说，我老张对你从宽处理。"见刘二桃还是不讲话，又追了一句："说啊！"

"我没卖！"刘二桃低着头说。

"嘿嘿！怪了！你没卖！那你大哥和大队几个人大鱼大肉地吃，是哪来的钱？你没卖还能是你哥刘大桃买的？"

刘二桃此时心里只有自己心存的打算，并不去想张德宝提出的问题，只是低头坐着。

张德宝问了几次，刘二桃还是那个样子，张德宝按捺不住了："你这个刘二桃！三棍打不出闷屁来，我老张还能让你给卡住了！你不讲，我还怕查不出来？我还不要你讲了哩！等我查实了，看我怎么收拾你！你走吧！"

吴正宝积累了丰富成熟的应对各种运动的经验，他见张德宝不但知道吃喝上的钱，好像还知道自己贪污上的钱。他和窑师私分的钱，还有平时给点刘大桃小油水的钱，都是用不做账的方法私留下来的。平时他专门备有单独用于私开贪占的收据。那收据是他自己私自到县印刷厂买的。买砖的人开的票中，就有他用这种收据开的，买砖的人拿提货联去提砖，而做账存根联被他作废了。用于做账的收据都是公社财政上统一发的，五十份一本，每本都按数字顺序排序装订，大队领用时都在领用登记表上填写票据顺序号，签上经领人的名字。去年八月那本专用的收据开完了，为了不使油水中断，就用从公社领的发票开了几张，大概有六十多块钱。公社领的这种发票都按顺序印有编号，少去一张就缺少一个编号。这次来土窑查账的人是公社的财政助理带来的，这个人原来是县供销总社的会计，财务账精通得很。他要是仔细查对，就能将那几份漏掉的发票查出来。看张德宝那口气，就像这情况已经被他掌握了。吴正宝也想把这几份没做账的钱都说成是用在吃喝上了，可是精明的他又觉得不妥，那张德宝要问平时用于吃喝的钱，都用不开票私自安排提砖的办法处理，为什么这几份还要开票不入账？这样问还怎么回答？弄不好还会招惹出麻烦的！于是他又像专案审查时那样来了个好汉不吃眼前亏，承认了自己除去吃喝，还有用这几份单据开票不入账的贪污问题。即便这样，他还是精心算计了一番，将这笔钱分到三个人头上，他分了二十七块钱，分给窑师二十块，刘二桃十五块。

公社决定给吴正宝记行政大过一次，吴三龙和刘大桃因为多吃多占，除去退出十五元，还受到党内严重警告处分。刘二桃最惨，因为他态度不好抗拒交代，除去退赔贪污款十五元，贫协主任被撤销。

处理意见公布后，躲在后面的郑家两兄弟以及支持他们写举报信的那部分人不再纠缠，扒河工地又热火朝天地干了起来。

上午刘二桃从工地往家走，看见前面不远大宝和开花在大路上挨靠着一起也往工棚走，不由得心头一激灵。他心里时刻惦记着开花，平时遇到开花时，却很少有勇气用正眼去看开花，害怕和开花的眼神对视。每当瞟见开花那漂亮的脸蛋或者听到开花那银铃般的嗓音时，他都会脸上发热心跳加快，浑身都觉得不自在。路上遇到开花时怕自己走路姿势不好，让开花看不中，都是束着双臂小步轻走。扒河工地上和开花坐在工棚里吃饭时，也是像学生上课那样挺腰正坐，把碗端起来举到嘴边没有声响地慢慢吃，只有腰觉得酸疼时才会微微地动一下。他的确都是在十分努力地做出很规矩很正派的样子，让开花能看得起自己。这时他不由得放慢了脚步，在离十几步远的地方跟在他俩的后面走。

前面传来开花银铃般的说话声："大宝哥，快过年了，你棉袄外的罩褂脏了，趁中午暖和，到家就脱下来，我给你洗一下，留到过年穿吧。"

"还可以！能将就穿到过年后，天暖时再洗吧！"

"河工上干泥土活，灰土把布眼都渍实了，哪还能穿？吃过饭休息时我也没事。"

"二桃哥！你快点！我们一起走！"大宝看到跟在后面的刘二

桃，回头招呼道。

"你多什么事？他自己走不上来路，要你带着？"开花责问大宝道。

刘二桃立刻意识到开花不愿和他一块儿走。平时自己遇到开花都是自己主动躲开的，此时没觉察到开花这样做是有意对自己的，所以就并没有在意，只觉得自己离开花远一点还不受拘束，就没理会大宝，还是远远地跟在后面慢慢地走。

回到家午饭吃的是大秫饼就萝卜菜。王秀平的腰有点驼，走路也不稳了。刘二桃让她坐在桌边，自己去锅上铲饼盛菜。

"自从桃花去年秋天嫁人，家里这么多事都指望我，我这身子一年不如一年，唉！只说开花能成的，可人家不同意！"

"妈！你怎知道的？"刘二桃很吃惊，一块大秫饼铲了半边，马上停住铲子问。

"你大哥上午来啦！你跟开花的事他和三龙谈了几次，三龙都是不长不圆的说不出头脑来，只是叫等等。你看我这样子，锅上锅下，家里家外，我哪能干得了！还能等吗？先前我找你孙大伯问了，这才知道实情，人家根本就没有这打算！"

"啊！他怎说的？"刘二桃提着锅铲儿，站在锅边着急地问。

"你孙大伯说，开花跟大宝啦！"

刘二桃傻呆呆地站着，锅铲掉到地上也不知道。

"这三龙也真是的！都这样长时间，一直瞒着我们……"王秀平在唠唠叨叨地数落着。

"他不是人！"刘二桃狠狠地甩出一句话，之后饭也不吃了，走到老屋里倒在床上蒙头大睡起来。王秀平劝了半天，就是不说一句话。

第二十三章

我老张闻到大米饭的香味了

1967 年底小鲍河工程完成。1968 年水利工程全部停止。没有了水利工程，公社领导们便将全部力量集中到农业生产上。

春种前的一天上午，张德宝和赵永华两个人在办公室里认真地研究如何抓好当前生产问题。河不扒了，他们打算集中力量来抓农业生产。

这时吴明坤走了进来。

"张书记！赵社长！正好你们都在，我有点建议想跟你们说一下。"

"好！好！你坐下来说！"张德宝连忙指着墙边的长木椅说。

吴明坤也不多讲什么，直截了当地说："从现在的情况看，多收粮食仍然是主要目标。在几种作物中，山芋和水稻都是高产品种。山芋的生长期越长，产量越高，现在东海县那边发明了温床育苗技术，可以把山芋栽插期提前两个月，产量能提高一倍。"

"有这法子？好呀！那我们也这样干！你说怎么干？"张德宝立即赞成。

"具体怎么干有介绍资料，但是为了保险最好派人去学，先在小范围里试一下，成功了再大面积推广。"

张德宝马上说："行！就照你说的办！叫三龙带几个人去学，先在郑集大队试。"

"还有，水稻不但高产，而且品位还高，是粮食中的优质粮，要想提高我们的生活质量，我建议还是要栽水稻。"

"明坤，我老张栽水稻栽怕了，你怎么又提那东西？"

"那是条件没具备才失败的！栽水稻主要是解决水的问题，现在县农机公司有 12 寸的小水泵，用八马力的小柴油座机带的，几个人就能抬动，方便灵活。并且需要的送水渠道小，工程量不大，里把路长的渠道一个生产队半个月就能完成，一组机器栽上五六十亩没问题。"

"好呀！太好了！那就叫大家栽！"又是张德宝立即表了态。

赵永华打心眼里佩服吴明坤这两个建议提得好，可是他只是笑笑，并不说什么。

过了清明，山芋温床育苗试验也搞成功。

温床池子在小李庄社场东北角，东西向，面向南，北面用芦苇秸秆夹成一人多高的挡风墙，挡风墙南边有两个一丈五尺长、四尺宽的育苗池子。池子北墙高、南墙低，上面用许多块装上玻璃的木窗格子盖着。白天阳光透过玻璃射进池子里，暖气便被玻璃截住留在池子里面，即便是正月里白天零下的气温，池里的温度也可以到三十摄氏度以上。傍晚时分，池子上再用厚厚的麦楷草盖上，夜晚气温下降到零下三四摄氏度，池子里的气温也可以保持在十摄氏度以上。

"好家伙！秧子都拃把高了！"温床边传出了张德宝的大嗓门。

"嗯！这温床是好！过去是清明后山芋育苗下种，过了小满才能出齐苗，用这温床，现在都快能栽了！"负责管理育秧的李玉成很高兴地应道。

"这里你管的？"

"嗯！"

"那你说是怎么管法？"张德宝并不是要考考李玉成，他从没见过这事，觉得稀奇，当然要问个明白。

"池子下种后，要掌握两大要领，第一注意保温，掌握好温度，白天放开来晒时要注意，没出苗时温度可以高一些，但不能超过五十度，出苗后不能超过四十摄氏度，温度高了要适当通风降温。第二是池内土层不能太干也不能太烂，要保持像擀面条的面团一样的潮湿度。"李玉成是和吴三龙一起到东海那边学习的，当然会答得十分圆满。

"啊！怪不得叫温床，原来里头不冷，山芋苗儿当然就能出了。不错，你说得这样好，队长不干了，还能当个好社员，不错！快能栽了吧？这两池子秧剪一次能栽多少地？"张德宝表扬完李玉成，接着又问吴三龙。

"再过五天，估计第一次能栽两亩地。"

"才栽这点呀！照这样哪天能把山芋栽完？"

吴明坤告诉张德宝："第一次少，要在剪秧时将老根留长一些，最好留两至三个叶节，这样从老根子上就会分出两至三个头，到下一次再剪时就多了。就是肥水一定要跟上。"

"好！明坤，你把这当回事，常来着，做出个样子，总结出经验，等你这第一茬苗栽好了，我老张把那些大小队的头儿们带来好好学。我老张明年又要发山芋财了！"停了片刻，他又说，"哦！明坤，还有你说的那栽水稻的事，那也要张罗张罗哩！那东西好吃，要叫社员吃得饱，还要叫社员吃得好呀！你干脆就来这蹲点，给我好好搞出样子来！"然而他马上又说，"啊！这样就把你限在这里了，那全公社的庄稼怎办？生虫啦，生病啦，还指望你去查哩！前些日子我只顾扒河的事，幸亏你把麦地里的红蜘蛛查出来，不然麦子还不知要减产多少哩！不行！不能把你陷在这！唉！三龙你这小子干事毛里毛躁，这样大事我还真对你不放心，小李庄这点就我老张来蹲吧。明坤，你说怎办好我就叫三龙怎么干！"

吴明坤说："我考察过了，南湖五八年挖的那条排水河的水可以用，五九年时打的毛渠还有几条能用，就是那时打的毛渠是让水向南淌，老渠道北高南低；现在只要改造一下，加高南头的渠埂，变成南高北低，让水从南向北流，将抽水机放在排水河边，通过那些老毛渠直接把水送到地里就行了！"

吴三龙立即叫道："好！好！这样好！五九年栽水稻，水要通过大干渠支渠毛渠，绕了一大转子半天才能到地里；全公社都用那一个抽水机站，用水要排队，等了多少天才送一次水。我们现这样干的话，机子一响，眨眼工夫水就进地了。并且，机子小，自己什么时候需要用水就什么时候开，方便！还不受别人限制，也不会有人来争水。"

"你不要只管叫，要好好干才行！"张德宝又问明坤，"麦茬秧什么时候下？"

"稻种不能迟于小满前出苗！"

张德宝对吴三龙说："要快干，快带人去干，误了时间我打你屁股！啊！我在这蹲点的，我也有责任哪！三龙，你说什么时候干？我老张还要去家准备一下铁锨呢！"

这次栽水稻全公社就有几个生产队愿意栽。可是跟县农机公司一联系，小抽水机太少难进货，全公社才调进三台机组，只能调拨给郑集大队一台机组。想栽水稻买不到机器，这可就没办法了。张德宝到底还是对小李庄偏心，指定将这台机组安排给小李庄。小李庄打算今年在南湖只栽三十亩试试看。

小满这天，张德宝特地约上赵永华一起到南湖看看小李庄的育秧情况，吴明坤、吴三龙和刘大桃一起同行。

小满三天遍地黄，伴随着初夏和煦的阳光，略带热浪的东南风漫向麦海，麦海里荡漾起金黄色的波浪，麦芒儿干枯后蒸发出的枯香味儿扑面而来。

"今年的小麦真好！"望着无边的麦田，赵永华十分兴奋。这是多少年来麦子长得最好的一年，麦子产量增加，他怎能不高兴？

"这是张书记领导得好呀！"刘大桃不善言辞，对领导还要说这类简单又直接的恭维话。

"也不能都是领导的功劳，大面积推广优良品种泰山一号，还有防治病虫害，明坤是功不可没的！"张德宝马上说。他觉得不能忽视吴明坤的贡献，要说实话。

"对！张书记说得对！明坤！辛苦你了！"赵永华很赞成地说。现在他对吴明坤不再有什么成见。

吴明坤笑笑说："今年的麦子能增产，还有一个重要原因，去年的夏抄田有一部分是用拖拉机耕的。拖拉机耕得深，土地肥力大。"

吴三龙接上说："不假啦！我岳父过去就依靠深耕增产，可就是耕得太少了！公社拖拉机站只有三台拖拉机，十一个大队这家争到那家的，耕不过来哩！要是一个大队有一台就好了！"

张德宝说："不用愁，会有的！去年安排各公社建拖拉机站时孙书记在会上说，我们国家的洛阳拖拉机厂比我们郑集公社的面积还大，大厂房里能跑汽车，平均半小时就有一台拖拉机开出来，打算每年给我们分一台的！"

赵永华却说得很不乐观："现在难说了！成立的县革委会让县武装部部长当主任，他搞农业是外行，还不知道怎办呢！"

张德宝立即说："没事的，昨天县革委会开各公社书记会，孙书记和夏县长都宣布当县革委会副主任了。夏县长就是分管农业的，他可是农业上的行家呢！"

吴三龙说："好！太好了！有夏县长管农业，我们就不怕了！"

育秧池在排水河边。一条旧毛渠从北面一里路外的那条旧支渠通过来，这头的渠身已加高到三尺多，水泵架在渠头上，河边用苇秆和麦楷草搭了个两檐到地的窝棚，吴三龙的大哥吴大龙专门在这里负责开机抽水和护养秧苗。一排排笔直平整的秧板块上，秧苗已扎根露尖，半寸多长的嫩黄色芽尖儿密匝匝地立在秧板上，如同一条条巨大的嫩黄色针毡。

张德宝双手插腰，挺着胸脯，乐呵呵地说："乖乖！我老张都闻到大米饭的香味了！"又对着正在不远处拔草的吴大龙大声喊，"大龙！我昨天批给你的硝铵撒掉没？"

"没哩！"吴大龙答道。

"啊？还没撒？你这化肥是我特批的，就是想让这秧苗赶快长，你怎不撒啊？"

没等吴大龙回答，吴明坤连忙说："这不怪他，是我叫的！现在秧芽儿才出来，秧根扎得不深，不能让它整天没在水里，又不能脱水受干，得要经常灌水放水，现在就把化肥撒下去，放水时会流失掉。并且现在芽胚里养分还有，供它生长没问题。"

"张书记，你可不能乱指挥！在这上我们得听明坤的！"赵永华笑着对张德宝说。

"嗨嗨！你看我！唉！还批评人哩！对啊！这上是要听明坤的！"张德宝又问吴明坤，"那你看什么时候追啊？得要让秧儿长快点呀！"

吴明坤说："等几天，等到秧芽儿分叶，分叶后秧苗儿高了再撒，这时的秧根已扎深了，地干一点不怕。秧田灌水后把化肥撒下去，化肥溶化在水里，让水自然落干，大部分的化肥也就随着水分渗透进土壤里，化肥的利用率高。"

"唉呀呀！你看我，外行！又在瞎指挥了！"张德宝抓着脑门说。

吴三龙很急切地说："化肥这东西是神，庄稼追过后眼看着长，这样好的东西国家为什么不多生产呢？"

赵永华说："怎不想？去年县里就计划要办个化肥厂的，现在县革委会工作才上轨道，有希望的！"

街南队的队长在不远处他们生产队的地里看麦子，他也过来看看。

"你看小李庄的秋多好！明年你那也栽呀！"刘大桃招呼那个队长道。

街南队的队长吊长了脸说："我拿什么栽？我那队里穷得叮当响，连买犁尖的钱都没有，买不起抽水机怎么栽？"

"你找孙武呀！让他抽水给你用。"吴三龙给他出了个主意。

"办不成！我打探过孙武了，孙武说他们明年要扩大面积，自己还怕不够用呢！"

"我去安排，叫他让你用一点！"刘大桃拿出领导者的姿态说。

"你当是那吃大锅饭时候呀！现在是生产队独立核算，是不准搞一平二调的。"赵永华笑着对刘大桃说。

第二十四章

美兰那个孩子是三龙的

郑集公社成立了革命委员会，革命委员会主任是驻军部队县派来的一位姓马的参谋，赵永华，张德宝和群众代表、大王庄的王云中是副主任。李大宝由于在水利上的宣传工作成绩突出被任命为公社革命委员会宣传委员。

李大宝和王云中两个人不脱产，还属于在生产队干活拿工分的人，因为干这公社革委会干部就要在公社研究问题、处理事情，公社里规定每月给十块钱误工补贴。这样规定对他们来讲是很丰厚的了，生产队社员的劳动日也只有两三毛钱，仅这补贴就比一个壮劳动力的收入还要多。另外，他们现在已经是公社的领导人了，大小队干部巴结都来不及，哪个还攀比他们到地里去干活？在生产队都是按生产队长的标准拿固定工分，参加生产队的分配，就等于拿到一个劳动力的双份所得。

这天来了两个外调人员，公社大院里只有马主任和副主任王云中两个领导，马主任不了解郑集的情况，简单问一下外调人员的来意，随即就把这个事情交给王云中去处理。王云中一打听，这两位外调人员是安徽五河县人。现在洪泽湖里的渔民公社清理外流人员被发现，当作坏人押送给原籍去审查。同时送去的还有他的女人叫朱美兰，是郑集街上的人。他俩有个男孩已经五六岁了。问朱美兰的来历时，她只是哭，不说话。他们怀疑朱美兰有问题，于是就来调查一下。

王云中是郑明龙的亲表侄儿，他听说过朱美兰的事情，知道她和郑明龙有瓜葛，听说这情况，就觉得事关重大，不能不让郑明龙知道。他先安排调查的人到旅社住下，立即去找郑明龙。

郑明龙听说朱美兰有了消息，是和五河县的一个外流人员结了婚，有一个五六岁的男孩，高兴得差点蹦到屋梁上去。一番深思熟虑之后，很认真地对王云中说："朱美兰那儿子很可能是吴三龙的，你赶快去向马主任建议，要到五河查清这个孩子究竟长得像不像吴三龙，并且查这情况一定要让马主任安排你和刘大桃一起去。

哪个能不佩服郑明龙这一手高明？刘大桃对吴三龙的体貌特征十分熟悉，他去调查时经他一看，肯定知道那孩子是不是吴三龙的。如果真是的，那刘大桃是刘二桃的亲哥，让刘大桃证明这事，刘二桃一定会相信他大哥；刘二桃要知道是吴三龙夺走了他最中意的女人，肯定会和吴三龙血斗！到那时不用别人出头，刘二桃就会咬住他的。

马主任听到王云中回报说郑集大队的大队长吴三龙，有和朱美兰乱搞男女关系生孩子的嫌疑，这可是一个党员干部不可原谅的问题，必须查清楚。立即同意王云中的意见，由他带上刘大桃赶赴五河去调查。

刘大桃晚上从五河调查回来，连晚饭都顾不上吃，就直奔刘二桃处。

"二桃！我告诉你，美兰那个孩子是三龙的！"刘大桃历来说话就是这样一竿到底，一只脚刚迈进屋里，意思明了的话就说出来了。

刘二桃正坐在锅屋里的小饭桌边吃山芋稀饭，一个滚热的山芋段子刚吞到嘴里还没来得及嚼，连忙又吐到面前的碗里，愣望着刘大桃问："你说什么？你说什么？"

"那个朱美兰没死！她现在生的那个孩子是三龙的！"

"啊？你怎知道的？"没等刘二桃再问，坐在旁边吃饭的王秀平就急不可待地问。

因为马主任规定对调查的情况一定要保密，所以刘大桃三天前走时，并没有人知道他到哪里干什么。

刘大桃压住一下激动的情绪，很神秘地说："这两天我跟王云中到安徽五河调查的，我在那见到朱美兰了。我一看朱美兰那儿子的那脸型、那眉眼，活脱脱地就是三龙那一个模子里脱出来的！"

"这两天没看到你，原来你是到五河的？你亲眼看到美兰啦？也看到她生的那孩子啦？"王秀平接连地发问。

刘二桃却是铁板着面孔一声不吭地坐着。

"那还能有假？我刚从五河回来，坐了一天的车，晚饭还没吃哩！"

"啊！"王秀平吃惊地想了片刻，又说，"你还没吃饭吧？我盛饭给你吃！"

刘二桃一直铁板着面孔坐着。王秀平和刘大桃都知道他的心事，就没打扰他。

王秀平一边盛饭一边问："美兰真命大呀！还活着！她是怎么到那儿的呢？"

"她呀！那天晚上跑到张大喜家，张大喜家留她给张大喜做媳妇。她嫌张大喜是个憨子，第三天就跑了。她顺着安河跑到湖边，被现在的这个男人留下了。这个男人在新中国成立前跑到湖里打鱼过日子的，那时三十出头了还光棍一个，美兰就跟他过了。湖里不少渔民都没有户口，这次清理盲流人员被查出来，送回原籍五河了。"刘大桃一边吃饭一说。

"二桃！你吃饭呀！饭都冷了吧！"王秀平一边听一边提醒二儿子吃饭。

刘二桃还是铁板着脸坐着。

"美兰现在过得怎样？"王秀平对美兰一直有好感，很惦念地问。

"管她干什么？死了才好哩！"刘二桃突然暴叫道。

屋里沉寂了一会，王秀平又说："这三龙，这样好的人，怎么做出这事呢？"

"哪个知道呢？我和王云中专门找美兰问这事的，她就是不承认那孩子是三龙的，就连她那个男人，怎么问他都一口咬定那孩子是他跟美兰生的。可是他们不承认也没有用，那孩子的照片都被我们带回来了！王云中说就凭这照片就能定案处理三龙！"

"三龙这下要倒霉了！"

"活该！"二桃突然又狠狠地骂道。

马主任将对吴三龙的审查交给王云中办理，吴三龙立即被隔离审查。

吴三龙心里很清楚，这可是关系到自己一生政治前途的关键问题，如果承认自己就完了；这还是小事情，至关重要的是水花，如果变成事实，水花是无论如何也不会原谅他的。不过他心中也有底，相信朱家是不会把他供认出来的。无论这位王云中怎样折腾，吴三龙始终一口咬定他和朱美兰没有任何关系。至于说孩子像他，他的理由很简单，天下人长得像的不知有多少，哪能说孩子长得像哪个就是哪个生的？要是凭这就能认定，那他的儿子闺女还多得数不清哩！

公社革委会对吴三龙的问题如何处理进行专门研究，王云中坚持认定吴三龙和朱美兰有关系，要开除他的党籍撤销他的大队党支部书记，证据是小孩的照片极像吴三龙。李大宝极力反对，认为吴三龙没有交代口供，仅凭照片不能定案。

张德宝这时对他的心腹还是有袒护的意思，认为不能随便处理人，还要认真地查一查再说。

赵永华并没因为对吴三龙有成见而去整治他，没有表明态度。他知道在这个时期得罪哪个都有可能给自己带来不利。

马主任听取了张德宝的意见，认为目前的材料证据不充分，不能下结论处理，由于吴三龙的嫌疑还无法排除，决定再审查一下再说。

李大宝一直在想方设法将吴三龙解脱出来。功夫不负有心人哪！机会终于来了。

这个王云中是个好色之徒，当上公社副主任之后，更是花心四溢，大王庄大队的文艺宣传队里，有个长得好看的女演员和他扯上关系了。李大宝经过精心策划，于一天夜里将王云中和这位演员的风流事儿堵在被窝里。李大宝的目的是要解救吴三龙，解救的最好办法，是将主办这个案子的王云中的嘴堵住。他并不急于将王云中的丑事立即公布于众，而是向惊慌得筛糠般的王云中提出条件：如果他将吴三龙的事儿搞成查不到证据不能定案，他们就把他的这桩丑事隐瞒下来；如果达不到这条件，他们就把他的丑事揭发出去，让他身败名裂。王云中心里明白：即便是吴三龙被整倒了，他也捞不到什么好处，反而会使自己的丑事败露，影响自己的前程。便答应了李大宝的条件，并且给李大宝立书签字作为凭据。

王云中的软手把儿被攥在李大宝的手里，哪敢不按李大宝的话办事。他跑到马主任跟前说对吴三龙什么办法都用上了，可他就是不交代，再审查下去也没什么意思了。

别看马主任年轻，处理问题却干干脆脆决不拖泥带水，十几天都没有结果，那还查什么？立即决定取消对吴三龙的审查。

十几天的隔离审查折磨得吴三龙身心疲惫难以忍受，但是听说对他解除审查让他回家，他却又陷入极度的空虚与慌乱之中，小腿肚子像灌满了铅块一样挪不动脚步。他怕遇到熟人，不到一里路他足足走了半个小时，他回到家时天已黑了。

他怕见到熟人，家里却尽是亲朋好友在等着他。

"大姐夫回来了！"开花虽然已经知道吴三龙今晚会被放回家，还是很惊喜地叫起来。

李大宝像多少年没见似的迎上去拉着吴三龙的手走进屋，让他在桌边坐下。

吴大龙、孙武、张兰芳，还有许多人都在说关系到他的话。

吴三龙无心去听每一个人说话的内容，只是机械地甚至是文不对题地说些简单的应答话，双眼却是很认真地偷偷瞟向水花。虽然看不出水花有什么表情，却并不用正眼看他，他那原本就忐忑不安的心立即又慌乱起来。

菜花倒了一杯开水端到吴三龙的面前，欣喜地说："我就说三龙哥没干那下作事！怎样？被我说中了吧！"

"那都是郑明龙那些孬熊东西栽赃诬赖的！这些不安好心的东西，就该抹屎给他吃！"张兰芳气愤地骂道。

"没事就好，没事就好！"孙武连连说。

大家都在发表自己的看法，唯有水花一言不发，有时也会偶尔露出点笑意，大多时间都面无表情地坐着。

菜花望着水花说："大姐，三龙哥这阵子在里头受苦了，你一定要做点好吃的给他补补呀！啊！我来做吧！有面吗？我擀面条给他吃。"

水花只是淡淡地说："不急，等你们走了再说！"

开花说："对了！三龙哥一定饿了，我们都走吧！让大姐早点做饭给他吃！"

吴三龙将大伙送出院门往回走，前脚刚迈进堂屋的门，脸就被水花狠狠地扇了一个大耳光子。

"你还有脸回这个家！我早就怀疑那个野种是你的，果然不假！"水花一改众人在时的那副无所谓的表情，满脸怒气地朝着吴三龙吼道。

刚听到吴三龙因为朱美兰生的孩子很像吴三龙，被公社关起来审查，水花的心气得都快要蹦到外面了，她甚至要发狠跟他离婚。可她到底是个有头脑又大气的女人，吴三龙毕竟是和自己同床共枕了十几年的男人，生了两男一女三个孩子，和他组成了一个算是很完美的家庭，如果就此跟他离婚，别的不说，三个小孩怎么办？想到这些，她决定还是要保持和吴三龙的婚姻，维护好自己的家庭。有了这个理念，也就有了应对这起突发事件的处置原则，尽管凭自己的直觉可以认定吴三龙有问题，也绝不能让外面的人看出来，不但要做到这样，而且在公开场合还要和他的口词保持一致，坚决否定他和朱美兰有任何关系，一定要帮助他渡过这一关。在吴三龙被关起来审查的十几天时间里，水花到处活动，为吴三龙喊冤叫屈；换衣送饭，关心备至，外人丝毫看不出水花有一点破绽。现在吴三龙出来了，积蓄在她心中的怒火再也无法忍受下去，等众人走后，终于像决堤的洪水一样狂泄出来。

水花这巴掌扇得真厉害，吴三龙的嘴里顿时感到咸咸的，他知道渗出了血。但他并没有吐出来，而是使劲咽了下去，尽管腮帮子火辣辣地疼，他却是一声不吭地站着。

回家的路上，吴三龙就已经想到水花绝不会轻饶他，可是又没勇气去想出一点应对的办法，只能是还像在接受审查时那办法——论死就那么一堆子，不承认，坚决不承认。这时水花正在气头上，他觉得千万不能再有一点刺激她的行为，最好的办法是一声不吭，骂也罢，打也罢，让她把气出足了吧！等她的气头过去再说。

"你这个没良心的东西！做出这丢人败兴的事，你还是人吗？"水花一边骂一边用拳头像雨点一样向吴三龙身上砸去。

已经上六年级的大顺子听出里头的情由，低头坐着流眼泪。七岁的女儿顺侠搂着妈妈的腿哭求她不要这样。两岁的小儿子二顺子放在外奶家，如果在家的话，还不知要闹成什么样子呢。

过了一段时辰，水花骂够了，也打累了，才一屁股坐到桌边的凳子上喘粗气。

吴三龙一直低着头在门洞里站着，见水花不再折腾他了，才慢慢地走到桌边在水花的对面坐下来。

"唉！"吴三龙深深地叹了口气，"我就知道回来你要这样对我！唉！怎么说呢？他们硬朝我头上按！唉！"

"你装什么熊？刘大桃说了，他去调查的，看那野种就像你！不是你的话，事情都会这样巧？"

"唉！我说什么呢？在那审查受他们的罪，到家你还逼我！唉！我、我受不了！"说着说着，吴三龙的眼泪不禁流了下来。

水花见状，不觉心变软了，但是气还没出尽，鼓着嘴坐着不说话。女儿哭着喊饿要饭吃，她也不理她。

吴三龙的泪是发自内心流的，是委屈还是愧疚，此时只有他自己知道了。

王云中对郑明龙那伙人又耍了个小心眼，告诉他们说，马主任说花了这样长时间都没让吴三龙交代，说明三龙就没有这事，已经叫他将吴三龙放回家了。

郑明龙兄弟听说吴三龙是马主任决定放的，心里再不高兴，也不敢明着反对，但是又不死心，让王云中以吴三龙的嫌疑还没完全排除去说通马主任，到安徽五河去将朱美兰带来审查。

第二十五章

危难之中遇贵人

夕阳烧起紫红色的晚霞，映得车厢里泛起紫色的微光。客车扬起尘土在沙石路上颠簸着。车外寒风呼啸。车内浑浊的人腥味和汽油味融合在一起，令人胸中作闷，没人说话，只有震耳的发动机声和车身发出的咣当吱扭声在比赛似的争相轰鸣着，虽然震耳，却也单调得令人觉得清静。朱美兰怀里搂着五岁的儿子小利靠窗坐着，随着熟悉的地形村貌逐渐地进入视野，她的心也被逐渐地揪紧起来。她急盼着见到自己分别多年的家，却又惧怕这个家真的出现。她焦躁不安地张望着车外，远处就是树木密集的安河堆。她清楚地记得，那天的天气也是这样冷，她在郑明虎的带领下，就是顺着河堆从树丛中的小路上跑掉的。如今，树已明显长大了，可是当时那种惊恐的心情仍清晰地印在脑子里。汽车驶上安河堆，出现在朱美兰眼前的是一座崭新的混凝土拱形桥，令她心疼得颤抖的那座大木桥不见了，拱形桥的北旁不远处，残破的大木桥的桥墩还在。望着那桥墩，她满是悲情地长长吁了一口气。河那边，虽然增加了不少红瓦的屋背，街道的轮廓却还是那样熟悉；天空那深蓝的天幕底下，一朵朵白云轻快地游动着，鸟儿在白云间飞翔，这一切都让她觉得还像那时那样在亲切地展示给她。然而河道里河水虽然还像那时那样清澈安静，却让她感到像汹涌狂奔的急流一样即将把她吞没，她急剧地惆怅起来，那段往事也迅速地从脑海里显现出来。

那年从张大喜家跑出来，朱美兰顺着通往赵集的沙石公路一直向东南。她害怕张家的人追上来将她逮回去，十分惊恐慌张，加上从没出过远门，饿了不知道找人家要点吃的，天黑了也不知道找个人家借宿歇一歇，实在累得走不动了就找个暖和的地方扒一下打个盹，又冷又饿又累。到了第二天傍晚，走到一个村庄边时，打了几个喷嚏，一阵眩晕让她身不由己地倒在路上。隐约中，她听到说话声：

"哎呀！快来看，路边有个人哩！""真的！不认识么？""不是我们庄上的！""哦！什么人呢？"

一个男青年的声音说："这个人哪！看样子是病了，你看她脸红的。"跟着就觉着有只手伸到自己的腮帮上试了一下，"哎呀！烫手哩！你们在这看一下，我去大表叔家，叫他来看一下！"话音刚落，就响起渐渐远去的脚步声。

过了大约一碗饭工夫，美兰迷迷糊糊中，觉得有一只大手拉直她的左手臂，将一个指头搓在她手腕处的血管上。

美兰努力地清醒一下睁开眼，就见一个男人蹲在她的身旁。这个人身穿灰卡大褂，四十多岁，四方脸，微胖，略谢顶，下巴连着腮帮蓄着一寸多长的络腮胡须，容貌慈善端庄。看了，一股踏实宽慰的温情，在美兰的内心深处隐现出来。

在这男人的身旁，站着一个十来岁，身穿半旧蓝卡中山装棉袄，带着中学校章的学生模样的男青年。危难之中盼救星，对于这个主动去喊他的表叔来救自己的年轻人，美兰十分感激。她打起精神，仔细地看他一眼，就见他身体壮实，前额宽大，下巴丰满，浓眉大眼，一对眸珠乌亮有神。

把脉的男人面色专注地试了一刻，然后面带慈祥的微笑问：

"你是哪里人？"

美兰睁开眼，虽不怎么怕他，但是仍怯生生地望着他，没说话。

"啊！你怎么一个人睡在这里？你家还有人吗？"

美兰闭上双眼。

就听有人说："你别怕！他是高先生！说呀！""高先生心善！才是好人哩！""他呀！不但医术高，还尽心尽意，不管熟人生人，大病小病他都当自家人一样对待！""就是的！我们这十里八村的，哪个不知道他宽厚仁义！""是啊！我们这哪家能没得到过他的好处！有什么就跟他说，他会救你的！"

美兰听到众人的介绍，才放下心来，十分哀苦地带着哭腔说："就我一个人！"说完，眼泪就涌了出来。

"啊？就一个人？一个人到这干什么？""是要饭的吧！""不对！要饭的人怎没拿碗？"人们又七言八语地说起来。

高先生说："没什么大碍的，不要怕！就是因为冻饿受了虚寒，吃几粒药丸，把肚子吃饱，再好好睡一觉就会好的。就是要找个暖和的地方安顿下来。"他略加思索一下，对站在他身旁的那个小青年说，"小三子！去把你家网床拿来！"

小三子的家就在附近，他不但扛来了网床，还带来了一块热乎乎的大秫饼。

美兰实在饿极了，用力地从地上坐起来，接过小三子递给她的饼子，立即大口地嚼咽起来。高先生等美兰将饼吃完，才对她说："姑娘，天都快黑了，我看你也没地方去，就住到我家去吧！我给你治病，等病好了再走。"

一块饼下肚，美兰的精神好了许多，她为难地说："大叔，我没钱！"说完就挣扎着站起来要走。

高先生笑着说："姑娘！你身子这样重，还病着，不能走！提钱干什么？治病要紧！"他一边说，一边将美兰扶到床上躺下来，小三子在前，他在后，抬着美兰，过了一道深深的围沟，不一会儿就到了高先生的家。

这时太阳刚下山，院子里的情景清晰可见。三间门朝南的正屋，是砖石腿子，土墙草顶，东旁是两间偏房，不高的土围墙将南、东两面围起来，组合成一个三丈多宽长的院子，主屋门对面，是个简易的土门楼子。主屋通往院门和偏房，是不宽的碎砖铺成的小路，主屋门两旁和南院墙边，各用长短不一的条石砌成高矮一致的膝盖高的台子，上面摆放着形式和样式各异的陶制花盆。此时已至秋末初冬，别的花草虽已凋谢枯萎，仍有月季还在展示着紫红色的花瓣，几盆白、黄、紫的菊花在绿叶的映衬下争相怒放，显示出勃勃生机。主屋门西是一棵一人多高的石榴树，树叶虽落，树梢上仍有几个黄红相间的石榴。院子的东南角，有个不大的一人多高的葡萄架，从上面分布均匀有序的粗壮枝条来看，夏天绝对是枝繁叶茂，那一串串甜酸的葡萄串儿会馋得人口水欲流！架下有架小水磨，水磨的西旁有个五尺粗围的水缸。整个院子干净整洁，让人看了舒心气顺。

高先生让美兰吃了几片他自制好的药丸，又让她吃了一大碗面条，安排她在主屋里间的床上躺下。因为药力的作用，加上极度困乏，美兰倒下便呼呼大睡起来。

美兰醒来时天已大亮，觉得自己身子轻松多了。她环顾一下自己睡的地方，这是用苇秆夹成的里间，发觉自己睡在靠后墙的一张四尺多宽的木板床上，前墙上开着一个不大的窗子，窗前放张长桌。

一个八九岁的小姑娘坐在桌前对着镜子梳头，两条翘起的羊角辫已扎好一条，那一条拢好后正在往上扎红头绳。听到动静，她转过脸望了一眼美兰，扬起甜甜的嗓音说："姐姐，你醒了！妈妈说要让你多吃鸡蛋，我家就几个鸡蛋，怕不够你吃的，就到庄上找养鸡的人家买鸡蛋了！叫我看着你，等你醒了，叫你不要走。"女孩红头绳扎好，又拿起桌上的竹壳水瓶，向杯里倒点水，然后一手端水，一手拿起一个小纸包走到床边，"我大到医院上班去了，这是他临走留的药，等你醒了，叫我拿给你吃。"等美兰吃完药，女孩又对着外边大声喊，"二姐！病姐姐醒了！你给她做吃的吧！"

美兰从床上坐赶来，吃完药，小姑娘又坐到桌边的凳子上，不紧不慢地说着话："你睡的床是我和二姐睡的，昨晚我大说这屋暖和，让你睡这屋，叫我跟二姐到偏屋大姐那床上睡。偏屋外间是锅，里间铺床。大姐和我大都在公社医院上班，我大三天一调休，调休就回家。大姐平时不回来，家里有事还有过节才回来。二姐在家帮我妈做饭，我在庄上三年级。我大说你病没有事，走时把药准备好了，跟我妈说让你一天三次，饭前吃，今天吃一天，明天就好了。我大叫我妈不要让你走，等他三天后轮休时回来再说……"

小姑娘方正的面容娇嫩艳美，一双水灵灵的大眼睛显得精巧灵欢，嘴两边的两个小酒窝里，随着嘴巴的波动，像在微漾着甜甜的蜜。话音不大，却是在一字一句、不紧不忙、挫顿有致地说着。美兰对她的感觉，被她说得由生疏变成熟悉，再由熟悉变为喜爱，听到后来，真想将她抱在怀里尽情地亲一亲。

"小兰子！饭做好了，你来端去吧！"那边偏房里传来另一个女孩的喊话声。

"啊！"小兰子应了一声，又对美兰说，"二姐叫我了！"说完向外走去。

不一会儿，端来一只冒着热气的大海碗，碗里混合着面条、青菜和荷包蛋。小兰子将碗向美兰手里送，说："姐！趁热吃吧！"

美兰不再像昨晚那样饿得抢着吃了，很不自然地说："哪能？这，妹！你自己吃吧！"

"是我妈走时交代做给你吃的！"小兰子将碗硬塞给美兰。

美兰挑起一个荷包蛋："妹！这个你吃掉吧！"

小兰子忙说："我妈说过的，生病的人要吃一点，我病了，我妈也做荷包蛋给我吃。你快吃吧！"说完就跑了出去。

美兰刚吃完，就听院子里传来说话声："小兰子！你那病姐姐呢？"

"在里屋吃饭哩！"

听声音，美兰就估计是小兰子妈回来了。她下了床，拿着空碗，正想往外走，房门口又有说话声："不要下来乱动！你病还没好，身子又重，要好好休息的！"话音还没落，就有两只手伸过来，将美兰按坐在床上，接着又有声音传出，"小兰子！把空碗拿去！"

没等美兰看清来人什么样子，就被她捧起双腿放到床上，用被子将她在床上围坐好。她嘴里在说："别客气！到这了，就是你的家！药给你吃了没？"

"吃了，大姐！给你家添麻烦了！叫我怎好意思？真的谢谢你们家了！"

"别说这话！"

"不是你家，我昨天夜就死在路边了！遇到你们这样的好心人，救了我一命！"美兰哽咽起来。

"别这样！人生多坎坷，难免落难时！救人一难，自有好报！我们医道人家，你这样的事，常有！别说这些！"听话音，就知道小兰子妈是个知书达礼，让人敬重的贤妻良母。

小兰子妈说完，在床边坐下来，笑着端详着美兰，很和蔼地问道："姑娘，我想搞清楚，你是哪里人？身子这样重，怎么一个人跑到这里？"

美兰怔住了，想着心事。

"啊！不好说！不好说就别说！不管怎样，好好治病，要走的话，就病好了再走！"

"不！你们家对我这样好，我还有什么不能跟你说的！我是郑集街上人，在家蹲不下去了！"美兰说到这，哽咽得说不下去了。

小兰子妈向美兰跟前靠靠，将手搭在她肩头上，很和蔼地说："别急，慢慢说！"

停了一会儿，美兰才说："我那男人，他，他死了！我家非要我再嫁给一个傻子，我没法才跑出来的。"美兰对小兰子妈虽无戒心，但她还是没说实话。

"啊！原来是这回事！你这样跑出来，打算往哪去啊？"

"不知道。"

"啊？你怀着这样重的身子，也不能瞎跑啊！要不，你就暂时在我家住下来！"

这时，小兰子在院子里喊道："妈！吃饭吧！我还要上学哩！迟了会迟到的！"

"噢！那你在这，我们吃饭了！"

美兰到屋后上厕所，回来时望一眼偏屋，她们正吃饭，吃的是大秫面山芋稀饭。看到她们弄好的给她吃，自家在吃这样的饭，美兰十分感激。

小兰子妈大声对美兰说："你要好好休息的！不要再动了！"

美兰应了一声，进了主屋。主屋的东面那间也用苇秆墙隔着。正中一间的当中放着一张八仙桌和几条凳子，靠后墙有张长形条桌，条桌正中摆着几块祖先牌位和一只小香炉，后墙正中贴着一张药圣李时珍像，画像上面的横批："治病救人行医积德。"

两边的条幅：上首是"医勿重利当存仁义贫富虽殊药施无二"；下首是"人身疾苦与我无异凡来请者急去无迟"。看到这，再联想到这受到这家人的善待，美兰发自内心地赞叹道："多好的医德！多好的家风！"

高先生是这一带的乡村贤达人士，在这方圆数十公里内，这位高先生是很有名望的。

这里在洪泽湖西岸，湖汊众多，芦苇茂盛。

在他的身上还曾发生过一个令人叹服的故事。这一带过年时时兴请年酒，一些人家会利用新年吉利之气，请一些帮助过自己的人来家喝酒以示谢意。高先生自然成了人们争相请带的热门人物。依他的名望，自然大多都是坐在上席。有一天他被人请去吃晚酒，照明点的是小煤油灯，灯光灰暗看不清。菜上齐酒斟好吃喝开始后，同桌的人发现，坐在上席的高先生只见喝酒，没见吃菜，就都很客气地央请他吃菜，然而高先生不是说："别客气！你们请用！你们请用！"就是说："谢谢！就这样好！就这样好！"等到酒菜吃了大半，才有人发现，竟然没给高先生筷子！没有筷子怎么吃呢？这不是难为了高先生吗！不要说主人了，就连同桌的人也都怨悔不已，都争相向高先生赔礼道欠。高先生只是笑笑，连说没什么，让大家不要在意，不要客气，拿起补发的筷子，才和众人一齐吃菜。

正在危难之中的美兰，落脚在高先生这样境界高尚、宽厚仁义的人家，实在是一件幸事。

美兰并没有在高先生家长久住下去，几天以后，庄上来了一个卖鱼的湖里的渔民，这个渔民叫朱大可，三十多岁，孤身一人。在小兰子妈的说合下，朱大可认领了怀着身孕的美兰。

郑家大院里的郑集大队部里，对美兰审问随即开始。

王云中首先开头："朱美兰，我告诉你，今天你得老实一点！我问你，这小孩是哪个的？"

"那还能是哪个的？朱大可的呀！"美兰心中虽然害怕，因早有准备，回答得并不慌张。

"胡说！这小崽子长得跟三龙一个模子里脱出来一样！今天你不说实话，我饶不了你！"

王云中一直是满眼凶光、恶狠狠地责问着。

和王云中一起来审查的妇女主任没像王云中那样凶，对美兰是耐心细致地劝导。

美兰先是一个劲地说孩子是她和地主男人朱大可生的，后来干脆搂着孩子不说话。

王云中照着美兰的大腿上就是一脚。美兰立即"啊"的一声大叫。抱在怀里的孩子吓得大声哭喊起来。

正在王云中又来下一脚时，妇女主任说话了："不能这样！她是个女人，你不能这样打女人！"妇女主任到底是女人的头儿，她要保护下面的人。

王云中愣了一下："你不让打！好！那好！"说完，又窜过去，拽住小利的耳朵，狠狠地说，"小兔崽子，看你这模样儿就是三龙的种！"

美兰看着哭叫的小利十分心疼地说："他还是个孩子！"

"拽下耳朵你就心疼啦？我倒要治一下这个小崽子，看你这个女人心有多硬！"王云中说完，拽着小利的耳朵向一边拖。

"王云中！你一个大男人，干什么要对孩子下这样狠手？"妇女主任出于女性的良知，见小利被扭得可怜，实在于心不忍，激动地说。

王云中很不满地望着妇女主任："好啊！美兰你不给整，这孩子你也不让动，你是在存心和我对着干来破坏审查！我看还要先把你审查好哩！走！你跟我到马主任那里去！"

哪还用去问马主任，马主任正要找王云中哩。他刚才收到一封匿名人民来信，检举王云中和他们大队文艺宣传队里一个长辫子的姑娘有不正当的男女关系。

因为有人揭发王云中乱搞男女关系，让乱搞男女关系的人去审查有男女关系问题的人，腿软腰也不硬，这哪能行？马主任决定自己亲自上阵。当兵去体检那时候他就听人说过，人的血型分几个类型，父子的血型一般都是一样的，要是将吴三龙、那个李大可和小利三个人的血都抽点，让医院化验一下不就行了吗？他立即安排人去办。化验的结果很快便出来了，三个人的血型都是 A 型。这可让马主任又犯难了，吴三龙不承认孩子是他的，美兰又坚持说孩子是她男人李大可的，吴三龙的问题还是无法定案哪！正在马主任为难的时候，郑明虎来了。

"马主任，我是郑集街上的贫下中农，对三龙和美兰的事早都知道了，这孩子就是三龙的！现在不但脸长得像，血型又对上号了，不是他还能是哪个？你们领导要是将三龙放过了，我们就到县革委会去告你们！"

郑明虎的一番话真的让马主任不敢轻视了，他很为难地说："可是三龙不承认，美兰自己也没交代是三龙呀！"

"这就没办法了吗？让贫下中农们评议吗？将三龙跟那个孩子放在一块儿交给大家评议，大家都认为长得像就能定，由贫下中农定案他不承认也不行！"

正在为难的马主任觉得这是个好办法，马上照办。评议会就在审查美兰的郑集大队老办公室里举行，从全公社十一个大队抽来的十一名贫下中农代表分别坐在两边，美兰领着孩子站在中间。郑集大队的贫下中农代表就是郑明虎，他当然很有把握。

吴三龙再一次被放到油锅上烤了，他怕见到美兰，更怕见到他那个亲儿子，却又身不由己、无可奈何。他低着头被带进会场，因为从没见过这个孩子，目光竟难以自控，忍不住地瞟向孩子后，马上就像触电一样感到心颤，那脸型、那眉眼多像自己家里的那个儿子！这时这个天真无邪的孩子正瞪着乌豆般的眼珠儿望着自己。父子连心啊！吴三龙不由得心软了，他情不自禁地要扑过去把孩子抱在怀里再大叫一声"我的儿"，可是又不得不强忍了。接着又偷偷地瞟向美兰，美兰面容憔悴，额头现出一些细细的皱纹，唉！老了！正在这时，美兰也向他望来，就在双方目光对接的一刹那，三龙觉察到美兰的目光由带着温情投来又旋即变得冷酷。他不由得心中一颤，反而觉得自己多情了，马上收回目光，低头站着。

随着吴三龙的出现，办公室这个不大的空间如同一个充了太多的气、紧绷欲爆的气囊一样立即变得严紧起来，十几对审视的眼神在吴三龙和小利两人的脸上不停地来回端详。旋即，参加评议的人有的暗自点头，有的互相对视点头，有的低声细语，包括马主任在内，无论是无声的还是有声的，所表述的意思都是一个字——像。郑明虎更是显得异常得意。

"吴三龙！你来干什么？你算什么东西！凭什么来争我们的儿子！"美兰突然大叫起来。

吴三龙猛地醒悟过来，刚才来时水花的交代又在耳近响起。他很想看美兰一眼，然而他不敢看，更想再看孩子一眼，然而他更不敢再看，只能强忍住心中的酸楚，努力地拿出一副若无其事的样子来。

"美兰，你别傻，我是你大叔！不是我，你都没了！我最关心你的！你要听我劝，三龙这东西不是人，他害得你差点丢了命，你都这样了，还瞒着干什么？说了吧！让三龙蹲大牢去！"郑明虎见美兰这样，知道她的真实目的是在护吴三龙，急忙劝道。

美兰将小利拢在面前，面向郑明虎拖着悲腔说："大叔！你救我，我领情！可你不知道，这孩子真的不是吴三龙的。朱大可是湖里的渔民，会到街上卖鱼。六〇年春天缺粮，每到集日他就送点鱼虾给我们，为了感激他，我就——就——将身子送——给了他！这——这孩子就是——是他的！"

美兰泣不成声的话语顿时将屋里的空气凝固了起来，除去美
兰的哭诉，听不到还有别的声音。那些来参加评议的贫下中农代
表们，不由自主地将那个"像"字抛弃在一边。

吴三龙心中激动万分，这里头的缘由当然只有他一个人知
道，虽然努力地控制自己十分激动的情绪，但是仍然偷偷地抹眼
泪。

"吴三龙！你这个狗不吃的东西！你要把我儿子争去，我就
去死！你滚！你给我滚得远远的！"美兰说完仅沉默片刻，就又
恶狠狠地对着吴三龙骂起来。

吴三龙明白美兰用朱大可来掩护自己的良苦用心，他此时只
能将眼泪往肚子里流啊！

"大！大！"小利突然挣脱了母亲的手，向门口冲去。

"儿子！我的儿子！我的亲乖乖！大来看你了！"随着声音，
一个四十多岁的男人不顾守在门口民兵的阻拦，冲到屋里，蹲下
来一把搂住小利。

"孩子他大！"美兰也扑过去，一头扎进自己的男人怀里又
说，"他大！你怎来了？他们会整你的，你不该来！"

"我放心不下你们娘儿俩！是死是活，一家人也要在一块
儿！"

"大！我怕！"小利依偎在朱大可的怀里，怯怯地说。

"别怕！就趴在大怀里，我的心头肉儿！有大在，别怕！"说
完，朱大可干脆坐在当门的地上，将美兰和小利紧紧地搂在怀
里。

朱大可的突然出现，以及这一家三口人的亲密举动，令大家
都感到震惊。又看到这个朱大可虽然鼻子眼不如吴三龙相似得真
切，可那脸模子也是四方脸儿，也和小利有点相似，和小利又亲
成这样，每个人又都疑惑起来。

　　吴三龙望着朱大可，内心的感激之情像大海里的波涛一样激荡起来，他面颊上的肌肉不由自主地就要颤动，他用力地控制住，努力地做出淡定的神态来。

　　谁都不会想到，朱大可的话竟然会让马主任回想起二十年前他亲身经历过的事。这个马主任是徐州东碾庄人，那年解放军将国民党的部队围在那里，一天上午枪炮声突然响起，一颗炮弹在他家的附近爆炸，震得屋顶上的尘土纷纷往下掉。那时他五岁，被吓得扑向母亲，母亲也怕极了，拽着他筛糠似的瘫坐在地上，趴在门缝里向外看的父亲转过身一把将他们母子搂在怀里。"大！我怕！""别怕！就趴在大怀里，有大在，别怕！"他趴在父亲的怀里，贪婪地吮吸着父亲身上浓重的汗腥味，觉得有了十足的底气；听着父亲咚咚的心跳，觉得有了巨大的力量；趴在父亲的胸脯上，觉得自己藏进了安全的密室，任凭外面枪炮声如何惊天动地，他一点也不害怕。眼前的情景令他仿佛觉得这个小利就是当年的自己，这种念想一闪而过后，马上对着眼前紧紧拥抱在一起的一家三口人，挥着手很有情意地说："唉！这一家子！都走吧！走吧！"

　　"什么！让他们走！那三龙呢？这孩子——"郑明虎十分吃惊地问马主任。

　　"你看不到啊？和孩子都亲成这样了，还用再查问吗？"马主任看都不看郑明虎，接着又对美兰说，"走吧！你们都走吧！回家去吧！"

　　这当儿，马主任的话就是至高无上的，郑明虎再有意见，也只能作罢。

第二十六章

二桃找回了当年和美兰在一起的感觉

按照上级指示，大量安排使用老干部，军队干部不再兼任地方革委会领导职务。张德宝担任公社革委会主任，赵永华担任副主任。群众代表不再在公社革委会里担任职务，王云中回到原来的生产队当社员，李大宝回学校上课。

春分已过，春耕春种千头万绪。赵永华是分管生产的，上午在县参加搞好春季生产紧急会议，下午回到郑集就找张德宝。他知道张德宝的去处，立即赶到南湖地里。

张德宝一天也不会闲着，他历来对小李庄就有感情，没事就到小李庄去张罗。

大干渠自南向北静卧在安河东旁的大地上，渠上的树木吐露嫩芽，将渠身装饰得像条嫩绿色的巨龙。排水河从位于渠的南头抽水机站伸展出来，向东直通小鲍河，小李庄的地就在离抽水机站半里多的排水河边。河边，去年临时搭建的草棚被改建成一间土墙草顶的抽水机房，里面装着一台八马力的柴油抽水机组，大海碗口粗的水管子下头扎进排水河，向上伸进一米多高的水渠里。水渠的两旁，靠近抽水机房的一头是去年水稻茬种的麦子。从春节到现在的一个多月没下透雨，已初现旱情，而小李庄的稻茬麦别看种得迟，因为半个月前灌了水，麦稞儿墨绿苗壮，十分喜人，可是稻茬边的一百多亩地里的麦子稞儿还像冬天一样瘦小。

此时，张德宝和吴三龙两人正和几十个男女壮劳力正在那一百多亩地里挖引水沟，在地四周打拦水围埂，准备给这些麦地灌水。

张德宝那把铁锹锹头原本一尺二寸长，现在磨得只有八寸，五寸宽的瓦形锹口锋利，锹面锃亮，挖起土来既快又省力。锹头短不怕，锹库儿虽然圆细，也能兜得住土，挖深一些也能保住每锹不少于三十斤。他和吴三龙两人揽下一段十丈长的围堤，围堤要打到一尺高，他在前挖，吴三龙在后用锹拆。天气虽然有点冷，可是张德宝已经将上身的棉袄脱掉，露出黑色毛线衣，即使这样，头发茬里还在冒着热气。

"张书记，我要向你汇报一下会议情况哩！还要研究一下全公社春季生产上的事！"

张德宝停下手中的活："不就是抓好春季生产吗？不汇报我也知道！到哪研究啊？在这就行，我们来个现场会办！"又指着眼前正在施工的地方对赵永华说，"你看！小李庄这稻茬灌过水的麦子，吃了仙丹一样，这边没灌水的就不一样了。现在这一百多亩地的工程今天下午就能做好，明天就能上水了！"

赵永华十分兴奋地说："灌上水的麦子真是漂亮！"

张德宝捧起烟袋，一边吐着烟雾一边说："小李庄这里去年栽了三十亩稻，收了三百五十斤一亩，加上前茬一百七十多斤小麦，这块地一年亩产五百二十多斤！我们早就在喊建设旱涝保收田，眼前不就是嘛！李玉成呢？你来，把我们制定的规划向赵社长汇报一下！"

孙武因为胜任不了队长职务，一直是副队长。李玉成现在是小李庄的生产队长。他还在沟里干着，对这并不热情，说："我说不好！让三龙说吧！"

吴三龙也不推让，立即放下手里的活，站到赵永华的身边对赵永华说："我们小李庄上面的土地离水源太远，只有南湖这里靠近水源，这里有条件搞旱涝保收农田。去年我们试了，一台十二寸水泵最多可以满足一百亩的灌溉用水和排涝，我们就将这一百亩地围起来，并且沟渠配套，建成旱涝保收农田。"

"啊！你们估计这一百亩地一年能收多少粮食？"赵永华关心的是要多收粮食，很有兴趣地问。

"水稻虽然高产，但是水稻茬口地烂对种麦有影响，栽得太多，不利于庄稼轮作茬口转换，所以只能五十亩种大秋黄豆，五十亩栽稻子，到秋天五十亩大秋黄豆茬种麦子，五十亩稻茬留作冬耕地，来年再种大秋黄豆，这样两年三熟，估计年平均亩产可以达到四百斤左右。"

赵永华听了很高兴："不错嘛！我们全公社平均亩产才二百二十斤，你这要超过将近一倍呀！还有那温床育苗的山芋呢？"

吴三龙叹口气说："唉！别提了！去年做的保温盖子玻璃全坏了，花钱再装成本太高；并且，一个池子春天只能栽四五亩早山芋，不合算！今年不搞了！"

赵永华说："啊！要是不合算，不搞就不搞吧。"

张德宝说："怎样？这个现场会办收获不错吧！春季生产怎么搞，清楚了吧！小李庄的做法就是大家学习的榜样！生产会议就在这开，让大家开开眼界，明确以后奋斗的目标！"

赵永华很高兴地说："张书记，你整天在小李庄干，为我们全公社搞出这样好的样板，小李庄建的旱涝保收农田的经验就应该在全公社推广。明天我们就在小李庄召开现场会，让大家来学，顺带再把生产任务布置一下。"

孙有田年龄大了，铡不动草，春节后不再喂牛。徐大柱的儿子升为民兵营长，他跟李玉成说一下，让他父亲徐大柱接任饲养员。

快收麦了，队里安排孙有田收拾收麦时用的农具，早饭碗一丢，他就来到队屋用小秋秆夹起的场院里。他年纪大，略重一点的活都不干了，这种带有点技艺的杂活也不累人，就适宜他干。队里这几年连买带生的，牛也增加了，牛槽上拴着十头牛。骚牯子雌花都老死了，它们生的牯牛也已老态龙钟。重来旧地，他不免感到伤感。三个多月没来牛屋了，然而今天来看到眼前的一头头牛，竟然都瘦得肋骨能一根根地数出来，这样的牛连拉压场的石磙子都够呛，麦收时还能耕地拉车吗？这哪像种地人的样子呢？气得他独自一人坐在场院里的一张等待修整的木犁上使劲地吸烟。这时李玉成来了。

"地里青草有的是，你怎不叫人割来把牛膘复起来？牛瘦成这样收麦时怎么用？"

李玉成很为难地说："现在地里农活都干不了，哪有人去割青草？"马上又疑惑地说，"我也知道麦收时要用牛，过了谷雨，就按每头牛一天一斤饲料安排了，怎就不见起膘呢？"

"一天一斤饲料喂了个把月？那这牛怎么还喂不起膘？"孙有田很吃惊地说。

说来也巧，徐大柱这时正一脚门里一脚门外地跨进场院敞开的大院门，急忙辩解道："一寒一春都啃干草，就这几天才给点粮食吃，能长多少肉？"

"只要功夫到，就是喂干草也不能瘦成这样呀？"孙有田心中的疑惑没消，又追问一句。

徐大柱见孙有田再说下去会触动他的切身利益，立即双目圆睁，瞪着孙有田："我牛喂得怎样碍你什么事？多管什么闲事？"

十头牛一天十斤粮，这是徐大柱五天一次用口袋从仓库里扛出来的，说是用来喂牛，实际上牛连一半都没吃到。虽说现在不闹饥荒了，可是到了目前青黄不接的当口，吃粮还是紧张的。徐大柱家两个儿子和他两口子分成三家，合在一起的话大大小小总共十口人，十个碗端起来一天就要端掉小半口袋。当会计的大儿子徐本华原本和队里保管员私下还能弄小外快，最近升成了大队民兵营长，小外快没有了。并且才上任的民兵营长又有多大权力？哪有油水轮到他捞？这一大家子全靠自己自力更生了。私心严重的徐大柱哪能放掉这个机会？他就在这饲料粮上动起了主意。此时的徐大柱感到心虚，他知道这当口要是软下来，那就会让人看出他心中有鬼，便使出了以攻为守的招数，想将孙有田的嘴封住。

孙有田狠狠地朝着徐大柱嚷道："我这叫多管闲事吗？一头牛一天一斤饲料怎么能喂不出膘？你去家让我喂给你看！不出半个月，我包它有膘！"

"这种明显的事情哪个都能看不出来，那饲料粮根本就没吃到牛肚子里去！"吴大龙扛着锄头到地里锄地路过这里，很不服气地插话说。

"你们俩一唱一和地想干什么？想打架呀！"徐大柱不再朝牛饲料的问题上说，而是向偏激的方向上引，摆出一副受到欺负的样子。

孙有田不和他去较劲，用烟袋杆儿指着牛说："你有良心吗？还像种地人吗？还有半个多月就要拉车耕地了，把牛喂成这样，还怎么让它们去干活？"

这时，不少的人都到了，都说孙有田说得对，一齐指责起徐大柱来。

只有菜花不支持她父亲，听说他在牛屋和徐大柱发生争执，急忙赶来说："大！你都不喂牛了，还管这些闲事干什么？"

"把牛喂成这样，能耕好地拉动车吗！这能是闲事？"孙有田很不服气地说。

"走吧！走吧！我们回家吧！"菜花拉着孙有田往回走。

"唉！种地指望牛！吃饭指望牛呀！"孙有田一边跟着菜花走，一边小声地嘟囔着。

孙有田走后，李玉成觉得孙有田提的意见很对，不把牛膘喂起来，麦收了怎能用？当即决定，每头牛的饲料再加半斤，并且不再发到饲养员手里，全都放在仓库里，每天一次让吴大龙领来，当面看着徐大柱将饲料喂到牛肚里。徐大柱虽不高兴，可是也无话可说。

李大宝下午两点赶到学校。

学校大院里，由北向南整齐地排列着两排十几幢带走廊的教室，虽然是上课时间，教室里却只有明玉一个人坐在桌边低头学习，李大宝走到对面他还没发觉。

"明玉！"

明玉吓得一颤，他抬起头："是你！才到的？"

李大宝将行李放在桌上："嗯！不是已经上课了吗？教室里怎么就你一个人？"

"每天上下午各上一节政治学习课，其余时间自由活动，下午三点上课，他们还没来。"

"你在做数学题？这也是老师布置的作业？"

"这哪是作业？是我自己要做的。原来的教材都不准用了，新的教材又没有，课没法上，哪来的作业？我觉得数学这东西不论到什么时候都有用，任何一门科学技术都离不开它，学好它以后还会用上的。"

"你真是书呆子！"

刘二桃的亲事是刘大桃下决心一定要办好的一件大事。这里头除去母亲年纪大了，家中急需一个操持家务、侍候好母亲的人手以外，在朱美兰的事上，刘大桃心中对刘二桃的愧疚，也在促使他一定要办好这件事。眼下的当务之急，是给他找好对象，对象找好了，事情也就水到渠成了。

清明节后，公社武装部将全公社武装基干民兵集中起来训练。各个大队都有一个十人的武装基干民兵班，十几个大队就是一百多人，公社武装部无法安排这样多人的吃住问题，让各大队自行解决。

大李庄的民兵营长来找刘大桃，请他帮忙安排民兵的吃住地点。郑家大院里老大部队的三间屋空闲着，刘大桃原本打算将他们安排到那去，一听说他们做饭的炊事员是那个王月娥，并且至今还没嫁人，马上改了主意。他特意将他们安排到二桃家里去，好让二桃有充足的时间接触了解一下王月娥，以便培养出对她的感情来好把他的亲事办了。桃花出嫁了，现在二桃那里大大小小七间房子就二桃和母亲两个人住，房子空闲得很。大桃先把自己的想法告诉母亲，王秀平当然十分赞成，母子二人商定，先不把这个意图告诉二桃，等事情能有点眉目再说。

王月娥今年二十六岁，比二桃小一岁。二桃是因为朱美兰将自己延误成大龄剩男，王月娥却是因为家庭贫穷嫁不出去成了大龄剩女。王月娥在家中排行老大。他的大和妈是土改那年结的婚，人民公社前那九年，日子过得好，小夫妻精力充沛，接二连三地生了七个儿女。孩子生了这样多，两个劳力要养活七个孩子，吃穿也是个大问题。国家规定粮食按人口平均分配，这才让她家这样年幼的孩子有饭吃。但是生产队不能无偿地将粮食分给她家，在经济上实行按劳分配。这样一来劳力多的人家还可以，她家九口人全靠父母两个劳动力，困难的程度可想而知，又哪来钱给这样多孩子穿衣打扮？除去吃，其余父母都不管，就连五六岁的男小子，通常都是光着腚儿满庄跑，女孩子大多都是简单遮丑就行，也难怪王月娥小学五年级了还是那种邋遢样子。人民公社刚成立时，有时白天干夜里还要挑灯干，大人忙成这样，很少有时间在家照顾孩子，哪还有空去给那样多的孩子一个个地洗漱打扮，都是让孩子们自行料理。于是七个年幼的孩子都自然地用鼻涕、眼泪调上灰尘，将自己料理成黑脸包公。那年大桃要将王月娥介绍给二桃，二桃并没看到人，还是上小学时的那个印象，所以认为王月娥太邋遢，就一口拒绝了。

　　女大十八变。进入青年时的王月娥和天下的年轻女性一样也有了爱美之心，鼻涕不再拖到嘴边不需要用袖头抹，虽没有香水膏脂之类化妆品化妆，脸上的灰每天还是一定要洗的，衣服虽破也洗得干干净净。就是有一条难变，穷。家里穷就被人看不起，除去那年被大桃要介绍给二桃，至今还没人主动去逗她。

　　王月娥圆脸蛋，脑后绕起两根韭菜把儿。个头不高，体型不瘦，嗓门不低，走路不快，做事不紧不忙，话不多还不笑。身穿一件连红色的碎花朵儿都发白了的，用冬天穿的棉袄掏去棉胎改成的夹袄，右边的肩头补着一块马鞍形补丁，布色虽是白的，与原布色调很不协调，但是补丁形状和针脚倒也很整齐。

　　王月娥不再是基干民兵，她是专门来当炊事员的。那位民兵营长已从大桃那里知道他将他们安排到刘二桃家里的意图，便私下里将这个情况传递给侄女王月娥，王月娥心中有数，很看重这个难得的机会。开始几天，她都是小心地做好自己的事。王秀平已从相貌上看出王月娥性格温顺，是个当孝顺儿媳妇的料子。对王月娥总是温柔地闺女长闺女短地叫，没事时就逗她说说话。几天过后，王月娥的状态便放开了。对王秀平也是大娘大娘地叫，洗补家务也帮她干。

　　一天，早饭后民兵们都去训练。刘二桃身上的外衣脏了，在屋里拿起那件旧蓝卡中山装就换，往身上穿时才发现两条袖子肘弯上，原有的断了半圈的口子被补上了。他就两件换洗衣服，这件中山装的袖子早就破了，再不补那整条袖子都会断成两截。可是母亲眼花不能补，只有等桃花回娘家时补，他奇怪地想：桃花这几天没回来呀？怎就补上了？就在他发愣感到不解时，母亲在一旁说：

　　"月娥呀！针线不孬！你看这袖子补的，多好！"

　　就在这时，王月娥不声不响地走过来，拿起二桃换下来的脏衣服放到盆里就向院外的汪塘走去。

"二桃，月娥不错哩！性子好人又老实。这阵子家里的脏衣服都是她洗的，就连每天吃饭的锅碗她都不让我涮，都是她替我涮的，这样的好闺女到哪去找？妈看好了，就是她吧！"

二桃望着远去的王月娥，脸上微微地笑着。别看他一直很少用正眼看王月娥，心里对她的印象却已发生了很大的变化。王月娥第一天到他家看到她第一眼，就看出她不再是那种邋遢样子。虽然不如美兰和开花那样好看，也还说得过去。今天听了母亲的话，实际上已经有了可以表达心意的想法，可是即使是面对自己的母亲，他也不好意思将这话说出口。

知儿莫过亲生母，看到二桃脸上的表情，王秀平就已经清楚儿子的心意了。儿子的心意知道了，月娥呢？她怎么想？那年儿子将人家回绝了，现在人家是什么态度？儿子同意，如果人家不同意也没用。王秀平急需摸清王月娥的底。她知道自己的这个二儿子羞涩得很，指望他自己去和王月娥谈，就如同赶鸭子上架。为了得到这个自己看好的儿媳妇，她决定亲自上阵。

二桃上工走了，王月娥洗完衣服回来。"闺女！你来！"王秀平在后屋里喊她。

王月娥在王秀平递过来的一条凳子上坐下来。

王秀平将头伸向王月娥，笑着问："闺女，你看我家怎样？"

"你家好！屋子多！我家才五间屋，九口人都挤死了！二弟五弟睡锅屋，我和三妹四妹六妹睡一张床，翻身都碍事！七妹和大妈一起睡的，妈说七妹大了，不能再跟她睡，说天暖和了，还要撵到我们床上睡！"

"啊呀！那么多人一张床，那真挤死了！我家房子多，就我跟二桃两个人，闲着没人住哩！"王秀平抬起头，用眼神扫一下屋里屋外，又望着王月娥说，"来我家吧！"

王月娥咬着嘴唇不说话。

"我家二桃能干哩！干活苦工分不落人后，跟他过日子不会吃亏的！"

"我、我、我怕他看不起我！"

"啊！没事的！那年呀，他心里想着美兰，才没允你，现在他心里没人，和你能成的，只要你没意见就行！"

王月娥没说话，还是面露微笑，咬着嘴唇低头看地。

王月娥这模样儿哪还再用问？王秀平决定让二桃和王月娥两人面对面谈一谈。王月娥倒没什么，很爽快地笑应了。二桃显得很为难，在母亲的一再劝说下才同意。

下午，王秀平将二桃和王月娥都叫到后屋里，自己到院门前的菜园里去忙活。

很长时间没一点动静后，王月娥先开口：

"我、我怕——"

"别怕！我不凶！"二桃的心怦怦直跳，一脸紧张地说。

"我怕我家穷，你——"

"别怕！我不嫌。"二桃又立即打断王月娥的话连忙说。

"你怎这样？不让我说话哩！让我说！你看我身上这件，冬天当棉袄春秋天当夹袄，都穿三年了，破得像个要饭花子！我怕拖累你家。"王月娥怕二桃又不让她把话说完，一边笑出声去制止他一边说。

"没事！我给你做新的！"二桃这才看到王月娥的笑脸，心情也就轻松了许多。

"那你要我啦？"王月娥说得不别扭，也不胆怯，还是那副笑笑嘻嘻的样子。

二桃也笑了，腼腆地用手抓着额头说："要！"

"我家陪不起嫁妆！真要成的话，那天我就一个人来！"

"行！"

"你家门前菜园子地不少嘛！"

"都是我妈忙的，没种好！"

"也不怪！那样大年纪，要是种好了，自家吃不了，还能弄去卖的！我会种菜，我家菜园子都是我种的。你家韭菜倒不少，就是也不能只吃一样呀！我家还下了不少辣椒茄子洋柿秧子，到时都弄来栽，这里就是街，方便！什么时候能卖就什么时候卖，烟火油盐钱不用愁的……"这个王月娥一点也不客气，已经完全将自己当成这里的女主人了，还在养猪啦、喂鸡啦，不停地说着。

刘二桃听得满心欢喜，不一会儿，便找回了当年和美兰在一起的感觉，说话也就随便起来。

元旦那天上午，喇叭、古琴和锣鼓合奏的悦耳动听的《公社是棵长青藤》的曲子从刘二桃家的院子里传出来。

刘二桃和王月娥办的是革命化婚礼，鸳鸯成双、多子多福之类的对联。门两旁八面彩旗迎风飘扬，院前菜地的一头被整平，两张方桌分摆两边，两班乐队合奏着同一支曲子，《大海航行靠舵手》《北京有个金太阳》《公社是棵长青藤》这一类时兴的曲子轮换演奏；迎亲用的自行车总共十几辆，整齐地排列在院门外两旁，这种革命化的婚礼场面，十分新鲜和大气。二桃这样阔气地办喜事，为的是争个脸面！你孙有田家不是看不起我刘二桃吗？你开花不是嫌弃我刘二桃吗？我要让你看看我刘二桃扬眉吐气的婚礼场面！

第二十七章

你的入伍资格被取消了

　　孙有田土改时分的门朝北的老屋至今仍墙不裂根不歪，四角见线，方正挺直。屋里后墙边的方桌上，墨水瓶做的小油灯忽闪着花生米大的暗红色的亮点儿，桌前一拃多高的泥火盆里，几缕细细的灰色烟条儿绕着弯儿升过桌面后，又渐渐地弥漫开来，将暖气散遍全屋。尽管草烟味儿呛辣得人眼角流水，门窗仍然紧闭着舍不得将这些令人讨厌的烟雾放出去。现在虽已三九严寒，外面滴水成冰、寒风透骨，屋里却并不怎么冷。

　　"开花这孩子，又到那屋去了！"王秀英坐在火盆的西旁，怀里搂着小孙子，将脚跷在火盆边上，望着对面的孙有田说。

　　孙有田双臂张开将两手放在火盆上方，一副很不在乎的样子说："管他哩！"

　　"两个孩子这样投缘，时间长了会有事的，爽当一点把他们的婚事办了吧！"

　　孙有田抬起头，望着王秀英略思片刻："行！年前没时间了，要办就过年春天办！"

　　"不外嫁不迎娶，在自家窝里办，也没有什么讲究。被子床都现成的，衣服吧，棉袄棉裤都有，就是新房怎办？"

　　"那不是现成的两间屋吗？"

　　"你想用大宝住的那两间？那只能算偏房，办喜事该用正屋！"

　　李大宝高中毕业，回来又住到孙有田家。

"正屋孙武住着哩！叫他搬出来又好吗？"孙有田这时也觉得很为难，他想了一下又说，"要讲正屋，我们这三间也能算，不的话，我们老两口搬到那两间去。这三间虽说老一些，房子还不错，到明年春天里外泥一下，也不差的，和孙武那三间比起来，也就不偏不差了。"

开花一没事就往大宝的屋里跑，她和大宝有着说不完的话。

"听说今年征兵了！"开花倚着墙，坐在床对面的小板凳上，望着大宝说。

大宝倚着枕头斜躺在床上，手里捧着长篇小说《艳阳天》，就着放在墙洞里的煤油灯光看书，只是简单地哼了一声。其实他早已听到这个消息了。

"听说我们公社征的兵还有到北京的！"

大宝放下书说："现在除去当兵能有前途，别的都没头绪！去当兵吧！"

"开花，天不早了，赶快来睡觉吧！"老屋那边传来了王秀英的大声喊叫声。

大宝催促开花说："这事明天再说，你去吧！"

开花进了老屋。

"坐下，妈有话跟你说！"孙有田把说通开花的任务交给了王秀英。

开花从一旁拖过小凳子坐到火盆边。

"妈跟你大打算把你和大宝的婚事办了！"

"妈！你急什么啊？"

"看看！还说这话，整天都离不开了，还不干脆办了！"

"哪个都离不开了？人家有事要谈！"

"天天都见面，能有什么事谈？别不好意思，在妈跟还有什么不好说的？"

"妈！你别说这，大宝要去当兵！"

"啊！当兵？北面跟苏联正打仗，当兵不是要打仗吗？"孙有田沉不住气了，担心地说。

"现在不是不打了吗？就是打仗，那也是保卫祖国！"

"在家把你们的事办了好好过日子算了！我跟你大商量了，过年春天就办。我跟你大搬到那两间偏房去，这三间正屋给你们住！"王秀英说得干脆。

"大！妈！你们怎这样？也不替大宝哥前途想想！他还能就这样在家种一辈子地？"

王秀英担心了："傻闺女，当上兵还能认你吗？"

"妈！大宝哥能是那样的人吗？"

还是孙有田想得宽远一些，他考虑一下说："误了他的前途对不起李玉山，不留他！"

事情总会有不尽人意的地方，大宝体检什么都合格，就是视力有点问题，左眼轻度近视。而什么都合格的人，比征收的名额还多出五个人，按择优录取原则，李大宝是比不过别人的。

为了能去当兵，李大宝一再央求吴三龙，去疏通公社人武部长。他在吴三龙因为朱美兰问题被审查时，帮了吴三龙很大的忙，吴三龙为了报答，也是竭尽全力去疏通关系，最后李大宝终于被北京的铁道兵部队录取，明天就到县城集中去部队了。

李大宝的心情也很沉重。自从父母亲去世，1960年就被孙有田认干儿子住到这里，两位老人把自己当成亲儿子待，衣食住行关心备至，开花对自己又是十分依恋。明天要分别了，心里感到酸楚楚的。

"到部队好好干！"

"我一定会的！"

"真走了，心里怪难受的！"开花说得很动情。

"你等我！"大宝怕难以控制自己的情绪，流露出过分激动的表情来，并不看开花，一边吃一边低看着平静地说。

"你经常写信来！"

"干活你也要注意，不要伤了身子！"

……

八点多钟时，太阳升过公社大院的屋脊，温暖伴随着金灿灿的阳光洒到院子里，洒到院子里排成一行的十几个应征入伍合格青年的身上，他们个个精神焕发、喜气洋洋。

"李大宝！你过来！"武装部的办公室里传出叫喊声。

队列中的李大宝应了一声走过去。

"刚才接到县征兵办公室来的电话，你的入伍资格被取消了！"公社武装部部长冷着脸对李大宝说。

刚才还沉浸在喜悦之中的李大宝如同掉进了冰窟窿，他语无伦次地说："不是！怎么？你说什么？"

武装部部长很无奈："这不怪我！有人直接写人民来信到县征兵办公室，说你视力有问题。唉！没办法！我们只能执行县征兵办公室的决定！"

对李大宝的通知传达后，马上就有替补的人将空缺补上了，他朝思暮想的当兵梦就这样破灭了。

水花听说李大宝被取消了当兵资格，跑过来看看。

大宝十分懊恼，不吃不喝躺在床上蒙头大睡。

开花坐在床边，很无奈地对水花说："大姐，都要走了，县里来电话不让去了！有什么办法？当兵当不上，大宝现在只能在家种地了！"

水花十分气愤地说："这一定是刘二桃坑害的！这次因为我大和开花没同意二桃，二桃有意见，就是他！"

大宝说："刘二桃是出头的，他是受郑明龙郑明虎指使，这两人才是真坑我们的元凶。你看三龙哥那些事，都是这俩人在背后搞的鬼！"

"不假！"开花立即赞成。

三人都很气愤地坐看，一时无语。

停会儿以后，大宝说："想法治他们！"

"怎么制？"开花立即问。

"树！河堆上的树！我在公社时，就听有人揭发过郑明龙偷卖树，那时马主任让公安员去查过，没查出什么，就算了。"

"那有什么用？查不到什么能有什么办法整到他？"开花显得无奈。

这时，水花也像想起什么似的拍着大腿说："有办法！去年冬我有一天下午干完活，从抽水机站那边河堆树林子里小路上回来，走到废土窑跟时，看到路旁有几个锅口大的新土堆，觉得奇怪，就留意看一眼，还看到有的土堆边有新锯的木屑子。那时天快上黑影了，急着赶路回家，也没多想，就走了。大宝你这一说，让我又想起来了！"

大宝立即有醒悟："对！有办法了！他偷锯树怕人看出来，肯定是用土将树根埋起来，能看出来的！"

水花也像有发现似的很有信心地说："对！能看出来！那年公社安排在河堆上栽树，我也去栽的！五米宽一行，四米远一棵，有数的。他要是偷树卖，锯掉一棵，就会有一个空档子，就在那空档中间里找，找到一个树根桩子就是一个证据！"

"好呀！有办法了！大宝，走，现在就去找！"开花激动地说。

功夫不负有心人！大宝和开花不但在水花说的小土堆下能找到树根茬子，还有新的发现，两年以上的老根上会生发出很多新枝条，形成一个树丛子。即使是被雨水冲得看不出土堆的地方，只要在大的树档中间看到有一簇树丛子，在底下一扒就会看到被锯出来的老根茬子。他俩又惊又喜，连午饭都顾不上吃，整整找了大半天，从大桥头一直找到抽水机站，一共找到六百零六个树根茬子。回来就写检举信，第二天上午，大宝将检举信送到公社。

在大宝的催促下，公社派公安员专办郑明龙偷树案。

根据公社林业站规定，凡是发现树木被偷时，必须在当日上报，经过林叶站领导查证确认。五年共少树六百三十七棵，其中经上报林业站确认外人偷盗一百七十五棵，郑明龙个人偷卖四百六十二棵。在铁证面前，郑明龙无法抵赖，只好承认。不过这时他也不顾兄弟情谊了，郑明虎那二十一棵树他没招账，由郑明虎承担责任。他自己承认五年共偷卖树四百四十一棵，折款四百四十一元。四百四十一元，到集市上够买两千多斤小麦的，这可是一笔巨款哪！

郑明龙以偷窃罪被逮捕法办，判处三年有期徒刑。

郑明虎问题轻微，不够法办，交群众批评教育，如数退赔赃款二十一元。

郑明龙送去服刑劳改了，郑明虎也老实了，从此以后不再去找吴三龙和李大宝的麻烦。

元旦前城里的知识青年下放，王玉贵将儿子王新阳安排下放到郑集，委托老战友张德宝关心照料一下，张德宝将王新阳安排在条件较好的小李庄。队里将队场上的三间办公室单独整理出一间，在那铺上床砌好锅灶，让他自己吃自己住。

大宝、明玉、大娟和王新阳是同学，都赶到他的住地来看看，说了一会儿客套话后，大宝对明玉说："明玉，我们这些人没有什么奔头，看来都要向你学习了！"

明玉笑笑："我那是瞎忙，在学校瞎混了两年多，现在还不是回来当社员！"

王新阳说："大学不是不让考了吗？"

大娟一直关心大学招生的事，这方面的情况比较了解，她说："也不是不让考，现在上面正在制定新的大学招生办法，等新办法出来了，还会招的。"

王新阳在家都是伸手不拿四两吃现成喝现成的，烧水不知水开，贴饼不会和面，乍一过上自己做饭自己吃的独立生活，哪能适应得了。他一肚子牢骚和怨气："让我到这鬼地方，饭都没有办法吃，我实在受不了！"

"唉！你现在说这都没用，要面对现实。还是明玉做得对，学点知识是真的，以后大学要是招生的话还能有用。我们都要向明玉学习。"大宝还是在按照自己的意思讲。

张大娟很赞成大宝的意见："哪还假！我们这些人只有搞好学习去考大学，将来才能有好的前途。明玉，你整天都是学的什么？跟我们介绍介绍！"

明玉十分谦虚："能有什么学？都是书本上的呗！实际上高中的课程到高二时都学得差不多了，高三的新内容并不多。现在新教材又没出来，没法学习，只有数理化学好了到什么时候都有用，我也不过是把数理化的内容拿过来复习一下。"

王新阳心里想的是要利用父亲的关系，尽快离开这个鬼地方："我想去当兵的，都怪我妈，不让我去！不的话我怎能到这来？我妈现在也后悔了。她叫我等机会，让我大活动活动县里的关系，想法早点把我调上去。"

第二十八章

去扒河

　　春风轻拂着南湖大地，一大片深绿色的原野上，麦稞儿没了膝盖，梢头鼓起了细长的叶苞，苞顶上的叶片斜撑下来，簇拥起一丛丛挂满嫩黄色花蕊的芒尖儿，如同一块巨大的绣上无数颗嫩黄色宝石的绿色地毯。不时有受到惊吓的云雀尖叫着从这绿色地毯里突飞而起，消失在遥远的天际。

　　令人厌恶的拉拉秧子草，自己没有独立站直的本领，只能攀附在麦稞上。它们不但将枝头伸过麦稞梢头，还努力地向四周攀延，企图将麦稞儿裹挟在它们的身底下。小李庄的麦田里，老弱劳力正在拔草。

　　拔草的老弱病残人群中，有四个年轻人特别显眼，他们是李大宝、王新阳、张大娟和吴明玉。冯桂英特地关照李玉成，王新阳是张德宝老战友的儿子，安排农活一定要照顾一下，现在队里的青壮男劳力正忙着整秧地落谷，这可是又脏又累的泥头活，哪能让他去干？拔草这活轻快，都是老年人干的，为了照顾这个特殊劳力就让他来了，可是又不能只让他一个人干，李大宝、张大娟、吴明玉和他都是高中的同学，属于同一类型，李玉成就将他们安排来和他做个伴。

　　拔草这活不费力，迎着清凉的春风，吸着腻人的鲜甜麦草味儿，在绿油油的麦海里游动，实在是舒服爽快极了！

　　"你是县里领导的儿子，下放还不是做个样子！家里有吃有喝的，哪用来这吃苦？"李大宝故意挖苦王新阳。

"你道我是想来的啊！现在城里知识青年都来农村，我还能例外？"王新阳反驳道。

"大学招生现在正在试点，叫工农兵大学生要经贫下中农推荐，不来参加劳动，到时哪个推荐你？"张大娟说。

"贫下中农推荐也不是随便的，劳动表现不好哪个推荐？"李大宝觉得自己在这四个人中干农活比他们好，说得很自信。

"还要考试吧！"张大娟觉得在这四个人中论成绩明玉数第一，自己数第二，她当然希望要考试。

"推荐也好，考试也好，不管怎么说，反正有希望了。"王新阳说是让自己的父亲活动一下把自己早点调上去，可是县城里下放的学生五六百，光是县直机关干部的子女就有二十多个，这样多人哪个不想早点调上去？自己的事又好办吗？他倒是很灵活的，此时也把考大学当作离开这里的希望了。

明玉虽然没讲话，他心里清楚：父亲无职无权，政治条件差，自己干农活也不行，要说仅凭贫下中农推荐并没有把握；对自己来讲，唯一的希望就是考试，所以只能靠成绩，只有认真地学习。

拔草的年轻人干得轻松谈得愉快，那边整秧地的地里却干得并不太平。

"谁不想干轻快活？你不把李大宝叫来，我就不在这干，也去拔草去！"别人都下到泥水里忙着整秧畦，唯有刘二桃坐在田埂上和李玉成较劲。

这个心里没有一点弯子，认准了的事情就直干到底的刘二桃，现在已经把李大宝当作他的死对头，自己来干这又脏又累的泥水活，哪容得李大宝去干那干净卫生的轻快活。

"这里要不了多少人，安排拔草又不是李大宝一个，你咬他干什么？"李玉成忌恨刘二桃的心理哪天能消，根本不会听他的。

"你不把他叫来，休想我下去！"

"那你就在田埂上坐着，我还怕你不干？你一年到头不干我也不会找你！"

"我来了你就要给我工分！"

李玉成冷笑道："那你就等着拿吧，我看哪个能给你！不干活还想拿工分，笑话！"

"你敢不给？"刘二桃忽地站起来，指着李玉成大声说。

"怎么？你还想打我？我李玉成如今一不贪二不占，还怕你？有种你就去打那些现在还在瞒报贪污的人去！"

"什么事啊？吵得这样厉害！"张德宝带着吴明坤，话到人也到。

"你看！人家都干得热火，就是他在田埂上坐，这个大队长的弟弟我领导不了！"

"怎么？大队长的弟弟还能搞特殊化？"张德宝现在对刘二桃是一头脑子坏印象，对他的第一句话就很不客气。

"不干！就不干！你能怎样？"刘二桃的横劲有的是，这时正是用的机会，哪还管他什么张书记不张书记。

"不干就回家去！"李玉成为了防止刘二桃把火烧到张德宝身上，忙向他大声喝叫。

"工分给了再走！"

"刘二桃！你耍什么横？不干活还要工分，天底下哪有这样的道理？"张德宝发火了。

"我就这样！你能把我怎样？"刘二桃硬生生地回了张德宝一句。

刘大桃正在不远的街南队地里看麦子的长势，张德宝还没到时，他已经听到刘二桃的争吵声了，正在快步赶来。

"你怎还在埂子上坐？快去干！"刘大桃赶到，首先顾的是要在张德宝的面前表现出不徇私情，劈头盖脸就向刘二桃吼去。

刘二桃并不说话，坐直了身子，昂头向哥哥相反的方向望去，拿出一副决不低头的架势。

"下去！"刘大桃话音还没落，就伸出右脚向刘二桃踢下去。

刘二桃挨了一脚，他也不顾兄弟情分了，站起来冲上去就给刘大桃一拳。

张德宝见这兄弟俩打起来，立即冷静下来，拦住刘大桃："你别打他！让他说说，为什么这样？"

因为张德宝来了，自己才挨了哥哥的打，刘二桃冲着张德宝吼道："你们领导家的亲属凭什么干轻活？"

"啊？有这样的事？"张德宝问道。

李玉成斥责刘二桃说："你凭什么跟那几个人比？"

"我不比别人，就要比李大宝！李大宝干什么，我就干什么！"

"啊！你是比着李大宝！李大宝呢？"

张德宝问了一句后见没人说话，张德宝又问一句。

刘大桃毕竟和刘二桃是亲兄弟，刚才对刘二桃的态度实际上是表现一下给张德宝看，这时还是要偏向刘二桃了，连忙指着那边麦地说："那不是吗！"

张德宝顺手望去，李大宝在那边拔草，并且，他和王新阳、吴明玉，还有自己的女儿大娟这四个年轻人，在那一群老弱病残的劳力当中显得很特别。还用再说吗？张德宝立即明白了刘二桃闹事的缘由。这样明显不合理的安排摆在面前，哪能让他那几个年青壮劳力跟那些老头老妈子一起干？立即对李玉成说："还不去把他们都叫过来！"

李玉成因为刘大桃来了训斥了刘二桃，给他留下情面了，不好再在刘二桃的事上纠缠，但又不愿意听从张德宝的话让刘二桃占上风，就站着没动。

张德宝见状，不好再勉强李玉成，对刘大桃说："你去吧！包括我家闺女把他们都叫过来！"

　　刘大桃见县领导的儿子和眼前这位公社领导的闺女都在那里，倒想得很周到了，为难地说："都叫来不行吧！王新阳是知青，应该照顾一下的。还有大娟，是个女孩子，这里活都是男人干的，哪能让她也来？"

　　"不行！知青下来就是接受锻炼的，让他和老头老妈子在一起混，能锻炼出什么？还有我那闺女，都快二十的人了，哪还能再娇着惯着？社员家的闺女像她这样大，挑水锄地、扒河抬土，什么样的活不干？就叫她来，让她吃点苦锻炼锻炼！"

　　吴三龙这时过来拉圆场说："快到小晌了，还叫来干什么？就是叫来，没锹没锨的，又拿什么干？下午再说吧！"

　　刘大桃也说："对！下午再说吧！"接着又对二桃说，"张书记都这样安排了，你还不赶快下去干？"

　　刘二桃不再说什么，开始脱鞋下田。

　　张德宝不再说这事，换了话题："我今天来看看我的试验田，怎样？按照我的计划落实了吗？"

　　李玉成这时望一眼张德宝，想说却又没说，接着向吴三龙望去，意思是让他说。

　　吴三龙会意，就说："张书记，队里仓库括干了，只有二百八十斤大秫一百三十斤黄豆，到洪泽农场换的稻种，面积上恐怕栽不了五十亩，四十亩也只能勉强凑合！"

　　"啊？没种子也不行哪？四十就四十吧！是明坤说的那个新品种武育粳吗？"

　　吴明坤说："种子我看了，就是那品种。"

　　"这东西产量高吧！能收多少啊？"其实张德宝早都听吴明坤说过，这时为了给大家打气加油，就明知故问地又向吴明坤问一遍。

　　"这种品种耐肥力强，秆壮不倒伏，收六七百斤没问题，就是肥料要跟上！"

"那你们就多准备点家杂肥下到稻田里，到时上面分化肥来，我尽量让你们用！我要亲眼看看，这一亩到底能收多少！"马上，张德宝又像想起什么似的问，"我们只顾换稻种了，社员家吃的怎样？可不能让社员饿肚子的！"

刘大桃连忙说："去年粮食收得还可以，队里分的每人口粮三百四十斤，加上各家自留地自己收的，问题不大！"

李玉成低声嘀咕道："要不是交了一万多斤公粮，每个人能吃到五百斤，这公粮也太多了！"

张德宝开导说："不能在这上有看法！你们不交粮给国家，部队当兵的吃什么？工人吃什么？还有那么多城里人呢？唉！我老张就巴望我们的水稻试验马上能成功，国家的交齐了，社员也吃不了用不尽。现在你们在武育粳的种植管理上，一定要搞好小面积试验，总结出一套办法来，以后大面积推广时好让别人照着办。"

刘二桃叫明了要和李大宝标着干，四尺多宽的秧畦子一人一个，他干多少李大宝就得干多少。他自持在干农活上比李大宝成熟老练，在开花的事上吃了李大宝的亏，决心要在干这泥头活上把李大宝压挎。拆沟筑畦是第一道，刘二桃动作熟练，畦沟子拆得又快又直，十几步远过后，他就坐到田埂上休息。

李大宝分的畦沟子拆的还不到刘二桃的一半。他虽然生在农村长在农村，可是自小到大都在学校读书，星期天和假日也会干点农活，哪天像这样硬碰硬地干这样的泥水活！黏土块儿软轫难破，不用力烂泥块儿根本拆不上锨，拆沟子的锨把儿在手里攥松了会滑，把拆不到土，攥紧了手掌的嫩皮又被锨把儿绞得疼；这还不算，锨头儿在烂泥中乱歪，沟子还很难拆直，几步远额头上就往外洇水了。但是，面对着刘二桃和他较劲，他也堵着一口气，决不能在你刘二桃面前显出孬来！

畦沟子终于拆完，接下来是整畦面。队里明确规定每个劳力一条秧畦，拆沟、整平全由一个人负责。李大宝发现，自己的那一半畦面已经基本整平了。原来他邻边的那一畦是吴大龙干的，吴大龙在整自己的畦沟时就顺手将李大宝负责的畦面的那半边顺手整了，是吴大龙在暗中帮了他一下。所以，整畦时并不比刘二桃落后。

王新阳和吴明玉因为没人去比较着，李玉成没让他们去整畦，安排他俩去收拾边沟埂子。这活儿不承担数量指标，也没法制定质量标准，有很大的自由性，说白了就是专门照顾王新阳的。

虽然张德宝要他的闺女张大娟也来秧地干，但是这里整秧地的都是男劳力，又怎能让她来？张大娟被李玉成安排到开花那个铁姑娘队，去棉花地打药治虫了。

刘二桃满心欢喜地回到家里。王月娥和妇女们一起给棉花打头抹杈。按老规矩，新婚的新娘子应该守在新家一个月都不能下田，现在情况特殊，新婚第二天她就下田干活了。今天她也刚到家。

"你回来啦！"王月娥迎上去接下刘二桃扛在肩头的锨。

"跟我斗哩！我能叫你趴倒爬不动！"

"看你这高兴劲，肯定是你胜了，对！就这样治他！"新婚夫妻无话不说，王月娥已从二桃嘴里知道他和李大宝心存怨恨的根根节节，知道二桃今天利用拆畦子报复李大宝的办法。在她的心目中，这位新婚丈夫最神圣，决不能受人一点气，也最能干，没有他斗不倒的对手。将锨靠墙放下后，又搬来一条凳子让二桃坐下，接着一边拿脸盆打水一边说："你好好洗洗歇歇，我去割韭菜，今晚包饺子给你吃！"

二桃说："不了！还吃山芋干稀饭吧！"

"不！再打几个鸡蛋，摊鸡蛋皮子兑在里头，今晚要给你补养补养，明天好再跟他斗！"

王秀平听儿媳要包韭菜饺子，拿着刀向外走。

"妈！不要你去！"说完，王月娥夺过王秀平手中的刀又说，"面也不要你和！家里的重活不要你干，你就等着停会儿包饺子烧锅！"

刘二桃和李大宝较劲紧紧张张地干了一天泥水活，也很累。这时装在后屋门旁的广播喇叭里的音乐优美动人，离远了声音听不清楚，他索性将凳子搬到门旁，依着墙坐下来听，农村里没地方玩，这广播喇叭就是他的乐趣。要是以前，在地里干得再累，到家也要帮妈做饭，现在才真的有了享福的感觉。结婚后，王月娥的一切言行都让他称心如意，他真后悔当初嫌她脏看不上她，要是那时不看上朱美兰就看上她，哪能遭受因为朱美兰引来的那样多挫折！

过了一会儿，一声震耳的雷声过后，狂风裹挟着雨点噼噼啪啪地摔打下来。"啪！"正在堂屋桌子上擀饺皮子的王月娥忽然发现一滴水落在已擀好的饺皮上，颜色污黄污黄的。水滴在不断增多。在包饺子的王秀平停住手中的活，一边将桌子拖到不漏水的地方，一边念叨着："这屋呀！要修了！"

二桃说："不能住了，等秋后有钱了推倒重盖！"

在娘家被屋少挤怕了的王月娥初来时，乍看到这样多屋，觉得很满足，时间一长才发现这三间堂屋不但矮，墙上还鼠洞裂口太多。现在又发现漏水，当然又觉得很不足，就随口说道："这屋是不行，干脆重盖！"

王秀平以为新媳妇对这个家里的住屋有意见，连忙说："这屋还是土改时分的地主家的锅屋，原先盖的就差，那年要不是到公路边盖新屋将大桃分出去住，早就重盖了！后来手里积聚点又给你们办喜事用了，今年哪有钱？要盖也只有到明年了。"

王月娥说："妈！不急！等麦子收了，用麦草补一下，将就住着，明年再说吧！"

中午，张德宝家的小饭桌上起了点风波。

"我叫李队长照顾一下新阳，让他在麦地拔草，你怎么能叫他去秧地里和烂泥？"冯桂英很不高兴地对张德宝说。

"二十来岁的小子，没病没灾身强力壮的，去锻炼锻炼有什么不行？我老张像他这样大，挖战壕急行军，风里雨里泥里水里比他苦多了！人家李大宝，还有明坤的弟弟，跟他一样都是没干过泥头活的学生，还不是都下去干？"

"你那是解放前，是当兵打仗，现在是和平时期，能和你比吗？上次队里安排他去锄地，在手上磨了个血泡子，他妈就抱怨我们没照顾好他。这下好了，今天早晨就回县城去了，他妈能不生我们的气？"

"我妈！李队长让他整理边埂子，那活没人比没人照，自由，已经很照顾他了，是他自己太娇惯了！"张大娟也不赞成妈的说法。

"闺女！你不要说他，要和他好好处！"

"我才不稀罕他哩！伸手拿不动四两，有什么用！"

"看看！看看！你看她说的什么话？"冯桂英望着张德宝说。

"孩子的事，你不要瞎掺和！这个王小狗子！怎么养出个这样娇生惯养的儿子！一点苦都不能吃，将来能干什么？"张德宝数落完老婆，又抱怨起他的老战友来。

第二十九章

男人是家中的顶梁柱

孙有田家挂在门旁的有线喇叭停止了一天播音，院子里本来就暗，柿子树的阴影底下更暗，小水磨静静地趴在柿子树下，像个人似的靠着树干躺在一条长凳上。南面的老屋和北面的堂屋也先后熄了灯火，只有李大宝住的两间屋里的灯还亮着。

"明天还要干吗？"

"秧畦子才整出一半，怎能不干？"

"那你不要跟他较劲了，你干不过他的！"

"那怎么能行？我还能孬给他？"

"你看你这手，都起血泡了，看了都让人心里发麻，能不疼吗？"开花从床前的凳子上站起来，走到大宝的面前，拉起大宝的右手，送到床头墙洞里的小油灯前，一边用手指抚摸着一边说。

"没事的，睡一夜明天就好了！"

"你瞎说！我还不知道的，要疼三天才能好！明天再干还要重的。再要起大点，能受得了吗？"开花实在忍不住，将嘴贴在大宝的手掌上，轻轻地吻着。

带有暖意而且又柔软的口唇让大宝心里一阵酥软，不过他还是用硬实实的口气说："疼就疼一点，没什么了不起，我不是纸做的，能挺得住！"

"这在哪里呢？听说秋后民便河改道切岭工程要动工，一干就是两三个月，整天挖土抬担子，那泥头活比这重多了！真要叫你去，你能受得了？”

开花这话一说，真的把大宝说得害怕了，坐着发呆没说话。

“供销社里办个副食品加工厂，要用临时工，张书记跟你关系不错，你去找他一下，请他帮忙让你去吧！”

大宝想一下说："他家大娟他都没让去，一定要她来队里干农活，我哪能找他去干那事？不怕！扒河就去扒河，人家能干我也能干！"

开花站在大宝的面前，凝视着大宝，内心里翻腾着只有她自己才清楚但又难以说出来的情感，好大一会儿才说："大宝哥，我舍不得你！"

大宝见状，心里立刻涌出一股热流，真想一把将开花搂在怀里，但是一时的冲动还是被他按捺住了，只是坐着没动望着开花说："开花妹，我心里，唉！我们、我们结婚吧！"

开花的双目刚触到大宝那炽烈的目光，便难以自控地想扑倒在大宝的怀里。但是，一个念想又立即让她清醒了头脑，她极力地镇定下来，果断地说："不、不行！你还要上大学哩！"说完扭头走了。

开花躺在床上一闭上眼，脑子里就闪现出大宝那令她难以舍去的炽烈目光，她真的想马上就和大宝在一起，但是又立即被她否定，这样反反复复地一夜未眠。第二天早晨，头脑昏沉沉地实在不想起来，听到院子里传来大宝洗漱的声响，就情不自禁地歪坐起来透过窗洞向院里望去。

院子中央，碗口粗的柿子树将树冠高高地举过屋顶，又将细密的枝条层层外延地向下铺展开来，像把巨伞一样罩满了半个院子，还没完全长成形的椭圆形叶片，像刚刚被涂抹上一层嫩黄色的油漆，在晨曦的辉映下娇嫩欲滴，闪着亮点儿。树下的小水磨旁，大宝身穿洁白的衬衣，双鬓齐整的额头下，是一对浓眉大眼，那英俊潇洒的模样令她身上的每一根神经都在躁动，让她越看越难以自控，越急于去做内心急切向往的但又不能实现的举动。这种难以抑制的激动令她不敢再看了，不得不又重新躺下来，拉起被单捂在头上。

开花心里想着的全是大宝，想得她不敢再看见他，趁大宝洗漱完回屋里的机会，她匆匆地起来后就往大姐家去。

水花正在锅屋向锅里拍大秾水饼子，灶膛里燃着火焰。

"小孩子呢？"开花坐到灶前，向灶膛里添柴禾。

"还睡哩！他要是醒了，还不来闹我！"

"大姐！我来你这住，给你带小顺子吧！"

水花愣一下："他自己能玩了，哪用人专门带！你干什么要来这住？"

开花难为情地犹豫了一会儿，嘟囔着说："我想来！让我来吧！"

水花看出这个小妹有心事，就认真地问："怎么啦？在那有什么事？"

开花脸憋得通红，一副难以启齿的样子。

"怎么回事？啊？"开花越是这样，水花越是急切地问。

"我、我不知怎的，一见到大宝，心里就发慌！我想离开那！"开花脸更红了，灶膛里的柴火烧尽了，也不知往里添。

到底是过来之人哪！尽管开花说得含糊，水花还是听得明白了，她呵呵一笑："是这事啊！我的傻小妹，你们干脆结婚吧！"

"大宝要考大学哩！"

开花就这简单的一句话，水花的明白又往里深入一步，她思考一下后很同情地说："要是这样，那你就来这吧！"

"好呀！就是我在这不会是一天两天的，长着哩！也不能都吃你家的，我干脆把口粮都拿到你家来。"

水花望着开花说："你怕我没饭给你吃呀？没事的！现在不像以前一到春天就缺粮了，去年分的粮够吃的，用不着你带口粮来。过去我每年春天都会到你那边拿粮来，现在权当还你的！"

王月娥接连迎来两件开心事。一个是她已经一个半月没来红的了，按照自己的妈结婚前一天给自己交代的私房话，这就是怀上孩子了，结婚到现在两年多了一直没怀上，一家人都急，现在怀上了，这事能不开心？另一个是今年年终分配因为队里种水稻收成好，家里扣除粮草钱，还结余十一元。刘二桃十分喜爱她，也就十分信任她，把家中经济大权全交给她管。在娘家时，以前他们这些孩子年幼，就靠父母养活，穷得一年都很难见到钱，就是有点钱也都是父亲一人独揽，连母亲都不给沾，她又能见到？现在一下有了这么多钱归她管让她用，这又能不是开心事？上午领过钱，花五角七分到食品站割了一斤猪肉。今天她要好好庆贺一下。

傍晚，霞光披散在刘二桃家院门前的猪圈上，王月娥刚将山芋叶糠加麦麸拌成的猪食端到猪圈，一头半大的毛发油顺的猪儿便伸长脖子迎过来，哼哼叽叽地向她表达自己因为饥饿引起的焦躁和不满。以前这个家从没喂过猪，所以就没人会喂猪，王月娥来了以后，砌了个猪圈，半年前又买了个十几斤的猪崽子，在王月娥的侍弄下，现在已长到一百出头，正好来年接青时吃到青草能催肥。一头肥猪能卖三十多块钱，自由市场上一斤小麦二角钱，够一个人半年口粮的，这该是一笔多大的收入！

喂完猪，王月娥又到菜园子里拔萝卜，准备用来烩猪肉。霞光披散在猪圈那边的菜园地里，中间小路的东边，辣椒挂满了红玉坠儿般的椒果儿。王月娥知道自己的男人喜欢吃辣，这片椒果可以磨出一大盆辣椒酱，够他吃一寒天的。西边，萝卜从土里伸出酒瓶粗的红红的半截身子，随风摇晃着头顶上那绿色的叶片；小水桶粗的大白菜棵子，敦实得上面能站人，这些萝卜菜除去自家吃，余下的还能卖两三块钱，够一寒天的灯火油盐钱。

刘二桃回到家，便满脸喜气地坐到锅屋的小饭桌边。王月娥见状，以为他是闻到猪肉的香味而高兴的，连忙到锅上去盛装饭菜，让他早吃为快。多少年来，平时很少见到猪肉，只有逢年过节和重要的喜庆日子才能享受到，她很理解丈夫此时的心情。

"我到街南队做队长了！"

"啊？你到那做队长了！"王月娥这才知道丈夫高兴的真实原因并不是吃肉，立即停住手中正准备盛菜的锅铲，十分高兴地说。在她的心目中，自己的父母历来都是受生产队的队长指使的，队长叫干什么就干什么，队里关系到一家人生死存亡的粮草分配大权都掌在队长的手里，生产队队长就是最有权势的人。现在，自己的男人能当上生产队队长就是自己的荣耀，自己在别人面前就可以扬眉吐气。她怎能不高兴？

"今天下午徐本华带我到街南队去宣布的！"

这个街南队原任队长群众意见大，不能再干，徐本华为了讨好刘大桃，提出让刘二桃去干。吴三龙对刘二桃有愧疚，也就同意了。

"好呀！你有喜事了，我这也有喜事要告诉你哩！"王月娥藏在心里的那个喜讯原本是打算吃饭时再说的，此时在丈夫的喜讯带动下便按捺不住了，放下手中的锅铲，笑嘻嘻地走过去将嘴贴到刘二桃的耳边小声说，"告诉你！我已经有一个半月没来红的了！"

"怎么回事？"刘二桃很疑惑地问。

王秀平这时正将盛好的大米干饭向桌上端，听到王月娥的话，很高兴地说："她是怀上孩子啦！"

"好！好！"刘二桃接连两个好字。

三口人都沉浸在喜悦之中，边吃边说着话。

王月娥将盛在小黄盆里的菜推到靠近刘二桃的一边，又用筷子将混杂在萝卜块子里的猪肉拣出来往刘二桃那边堆，催二桃快吃。

"月娥，你怀上了，多吃点肉！"王秀平夹起一块肉，放到王月娥碗中。

"妈！我身子壮，没事的，让二桃吃，他干重活！"说完，将肉送到二桃碗中。

"都吃！"刘二桃早就夹起一块送到自己嘴里。

"对！大家都吃！"刘二桃这一块刚到嘴里，王月娥又夹起一块送到他碗里。

"月娥，米要省点吃，留点到你坐月子时吃！"王秀平见儿媳将肉送给儿子吃，就说起米来。

"不怕！现在日子好了，家里稻子就分了三百五十斤，一天一顿米干饭都够吃到明年收麦的！明年十月时新米又接上了。听说明年要栽五十亩，能收四万多斤，真要能的话，我家能分到五百多斤稻子，干饭一天一顿够吃一年的！"

"够！够！"刘二桃说话不耽误吃，掺和着王月娥刚刚送来的肉，使劲地扒了一大口干饭。

"二桃，给肚子里的孩子起个名字吧！"王月娥一边说一边又夹起一块肉送到他的碗里。

"不忙！等生了以后再说！"刘二桃说话并不耽误吃肉。

"不！就现在起！人家都说，要是给肚子里的孩子起个吉利的名字，对出生的孩子会有好运哩！我和你一样，都是生下来后就过上苦日子，我们的孩子可不能再像我们那样！"

"对！就现在起！"王秀平也赞成。

"好！那起什么呢？"刘二桃这时停止吃肉，想着说。

"好起的！我们从小都受苦，我们的孩子一定要享福。要是男孩呢，就叫大福，要是女孩呢，就叫福霞，以后再生男孩就二福三福往下叫，再生女孩就福兰福英往下叫。"这状况就表明，不但是肚子里的这个孩子，就连以后再有孩子，起名的事王月娥都已经想好了，她不但要图吉利求好运，目标还大得很，也打算做个高产女人，像她的妈那样生出六七个哩！

"好！"王秀平和刘二桃几乎是同时在说。

受到夸奖的王月娥很高兴，夹起一块肉向王秀平送去："妈！你也吃！"

王秀平连忙推辞说："我牙不行，嚼不动！月娥，你不要总是叫人吃，自己也吃点吧！"

"对！你自己也要吃！"刘二桃将王月娥送来的吃完，又一边说一边夹起一块送到自己嘴里。

刘二桃狼吞虎咽，一会儿工夫，两碗干饭就着猪肉就吃完了。等他吃饱，盛菜的小黄盆里的菜也就只剩萝卜块子了。

刘二桃用舌头舔去嘴唇边的油渍，两手按着膝盖挺起腰坐正身子说："要扒河了！"

"什么时候走？"王月娥也听说民便河改道工程今年冬天要动工，就是不知道什么时候走。

"就这几天的事！"

"我去给你买双解放鞋吧！这鞋胶皮底，水湿不透，上冻都不怕。"

"还是月娥想得周到！"王秀平见王月娥吃穿上都体贴儿子，对她十分满意地说。

"这钱不要乱用，聚着留到明年秋后盖新屋吧，鞋子不买了！"

"天寒地冻的，河工上干的都是泥水活，脚会冻坏的，盖屋不急！"

在王月娥的心里，男人是家中的顶梁柱，女人就是过男人的日子，让男人吃得好穿得暖，保证他有强壮的身体。

"到河工上就吃不到大米干饭了！"刘二桃不再阻挡王月娥给自己买鞋，又想自己到去河工上吃的事。

"怎能吃不到？今年队里留六千斤稻子准备弄到河工上吃的，

三龙说一天要吃两顿大米干饭哩！"王月娥立即说。

"我到街南队了，哪能捞到吃？"

王秀平说："不假！街南队没栽稻子，哪来米吃？那就不去街南队！"

"妈！小李庄的大米就有我们一份，那你就到街南队工地干事，收工后到小李庄锅里吃干饭！"王月娥很有理地说。王秀平马上说："对！月娥这法子好！在小李庄吃干饭，到街南队干事！"

王月娥今天被喜气冲得兴致正浓，停会儿她又打开话匣子："麦秸草缮顶几年一过就烂了，现在不少人家盖瓦屋了，瓦屋又漂亮又耐时，我们盖新屋的屋盖也用瓦缮吧！"

"那得多少钱？"刘二桃显得有点为难。

"我算了，盖砖包墙腿缮瓦顶，三间要用两千块砖八百块瓦，总计要七十多块钱。我们一年喂一头肥猪，再加上年终结余钱，除去做衣服加上别的开支，最多也就两年就聚够了。今年这屋修一下，住两年没事的。"看样子王月娥不但对生孩有打算，对盖房子也有打算。

王秀平赞许地说："月娥真会打算！"

刘二桃也直点头，不停地说："行！行！"

第三十章

大宝嫌累，就想了这个主意

　　初冬，大地失去了绿色的盛装遮掩，它的原貌被完全展现出来。郑集东面是条岭脊高出地平面五六米、北端宽十几华里、南口渐小的向南延伸过去的土岭子。岭子西面是一片一马平川的大平原，冬闲地和麦子地如同灰绿交织的无边地毯铺在上面，数不清的村庄星罗棋布地散落在这无边的地毯上。大平原的中央，安河伸展开它那巨龙般的身躯，狂傲地将头插到南面洪泽湖里，将尾巴甩向望不到边际的遥远的北方。民便河如同安河的龙子一样骄纵地扭曲着身子，从几十里外狂奔下来，在赵集西面安河的河湾子上扎入安河怀抱里。别看它们现在老实安静地躺在那里，夏秋之际暴雨过后，它们那桀骜不驯的本性就会暴露来，载着浑浊的洪水狂奔乱泄四处闯荡，给人们制造灾难。岭子东旁烟波浩渺的洪泽湖，像慈母一样张开博大的胸怀，将这些凶猛残暴的河水拥入它的怀抱。这些凶猛残暴的河水一旦进入它的怀抱，便立即如同听话的孩子一样变得温顺规矩起来；自觉地集聚在一起，描绘出一幅波光嶙峋的壮美图画，给曾经被它们蹂躏过的人类提供幸福的生机。在银光闪烁的湖面上，船尾，男人轻摇着双橹，船头，女人抽拾着水里的渔网，他们在收获网中的鱼虾。远处，一艘艘扯着双帆的货船在望不到边际的湖面上穿梭往来。

　　民便河改道工程初冬时节上马。工地在赵集公社的北面，要在高出地平面七八米的岭子上拦腰开出一条三十多丈宽，长达二十华里，西接民便河，东通洪泽湖的河道。河道开挖成功以后，再将民便河通到安河的岔口堵上，采取强制手段将自古以来就勾连在一起给人们制造灾难的民便河和安河分开，让它们改道成直通洪泽湖的单向河道。

数不清的彩旗插遍了二十华里的工地，高音喇叭播放着《大海航行靠舵手》《学习大寨赶大寨》这类令人情绪激昂的歌曲；伴随着高亢嘹亮的号子声，一道道人流在河坡上穿梭般地往来，热火朝天的大干气氛暖融了凛冽的寒风和冰雪。

民便河改道工程土方量大，但是施工范围小，民工要求精干，所以要求出工民工一律都是十八岁到四十五岁的男性。

扒河这活不像在队里干农活那样自由随便，实行的是军事化管理，公社叫工程团，大队叫工程营，生产队叫工程连。

李玉成五十多岁了，年老体衰，哪能带人去扒河。小李庄的连长由孙武担任，但他性格懦弱，难以胜任。郑集大队工程营的具体事都由营长刘大桃负责，吴三龙这个营教导员负责的思想工作事情不多。搞好水利建成旱涝保收农田，多收粮食让乡亲们过上好日子，是吴三龙的伟大理想，他主动兼任小李庄工程连的指导员，协助孙武，吃住都在小李庄的工地上。

刘二桃现在是街南队工程连的连长。

在春节前长达两个月的时间里，整天除去吃饭睡觉，就是拨动泥土，这是要每个扒河的人拿出力气和耐力的。王新阳得知河工开工的消息最早，他别说去干了，听到扒河小腿肚都发软，他从医院开了一张患有关节炎的病假证明，回县城家中治病去了。吴明玉和李大宝都上了工地。好在小李庄这次扒河不用肩膀抬了，今年稻子丰收全队粮食收得多，卖给粮站的征购任务增加，粮食卖得多队里钱也多，买了六辆平板平车用来拉土，要不的话，他俩那肩膀头子不塌层皮才怪哩！

一辆平车三个人，一个在前面架着车把拉，另两个一边一个扶着车帮子推，吴三龙安排大宝和明玉专门推车子。上层土好干，河坡没现出来，河堆的土也是平地倒，推车这活儿就显得轻松自在，他俩干得并不觉得怎么累。但是随着河道一天一个样子地往下沉，河堆一天一个样地往上升，七八百斤重的泥土装在车上顺着坡道向上走，这活儿也就越干越沉重了。

一场雪过后，便是一连几个响亮的晴天。

快到中午时，太阳将严寒融解得只剩一点余威，用温暖将每个人皮肤上被冷得紧闭起来的毛孔扩张开来，让在工地上干了一上午的人们感到放松，也感到疲乏。

"我小腿肚像灌上铅一样，实在懒得抬步了！要是能歇一会儿，哪怕是五分钟也行！"一车土倒完往回走时，明玉对大宝说。

"我也是！肚皮后面像是个无边的洞，肚子往后贴不着底，腰杆子发软哩！要是能有大秋饼让我吃一块就好了！"大宝很有同感地说。

民工难过十一点哪！说的是干这种扒河动土泥头活的人，不管早饭吃多少，到了中午十一点时也饿得前肚皮贴到了后脊上，腰杆子空落落的，挖土的举不动膀子，抬土的难挺直身子，像他们这样推车的人都是两腿发软撑不起腿。

"大龙哥，我们走慢点吧！我累得实在受不了了！"明玉哀求掌着空车把儿的吴大龙说。空车到了塘子里，上土的人将土装满就得拉走，这又是一趟艰难的上坡路，明玉想以此来延长那一趟的时间，多休息一会儿。

吴大龙很理解这两个小兄弟此时的境况，向他俩笑笑，将平板车靠到河滩上的一块平地上，将车面倒翻过来，取下车轱辘一头平放着地立起来，转动起上面的那个轱辘盘子。

"你们快来呀！每辆车再拉两趟就收工吃饭！"吴三龙任务在身，早日完成土方任务是他的目标，他当然要催他们快点干。

"你没看到我在检查车轴吗？车子有毛病，看看的！"吴大龙编了个理由，继续转着车轮盘子，一边转一边小声地说，"你们呀！第一次来扒河，没经验。前阵子平地不费劲好走，你们觉得轻快就干得猛，把劲使过头了，到现在河扒深坡大了就不行了吧？要是用肩膀头抬，像你们这样干法早趴窝了！这在哪里呢？现在才扒下去一米多深，坡还不算陡，以后扒得深了，河坡再陡的话，你们更不行！"

"也是呀！那时是好干，总觉得这河怪好扒的！谁知道是这样难！唉！哪天能干了啊！"明玉说得很悲观。

大宝说："咬着牙坚持下去吧！"

吴大龙很怜惜地说："你们哪！没扒过河，还嫩哪！年前要扒两个月的！过年还要干，这条河扒好了，那边老河道又扒了，这扒河的日子长着哩！就像推车这活，虽说轻快一点，也要会干才行。推着一车土上坡，只能向上走不能向后退，是个要连续用力才能干的重活，急干哪吃得消？一定要耐住性子稳住劲，腰要挺直后脚蹬实，双手抓牢平稳用力，一步一步向上推。这样人的筋骨就会少受累伤，才能干得长久。"

明玉又问道："现在两个人推这一车土都费劲了，以后河要再扒深、坡道再陡的话，两个人也推不动啊！"

"到那时队里会再加人的！"吴大龙一边说，一边使劲拨一下上面的那片轮盘子，轮盘子趁着惯性，飞快地旋转起来。

吴大宝望着飞速旋转的轮盘子，像有了灵感一样忽然大叫道："有办法了！要是把这两个轮盘片子放在坡上面用木桩固定好，车轴上绕上根长长的绳子，绳子就能随着车轴转，板车在塘子里装好土后，绳子的下头拴在车子上，上头用人从上向下拉，板车就会往上来，向下拉绳子比往上推车肯定省劲！"

明玉十分赞同："对呀！这样人向下拉不但好用力，本身的重量还会向下坠，对向上来的板车也能起作用，还节省人力！"

吴大龙端详了一会儿，点着头说："唔！有道理！这个主意想得有用！"

"你们车子还没弄好吗？快下来吧！再拉一趟就收工了！"吴三龙又在塘子里大声地催。

吴大龙回道："现在都到中午了，个个都饿得撑不起腿儿，还拉什么一趟？干脆收工吃过饭再干算了！"

这个时候吴大龙的话就显得很有号召力，立即得几乎是所有人的响应。吴三龙只好依了。

"你来呀！大宝想了个好的法子哩！"吴大龙招呼吴三龙说。

听完大宝说的办法，吴三龙很高兴："这个法子不错！塘子下去一米多深了，上这段河坡现在就有点吃力，我也想在这段河坡上专门安排人帮着推一下的，可是一想现在浅一点人少能推，要是扒到三四米深坡度更陡又怎办？再增加人推，三四个人推这一车土，那还不如用肩膀头抬省事哩！要是这样用人拉倒行，就是哪来现成的车轱辘呢？"

吴大龙说："能不能这样？我们两边的队都是人抬的，扒得慢，我们队塘子扒深了，下面地方受限制，六辆车都用就没法转弯。干脆停一辆，把车轱辘拿下来做拉绳的绞盘吧！"

看样大宝并没因吴三龙的夸奖所陶醉，又若有所思地说："不过，就是这车轴太细，要是在车轴上装个木制的直径大点的长圆形轮盘，拉的人会省力的。"

吴三龙说："好！下午我就安排人照你的法子做一个试试看。"

两天以后——

"唉！这个小李庄怎么想出这个花头点子？"人们听到张德宝的话音时，他已经站在小李庄工地的河滩口上了。接着，他责怪起正在塘子里往板车上装土的吴三龙来："你这个吴三龙！搞了这个新花样，怎么也跟我打起马虎眼了？"

"才试验好哩！还没捞到向你汇报！"吴三龙一边说，一边放下手里的锹，向张德宝跟走过来。

"你去帮他往下拉呀！他一个人能把下面那车土拉上来吗？快去！拉过了再来跟我说！"张德宝怀疑一个人不能把一车土拉上去，让吴三龙帮着拉一下。

"没事的！一个人能拉上来！"

这时，明玉将拉钩挂到车架上，吴大龙稳着车把，明玉在一边推着车帮，大宝在坡上拉着绳子往下拉，就见下面那个装满一车土的板车颠簸着，不急不慢地上了河坡。这一车拉到坡上，大宝又重复着明玉的事，帮着掌车把人推着车帮，明玉在上面往下拉，一车土又不急不慢地上了河坡。

"啊！两个人难推动的一车土，一推一拉就上去了，两个人管着这段河坡，省人工还省力气！我老张整天都在想法提高工效，想不到今天在你们小李庄这里找到法子了！"张德宝一只手托着下巴，歪着头看着被拉上来的一车土很有兴趣地说。

吴三龙很有感触地说："扒河难，难在抬土上坡。特别是河坡这一段，河越扒越深，河坡越来越陡，抬土的人重担在肩，往上抬一步都十分艰难，这板车拉土就更难。这个办法就很有效果，这样陡的河坡，只要一个人就能将一车土拉上来。算起来，这段河坡上只用两个人，一个向下拉，一个跟着重车向上推，这车拉上坡，下面的重车又接上，人还不怎么累。"

张德宝望着已经拉着绳子往下走的明玉说："这些学生没扒过河，挖泥抬土哪能行？让他们拉这绳子，磨不到手伤不到肩膀，有这样的活让他们干倒也不错！"

吴三龙告诉张德宝："原来叫他俩专门推车的，大宝嫌累，就想了这个主意。"

这时，大宝跟着下面的板车上了河坡。

张德宝望着大宝说："你这个小子！河扒得也不孬嘛！还能搞发明创造，将来是个干大事的料子！"

大宝抓着头皮："我也是累得没法子才想的这个点子！"

"这个点子出得可解我老张的大难了！小子，你这好法子我可不能让你独吞，像你们这样用板车拉土的有不少家，大李庄的那个队河坡也像你们这样陡，一个人在稳着车把推，两个人在两边推，三个人侍候一辆车子，个个连吃奶的劲都用上了，都累得狗熊不认识铁勺子了！我明天就把人带来在你这开会，你可不要护着留自己省劲，好好准备准备，来个竹筒倒豆子，将办法给大家介绍介绍，叫他们也省省劲！"

第三十一章

为了加快进度，将钱借给他们吧

刘二桃可急坏了，因为队里穷，买不起板车，河底下的土全用人力往上抬，工地和小李庄搭边，如今小李庄比他那工地洼下去半人深，他那成了高出来的"戏台子"。公社来这开现场会，表扬的是他的对头李大宝，难看的却是他。公社工程团政委张德宝宣读公社发的表扬决定，工程团团长赵永华给李大宝发奖状，他那鼻子就像被人括一样难受。然而，他更知道这难看是次要的，让工程早日完工解除水涝，多收粮食摆脱贫困才是大事！

趁着晚饭后没事，刘二桃摸着黑向半里外的大队工程营的营部赶去。

大队工程营部设在附近村庄的一处民房里。摆在小饭桌拐角上的玻璃罩子灯，从葫芦状的玻璃园简下部，张开的圆丘形金属罩口里亮起了一道洁白的灯焰。桌子的中间，满满一小盆酸菜烧羊肉冒着热气，带着浓浓的羊膻味儿在两间小屋里溢散开来。

工程营的住地只有营长刘大桃、副营长徐本华、吴正宝三个人吃饭。

"这是辣椒酱，我从家里带来的！"吴正宝是工程营后勤总管兼做营部的炊事员，他盛好菜，又拎起手提罐儿往碗里倒辣椒酱。

"好！好！酸菜羊肉加辣酱，要是有酒就更好了！"来工地一个月了没见荤腥，刘大桃说得口水往下流。

"我到代销点去买！"徐本华立即说，他是工程营的副营长兼量方员。

"去！在那签个名记账，等一次拨款时由我去给！"吴正宝并不认为刘大桃比他有能耐，而是知道把他侍候好了的重要性。

"算了！三龙书记知道了会批评的。"

徐本华听了，不再要去买酒，吴正宝也不再说记账由他结算，吴三龙反对这样吃，他们就是瞒着吴三龙，也怕他知道。

正在这时，刘二桃到了。

"哥！我们队也想买板车哩！"

"你那队不是没钱吗？"大桃问。

"用那分配提留钱！"

"你怎用那钱？那是专门用来买抽水机的！你把它用了，明年你那水稻还怎么栽？要动的话，那要经过三龙书记同意才行！"刘大桃立即说。

"我是怕三龙不同意，事先来跟你谈的嘛！"

"那我知道了，我帮你说一下！你自己先去找三龙说说，看他什么意见。"

"对！你赶快去找三龙，去迟了他就睡了！"吴正宝说。

别看在土窑的事上吴正宝跟刘二桃不错，此时他并不想让刘二桃吃锅里的羊肉。他心里有数，大队的那个土窑被公社革委会下令收归公社了。原因是有人检举他在土窑里瞒报贪污，公社革委会派人去查，他的账做得收支有据，根本查不出毛病，说他瞒报贪污吧，又找不到证据，无法定案处理。由于这个小土窑经常招惹麻烦，出了麻烦又难处理，为了平息事端、杜绝后患，公社革委会就将这个土窑收归公社，由公社派人去管理。现在大队没有土窑，收入紧张，哪有钱吃？在分给各生产队时从中扣留一块钱，留作大队工程营另用，吴正宝今天用这钱买了二斤羊肉。刘大桃吃相太凶，这里三个人他官最大，当然一定要让他吃尽兴。徐本华吃得文明一点，他一个多月没闻肉味了，他又能吃得少？这两人一吃还能剩多少？如果现在就吃，还能让刘二桃在一旁看着？要是刘二桃再加上来吃，能让他吃的就不多了，所以他要让刘二桃赶快走。

按理讲刘二桃就可以走了，但是香喷喷的羊肉味儿却勾引得他迈不动脚步。街南队没钱，别说吃肉了，连油都买不起，虽说大队安排每天中晚两餐小李庄的大米干饭刘二桃可以尽饱吃，可那街南队的菜汤里连油星子都看不见。刘二桃都熬靠死了，闻到这羊肉味舌根下的水就直往上涌。他看出来，桌上的筷子还每人一双在面前放着，这里马上就会开吃的，他想要吃点羊肉解解馋才行。

见吴正宝还坐着不动并不去宣布羊肉开吃，刘大桃再笨也能明白他的意思，就望着刘二桃说："不是让你去找三龙了吗？你去吧！"

哥哥一催，刘二桃只好极不情愿地走了。

按照大队规划，明年各个生产队都要像小李庄那样，在南湖建一百亩旱涝保收高产田栽水稻。公社为了让各个生产队都栽上水稻，早早地就跟县农机局订了协议买抽水机组。县里办的碳酸氢铵化肥厂明年下半年可以投产供应化肥，水稻施上化肥，可以大幅提高粮食产量，给社员多分口粮彻底解决吃粮难的问题。街南队拿不出钱买抽水机，就将本来在年终分配时应该三毛二分钱一个劳动日降为三毛，这样结余户因为工分值下降，少拿了应得的分配结余钱，透支户又倒过来多出了透支钱。这样一来，原本应该用于分配给出工出力多的人的钱就被扣了下来，准备将扣下来的钱拿来买抽水机。

听了刘二桃的话，吴三龙很为难。按理说是不应该同意的，可是一想二桃过去和美兰那事，他就觉得对二桃有亏欠。同意吧，这事又做不了主。于是就领着二桃朝营部去。

这两地相距并不远，吴三龙到时羊肉还正在吃。

"你们哪来的羊肉？"吴三龙很疑惑地问。

刘大桃和徐本华都愣住了。

"嗯！我们凑钱买的！"吴正宝立即想了个主意。

吴三龙一看刘大桃和徐本华那神态，就知道自己叔父的话是假的，冷着脸说："你不要瞒我，今天公社工程补助款分剩的一块钱呢？"

吴正宝见自己的侄儿较起真来，也怕了，不再说话。

吴三龙也不想因为这点钱将事情搞得太复杂，就放松了口气："公社这点补助款，是从那收去的土窑里拿出来的，一个大队才十几块钱，分到工程连才两三块钱。工程连连晚上点煤油灯钱都要靠卖粮食，我们哪能用它来买肉吃？这次就算了，以后再有拨款下来，不准再这样了！"又对刘大桃说，"以后再有钱分下来，必须要报给我看一下你再批！"

刘大桃连忙答应。

"二桃来找了，你们看他这事怎办？"吴三龙接下来将二桃买板车的事提出来。

刘二桃一心要买板车，将自己落后的工程追上去，就着急地说："肩膀头都抬肿了，哪个还能抬？不让买，那样多土方怎么办？要不让买，这连长我不干了！你们找别人干吧！"二桃也不客气，当着大队几个领导的面就撂挑子。

二桃的架势，倒让几个领导为难了，街南队总共三十四户，从人民公社成立到现在就有十多户的人家有人当过队长，仅去年一年队长就换了两个。不是自己不愿干就是社员不让干，实在找不到合适的人，这下二桃要不干又怎办？

这时吴正宝劝道："这个街南队也太难，二桃要是不干，到哪找人？就让他买吧！"

二桃是个新手，街南队又难领导，自从河工开工，刘大桃这个全大队的民工营长，实际上就是为街南队干的，他每天都盯在街南队的工地上帮着二桃。眼见街南队的工段落后，也很为二桃着急，所以，他也支持了吴正宝的意见。

吴三龙见状也就同意了。

第二天中午，大队工程营营部的午饭吃得不太安稳，刘大桃大秫饼咬下第一口，粉丝大白菜夹起来才送到嘴边，嘈杂的人群就挤满了房东家那个不大的院子。

"不准拿分配结余的钱买板车！"

"我们要栽水稻，不要板车！"

来的人全都是街南队的，喊叫的全都是反对买板车这一类的意见。这也是在情理之中的事，小李庄因为买了抽水机，栽上水稻，让小李庄的人大米干饭天天吃，他们谁不眼红？现在要将他们用来卖抽水机的钱拿来买板车，他们怎能同意？

刘大桃没办法了，连忙让徐本华去找吴三龙。

吴三龙很快赶到，面对这样的状况，他很为难，一时拿不出主意。

"都别吵！大队领导也是为你们好的！你看，你们队土方落后那样多，个个又都抬够了，不买板车拉，哪天能把你们队土方任务完成？"吴正宝在做说服工作。

一个三十多岁的壮汉走到吴正宝跟前，歪着头望着他说："别看你会算账，我们也会算，队里穷得拿不出一分钱分配，这钱是分配账自身滚出来的，理所应当地分给我们这些出力干活的人。这钱不分了就是我们这些干活多的劳力吃亏，那些不干活只分粮的生意户讨巧。要是买抽水机栽水稻能多收粮，让我们以后收入增加天天吃大米干饭，我们也就算了。现在拿来买板车扒河我们就不能同意！"

"扒这河是让我们那不受淹，对你们也有好处的！"吴三龙立即说。

"好处上游的人都得到，上游百里方圆，数不清人口，凭什么要我们这几个人多出这份子钱？你要是一定要将那钱拿去买板车，这河我们就不扒了！"

吴正宝说："买板车也是替你们省力气，要不的话，你们队二百一十多口人，每口人就拿出五斤粮，拿到集市上卖了，一千斤粮卖二百来块钱，也能买五辆。"

那个壮汉瞪圆双眼，望着吴正宝："来扒这河，队里没钱买筐头扁担，已经卖了我们每口人二斤口粮，现在又要我们拿出五斤！我告诉你，工地再慢，也不准再卖我们口粮！"

"唉！要是这样，那就不买吧！"众愿难违啊！吴三龙只得又改变了主意。

"都怪没钱哪！要不是土窑还归大队，怎会这样难？哪还会出现这些麻烦事？"吴正宝并不觉得就是因为他的徇私舞弊，才导致土窑被公社收去是他的错，他在借这个机会为大队失去土窑鸣不平。

街南队的"戏台子"引起张德宝的极大焦虑。郑集大队的工段处在整个新开河道的中间，现在工程随着河道加深，地下水也渗出来，按照需要必须要在新开河道的中间开挖一条叫龙沟的深沟，将渗出来的水引入龙沟里，再用抽水机不停地把水抽出去，这样才能保证工程正常进行。街南队的"戏台子"高出这样多，别的地方挖两锹就行，他那挖四锹水都淌不过去，五锹就是一人多深，这样深的龙沟还怎么挖？张德宝没法就找吴三龙发牢骚。

那天李玉成送粮草到工地，吴三龙将李玉成拉到一边蹲下来：

"玉成叔！我们队预留的生产基金还有多少？"

"还有四百多！"

"借二百给街南队吧！"

"什么？借给他？借给他干什么？"李玉成吃惊地问。

"借给他们买板车，二百块钱能买五辆，够他们用了！"

"你疯了？借给他！你忘了刘二桃是怎么对你的？你还去帮他们！"

"我不是在帮他们，我是在帮整个水利工地！"吴三龙指着旁边街南队的工地说，"你看，他们那就高出这样多，要再往下挖两米多深的龙沟，人站在下面怎么往上甩土？土甩不上来龙沟还怎么挖？现在我们的工地就渗水了，没法都是让人用桶往上抬的，现在水渗得少能将就用人抬，再往下水渗得多了还怎么抬？如果龙沟挖不成，再往下就没法干了。现在就必须挖出龙沟用抽水机抽，玉成叔，为了加快进度，将钱借给他们吧！有了板车，他们工地就快了。"

"不借！你看他那样子，也能当队长哩！有本事就叫他能去！"

"玉成叔！你听我说，要是随他下去，像我们这样就要停工，这工地两万多民工，要误多少人力！龙沟挖不成，影响的是整个工地！本来计划两年完工的这条河，很可能完不成。你想想，这河要是扒成了，再发大水我们那里的水就不会再受安河水的影响，从这河直泄洪泽湖，就是五四年那样的大水也不怕，那要多收多少粮食。玉成叔，看在这份上，你就不要去计较他们了，借给他们吧！"

吴三龙的一席话，说得李玉成无法回绝，然而他对刘二桃的积怨也实在太深，仍倔强地说："嗯！要借也行，就是二桃在那我就坚决不借，换别的人哪个都行！"

李玉成的话吴三龙当然听明白了，他这时不能再去顾与二桃的那段关系了。然而，水利工地实行的是军事化管理，工程连的连长变动一定要经公社工程团批准，他马上去找张德宝。

吴三龙知道张德宝此时不会坐在办公室里，一定会在工地上，可是在哪里却不清楚，他只好顺着工地挨着找。快到民便河流入安河的岔口时终于听到张德宝的大嗓门：

"这点深哪行？还要再向下挖！"

有人说："张书记，都大半人深了，再挖锹杆会括到沟壁上，底下的泥没法扔上来！"

"不行！这点深，机子一响水就干了，水接不上续，还抽什么？还要再向下挖两锹！泥好办，我站在上面沟边上用锹接，你在下面用锹挖好的土放到我的锹上，我再把土甩过去！"张德宝穿深筒胶靴，裤腿儿扎在靴筒里，泥巴从靴筒到胸部的旧中山装上糊成几块花花绿绿的大碎片儿，简直成了半截泥人。

"这样也行！就是你已经没住手地在下挖了半天，也累坏了，让别人来接，你歇一会儿吧！"

吴三龙一看，站在沟下的是大王庄的徐书记。这里是郑集公社工地龙沟的抽水机塘，全公社工地的水都要通过这里排到那边大河里去。土窑收归公社以后，公社就用土窑上赚到的钱买了台柴油机带到抽水机组，用来抽工地上的水。抽水机组明天就要安装，为了不影响扒河进度，没让扒河民工来挖机塘，张德宝和徐书记把这活包揽下来了。

"你当我是纸扎的呀？这点活还能累倒我？"

"张书记！我来找你哩！"吴三龙大声招呼张德宝。

这时，那边泥塘里有个年轻的后生走过来："张书记，我来接这土，你去谈事吧！"

"三龙！你来干什么？明天抽水机就拖来安装了，我和徐书记包挖这龙沟抽水塘的，什么事？赶快说！误我的事我可不让你！"随即将吴三龙带到一边。

听了吴三龙的情况，张德宝很生气地说："就是那个贪污砖头钱还不交代的刘二桃？他本来就不能干队长，现在哪能因为他影响生产队买板车？眼下各大队工地都急等排水，这里的抽水机明天装好就能开机抽水。你们大队的地段在中间，那个街南队的戏台子不赶快挖掉，那边几个大队的排水怎办？把他撤掉！"

第二天上午，在张德宝的直接干预下，刘二桃被撤去街南队队长职务，连长也被下了，这两个职务由徐本华去兼任。大家都知道，刘二桃这个队长是张德宝听了吴三龙的话被撤下的。

街南队的工地出现了崭新平板车后，进度明显加快。

刘二桃撤去街南队队长后仍是小李庄的社员。下午，他一肚子怨恨气回到家里，说完情况就坐在院子里生闷气。

王月娥知道丈夫被撤职的原因，心中的火比二桃还大，站在二桃的身旁，望着孙有田那边的院子指桑骂槐地大声叫骂。王秀平担心王月娥的骂词会招惹到隔壁的孙有田家，用手指着孙有田家那边小声劝道："月娥！忍着点吧！那边那姐妹俩不好惹！别骂了！"

王月娥知道王秀平指的是菜花开花姐妹俩，也怕会把她俩招惹出来，好汉斗不过双拳。虽然不再骂了，却又指责起刘大桃来："没犯什么错，好好的就不让干，被人欺成这样了！凭什么？也怪大哥没有用！一个大队长，连自己的亲弟弟都顾不了！"

"唉！你大哥这人！唉！仇怨相报何时了，算了吧！别再跟他们斗了！"王秀平说话的声音越说越小。

"不行！不能就这样算了！"王月娥狠狠地说。

院子里一时无话。

停了一会儿，刘二桃对王月娥说："你把我的衣服洗洗，等天把我到河工上去！"

"你还要上河工？队长都不干了，还去干什么？"王月娥吃惊地问。

"去扒河！"

"不去！不到他们下巴壳子下去撸露水珠子！不去扒他们那河！"

"去！我又不是替他扒的！那河扒成了，我们南湖的地就不怕水淹了，去！"

王月娥不再阻拦二桃上河工。让她不再赌气阻止二桃上河工，心里头真实的原因是：让二桃在家闲着，不但要在家吃饭消耗家中的粮食，还会一个工分拿不到，到扒河工地上干，一天都是十分工，那可都是实实在在的一笔很大的收入！然而，对二桃受人欺又感到委屈，于是心中一酸，眼泪不由得流下来，望着二桃心疼地说："那你也要注意不要累坏了！"

经过两年多苦战，民便河改道工程结束。

老天爷像在有意考验一下民便改道的效果一样，1974 年 8 月中旬的一天，一场类似于 1954 年的特大暴雨从上午十点一直下到下午五点。安河水像 1954 年那样漫上河滩后，被高大的河堤挡住，郑集北面来水又有拦水河阻拦，外水并不会构成威胁。但是由于雨势太大，郑集一带还是沟满河平，南湖更是一片汪洋，庄稼又像 1954 年那样没了头梢。然而，陷入惊恐之中的郑集人发现，先是郑集一带的水在第二天上午退去，到了第三天早晨，南湖也露出了地面。民便河有了刚刚开挖的新河道，再也不受安河水位的抵挡，从新河道直泄洪泽湖，虽然暴雨不弱于 1954 年，洪水在南湖洼地停留的时间却由那时的七八天减少为一天半。庄稼没在水中的时间才一天多，大水退后，产量减产并不太大。

即使这样人们也还不满足，要是将民便河的老河道再疏通一下，洪水停留的时间还会更短，基本上可以达到雨住水干。老天爷的考验让人们更加坚定了让小鲍河改道、疏通民便河的决心。

第三十二章

这个大学生推荐名额给谁呢？

常接触多生情，一对热恋中的情人要是天天厮守在一起，哪有坚定的毅力去克服难熬的情恋意识，保证不做出双方都急于想做的诸如搂搂抱抱，甚至是结婚以后才能做的那些事？两年多来，开花一直吃住在大姐家，有时回家看看也是马上再回来，大宝平时也尽量避着开花，大宝和开花都是这样在摆脱着难熬的情感困境。

1975年的冬天特别冷，二九过后，地面就冻了拃把厚，土挖不动，水利停了，地里也没什么活干，劳动力都闲着。

吴三龙家的枣树只剩下枝杆光秃秃地挺立在院子里，遮挡不住照下来的温暖阳光，树下的小水磨磨盘肚里结的冰开始融化，水从磨片边沿往下慢慢地滴，面向南的两间锅屋的前墙边是院子里最温和的地方。开花这时正坐锅屋墙跟下的太阳地里编木屐毛窝。这种毛窝木头做的鞋形底板下前后各有一个离地一寸左右的腿儿，地烂一点或是有点水都难湿到上面的鞋帮子，冬天穿着暖和。现在她正用布条儿夹上苇花须子绕着底板周围的蒿绳系子编鞋帮子。她心里惦着大宝，去年给他编的木屐毛窝子头部已被大脚指头儿顶得破了个洞，不编个新的这数九寒天会冻坏脚的。

"别乱拿！"开花向小顺子大声吆喝。

水花的小儿子小顺子六岁了，正是贪玩调皮的时候，他拿起一把苇花须子用嘴吹上面半开着的苇花，将苇花吹出来在空中乱飞。

"小顺子，你在小姨跟前胡闹什么？来给妈凑把柴火来！"水花正在往锅上贴大秫饼。

吴三龙笑嘻嘻地进了院子："小四妹，告诉你个好消息，县里今年分给我们公社一个大学招生名额！"

"真的吗？"开花停下手中的活，望着吴三龙问。

"现在招的叫工农兵大学生，由贫下中农推荐，公社选出候选人，报到县招生办公室审核批准后就可以到大学读书。"

开花十分兴奋地说："好了！这下可好了！大宝要熬出头了！"

水花这时饼子贴好了，一边烧火一边说："那就让大宝去！"

吴三龙这时却露出了难色："就怕不好办！全社才给一个名额，除去像大宝这样的本地人，南京下放来的知青还有十几个，这样多人来争这一个名额，就怕难办！"

开花却很有信心："那也要看表现怎样！大宝在河工上发明了绞盘拉板车，省工省力又提高了工效，年年都被评为学大寨大干水利积极分子，公社领导亲自给他发奖状。像他这样表现好的人，他们当中就他一个，哪个能比得过他！"

开花激动得丢下手里的活，拔腿就往家走。

"妈！小姑回来了！"孙有田家的院子里，传出孙武六岁的小儿子清亮的童音。

"小妹呀！你来得真巧！你武哥在南湖排水河里砸冻窟钓了几斤鱼，鲜着哩！来！帮我凑把火，我把饼贴上。"菜花在锅屋里大声喊。

开花本想到大宝屋里去的，听到菜花叫她去烧火，只好去了。

"想大宝啦？"菜花一边贴大秫饼，一边嬉笑着对正在向灶膛里送柴火的开花说。

"三姐！你说什么呀！"

"大姑娘心里一朵花，心慌意乱想着他！小妹，你心里能不是？"

"我就像你那样子！"

"我呀！没像你这样自由恋爱！我还不知道什么呢，我大我妈一说，就跟你武哥结婚了。结过婚后才谈上恋爱，不过这样也好，心里不熬着难受。像你这样看着婚捞不到结，我可受不了！"

开花羞得连脖子都红了："三姐！你再说我就走了！"

"好！好！我不说了！我这饼也贴好了，我来烧，大宝在那边屋里，你去看看吧！"

大宝在屋里躺在床上看书，听到开花的动静便没心思再往下看，正在屋来回踱步，听到有脚步向这里走来，便坐到床上。

开花人没进屋，目光已直射到大宝脸上，那长方形、宽额头、高鼻梁的脸膛，还是那样英俊、那样亲切。她站在门口，像久别重逢一样贪婪地注视着，心又忍不住地狂跳起来。

还是大宝那男子汉的气质让他很快变得大度一些："站门口干什么？进来呀！来！坐那边板凳上！"

开花也很快恢复了理智，她坐到放在门旁的小凳子上："大学招生了！"

"我也听说了！全公社只招一个，那么多人去争，就怕难！"大宝很认真地说。

"你是水利工地上的积极分子！听说这次河工上表彰的二十多个人，就你一个有高中文化的！"

吃过午饭，大娟去找明玉。张德宝去上班，两人刚走，家中就来了个贵客。

客人齐肩的长发被发卡拢在脑后，粗线条红绿黄三色相间的花格子外套夹袄罩在棉袄上，领口里面是里红外蓝的两件毛线衣领子，完全是一副城里人的打扮。一阵寒暄过后，她便亮明了来意："老大姐，新阳下放到这，也亏你们照顾，没让他吃多大的苦，我们感谢你们哪！"

"那有什么！我们也是应该尽力的！"

"唉！你也别嫌我说丑话，你看我家新阳，自小到大，在家都是吃现成喝现成的，连喝水都是我倒好了端到他面前。下放到这，还要自己烧饭吃，唉！这孩子呀！烧水不知道锅开，贴饼和不上来面糊子，这就不用说了。还要去地里干活，泥里水里的，他哪能吃得了这苦呢！今天我来，就是想拜托你们帮下忙，想法让他离开这地方！"

"这孩子，在这是不行，能走就让他早点走！他爸不是管工商财贸吗？听说化肥厂收人了，不能叫他活动一下，让他到那去吗？"冯桂英已经估猜出她的来意，自己的闺女大娟也在想那事哩！这两天她一直在张德宝跟嘀咕，可是张德宝不长不短的就是不表态。此时她在担心，要是应了你，我家的大娟怎办？

"老大姐，我家老王这人你能不知道？我跟他吵过无数次了，他就是不同意！唉！也是啊！这种安排自家儿子的特权自私的事他敢做吗？只有从你们这想办法了！今年大学招生，你们这不是有一个名额吗？请你们帮帮忙，想法让我家新阳去吧！"

"你来找我，我一个家庭妇女，能有什么办法？"冯桂英做出很难为情的样子。

客人似乎已经看出冯桂英心底里的疙瘩，向她靠靠，很亲热地说："老大姐，我家老王解决自家的儿子不好办，要是解决别人的孩子问题不大。退一步讲，就是老王不好办，还有我哩！我那商业系统里还有几个熟人，也能帮上忙。像你家大娟，那还不是我一句话！别说化肥厂了，就是粮管所供销社又有什么难处？只要你们把我家新阳弄好了，你家大娟包在我身上！"

冯桂英顿时眼前一亮，那个王玉贵不敢搞特权自私，我家这个张德宝还能比他差多少？他不长不短的不表态，那是也在往那上想的！这个女人是县糖烟酒公司里酒门市部主任，这时烟酒糖哪样不难买？求她的人多，神通着哩！要是帮着她把她家的新阳弄去上大学，她肯定会帮我家把大娟安排好的！想到这，立即变得热情起来："好！这办法好！这样互相帮一下，孩子都安排好了，外人还找不到毛病！"

"就这样说啦？"

"就这样！"

"那我就走了！"

"吃过中饭再走哩！"

"不啦！在你这时间长了不好，被人家看出来，会挑毛病找岔子的！"说完，客人起身要走。

冯桂英拉住她："不忙哩！再坐一会儿！"

客人只好又坐下。

冯桂英却欲言又止地犹豫起来。

"老大姐，你还有什么事？有你就尽管说！我们两家还有什么客气的！"客人催道。

"唔！对！我家老张跟你家老王处得像亲兄弟一样！你看！唉！我想，我们干脆结成亲家吧！"冯桂英憋了好大一阵子，终于将自己想说的话说了出来。

"这事呀！"客人笑着望着冯桂英片刻，就很爽快地说，"这是好事呀！我家老王和你家老张本来就是亲兄弟相处了，再来个亲上加亲不是更好吗？"

吴正诚家面向郑家大院的两间过道现在是最冷的地方，人在里面剃头都会冻得发抖，加上现在为了保证集体生产不受干扰，公社决定不准做生意，并且出于维护吴明坤在公社当农业技术员的职务，即便是逢集，他家的理发和大饼生意也停了。

听到敲门声，王秀珍连忙过来开门。

"大娟啊！快来这边坐，这里是太阳地，暖和！"

过道西山头和西屋一丈多宽的空档子里背风向阳，王秀珍和明玉都在围墙的墙根那晒太阳。吴明坤和芋花各自都去上班，吴正诚出去找他的老伙伴下象棋，芋花的三个小孩最小的也上小学了，家里就王秀英和明玉两个人。

明玉站起身，引着大娟一齐坐下来。

"闺女！这件衣服真漂亮！"王秀珍打量着大娟说。

大娟新做了件浅蓝底小红花深绿叶棉袄罩褂，穿在身上，略有点紧凑地勾勒出她那匀称的腰身和微微凸起的胸部，把年轻女性的美感恰到好处地展现出来。

"大妈，你别夸我了！哪有什么漂亮不漂亮的？就这样子呗！"大娟也像她大那样有着直言快语的性格。接着又对明玉说，"告诉你！大学招生了！"

"我知道！"明玉回答得很简单。

一阵沉默。

"我家明玉要是能去就好了！唉！就怕轮不到我们！"停了一会儿，王秀珍叹着气说。

"凭什么的？要按学习成绩，就该他去！"大娟很不平地说。

"能吗？现在还考不考？"王秀珍连忙问。

"没用的！现在不考，都是推荐选拔，我家这样子，哪能推荐到！"明玉显得很悲观。

"那也不一定！你哥现在是公社农业技术员，对全公社农业生产贡献很大，还能对你有什么影响？你自己队里活干得也不差，扒河你也去了，就能推荐到。"大娟很有把握地说。

　　明玉不再说话。对这事全家已经在一起议论过了，这次大学招生，并不以考试学习成绩录取，而是根据政治表现用推荐的办法录取，全家人都认为很有难处。别的地方不说，单就小李庄来讲，包括明玉在内，符合条件的就有王新阳、李大宝，还有张大娟四个人。论起家庭条件，当数王新阳和张大娟；论个人在生产队劳动的表现，李大宝又比明玉强，比来比去，还是数明玉条件最差。对于这次大学招生，他们并不抱多大希望。

　　王秀珍望着大娟，很感激地说："闺女，你这样想着明玉去上大学，你自己呢？能不想？"

　　大娟的脸上虽有点泛红，说起话来并不怯："我也想！就是我想，明玉成绩好，他去大学学好后比我们有用，要是明玉能去，就让明玉去！"

　　"好闺女！你心真好！"王秀珍又出自内心地夸道。

　　"我哪有那福气？大娟！论政治条件我比不过你，还是你去把握大！"明玉说得很真诚。

　　一直谈到太阳偏西时大娟才走。

　　随着已经躲入地下的夕阳慢慢地收回弥散在西方地平线上空的霞光，刘大桃公路西旁的庭院便被灰暗的暮色笼罩起来。一个身影进了没有门的院门，去敲堂屋的门。

　　"三龙哥！你稀罕哪？"大桃很热情地招呼道。

　　"来和你说个事！"

　　"还不带孩子去睡觉！"刘大桃又对坐在他一边煤炉旁烤火的老婆大声吆喝。在自己的女人面前他总是这样保持着威严，有客人来和他谈事时，不允许老婆在一旁听。

　　三间堂屋的中间放着个铁皮做的煤炭炉，烧的是从县煤石公司设在郑集的煤场买来的无烟煤。烧时在碎煤末块里加上少量泥土，放在盆里用水调烂，炉子需要加煤时，就将烂煤泥分成散块状放到煤炉口上，烘干成形后留作添煤续火用。晚上睡觉或者白天不用时，就用烂煤泥将炉口封住，当中留个手指粗的孔透气，保持煤炉过夜不熄。天冷以后，他家这炉子就没让熄过，除去到锅屋用柴火锅蒸馍头贴饼子，其余一日三餐烧稀饭炒菜烧汤都在这煤炉上。吴三龙家烤火就是用泥火盆，底下放上碎糠草末，饭做好后将灶膛里的死火弄出来倒在上面，碎糠草末闷烧出来的烟弥漫得满屋都是，熏得人眼泪鼻涕直流。这种会让人流眼泪淌鼻涕的取暖方法最多也只能维持到半夜，到了下半夜，泥火盆里的碎糠草末燃尽火熄灭，透骨的寒气照样往被窝里钻。

屋里的确很暖和，几分钟过后，吴三龙被寒风吹僵了的腮帮子就暖得软和了。说了几句闲话，吴三龙便将话头引上正题：

"我们老支书去世十二年了！"

"嗯！有！"

"我们俩都是他一手拉扯起来的！"

"对！不错！"听到吴三龙说这话，刘大桃虽然应得简单，可是脸上却溢满了激动。

"这次大学招生，将李大宝报上吧！"吴三龙怕刘大桃受刘二桃影响会从中作梗，是先来和他通个气。

吴三龙这一问，刘大桃却顿住了。就在吴三龙来之前，二桃也来过了，跟他说了一大堆李大宝的坏话，他在二桃面前斩钉截铁地说决不让大宝去的，现在作那表态时落在地上的唾沫星子还没干哩！

"老支书有恩于我们哪！我们一定要对得起他呀！"

"那一定要，一定要！"不要说刘大桃是李玉山一手提拔，新中国刚成立时他家多困难，父亲病弱不能干，他和二桃年幼，一家四口仅靠母亲一人支撑，春天没粮李玉山送救济粮，地没法种李玉山带人帮种地，李玉山对他家真是恩重如山哪！吴三龙这样提，刘大桃哪能好意思说不赞成。

"不让大宝去，你看能行吗？"

"那不行！就让他去！"刘大桃的屁股被吴三龙抵到了南墙上，又马上不得不改变了给弟弟做出的承诺。

大队的两个主要领导都统一了意见，李大宝被定为郑集大队大学招生推荐对象。

也就在这个时候，张德宝家却发生了争吵。

"你一个妇道人家，不准你对工作上的事扒扒插插的！"

"我什么时候扒扒插插啦？不就是新阳这事吗？人家大老远地找上门来，你能不问？老王跟你割头不换，生死弟兄，不看僧面也要看佛面吧！"冯桂英面对丈夫的指责很不服气地说。

"唉！你叫我怎么说呢？这孩子也太不争气了！下放到这五六年，在这总共连一年时间都没住过，干活就更不用说了，这个样子叫我怎么照顾他？"

"那也不假，重活脏活都不干，像他这样，贫下中农没有一个会同意的！"大娟插话道。

"大闺女！不准你这样说！你要好好跟他相处才行！"

"我才不稀罕他哩！"大娟生硬地回了母亲一句。这几天，母亲老在她跟数说王新阳家是城镇户口，一家都吃国家供应粮，以后生了孩子都是城市户口，王新阳长得很帅气之类的话。意思虽没直接说明，大娟已经看出母亲的用心。

"人家有什么不好？全家都是城镇户口，吃的是粮站供应的大米白面，哪像我们家到农业队分粮食吃？"冯桂英对大娟呵斥道。

"孩子的事，你不要乱说！"冯桂英早就在张德宝跟流露出要和王玉贵家攀亲家，张德宝一直是未置可否。

"好！好！我不说！这事我不说！那你说新阳的事到底怎办？"

"不好办！比他表现好的人多着哩！你叫我把他报上去，能服得住人吗？"

"就你思想好！你思想好有什么用？老婆孩子都下放，吃不如人，穿不如人，孩子前途不如人，还硬撑着去坚持真理让人恶心！哪个像你这样子？现在还要去得罪老王家，你到底图什么？"

张德宝被说得满头冒火，但苦于词穷又找不到反驳的理由，只好狠狠瞪着冯桂英说："你说吧！说也没用！说一千道一万，我也不能做出遭人评论被人反对的事来！"

这个大学生推荐名额给谁呢？公社研究上报到县的人选时，根本就没人去提王新阳。依照张德宝的意见是李大宝，赵永华也觉得李大宝的表现的确不错，但是大王庄有个南京下放来的女知青，父亲在解放战争中牺牲了，是个烈士子女，下放到大王庄后劳动表现又很不错，出席过县里下放农村知识青年积极分子代表大会，按照条件李大宝又比不过这个女知青。这个知青后来被推荐到南京航空学院。

"你真的叫大娟去扒河？"

张德宝下班到家，见妻子坐在堂屋里阴沉着脸迎面问他，不以为然地说："那有什么！"

"你就是这本事！看看人老王家，城镇户口，儿子就是下放，也能优先安排。你不是不让人家去上大学吗？人家还不巴结你哩！新阳去年底进化肥厂，一个月过后，就调到小王集供销社站柜台了！要是将人家儿子弄去上大学，不也可以请人家帮忙安排大娟吗？就是农村户口安排不了正式工，干个临时工也比在这儿种地强！这下好啦！去扒河啦！自己没本事，让孩子都跟着受罪！你丢人不丢人？"

张德宝心中有愧，哪还有底气去和冯桂英争辩？像他这种把家里事也当作家外事一律按政策原则公事公办的人，每当遇到家人指责时，平时的威风便会一扫而光，就像受气的童养媳一样，只能忍气吞声地受着。他默默无声地站着，表示自己对冯桂英的指责做出软让的态度，丈夫不接招，冯桂英不便继续指责，屋里没了声音。

"赶快做饭吧！下午还要开会哩！"停了一会儿，张德宝用商讨的口气低声对冯桂英说。

"气都气饱了，还吃什么饭？"

张德宝又沉默一会儿，自己跑到锅屋里，二闺女和小儿子都在桌边坐着，一齐对他说："饭没做哩，我妈说不吃了！"

"大娟呢？赶快来做饭哪！"张德宝一边叫喊一边找大娟，竟然发现大娟睡在大屋南头里间的床上，看她那样子是在伤心流泪。

大娟的确是在哭，除去对去扒河不高兴，先前还因为没答应母亲和王新阳交好还和母亲争吵，受到母亲的责骂，怎能不伤心流泪？

张德宝不好再安排大娟做饭，冯桂英又没表现出去做饭的态度，他只得自己动手了。然而，对于张德宝来讲无论当兵还是当干部，都是吃现成喝现成的，做干饭擀面条贴饼子一样不行，只能将就拌个面疙瘩。这种饭做得简单。他将锅里倒上水，让二娟烧着，自己往盆里倒上两碗面后，又倒上半碗水，然后伸进手去搅。然而和了老大一会儿，烂面糊子粘了一手，和成的疙瘩大得像软皮鸡蛋，盆里还有半碗干面粉子。

"大！你不会！你来烧，我弄吧！"在烧火的二娟说。

张德宝只好去烧火。真没法！疙瘩做得连十六岁的二闺女都看不中，堂堂一个几万人的领导，在家中连做面疙瘩饭也只配给十六岁的孩子当下手了。

二娟在郑集中学上学，平时在家只能烧稀饭溜点饼拌些面疙瘩。可这面里的水倒多了，二娟只能接上干，搅了老大一会儿才将大的改小点，将面粉子调和成小疙瘩。这时水也开了，面疙瘩倒进锅里才发觉没炸油盐葱花，只好叫二娟放点菜叶让疙瘩糊汤里有点绿色好放盐。

"大！难吃！我不吃！"十二岁的小儿子才吃了一口便放下筷子。

还怪小儿子不吃吗？连张德宝自己也吃得无滋无味的。唉！一个单身汉要是做不上来饭，也的确难，难怪老王那儿子一个人在这生活不下去，老是往家跑。大学招生时，他的名字连提都没让提，太对不起新阳了！一贯铁面无私的张德宝这时竟然也很难得地产生怜悯之心，继而又不由自主地将这种怜悯之心延续到自己的闺女大娟身上。今天吃早饭叫她去河工上时，就看出她不乐意，这闺女细皮嫩肉的，去干那河工上的苦活，唉！大学招生没让她去，就已经对不起她了，这次还能再逼她去扒河干那苦力活？想到这，他心里真有点酸酸楚楚的，本来想中午再教训她一下，让她一定要去的，现在不由自主地改变了主意，随她吧，不去就不去吧！可是不去在家又干什么呢？那模样怪让人心疼的！我张德宝真的就忍心让自己的宝贝女儿在家没事干？供销社在那边大院里办了个酱菜厂，我的闺女农村户口进不了门市站不了柜台，就去找一下供销社的胡主任，让她去那当个临时工吧！

出于对闺女的疼爱，一贯不徇私情的张德宝也不得不去开后门，将自己的闺女安排到那个不起眼，更挂不上在编制单位的小地方当个出力干活的临时工了。

第三十三章

三龙已经闭上双眼

1977 年。

民便河旧河道疏通拓宽工程已经干了一冬天，春节后定于正月十一动工。

刘二桃起来时，太阳已经爬到高高的杨树梢上。"你挖那干什么？"刘二桃见王月娥在院子正中挖洞，就问道。

"栽棵柿子树哩！这树最好了！柿子好吃，树长起来还遮阴，夏天在树底下剩凉睡觉多好！还不生虫，在树底下吃饭不怕掉虫屎。"

王月娥头上的两根韭菜把儿变成了拢在脑后的发结，成了标准的农村女人。她生了个男孩，就叫大福子。大福子没到两周岁，她又怀孕五个月了。

"月娥这主意好哩！"抱着大福子坐在墙边晒太阳的王秀平笑嘻嘻地说。

"这铣柄你安的？"刘二桃见王月娥拿着安上新柄子的铁锨又问。

"是我安的！留我到河工上土用。"

"月娥，你都五个多月了，哪能吃那累？不能去！"王秀平听后连忙制止道。

"人家都到河工上苦工分了，我怎能闲在家里？现在生了大福，一家四口人，哪能全指望你一个人？要不是去年秋天那个一百多斤的猪得猪瘟死了，盖屋也不愁！这次大福出麻疹住院治病又花了十几块，家里就剩三十几块钱，不去干点年底还拿什么结余款？什么时候能把这老屋推倒盖新屋？让我去吧！我能干的！大福也不要紧，工地离家三里路，我们不在工棚里住，晚上回来带大福睡觉。"对家里生活上的大事，王月娥都精细打算。除去聚钱盖屋，王月娥还有一个看重工分的因素。去年分稻子，全生产队按每口人平均一百二十斤，队里实行的是按人七劳三的比例分配。因为工分多，她家四口人，按人口平均分到的水稻才三百三十多斤，而劳动粮就分到二百四十多斤，人口粮和劳动粮加在一起，总共分了五百七十多斤，比按人口平均多分将近一百斤，全家一天一顿大米干饭都吃不完！过去别说大米干饭了，连大米都很难见到，这是多么幸福的日子啊！而这都是凭着工分才能达到的！这些工分又是靠平时一工分一工分地积聚起来的，工分少，不但拿不到结余款，连劳动粮也分得少。在娘家过够了穷日子的王月娥，有着强烈的追求富足生活的欲望，而工分就是实现这个欲望的依靠，多出工多挣工分是她的目标。

"不行！"刘二桃话说得虽少，却有点动情。

王秀平也说："对！你不能去！盖不起瓦屋，就盖草屋！"

"不碍事的！不能抬土我就拿这锨上，这活伤不到身子累不倒人的。"

这个家里已经是王月娥说了算，这事还能例外？见王月娥这样坚持，刘二桃和王秀平只好随她了。

民便河从西北方向流下来，在郑集东面七里多远的地方拐个弯子向南，弯子上原先有棵说不清生长于何年的大柳树，许多年河水的冲刷，让大柳树凸出在河湾尖子上。大树的根子在水底下盘绕交错，形成了许多瘪窝儿，这些没在水中的瘪窝儿里，隐藏着让人难以知晓的奇特与神秘。相传有一年，有一个人下河摸鱼摸到这里，感觉树根下水中一个洼窝里有鱼儿在乱动，他用一只手堵在洼窝口上，另一只手伸进去从中抓出十几条四五寸长的小鲶鱼来。从那时起，路过这里的行人经常看到有条大鲶鱼会浮上水面，鱼嘴一张一合地对着行人，仿佛在向行人诉求着博爱亲情，企盼着让它的儿女再回到它的身边。人们估猜这儿就是鲶鱼的家，这个摸鱼人逮走了大鲶鱼的儿女，它在十分伤感地向人们求助，想让它的儿女们回到它的身边。为了敬仰这位鲶鱼妈妈的爱子之心，便将这个湾子取名叫鲶鱼湾。大柳树早在1958年锯去炼铁了，现在河水被抽干，大鲶鱼也没了踪影，然而这个美好的故事却还在人们的心田里留存着，让人们来到这里时会产生出绵绵的情感念想来。

小李庄的工地就在这鲶鱼湾子上，湾尖子已被挖掉，在那开了一条八尺多宽的坡道通向二丈多深的河底。六丈多长的坡道中间，一个个露出地表的树根桩茬子显示出这里就是传说中的那个鲶鱼窝的位置。

因为旧河道上的淤泥又烂又稀，上不了板车，只能用人力抬，河道拓宽部分和抬走淤泥后旧河底的生硬土就用板车拉。李大宝经过这两年的艰苦锻炼，身体变得壮实。因扒河表现积极，被提拔为生产队基干民兵排排长。带着青壮年男人拉平板车。开花是生产队的女民兵班的班长，工地上三十岁以下的年轻女性由她带着抬淤泥。按照年龄，王月娥应该参加开花那个队伍去抬土，但是她有身孕，就和水花这些年纪大的男女劳力由孙武带着在塘下上土。开花除去带人抬土以外，还兼做记工员，给每天上工的人发工分。在所有出工的人员中，板车拉土的人和抬土的人最好办，每人都是满工一天十分，唯有上土的人不好办。这些人里要分成男劳力和女劳力、壮劳力和弱劳力几个等级，按照上土的能力，男性壮劳力最高，可以拿十分工；男性弱劳力和女性壮劳力要次一点，拿八分；女性弱劳力最低，只能拿七分。每个人干的多少受体力强弱和愿不愿意干这些因素影响很大，又没有明显的界线可以区分，所以开花这个记工员就很难当，很容易引发矛盾。

两天一过，王月娥就找开花的麻烦了。

"开花，你为什么只给我七工分？"晚上收工前发工分时王月娥冲着开花责问起来。

"你、你还嫌少？"开花吃惊地说。

"我也该八分！"王月娥很有底气地说。

"你这身子还能拿八分？"

"人家能拿我也能拿！"

"你和别人比！你能和哪个比？"

"你大姐！你那大姐拆土的锨头没有我大，上土的次数不比我多，凭什么她能拿八分我只拿七分？"实际上王月娥身怀重孕哪能跟水花比。但是，因为她的丈夫街南队队长的职务被吴三龙搞掉，所以对他的怨恨一直存在她的心里，不服气的心理让吴三龙两口子成了她最关注的目标。这两天她一直注意上土的人干的情况和各人得工分的等级，十分看重工分的她发现水花拿的工分比自己多一分，再联想到自己的丈夫和开花大宝之间的纠结，心中很不服气，认为开花是在包庇她姐姐，并且压制自己。

"你的身子这样重，能和我大姐比？"

"身子重怎啦？我上的土不比她少！她凭什么比我多一分？你这是明显包庇她！"

"你瞎说！"开花记着大宝没当成兵的仇，本来就对刘二桃的女人很鄙视，听到王月娥当着众人的面说她包庇她大姐，不由得在话中带上火气。

"你眼瞎啦！看不见吗？"王月娥骂得比开花还要重。

站在坡下的刘二桃见开花和自己的媳妇吵起来，过去开花对他曾经有过的那种绝情此时立即转生成他对开花的仇恨，冲上去二话不说对着开花的腮帮子甩起就是一巴掌，鲜血立即顺着开花的嘴角流下来。开花大叫一声摔倒在地，呜呜地哭起来。

"你凭什么打人？"水花原本不想把事情闹大，自己的丈夫是工地上的负责人，闹大了会让丈夫难处理，一直没讲话。见刘二桃打自己的妹妹，就沉不住气了，冲上来就推刘二桃。

李大宝这时正在塘口上整理板车准备收工，见刘二桃将开花打得这样重，愤怒地吆喝着从塘口上往塘底冲下来，照着二桃肩头就是一拳。二桃不甘示弱，搂起大宝使劲地甩，大宝也搂着二桃的腰用力地甩，大宝哪是二桃的对手，被二桃扳倒在地。二桃正想骑到大宝身上，却被水花开花两人拽住。大宝乘机翻身起来，和水花开花联手对付二桃，二桃很快被压倒在地上。王月娥见自己男人被三个人一齐打，不顾自己有身孕，冲上去就对水花狠踢一脚，将水花踢倒在地。帮助大宝压住二桃的开花立即放下二桃，站起来要去打王月娥。这时刘大桃媳妇说话了：

"你敢打她！你把她肚子里的孩子打掉了，你要倒霉的！"这很精明的女人虽然知道王月娥身孕重的确干得比不上水花，就应该比水花少一分，理亏，不好动手帮自己二弟两口子。但是在亲情驱使下，又不能不帮一把，就用这句话让开花不敢打王月娥。

刘大桃媳妇这句话，真的让开花不敢动手了。刘二桃剩着水花开花离开的机会，一个挺身从地上爬起来，又将大宝压到身底下。开花去帮大宝，却无济于事。这边水花刚从地上站起来，在怨恨的驱使下，王月娥却认住了她又一个劲地乱踢。水花也想还手，但是每当她想动手时，刘大桃媳妇就"她有肚子"地叫起来，吓得她不敢动。这时，众人纷纷上前，费了很大的劲才将他们拉开，这场争斗，很明显是水花和大宝吃亏。二桃和大宝都成了泥人。

正在这时，吴三龙和刘大桃在公社工程指挥部开完会一起回来了。王月娥虽然占了上风，但是她并不满足，哭着问刘大桃：

"你弟弟被人打成这样，你这个大队长还管不管？"

刘大桃再粗，也看出自己弟弟两口子理亏，但是见王月娥这样厉害地朝着自己，怕得罪她招来更大的麻烦，就一直没讲话。

"好呀！你这个做大哥的也这样向着他们！你们还讲不讲理？吴三龙！仗着你是大队书记，你家人狗仗人势欺负人！你家小姨子凭什么给你女人发八分工一天？为什么就给我七分？这小李庄的工分还能就是你们家的，自家人想拿多少就拿多少？凭什么？现在还把我男人打成这样，你们还讲不讲理？"

吴三龙听出缘由，原因理应怪王月娥，但是想到矛盾闹大了会影响扒河，想息事宁人，宁愿让自家人吃亏。先批评大宝、水花和开花，后又决定将王月娥的工分定为八分，以前少发的一分全都补上。

"她那样子，凭什么拿八分？"吴三龙这样决定，让开花很不服气。

吴三龙劝道："人家怀孕这样重，还能到水利工地干，支持农田水利建设，这样好的思想，不论干多少，也可以拿八分！别说了！啊！"

"哪个叫她来干的？她要不来，这河还能扒不成？"

"我就是要来！看你能怎样？"王月娥又和开花争执起来。

正在这时，张德宝来了。他简单地了解一下情况，觉得刘二桃这两口子不但私心重，还耍泼赖使横劲，觉得这种人不值得自己去认真地按理处置，对这样的人，也只能用吴三龙这种息事宁人的办法。就冲着刘大桃说："人家三龙能拿出高姿态，你这个大队二把手，又是怎么管自己的亲属的？你那弟媳妇够不够拿八分的，你自己看不出来吗？三龙已经说了，你还装无事人，像话吗？"

刘大桃受到张德宝的批评，立即呵斥自己的弟媳妇道。"你少说几句行不行？"

王月娥不说了。水花开花也不再说了。

在吴三龙的催促下，坡道上，拉土的板车和抬淤泥的担子又来往穿梭起来。

今年立春来得迟，暖气也来得迟，上午冻化得迟，下午冻上得早。清淤这活儿就要趁着有冻的时候抓紧干，要是过了雨水，地下暖气上升上不了冻，干这淤泥活时坡道上滴上泥水滑得很，到那时就更不好干了，大家都在抓紧时间快干。

第二天上午九点多钟时，丈把宽的坡道上，李大宝拉着绳子使劲地往下拉，吴大龙稳着车把推着满满一板车土用力地向上推，当车子在八米多长的坡道上行驶到一大半时。大宝突然啊呀一声跌倒在地，拉板车的绳子从他手中滑出，大宝自己也因为向下用力的惯性头朝下趴在地上。板车上千斤的重量全都集中到稳车把推车的吴大龙身上，吴大龙用尽了力气去支撑哪能支撑得住？他身子一打晃，板车一边的车轮子在原地左旋，另一边的车轮子向着相反的方向猛地一扭，车把将吴大龙括倒在地，车帮子猛撞到坡壁后立即从趴在地上的大宝身边侧翻过去，装着固定轱辘的板车架带着泥土重重地向下翻砸下去。塘子里的坡口正中是上土的王月娥，开花站王月娥的右边，王月娥的对面是水花和另外几个上土的人，眼看着就要砸到王月娥。吴三龙此时正站在塘下坡道口的一侧，看到翻砸下来的板车正对着站在圹口的王月娥，立即大叫着"快让开"！又一个箭步冲过来，他原是想将王月娥拉过来，瞬间瞟到王月娥那挺起的小肚子，一种温情让他改变了动作，旋即迎着翻压下来的板车冲了上去。谁知刚到坡上，就脚下一滑向下趴去，砸下来的车把正好砸到三龙的头上。已经侧身倒在地上的三龙不顾剧烈疼痛，又伸手去拽住已从自己头上滑过的车把，倒扣在地上的板车架子不再向下冲动，停止在塘口正中距离王月娥仅一米多远的地方。等人们回过神，发现侧着身子的吴三龙被板车和涌塌下来的泥土盖在下面，一只右手还紧紧地拽住车把儿，鲜血正从他的头上涌了出来。刘二桃立刻跑过去，和几个冲上来的人一起掀开压在三龙身上的板车架儿，又扒去落在他身上的土。

刘二桃清楚：要不是三龙，板车砸到的就是王月娥！感激的心情让他将三龙抱在怀里，大声地呼唤三龙。

三龙瞪着双眼，嘴张合几下却说不出话。

水花解下围在脖子上的围巾，将三龙流血的头部缠裹起来，一边哭一边说："三龙！你没事吧？没事的！没事的！你不会有事的……"

这时的三龙已经闭上双眼，不省人事。

王月娥吓坏了，念叨着说："差点砸死我呀！差点！三龙哥！你没事吧！没事！没事！"

刘大桃就在旁边街南队的圹子里，他急速走过来，大声说："快！快！快将他送医院！"

大宝爬起来帮着大龙将翻倒的板车扶正，大家一齐动手将三龙抬上板车。刘大桃将三龙搂在怀里，刘二桃和大宝一起掌着把儿，水花和开花一边一个，推着板车向郑集急速赶去。

看到拉着三龙的板车走了，王月娥不顾孕重，匆忙追着走到新土垒起来的河堆上的一个高圪头上，望着急促远去的板车，嘴里不停地念叨着："差点砸到我呀！多亏他呀！"这样自语了一会，也下了河堆，向郑集方向走去。

张德宝听到吴三龙因为防止伤害到别的人，冲上去抓住板车自己受重伤的消息，十分震惊，立即在工程指挥用电话对医院发出指示，要用最好的办法、最好的医生、最好的药，全力救治，所有医疗费用全都先记着，由公社结付。

把脉，听心跳，量血压，打针，输液，医生护士紧张地忙碌起来。

"医生！我家男人怎样？没事吧！"站在抢救室门旁的水花见有个戴口罩的女青年拿着一张纸从屋里出来，拉着她急切地问。

"正抢救！我去拿药！"女青年挣脱她的手匆匆地走了。

"大姐！你别急！坐下来！"开花拉着水花在门旁的长椅上坐下来。

不一会儿，一个四十多岁的男医生和先前的那个女青年一起匆匆地向抢救室里去，水花急忙拽住他："童医生！我求求你！好好看我家三龙！请你用最好的药！"

童医生安慰她说："我会尽力的！"

这时，王月娥挺着肚子匆匆赶来。她将站在急救室外的刘二桃拽到没人处，小声说："我把家里三十多块钱都拿来了！"

刘二桃不解地望着王月娥。

"我想，人家救了我，我是想，他家会钱不够，把这钱……"

"啊！"二桃有所领悟。停了片刻说，"不用了吧！张书记跟医院说了，药费都由公社出的！"

王月娥倒也轻松了："那，要这样！就不愁钱了！"

经过童医生检查，确认三龙颅内出血。公社医院条件太差，决定转到县医院救治。一个小时以后，当救护车的警笛声在医院门前停下时，三龙已经停止了心跳。

"三龙！三龙！你怎的？三龙！你别这样！你睁开眼哪！……"水花一下子扑到三龙的尸体上。

大伙也十分悲伤。

刘二桃和王月娥站在一边，眼泪都默默地流着。

大宝十分懊恼，是自己的失误才造成这样严重的后果。他陡然想起脚下是被什么东西绊一下，后来到跌倒的地方仔细一找，果然在他被绊的地点找到一根鸡蛋粗的露出地面的树根桩子。

其实鲶鱼们并没有可以报复人类的能力，那个鲶鱼母亲天生就有爱护儿女的慈善之心，当它发现这里有人残害它的儿女，它的儿女在这不安全时，早已带着它们离开这里了。也许它们这个家族此时都生活在洪泽湖里，那里天地广阔，草丰水肥，吃食无忧，也不像人类这样时好时坏，会相互争斗；它们在那里无忧无虑地生活着，繁衍了不知多少代，大概早已是个无法统计数量的鲶鱼大家族了。

公社革委会在水利工地上为吴三龙召开了隆重的追悼大会，县革委会做出决定，追认他为革命烈士，家庭享受烈士待遇，遗体被安葬在县烈士陵园。

第三十四章

如今收的粮食多得吃不完

1978年。

孙有田家是喜事连连。李大宝考上扬州农学院，上学之前和开花办了婚事；二女婿吴明坤恢复了公社副社长职务。

1983年秋。

黎明的曙光从窗口里透进来，蒙眬中的菜花听到院门外有吆喝牛的动静，立即用脚蹬了一下睡在那头的孙武：

"你快起来！我大套牛啦！"

孙武昨天打稻子扬场扛粮食一直干到半夜，太累了，睡得太沉。他一个挺身，连忙披上衣服就向外走。

"我大！哪个叫你去耕地的？不就六亩稻茬地吗！哪用得着你去耕！"

"武儿，现在干的是自己的活，你大我能闲得住吗？你不让我干，会把我憋死的！扛笆斗我腿疼不能扛，你不让我扛呗！耕地这活不重，你还能不让我干？这活我能干！"犁具已拾掇好，孙有田一边套牛一边说。

孙有田是在心疼他的这个养老儿。去年春天土地承包到户，家里六口人分了十亩八分地，自己老两口都七十多岁了，大宝大学毕业分配在县里农业局，大孙子在东北部队当连长，二孙子在常州上大学，孙女在县城读高中，家里能干活的有孙武和菜花、开花三个人。主要农活都指望他这个养老儿一个人，怎能行？

南湖五亩稻子打下来，现在就要抓紧时间把稻茬麦种下去。"我大！耕地到地头要拖犁转弯子，那样重的犁，你腿又不行，哪能拖得动？你就在场上翻翻粮食晒晒场吧！"等牛套好，孙武一手拖起犁梢把，一手扬鞭，吆喝着牛走了。

孙有田本想起个大早不让孙武知道，偷偷地将牛套上拖犁去地里耕地的，谁知套上个现成的犁具竟还被养老儿给抢走了！只好坐在牛棚旁边的大车上捧起烟袋。

分农具时这大车别人都不肯要，该值六七百块钱才作价二百块。孙有田跟别人想得不一样，种地没有车怎能行？过去单干时想买车都买不起，作的价这么便宜，这种巧事到哪去找？被他要来了。别看现在自家种的麦子稻子最多三趟就拉来家，一年只用几次，一年三百六十五天要闲三百六十天，他不后悔。到现在也认为自己打算是对的，地分到个人了，就像土改后一样，总会有没法种地的人，到那时肯定能多弄到地，有这一辆大车，种上二三十亩都不愁！

二锅烟吸完，天已大亮，菜花打扫院子喂鸡喂猪。开花给两岁多的儿子大林穿好衣服，抱去交给母亲哄，又去烧火做饭。孙有田叫开花摊葱花油饼，自己吃饱了，又拿上两张灌上一水壶水，向南湖水稻地走去。

太阳从东方探出红脸蛋，将紫红的脂粉涂抹在东方的天边，又再从天边上操起紫色的霞光，反射到南湖一些无际的金黄色稻田上。

　　土地承包两年了。南湖的地名虽然没变，这里的景象早已变了样，从前桀骜不驯的安河、民便河如今已像条温顺的巨龙一样静卧在它的两边。南边的排水河被拓宽加深，成了南湖通往小鲍河的排灌两用河道。自从小鲍河归入民便河，民便河改道疏通工程完成后至今的十几年时间里，虽然也出现过几次日降水超过一百五十毫米的特大暴雨，也没出现漫田超过半天时间的洪涝灾害。大干渠靠近抽水机站的一部分农田，渠身不需要增加高程抽上来的水，也能流进地里。这段渠道被改造利用起来引水灌溉。离抽水机站远的，就安装小抽水机抽取排水河的水灌溉。今年茫种后出现五十多天无雨的大旱，小鲍河和排水河的水干了，抽水机站又发挥了很大的作用，用它抽取安河水灌入排水河，使排水河也能有水灌溉。这里的农田如今排灌自如，实行麦稻或麦豆一年两茬转换轮作，同时随着化肥用量大幅增加，平均亩产不再是十年前的四五百斤，麦稻轮作的田块已大幅提升到一千五六百斤，这里已经成了名副其实的旱涝保收农田。

　　如今收的粮食多得吃不完，过去山芋稀饭大秋饼作为主食的日子，已经完全被白面馍头大米干饭所取代。

　　现在干活不像过去，几十个人在一块地里干，劳作的人们散碎地布满在南湖数里方圆的田野上。张家锣鼓各敲各的，有的割、有的拉、有的耕，到处都是手扶机的轰鸣声，和高亢嘹亮的牛号子声。

　　孙武的牛号子响到地头。

　　"油饼还没冷，地我去耕一会儿，你趁热吃！"孙有田也不管孙武愿不愿意，左手接过犁梢把，右手将接下大鞭。随着大鞭梢子一声炸响，大牯牛拉着犁向前耕去。

　　分牛时，根据牛力这种能独耕独耙的大牯牛，要再拿出一百块钱，孙有田二话没说拿钱牵牛。他知道这大牯牛是单干那年他买的虎头旋的孙子，脑门上也有个毛旋，耕地拉车不惜力，就是性子不像它爷爷那样烈。

孙有田要来耕地，除去心疼养老儿孙武，还有就是要亲眼欣赏大牯牛的耕地风采，慰藉满足一下自己的眼力。大牯牛前左后右或前右后左，随着四蹄交叉有节奏地蹬动着，身后留下深深的蹄印，接着又被犁头翻过来的四五寸厚的垡块掩盖掉。大牯牛在垡块和煊土掺和在一起的高低不平的地里拉着重犁，如同人在平坦的大道上悠闲信步一样。看得他满心欢喜，虽然大牯牛不需要听一下牛号子来消乏解疲，他还是兴奋得亮开嗓门：

"啊雷雷鸣雷雷啊呜啊呜唉！唉呜哦呜哦呜唉……"号子打这里顿时感到胸腔空虚，气力乏退，本来还有一段没打出来，又不得不停下来。大口地喘了几口气，又咳嗽了几声，心里头叹息：唉！老了！气力跟不上了！

旁边徐大柱家的地里响起手扶拖拉机的轰鸣声，他三十岁的孙子开着手扶机带上旋耕机来耙地。

徐大柱跟他小儿子一起过，七口人。昨天收稻子，连同正在上学的十二岁的重孙子全家七口人全部上阵，八亩稻子收的收、拉的拉，起个早带点黑，一天工夫收清拉光。要是摆在生产队里时，像他这个私心重爱讨便宜的人，老两口快七十岁了哪还下田，最多干些轻快的散杂活，十二岁的重孙子能舍得不让上学来地里收稻子？

孙武吃完油饼来换，孙有田不再逞能了，几圈地一耕，两条腿两只膀子都发酸。唉！不服老行吗？到地头坐下来捧起烟锅，看那边手扶机耙地。

手扶机后旋起来的土打得挡板叮当响，一会儿一圈子快得很。不过，孙有田并不眼红。

分的时候队里两台手扶，一台新的一台旧的，队里规定新的八户一台，旧的五户一台。孙有田的心思一点都没用手扶上，这东西干活快不知道累不错，就是不通人性一头硬劲只顾蛮干，犟起劲来前面是大沟它都要向下栽，哪如牛！牛通人性，吆喝一声，抖下缰绳，它就知道主人想叫它干什么了。

在地里没事干，孙有田又连忙到场上去，那里晒着五千多斤稻子哩！指望开花菜花哪能行？

原来的社场被分成几片，每片分给几户用，打粮晒粮都是轮流着用的，今天轮到孙有田家用。菜花开花正在将大堆上的粮向四面推撒。

"我大！哪个叫你来的？"孙有田刚摸起木锨，菜花就大声说。

开花说得温和些："大！这里有我和二姐就行了，用不着你！你去家歇着吧！"

都不让我干，大忙的天，我还能去家睡觉吗？胡闹！孙有田并不理她们。

现在大忙了，吃得就要好一些。菜花上午抽空到街上，半斤重的鲫鱼买了六七条，晚饭做的是鱼汤煎死面锅贴。实际上这是孙武他们三人吃的，孙有田老两口牙不行，他们是鱼汤泡糟发面馍头。

孙子大林玩得累了，晚饭没吃，这时睡在爷爷屋里的床上。

吃饭不耽误说话。

"武儿，你正诚表叔老两口那三亩多地，他们也没人干，说给我们种的，秋季正好弄过来种麦子！"

"我大！自家地都够忙的了，你还要地干什么？"菜花第一个反对。

孙有田瞪着眼吼道："胡说！万物土中生！种地人哪有嫌地多的？"

老伴劝道："算了吧！收的粮都吃不了！"

孙有田又对老伴吼道："你糊涂！丰年不忘灾年！"

开花笑着说："我大！这点地我们都够累的了！"

孙有田放缓了口气："累怕什么！只要收到粮，就值得！大车用不了，大牯牛再给十亩地也能耕！看看还有哪家地没法种的，要想法弄几亩来！"

只有孙武没说话，他一贯都听老丈人的。

孙有田心里觉得自己有用不完的劲，什么都能干，吃过晚饭却不由自主地歪倒在自己住的两间屋的床上。

老伴坐在床边，唠唠叨叨地和他说着话。

"听菜花说，稻子能收五千多，公粮交过还要剩三千多哩！"

"嗯！"

"麦季小麦还有一千多，大秫豆子千把斤，这样多粮哪能吃了啊！"

"嗯！"

"没粮时愁人，粮多了也愁人！"

"嗯！"

老伴坐在床边不紧不慢地说着，孙有田停一会儿一声，嗯着嗯着，慢慢地觉得身子轻轻地飘浮起来，升腾到半空以后，渐渐地融化成云雾里的尘埃，随着雨点散落到无边无际的大地上。由自身变成的尘埃又融入大地上的泥土里，泥土里给自己的感觉，是香的甜的苦的辣的咸的，什么味道都有。尝足了五味，仿佛觉得自身那数不清的尘埃又渐渐地膨大起来，变成了数不清的小麦、水稻、大秫、小秫、黄豆、山芋这些庄稼的幼苗。马上，一个个巨大的粮垛子出现在面前。

"奶奶！我要吃饭！"孙子大林的叫声让孙有田惊醒过来。

尾　声

　　不愁吃不愁穿时间过得就快，转眼间就到了 1988 年。

　　在艰辛环境中成长起来的朱立方的儿子朱小贵，已成为一个很有作为的农民的儿子。他干什么都积极响应党和政府的号召，现在担任郑集村的党支部书记。

　　刘二桃现在是小李庄的村民组长。

　　朱立方记着吴三龙当年帮助他家的事，一直把水花家的事当作自家的事。

　　刘二桃两口子忘不掉吴三龙相救之恩，也都把水花家的地当作自己的地，帮水花种好地。

　　水花家的大顺子在部队当连长，顺侠在南京读大学，小顺子在镇上上高中，家里四亩多地有那两家帮着，也没误农时，种得很好。

　　实际上这三家你家地里有事就去干你家，这家干完了再干他家，像互助组一样互助帮着。

　　朱立方家南湖的六亩承包地每年都是六亩小麦，四亩水稻，二亩黄豆。齐腰深的水稻灌浆正酣。黄豆长得好，豆棵儿没了膝盖，豆荚儿个顶个地挂满了枝杈，黄豆昨天收倒放在地里，太阳一晒会炸角，要早晨趁露水把它拉回来。

　　现在农田运输不用牛车了，少数有钱的人家买了手扶拖拉机，大部分人家都还用板车，庄稼肥料都用手扶拖拉机或者板车拉运。上午朱小贵和刘二桃去镇上开会。朱立方和三个女人在拉黄豆，二亩黄豆要拉三板车，太阳树头高时第一车已拉到家，现在正在地里装第二车。

朱立方干活只能是配搭劲，车装好了，朱立方坐在地头歇息，小贵媳妇在前面拉，水花和王月娥一边一个在后面推，装着没了头顶的豆棵儿的板车颠簸着到了小贵的家门口。

朱小贵家搬到老公路和通往赵集的公路交口上，临路三间砖瓦结构的面朝东主屋。主屋两边用山墙隔成两个单间，一个朱小贵两口子住，另一个朱立方老两口住，后面不大的院子里有个二间门朝南的厨房。

前一车拉到时，陈玉就马上过来帮着卸车，这一车到后陈玉却没来，拉豆子的三个人对这一细节并没介意。卸完车，小贵媳妇逗她俩去喝水，水花和王月娥都正感到口干，就跟着小贵媳妇到屋里去。

前屋里没找到暖水瓶，小贵媳妇领着两人又向厨房走去。还没到厨房门口，就见陈玉带有点慌乱的神色从厨房里走出来，拦在她的们面前说："啊！这车又拉回来啦？这样快！我还说有一会儿哩！走！卸车去！"

小贵媳妇说："妈！卸下啦！都要喝水哩！"

陈玉连忙说："啊！这屋太脏，你到前屋去坐下歇一会儿！我把水瓶提去！"

水花以为陈玉是对自己客气，就说："常来常往的，不用客气了！就在这屋吧！"说完就让开陈玉往厨房里去，谁知到了门口竟然愣住了。厨房里的小饭桌边坐着一个头发略有点花白的中年女人，这个女人虽然面向东低着头，从脸的一侧来看就觉得熟悉，熟悉得她立即判断出这个人就是已经十多年没见过面的朱美兰。

"是你！"水花惊叫了一声，那些令她难以忘怀的往事便在脑海里随之而现，这是那个差点毁掉自己家庭的可恶的女人，又是个宁去死也不去害自己家庭的讲义气的女人，还是个饱受磨难的柔弱可怜的女人！复杂的思绪在水花的脑海里翻搅着，她无心再说什么，只是站在门口冷漠地望着美兰。

跟在水花后面的小贵媳妇很惊呀地说："这不是美兰姐么！你回来啦！"

夫妻相亲不藏话，王月娥也听刘二桃讲过他和朱美兰的事，觉得这个女人太可怜了，就十分怜悯地望着她，并没说话，实际上她也没什么可以说的话。

朱美兰低着头没说话，完全是一副惊恐不安的样子。

陈玉紧跟在水花的身旁，急切地说："他表姐，这屋脏，到前屋去！"看到水花愣望着美兰，又无奈地唠叨着："唉！你看！唉！她也才到！你看……"看样子，虽然已经过了那么多年，她还在担心水花会去计较过去那些事。

小贵媳妇也很少看到美兰。朱家还住在老街上时，美兰回来过，那时她怕见到人，都是头天晚上到家，第二天早晨就走了，很少在家停留。她也听说过美兰过去的事，为了打消尴尬的局面，就很直快地对美兰说："就是嘛！姐，那么多年你也不回来，都变得生了吧？你不知道的，我大我妈年纪大了，小贵今天去忙着干村里的事，多亏水花姐帮着！"她这明显在夸水花的话，也是意在缓解美兰对水花的误解，甚至是戒心。

美兰抬起头，十分胆怯地望向水花，嘴唇需动着却说不出话。

水花当年虽然很恨美兰，但是因为那时美兰所有责任都担在自己身上，和三龙怀孕生孩子的事，并没给她的家庭生活造成实质性的破坏。如今三龙已经不在了，并且她现在也已经五十多岁，大概也是年纪大了的原因，对二十多年前的那段情感上的事已经淡化，所以对美兰的恨也就淡化了。见美兰这样子，很快地从冷漠的心境中走出来，看到美兰的面孔轮廓虽然没变，却明显地变黑变老了，不由得怜悯地说："老了！离开郑集二十多年，整整二十多年了，能不老吗？"

小贵媳妇到屋里去一边倒水一边说："水花姐！快进来吧，我倒水给你喝。告诉你，我美兰姐是个老来有福的人，我们家的那个大外甥争气，念书像把锥子，今年研究生毕业，留在合肥大学里教书啦！几天前他还写封信给他舅，说他大他妈吃了一辈子苦，准备把他们接到他那过晚年哩！"小贵媳妇完全是实话实说。

水花立即明白小贵媳妇说的这个外甥是谁，这个人毕竟和她有着特殊的关系，就冷冷地却又很有情意地说："啊！是吗？有出息，也有孝心！"

王月娥早就从刘二桃嘴里得知那孩子和三龙之间的关系，听到水花这样说得宽容，就接上说："这样也不错！是个好孩子！"

"水花姐！我对不起你！我对不起你呀！"美兰难以自控，一下子跪倒在水花的面前，泪水止不住地流下来。

水花这时也激动了，她慌乱着去扶起美兰，动情地说："别这样！快起来！唉！你别这样说！那些令人伤心的话我们都不说，都把它忘了吧！啊？都不说！我们是好姐妹！你看你那么多年不回来，都过了半辈子的人了，还去顾虑那事干什么？要常来家看看，我们以后好好处吧！"

这两个二十多年不能见面，本应是冤家对头的女人对话就是这样简单，简单得令人难以置信。然而这种简单的对话背后，却隐藏着即便是用千言万语也难以表达出双方内心都存在着的情感纠葛。她俩似乎都有相同的看法，那些话、那些事都不想说，也不忍去说。

"都把它忘了"也可能是最好的选择。然而，那些令人刻骨铭心的事又能忘了吗？"我们以后好好处"也许是她俩都期望的结局。

美兰先前刚到家时，陈玉就担心水花看到会发生不愉快的情况，正想让美兰避开，还没来得及想出办法，水花就闯过来了。现在见这情景，绷紧的心立刻轻松下来，笑着招呼水花坐下来喝水。

今天是孙有田八十大寿。

王秀英三年前去世。孙武的闺女已经出嫁，大儿子孙连中大学毕业后分配在东北的一个大城市里工作，和他的媳妇住在那个市里。小儿子孙连华早已成家立户，和大宝家都搬出这个院子住到公路那边的新街道上了，孙武两口子带着孙有田住在这里。

孙有田家院子里的柿子树长得又高又大了，绿叶丛中那些拳头大的黄澄澄的柿子坠满了枝头，压得树冠低低地垂下来，几乎遮满了整个院子。放在柿树下的小水磨早已不见了踪影，如今都吃机器轧的米面，哪还用得着小水磨？院子里整整齐齐地摆着五张大桌，柿树的西面是一张主桌，南北两边各摆两张偏桌。

太阳到了头顶上，亲朋好友都来了，桌子上的杯筷餐具都已上齐，就等吴明坤和李大宝两人到了上菜开席。闲坐着没事，大家便说起闲话来。

主桌上坐的都是老人长者，在谈包产到户的事。

吴正雨说："还是这样好，地包下来，收的粮食吃不完，家家都盖新房。"

孙有田的黄面皮并不枯瘦还略显一点油润，两颊上长着星星点点的老年斑，额头上横着几道细纹，两片鱼尾纹将眼眶扯成椭圆状的三角形，两边腮帮上各有一道鼻洼连着下巴的平平皱褶，眼不花耳不聋。要不是头顶上稀疏的白发和下巴上的一小撮银须，谁都认为他只是个六十多岁的人。

"小贵，你再到村部去打电话问问，他俩到底什么时候到。"刘大桃等得急了。

刘大桃现在是镇里林业站站长。

朱小贵说："现在十二点，都下班了，打电话也没人接。十一点时我打电话问的，县政府办公室的人说，会议马上就结束，他们散会就会来的。"朱小贵今天是寿宴主持人，专门负责接待来客安排座次。

正在这时，一辆上海牌轿车开到了院门口停下来，院子里的人们迎上去，吴明坤和李大宝、芋花一齐进了院子。

别的桌上的人都站起来迎接吴明坤，只有孙有田坐的那张主桌上的人都还坐在桌边。明坤穿一身中山装制服，领着芋花走到孙有田的身边说："大！我们来迟了！"

"不迟！不迟！你那事重要，不来都行！"孙有田坐在正席的位子上乐呵呵地说。

芋花走到孙有田旁边说："大！给你带回一台电视机！"

孙有田说："大宝给我买了一个啦！"

站在一旁的开花说："大！大宝给你的是收录机，二姐夫给你的是日本产的彩色电视机，能像放电影一样放给你看！他这好！"

"那东西太大了，屋里盛不下！"孙有田以为这电视机像放电影的机子一样，要拉个大幕布。

芋花解释说："大！不大的！就一尺见方！"

"能有这样好的东西？还能像放电影一样？那上能看到人？"

芋花说："能！等会儿吃过饭放给你看！"

朱小贵安排吴明坤坐孙有田旁边，他右边的位子还空着，这位子是特意给吴明坤留的。

吴明坤说："我哪能坐那？请老领导张书记去坐！"

张德宝和吴正诚坐在孙有田对面的陪席上，他立刻说："老寿星！今天是你的八十寿庆，明坤虽是县委书记，今天这个场合他也只能当晚辈待。那位子我也不能坐，哪个都不能坐，老嫂子在的话，应该她坐，她过世了，就空着吧！"

吴正诚说："对！张书记说得对！按风俗就应该这样！我们两个亲家坐一起就行了。就是明玉两口子没回来太不对了！"

吴明坤说："大！明玉出国参加一个学术交流会，现在正坐在飞机上，大娟那外科手术加班都做不完，你就别怨他们了！"

孙有田说："我那大孙子说路远也没回来，明玉他们小两口也忙，不回来就不回来吧！"

这时，坐在右边偏席上的朱立方站起来说："我到那边桌上去，让明坤来这桌上吧！"

坐在朱立方旁边的吴正华大声嚷起来："别这样！明坤官再大也是晚辈！在家里就要分长晚辈，不能乱。就像我家，过去大桃拿我们不当回事，现在就不同了，他是领导也不行，逢年过节在一起吃饭，他都让我跟他姑坐上席！"

坐在左边偏席上的李玉成和徐大柱本来也想客让的，听吴正华这样一说，都不再让了。

吴明坤笑着说："叔说得对呀！长晚有序，尊老爱幼，是我们中华民族的优良传统，今天我在你们面前，就是一个普普通通的晚辈！"

"二姐夫，我们都到大桃哥那桌上坐吧！"跟在吴明坤后面的李大宝说。

趁着上菜的机会，张德宝将脸转向大宝："你现在是镇里一把手了，这个镇搞得好坏，都看你了！你们定的那个镇建设规划批准啦？"

"我们那呀？还有点保守了！县委研究时，二姐夫说只在老公路上建新街道，就把自古以来祖先们留下来的老街丢到一边去了，我们不能把老本撇掉。他提出除去在老公路上建条新街，还要在镇政府和小学校之间向东再建一条，并且让这条穿过老公路一直通到新公路和大干渠的岔口上，让我们的新老街区相通。"

张德宝立即点头道："嗯！不错！古今相连，发展有势！是个好意见！"

吴明坤说："这仅是设想，具体方案，还要到现场看一下才能定。"

大宝说："那就赶快开席吧！二姐夫下午还要回到县里去，吃过饭我们一起去看看。"

寿宴结束，日头略有点偏西，吴明坤在众人的簇拥下去看现场，孙有田和张德宝这些年纪大的人就不跟着跑了。一行人从老街看起，最后一齐上了新公路与大干渠交口处的大干渠上。这里地势高，望得远。

安河上，原先的拱形桥太窄已被拆除，在它的南面二百多米处又架起一座四车道的钢筋混凝土拱形桥，新修的县城通往淮阴的公路，在郑集的东面从脚下的渠体斜穿过去。站在这里向西望，隔着一片农田半里处就是老公路，老公路已不再通车，郑集街和小李庄上不少人家都搬到老公路的西旁，砖墙瓦房顺着公路一直绵延至官道北。过了这条老公路再向西半里处，就是镇政府大院和它临边的小学校所处的 20 世纪 50 年代建起的街道，供销社、食品站、邮电所、银行营业所、粮管所这些商业服务单位仍在原址一个接一个地排列着。西面与它平行的是早已冷落了的老街道，紧挨老街道的就是高高的安河河堆。

吴明坤站在大干渠上，手指着西面对大家说："你们规划的利用老公路的地形，在那建成一条街道，当然很好。如果这样郑集就有三条南北走向的街道，东西向的街道就只有粮管所的前面通向汽车站那条短街，这条街道都在三条街道的南头，起不到中心街的作用。如果在这个岔口建一条直通安河的东西向街道，正好在三条南北向的街道中间部位将新老街区贯通，成为郑集镇的中心大街。这条街道东通新公路，西接安河，陆路水路相连，物资运输方便，有利于工商企业发展。"

大宝又提出补充意见："到时候再将供销社、食品站的几个门市都搬过来，将老公路到大干渠之间的这片地都用起来，临街的盖门市，后面的盖仓库，建食品加工厂、农具厂，把这里建成商业和工业区。"

"好！这样好！"人群中响起一片赞美声。

李玉成这时说："大宝，你大就埋在这条规划街道的地里，你大的坟怎办？"

大宝想一下说："把它留在那，上面打上水泥路，让我大守在那看看街道上的新气象吧！"

"这里有我承包的四亩地，把我的地占用了，我收不到粮食怎办？"徐大柱不愧是一个最关心自己利益的人，都七十岁了，还不改这个秉性，别的年纪大的人都没来，唯有他记着这里有他包的四亩地。他怕新建的街道占用他的地，能不来看看？

朱小贵劝道："你南湖不还有八亩吗？那里旱涝保收，现在小麦七八百，稻子一千多，一口人给你二分地种，都不会挨饿的！"

徐大柱很生气地说："我不是怕挨饿！我那四亩地打算明年种棉花，一年要卖两千多块钱，我等着那钱去买辆货车，让我那孙子开去拖货苦钱哩！给我这地占用了，我还买什么？"

朱小贵安慰徐大柱说："大柱叔，我们不会让你吃亏的，把地重新调整一下就行了。"

"这还差不多！有你这村书记说话就行，你们要用就用去！"

"那都是我们村民组的地，三十多亩哩，就怕群众工作难做！"刘二桃怕小李庄的地一下子被用去这样多，村民们会有意见。

刘大桃出了个主意，指着脚下的大渠说："这里地势高，水灌不到地里，大渠这头半截也不用了，干脆把它毁掉，平整成农田吧！从南到北二里多长，至少能整出二百多亩地哩！"

大干渠上高大挺拔的树木上的那些即将凋谢的叶子黄绿红三色相间，如同一条静卧在大地上的彩色巨龙。大干渠的东面，大跃进中修的支渠毛渠已被平整成农田，筑支渠取土形成的大沟被修整成东西走向通向小鲍河的排水小河，只有大干渠那留在公路两旁的三米多高的渠体截面那仍然向南北两个方向延伸的残破不全的巨大渠身，那渠身上的浸透了筑渠人汗水的一层一层垒叠在一起的黄土，还在向世人顽强地展示着当年那种浩大壮观的筑渠场景，又像丰碑一样将那些令人伤感的往事不可磨灭地永远地留存在人们的记忆里。

渠下的公路上，满载货物的汽车穿梭般地往来。

大渠的东面，宽阔平坦的大平原上，一片片大豆、水稻荡起金色波浪，一块块山芋青绿苗壮，连绵不断的树木高低起伏；各种绿色的、红色的、黄色的树叶簇拥起来的波峰浪岭里，红墙红瓦的农舍隐现其中，如同一幅壮丽多彩的图画，向着看不到边际的远方铺展过去。

深蓝色的天幕下，一朵朵白云悠闲地漫游着，白云下面，大雁排着整齐的人字队形，唱着悦耳的歌声向着南方那遥远的天际飞去，飞向那更美好的生活天地。